# नीलेश रघुवंशी

नीलेश रघुवंशी का जन्म 4 अगस्त, 1969 को मध्य प्रदेश के गंज बासौदा कस्बे में हुआ। उनका पहला उपन्यास *एक कस्बे के नोट्स* 2012 में प्रकाशित हुआ था, जो हिन्दी के चर्चित उपन्यासों में से एक है। 2019 में *द गर्ल विद क्वेशचनिंग आईज़* नाम से यह अंग्रेज़ी में भी प्रकाशित हुआ। 2022 में प्रकाशित *शहर से दस किलोमीटर* उनका दूसरा उपन्यास है।

नीलेश का नाम हिन्दी की बहुचर्चित कवियों में शुमार होता है। उनके प्रकाशित कविता-संग्रह हैं—*घर निकासी, पानी का स्वाद, अंतिम पंक्ति में, कवि ने कहा* (चुनी हुई कविताएँ, 2016), *खिड़की खुलने के बाद, एक चीज़ कम*। कई देशी-विदेशी भाषाओं में उनकी कविताओं का अनुवाद हो चुका है। कविता और उपन्यास के अलावा उन्होंने बच्चों के लिए नाटक और कई टेलीफ़िल्मों के लिए पटकथा-लेखन भी किया है।

उन्हें *भारत भूषण अग्रवाल पुरस्कार, आर्य स्मृति साहित्य सम्मान, दुष्यंत कुमार स्मृति सम्मान, केदार सम्मान, शीला स्मृति पुरस्कार,* भारतीय भाषा परिषद कोलकाता का *युवा लेखन पुरस्कार, स्पंदन कृति पुरस्कार, प्रेमचंद स्मृति सम्मान, शैलप्रिया स्मृति सम्मान* आदि पुरस्कारों से सम्मानित किया जा चुका है।

फ़िलहाल दूरदर्शन केन्द्र, भोपाल में कार्यरत हैं।

**सम्पर्क :** neeleshraghuwanshi67@gmail.com

नीलेश रघुवंशी

# शहर से दस किलोमीटर

राजकमल पेपरबैक्स

राजकमल पेपरबैक्स में
**पहला संस्करण :** 2022
**दूसरा संस्करण :** 2024


---

**राजकमल पेपरबैक्स :** उत्कृष्ट साहित्य के जनसुलभ संस्करण

---

राजकमल प्रकाशन प्रा.लि.
1-बी, नेताजी सुभाष मार्ग, दरियागंज
नई दिल्ली-110 002
द्वारा प्रकाशित

**शाखाएँ :** अशोक राजपथ, साइंस कॉलेज के सामने, पटना-800 006
पहली मंजिल, दरबारी बिल्डिंग, महात्मा गांधी मार्ग, प्रयागराज-211 001
1, अनमोल सोराबजी संतुक लेन, धोबी तलाव, मरीन लाइंस, मुम्बई-400 002
वेबसाइट : www.rajkamalprakashan.com
ई-मेल : info@rajkamalprakashan.com

विकास कंप्यूटर एंड प्रिंटर्स
ट्रॉनिका सिटी-201 102
द्वारा मुद्रित

**मूल्य :** ₹299

SHAHAR SE DAS KILOMETER
*Novel by* Neelesh Raghuwanshi

ISBN : 978-93-92757-90-7

विष्णु खरे
और
मंजूर एहतेशाम
को

जब पहली बार चाँद को देखा तो लगा कि यही है वह, जिससे अपने मन की बात कह सकती हूँ। उसके होते कभी ख़ुद को अकेला महसूस नहीं किया। मन के एक कोने में हमेशा रहता है। कभी-कभी तो पूरे मन पर छा जाता है। इतना ज़्यादा कि किसी और के लिए जगह नहीं बचती। कभी-कभी सोचती हूँ। जितना प्यार मैं उससे करती हूँ, क्या वह भी उतना ही प्यार मुझसे करता होगा?

कई बार चाँद को मैंने अपना तकिया बनाया। कभी ओढ़ना, तो कभी बिछौना बनाया। कई बार उसकी प्रतीक्षा करते सारी रात उसके लिए आधा तकिया छोड़ा। आधा सिरहाना छोड़ते हुए तारों से भोर तक उसके बारे में बातें की। उसे दूर से देखा, उसने भी छिपते-छिपाते कई बार देखा। प्रेम में थोड़ी-बहुत आड़ भी होना चाहिए। बहुत ज़्यादा उजागरपन चीज़ों से उनकी चमक छीन लेता है।

एक बार उसे बहुत प्यासा देखा। मारे प्यास के उसका कंठ सूख रहा था। आसपास कहीं पानी नहीं था। बेचैनी में वह अपना आकार बदल रहा था। उस पल ऐसा लगा कि मेरे सिवाय कोई और उसे इस रूप में न देखे। वरना वह कहेगा—"कहाँ है सुन्दर? चाँद तो बिल्कुल सुन्दर नहीं है। अरे, इससे ज़्यादा सुन्दर तो हज़ार चीज़ें इस संसार में अदेखी पड़ी हैं। तुम हो कि इसी को निहारती रहती हो।" कोई यह न कहे। इसलिए उसे इतना देखा, इतना ज़्यादा देखा कि उसका कंठ गीला हो गया। वह वैसा ही हो गया, जैसा कि कोई और नहीं।

जाने क्यों, चाँद हर हाल में अच्छा लगता है। उसकी सबसे अच्छी बात यह लगती है कि वह अपने आसपास जगह छोड़ता है और ख़ुद को देखने के लिए जगह देता है। उसे देखने के लिए ऊँची उड़ान नहीं भरनी पड़ती। वह तो बड़ी आसानी से दिखता है। बस, देखना आना चाहिए। उसका मन उससे भी ज़्यादा उजला है। इतना ज़्यादा देखे जाने पर भी कभी उसे अपने तन और मन का मैल छुड़ाते नहीं देखा।

चाँद ने मुझे कहना सिखाया। जब उसकी ओर देखकर पहली बार कहा—"हे प्रभु, तूने मुझे चाँद-तारों-सा जीवन क्यों न दिया।" तो तारों के साथ वह बहुत ज़ोर से हँसा। मैंने फिर कहा—"मुझे कुछ नहीं चाहिए और सब कुछ चाहिए, आधा चाँद भी पूरा चाहिए।" सुनते ही वह छिप गया। उसके छिपते ही एक लम्बी ठंडी साँस छोड़ते बुदबुदाई—"सारा का सारा नहीं मिलता, कुछ भी।" सुनते ही वह उजागर हो गया। इतना कि हर चीज़ चमकने लगी। उस रात उसने लुका-छिपी का खेल नहीं खेला। मैं चाँद को देखते हुए चाँद के घर में रहने लगी।

और

जब पहली बार साइकिल को देखा तो लगा कि यही है वह, जो ज़मीन पर रहते हुए, ज़मीन से ऊपर उठाकर उस तक पहुँचाएगी। साइकिल सपनों की नसैनी बन गई, जिस पर चढ़कर चाँद को छूना था।

वो भी क्या दिन थे, जब एक मोहल्ले में नहीं, बल्कि दो-चार मोहल्लों में एक साइकिल हुआ करती थी और शहर में कई नहीं, कुछ साइकिल थीं! उन दिनों साइकिल प्रतिष्ठा की नहीं, सपनों की प्रतीक हुआ करती थी। कोई भी किसी को भी अपनी साइकिल सिर्फ़ देखने ही नहीं, बल्कि छू भी लेने देता था और कभी-कभार एकाध चक्कर भी काट लेने देता था।

काले रंग की वो डंडे वाली साइकिल, जिसने सपनों में और जीवन में काले रंग की चमक को जगह दी और जिसने

सिखाया कि डंडे के ऊपर पाँव डालना सीख लिया, तो समझो कि अँधेरा मन का वहम है, जिसे कभी भी उचककर या उलाँघकर दूर किया जा सकता है। किराए से साइकिल देने वाले धनकुबेर के पास एक नहीं, दस-बारह साइकिल होती थीं और सबके वश की बात न होती थी कि वह यूँ ही चक्कर काटने के लिए किराए की साइकिल ले ले।

उन दिनों काले रंग की डंडा साइकिल ही छोटे-बड़े सब चलाया करते थे। उसका क़द निश्चित था, आपका क़द चाहे कुछ भी हो। छोटे क़द वालों के पाँव ज़मीन पर न टिक पाते थे और लम्बे क़द वाले बड़ी शान से साइकिल चलाया करते थे। उनके पाँव जो टिकते थे। उन्हें उचककर साइकिल पर नहीं बैठना पड़ता था, और न उतरने के लिए कूदना पड़ता था। लम्बे क़द वाले शेख़ी बघारते हुए पोज़ मारते थे। वे घंटों खड़ी साइकिल पर बैठे हुए बतियाते रहते। फ़िर पैडल मारकर थोड़ी दूर चलते और अचानक बीच सड़क पर यूँ ही रुक जाते।

किसी को साइकिल चलाते देखते हुए मन ही मन उसकी साइकिल पर उचककर बैठ जाना और पाँव न पहुँचने पर एक पैडल को ज़ोर से मारते हुए, दूसरे पैडल के आने तक पाँव को तैयार रखते हुए मन में मन की साइकिल चलती। दो पैडल, दो पाँव, दो चक्कों के बीच घूमते मन को सँभालकर रखना बड़े जीवट की बात थी।

ऐसा लगता कि जीवन का सर्वश्रेष्ठ दिन वह होगा, जब कैंची चलाते हुए डंडे से सीट पर बैठ पैडल मारते हुए बहुत दूर निकल जाऊँगी। सारे शहर में घूमूँगी। भीड़ भरे इलाक़ों में भी, भीड़ में होते हुए भी साइकिल भीड़ से अलग जो कर देगी।

बचपन में छोटे-छोटे पाँव बड़े-बड़े पंख होते हैं। उस समय कोई भी चिड़िया के घोंसले को तोड़ने के बारे में सोच भी नहीं सकता। जब सब कुछ नष्ट हो जाएगा, तब भी उड़ने की इच्छा बची रह जाएगी। एकदम क़रीब से चाँद को देखना था। अभी

तक दूर से देखते थे। अब साइकिल एकदम पास से दिखाएगी। इतने पास से कि हमारी साँसें एक हो जाएँगी।

साइकिल के चलते हुए चक्कों को देख कभी सोचती कि डूब क्षेत्र में बस जाना है। डूब जाना है और पानी के उतर जाने पर पानी पर खड़े हो जाना है। पुलिया के उस पार साइकिल ही ले जाएगी। वो नाव जिसे मछुआरे किनारे छोड़ गए। जो कहीं न जा पाने के कारण उदास है। उस पर कुछ देर बैठ जाना है और फिर उस पार चले जाना है।

सड़क किनारे के आख़िरी पेड़ से टिककर सोचा करती कि नाव को साइकिल पर सवार करूँ या साइकिल पर नाव को बिठाकर उस पार चली जाऊँ। शायद उस पार जाकर नाव का मन हल्का हो जाए। उस पार जाने का मेरा भी बहुत मन है। जब उस पार जाऊँ, तो लोग इस पार के बारे में पूछें और लौटकर इस पार आऊँ तो सब उस पार के बारे मे पूछें। सब मुझे घेर लें और—"बतलाओ, तो नदी का पानी वहाँ कैसा है? चाँद जैसा यहाँ है, वैसा ही वहाँ है कि कुछ गड़बड़ करता है। क्या यहाँ की तरह वहाँ भी कभी पूरा, तो कभी आधा निकलता है? हँसिए की धार की तरह नुकीला या गले में, काले धागे में बँधे ताबीज़ की तरह? उस पार की बोली-बानी कैसी है? वहाँ का नदी किनारा हमारे किनारे से अच्छा तो नहीं है न? हो ही नहीं सकता।" जैसे अनगिनत सवालों से घिर जाऊँ।

और फिर मैं कहूँ कि—"मैंने उस ओर वालों से यह सब पूछा था, तो वो कहते थे कि बाप-दादों से, नानी-दादी से सुनते आए हैं कि इस पार और उस पार में कोई फर्क नहीं है। दरअसल दोनों पार एक ही हैं। देखो न, नदी का रंग और पानी एक है। खेत-खलिहान और पशु-पक्षी भी एक हैं। फसल भी एक जैसी है और चाँद...उसको देखकर तो लगा ही नहीं कि वो आज इस पार नहीं, उस पार उगा है। कोई इस पार, उस पार नहीं है। इस ओर, उस ओर भी नहीं है। इस ओर भी

खँडहर हैं, उस ओर भी खँडहर हैं। इस ओर भी चट्टान हैं, उस ओर भी चट्टान हैं। यहाँ भी चट्टान पर कपड़ों के संग गीले मन सूखते हैं। वहाँ भी चट्टान पर अकेले कपड़े नहीं सूखते हैं।" क्या कमाल का जवाब होगा!

फिर लोग पूछेंगे—"हमारी बातें, हमारी चीज़ें तुम्हारी ओर कैसे पहुँच जाती हैं? हम लोग तो कभी मिले नहीं? न इस ओर वाले उस ओर गए और न उस ओर वाले इस ओर आए? फिर ऐसा कैसे हो गया कि हमारे स्वभाव एक से हैं? हमारा हँसना-रोना और सुख-दुख सब एक से हैं?"

मैं कहूँगी—"साइकिल से! साइकिल के इन चक्कों से!" सब घूम-घूमकर आश्चर्यचकित हो साइकिल के घूमते पहियों को देखने लगेंगे। मैं फिर कहूँगी—"चिड़ियों से। चिड़ियों का कमाल है ये। जिस तरह चोंच में दबाकर तुलसी और नीम ले आती हैं, बिल्कुल वैसे ही हमारी, तुम्हारी बातें ले जाती हैं। बोली-बानी ले जाती हैं।" सब आकाश में उड़ती चिड़िया को देखने लगेंगे।

लेकिन हक़ीक़त में साइकिल चलाते हुए सैकड़ों बार घुटने छिलते हैं और जा़ने कितनी बार वो हमारे ऊपर गिरती है, तो कभी हम उसके ऊपर गिर पड़ते हैं। जिनके दोस्त होते हैं, उनके लिए थोड़ी आसानी हो जाती है। वे साथ में दौड़ते हैं। सन्तुलन बिगड़ने पर साइकिल समेत थाम लेते हैं। हम गिरने से बच जाते हैं और खड़े-खड़े ही फिर से उठ खड़े होते हैं। इस तरह गिरकर उठने से बच जाते हैं। घुटने भी नहीं छिलते। दोस्त हौसला बढ़ाते हैं। कई बार तो 'मुद्दई सुस्त, गवाह चुस्त' जैसा हाल हो जाता है। सवार इतना कसकर हैंडिल को पकड़ता है कि पूछो मत। भीतर की सारी डगमगाहट साइकिल में आ जाती है। कभी हैंडिल काँपता है, तो कभी पूरी साइकिल। दोस्त पीछे से पकड़े हैं, यही अहसास पैडल मरवाता है और फिर मालूम ही नहीं पड़ता कि दोस्तों ने कब साइकिल को छोड़ दिया। वो

इसी में मग्न कि—"गिरूँगा तो दोस्त थाम लेंगे। वे मुझे गिरने से बचा लेंगे" यही विश्वास पैडल मरवाता जाता है। ऐसे समय घंटी बजाने की किसी को नहीं सूझती।

एक तरह की साइकिल और उसे चलाने के हज़ार तरीक़े। मर्दाना साइकिल कहना मन को रास नहीं आता था। सो, सब उसे जेंट्स साइकिल कहते थे। साइकिल लेडीज़ भी हो सकती है? किसी की सोच में भी यह बात दूर-दूर तक न थी। साइकिल बनाने वाले भी ऐसा नहीं सोचते थे। शायद उनकी सोच में भी लड़कियाँ साइकिल नहीं चलाती थीं। लेडीज़ साइकिल नहीं थी, तो क्या हुआ? कई बार कुछ होने और कुछ नहीं होने से कोई फ़र्क़ नहीं पड़ता। कुछ लड़कियाँ जिन्हें साइकिल चलानी होती थी। वे जेंट्स साइकिल यानी कि डंडे वाली साइकिल चलाया करती थीं। जिस तरह चाँद एक आस पैदा करता है कि वह भी हमें देख रहा है। हमारे साथ चल रहा है और हमें ख़ुद को देखते हुए देख रहा है, उसी तरह काले रंग की डंडे वाली साइकिल भी आस पैदा करती थी कि—"हाँ, मैं तुमसे चल सकती हूँ या कि तुम भी मुझे चला सकती हो?"

जिस दिन ये आस पूरी होगी, उस दिन मैं नगर की परिक्रमा के लिए निकल पड़ूँगी। साइकिल की घूमती तानों के बीच से दुनिया को देखूँगी। कितनी बड़ी दुनिया! कितनी छोटी दुनिया! एक दुनिया के भीतर कई दुनिया! कई दुनिया के भीतर एक ही दुनिया को देखते हुए कौन जाने मेरे हाथ जीवन को देखने की कुंजी लग जाए। ताले को जंग नहीं लगी है, लेकिन उसमें कोई चाबी लगती ही नहीं। ऐसे ही किसी दिन ताला खुल जाएगा और इस जगत में साइकिल चलाते हुए धड़धड़ाते घुस जाऊँगी। टिकिट कोई नहीं माँगेगा। माँगेगा भी तो नहीं दूँगी। भला, आज तक चाँद ने किसी से उसको देखने के लिए टिकिट माँगा है?

मैंने समुद्र और पहाड़ कभी नहीं देखे। लेकिन हर रात सपने में समुद्र की लहरें मुझे भिगोकर चली जाती हैं। पूरी दम से पैडल मारते हर रात सबसे ऊँचे पहाड़ पर पहुँच जाती हूँ। बर्फ़ को

गिरते कभी नहीं देखा। लेकिन जब-तब ख़ुद पर से बर्फ़ झाड़ती हूँ। साइकिल के पहिए बर्फ़ में धँस जाते हैं और बर्फ़ को गेंद बनाते उसे ज़ोर से उछालती हूँ, तो कभी उसका गोला बनाकर गटक जाती हूँ। बर्फ़ की सिहरन तकिए पर महसूस होती है और खिड़की से बर्फ़ को हटाती हूँ ताकि खिड़की के पार का दिखाई दे। चाँद, तारे, आकाश, समुद्र, पहाड़, बर्फ़ और घने जंगल जिनके गोल घुमावदार रास्ते, जहाँ साइकिल पर भटकती हूँ, उन सारी जगहों पर जाने को मन करता है। इस पार और उस पार जाने की सोच नींद में पानी पर चलते जाना है। चाँद को छू लेना सपने का पूरा हो जाना है। बित्ता-भर ज़मीन पर खड़े होकर इस संसार को देखना और समझना। सपनों की इस धमा-चौकड़ी में रातें छोटी होने लगीं और नींद...?

ख़ैर, डंडा और पैडल के बीच की ख़ाली जगह में दोनों पाँव डालकर हम लोग कैंची साइकिल चलाया करते थे। दोनों पाँवों के बीच की जगह में तिरछे में कैंची के आकार के पाँव हो जाते। उस समय कैंची चलाना भी सबके वश की बात न होती। कुछ को ही चलाना आता था। बाकी सब हसरत भरी निगाहों से चलाने वाले को देखते रहते। अपने से काफी ऊँची डंडा साइकिल चलाना आसान बात नहीं थी। कुछ कैंची में ही रम जाते और इतना रमे रहे कि कैंची ही चलाते रह गए, तो कुछ ने कैंची के बाद साइकिल ही छोड़ दी। कैंची के बाद डंडे के ऊपर से पाँव डालना बड़ा ही मुश्किल था। कैंची चलाते हुए एक पाँव पैडल पर रहे और दूसरा जल्दी से डंडे पर चढ़ जाए। पल भर की देरी कुछ का कुछ कर देगी। सन्तुलन बिगड़ने पर घुटने छिल सकते हैं। मुँह के बल गिरने से दाँत टूट सकते हैं। कोहनियाँ छिल सकती हैं। लेकिन जो इतना ज़्यादा छिलने और टूटने के बारे में सोचेगा, वो भला क्यों कर साइकिल चलाएगा?

एक दिन कई चक्कर काटने के बाद मैं कैंची से डंडे पर

पहुँच गई। साइकिल ने मुझे साध लिया। अब मुझे उसको साधना था। मैदान में कई चक्कर काटने के कुछ देर बाद मेरी घिग्घी बँधने को आ गई कि चढ़ तो गई, लेकिन अब उतरूँगी कैसे? शाम के आते चलाना शुरू किया था और जब शाम अपने पूरे चरम पर आकर जाने को थी, तब भी मैं मैदान के गोल चक्कर काटने में मगन थी। धीरे-धीरे शाम जाने लगी और मैं प्रतीक्षा में कि जल्दी से सारे लोग चले जाएँ, तो साइकिल समेत ख़ुद को ज़मीन पर गिरा लूँ। अभी भी लोग मैदान में थे और रह-रहकर मेरी ओर कनखियों से देख रहे थे। काश, कोई मुझे गिरते हुए न देखे। लाख कोशिशों के बाद भी डंडे से नीचे उतरने की जुगत समझ नहीं आ रही थी। क्योंकि ज़मीन तक मेरे पाँव नहीं आ रहे थे। चलती साइकिल में ख़ुद को एक ओर झुकाने की कोशिश की, तो वो डगमगाने लगी। मैं जितना झुकने की कोशिश करती, उतना ही साइकिल डगमगाती।

कुछ चीज़ें ऐसी होती हैं, जिन्हें हम झुककर नहीं पा सकते। अँधेरा कुछ ज़्यादा ही पसर रहा था और मेरा सारा रोमांच हवा-हवाई हो रहा था कि अचानक एक पत्थर ने मेरे भीतर कौंध पैदा की। उम्मीद की सारी किरणें पत्थर में झिलमिलाने लगीं। मेरे भीतर के डंडा रूपी पत्थर से पानी बहने लगा। हैंडिल पर मेरी पकड़ मजबूत हो गई। मैं मजे से पैडल मारने लगी। मुझे डंडे से उतरना सूझ गया था। उस गोल बड़े से पत्थर के आसपास मैंने कई चक्कर काटे। मन ही मन हिसाब लगाया कि किस कोण पर साइकिल को रोकूँ या कि धीमा करूँ कि एक पाँव पत्थर पर टिक जाए ताकि डंडे को उलाँघना न पड़े और ऐसा करते धड़ाम से गिर न जाऊँ। लोग अभी भी मैदान में टहल रहे थे और टहलते हुए ही उनके देखते गोल चक्कर काटते हुए पत्थर पर पाँव टिकाकर मैं साइकिल से उतर गई और कैंची चलाते हुए घर पहुँच गई।

मोहल्ले में किसी को नहीं बताया कि आज डंडे से साइकिल चलाई है। चीज़ें पकने पर ही सबको बताना चाहिए। बहुत-से

लोगों को कच्चापन समझ नहीं आता और उनमें इतना धैर्य भी नहीं होता कि वे चीज़ों के पकने का इंतज़ार कर सकें। अगर बताती तो सब कहते कि—"चलाकर दिखाओ। हम भी तो देखें कि कैसे भैया? कैसे?" चलाकर दिखाती तो उतरती कैसे? पत्थर कहाँ से लाती? वो तो वहाँ पाठशाला के मैदान में था। मैंने उसे छोड़ा नहीं था और वो छूट भी नहीं गया था। वो अपनी जगह पर था। मैं अपनी जगह पर लौट आई थी और साइकिल को उसकी जगह पर लौट जाना था।

कैंची से डंडे पर पहुँचकर मैं ख़ुश, बहुत ख़ुश थी। लेकिन इतनी ज़्यादा भी नहीं कि कोई उसे भाँप सके। बहुत दिनों से कैंची से आगे बढ़ जाना चाहती थी। हर समय दूसरों को साइकिल चलाते देख तरकीब भिड़ाती रहती कि कैसे पाँव को डंडे के पार पहुँचाया जा सके। 'उधार प्रेम की कैंची है' यह वाक्य रात-दिन मेरा पीछा करता। कैंची से बहुत जल्द पीछा छुड़ाना चाहती थी और पूरी तरह छोड़ने के बाद मन बहलाने के लिए सोच में कभी फिर से कैंची साइकिल चलाती। लेकिन घर में साइकिल नहीं थी, अगर होती तो इससे बहुत जल्दी पार पा जाती। दिन भर चलाती, जी तोड़ कोशिश करती। चौबीसों घंटे चलाती। ज़रूरत पड़ती तो दूसरे जिन्हें साइकिल का शौक़ नहीं था, उनसे उनके दिन के घंटे ले लेती। क्या, ऐसा सम्भव है? क्या पता? इस ओर से ध्यान हटा लेती। मुझे तो साइकिल से पूरे शहर को नापना था। मैं जान-पहचान वालों से उनकी साइकिल 'सिर्फ़ पाँच मिनट के लिए' या कभी "बस्स एक चक्कर" के लिए माँगती। कभी मिलती तो कभी नहीं मिलती, कभी 'आज नहीं फिर कभी' के बहाने बात टल जाती।

मैं फर्राटे से साइकिल चलाना चाहती थी। आसान रास्तों पर ही नहीं, कठिन रास्तों पर भी। कितना ही कठिन रास्ता क्यों न हो, कितनी ही चढ़ाई, उतराई हो। नदी के किनारे-किनारे चलाना चाहती थी ताकि पानी में ख़ुद को साइकिल चलाते देख सकूँ। रेलवे स्टेशन और पटरियों के पार जाना चाहती थी। धड़कते

दिल से रेलवे क्रॉसिंग को पार करना था। 'कभी भी ट्रेन आ सकती है' के अंदेशे के संग बैरियर के नीचे से साइकिल समेत ख़ुद को आड़ा करते हुए निकल जाना चाहती थी। साइकिल को बगल में दबाए धड़धड़ाती ट्रेन को देखते "आज तो बच गए" के अहसास से भर जाना चाहती थी। शहर में जहाँ भी, जो कुछ भी नया बन या टूट रहा है, उसे पूरी तरह टूटते और फिर बनते हुए देखना चाहती थी। पेड़ों से पत्तों को झरते और फिर उगते देखना चाहती थी और यह सब साइकिल के बिना सम्भव नहीं था।

लेकिन मैं अभी कुम्हारन अम्मा के घड़े की तरह कच्ची थी। मुझे पकना था, जैसे कच्ची कैरियाँ पकती हैं। कैरियों के पास उनका अपना पेड़ था। मेरा पेड़ किसी और का था, जिस पर मुझे पक जाना था। मैं साइकिल से स्कूल जाने का ख़्वाब नहीं देखती थी। मेरे सपनों की साइकिल में आगे डलिया नहीं थी, जिसमें रूमाल रखती और न ही पीछे कैरियर, जिसमें कि बस्ता होता। क्योंकि मैं यह अच्छे से जानती थी कि यह ख़्वाब इस जनम में तो पूरा होने से रहा।

जब कभी मुझे साइकिल मिलती। कैंची चलाते हुए पाठशाला पहुँच जाती और दूर से ही उस बड़े से पत्थर को देखते हुए डंडे पर पाँव डाल देती। झट से ब्रेक लगाती और फट से पत्थर पर पाँव टेकते हुए उतर जाती। ऐसा कई-कई बार करती और एक दिन ट्रिक हाथ लग गई। मैदान में पीछे से पैर फेंकते हुए सीट पर जा बैठी और उतरते समय डंडे पर ख़ुद को टिकाते हुए पत्थर के सहारे नीचे उतर गई। अब मुझे पत्थर के सहारे के बिना ज़मीन पर उतरना था। ऐसा सोचते ही अजीब सी धुकधुकी होने लगी। 'आज नहीं, फिर किसी दिन' सोचते हुए मन ही मन पत्थर को चूमते हुए मैदान से निकल गई।

दूसरे ही दिन फिर से जुगत हो गई और इस बार ज़्यादा देर के लिए साइकिल मिल गई। मैदान में घुसने से पहले ही मैं डंडे पर आ गई और एक लम्बा चक्कर लगाते हुए मैंने

पहले ही सोच लिया कि पत्थर के एकदम पास बिना टेक के उतरूँगी। अगर लड़खड़ाई तो पत्थर मुझे बचा लेगा। इस अहसास ने सफलता दिलाई और बखूबी साइकिल पर चढ़ना-उतरना सिखा दिया।

मैं धड़ल्ले से साइकिल चलाने लगी। कभी झुककर तो कभी तनकर, कभी सीटी बजाते हुए तो कभी लहराते हुए, कभी हैंडिल और ख़ुद को तिरछा करते हुए, कभी एक हाथ छोड़कर, तो कभी सीट से ऊपर उठकर दोनों हाथ छोड़ते हुए। मैं साइकिल के साथ लहराने लगी।

अब दोनों तरह से सीट से नीचे उतर जाती। कभी सीट के पीछे से पाँव को घुमाते हुए चलती साइकिल पर एक पैडल पर खड़ी हो जाती और शेखी बघारते हुए कभी धीमे से तो कभी झटके से ब्रेक लगाती। कभी डंडे से भी इसी तरह चढ़ती-उतरती, क्योंकि साइकिल ऊँची और मैं नीची थी। साइकिल से सीधे ज़मीन पर मेरे पाँव नहीं टिकते थे। मैं यह सब एक करतब की तरह करती। सब 'वाह' करते, हँसते हुए अचरज से देखते। मुझे ऐसा करते देख मेरे संगी-साथी भी यह सब करने की कोशिश करते, लेकिन कर न पाते। यह मेरा अपना स्टाइल था, जो पाठशाला के पत्थर ने मुझे सिखाया था।

इस तरह ज़मीन पर रहते हुए भी, मैं ज़मीन से ऊपर उठ जाती। बिजली की-सी फुर्ती लिए अंधे मोड़ को ऐसे काटती कि रास्ता काटती बिल्ली भी दम साधकर रुक जाती। गायों के झुंड के बीच से उन्हें हकेलते, पुचकारते हुए आसानी से अपने लिए रास्ता बना लेती। आड़े-टेढ़े, ऊबड़-खाबड़ रास्तों पर उचकते, दचके खाते हुए। घुसती किसी और रास्ते से तो निकलती किसी दूसरे रास्ते से। पेड़ों के गोल चक्कर काटते हुए उचककर उन्हें छूने की कोशिश करती। ढलान से ऐसे उतरती, जैसे समूची दुनिया को पीछे छोड़ रही हूँ। कितनी ही कठिन चढ़ाई हो, मैं नीचे न उतरती। पूरा दम लगाकर ऐसे चढ़ती कि इस पहाड़ को पारकर अपने सपनों के टीलों तक पहुँच जाऊँगी। साइकिल

चलाने के सिवाय कुछ और न सूझता। रात-दिन इसी जुगत में रहती कि कल किससे लूँगी।

दूसरों की साइकिल से जब-तब घर के काम निपटा दिया करती। धीरे-धीरे जब पूरी तरह पारंगत हो गई, तो पिता बाज़ार के कामों के लिए मुझे किराए की साइकिल दिला देते। बाज़ार में खासकर, हाट के दिनों में जब कभी ट्रैफ़िक बहुत ज़्यादा होता और उसमें घिर जाती तो सामने से आते ट्रक या बस को देख दहशत से भर जाती कि अगर इसने मुझे अपनी चपेट में ले लिया तो? साइकिल चलाते मन ही मन प्रार्थना करती—"ऐसा कभी न हो और अगर हो भी जाए तो जो कुछ भी होना हो, वो मुझे हो जाए। साइकिल साबुत बच जाए। साइकिल टूट-फूट गई तो पिता उसके पैसे कैसे भरेंगे?" हर समय मैं ख़ुद से ज़्यादा साइकिल को बचाती।

वैसे साइकिल चलाने वालों ने यह समझने में कितनी देर कर दी थी कि लड़कियाँ भी साइकिल चला सकती हैं। उनकी सोच में यह बात क्यों नहीं आई कि लड़कियों के मन में भी, उनके भीतर भी पहिए घूमते हैं कि वे भी घर-बाज़ार के काम निपटा सकती हैं कि वे भी यूँ ही शाम को घूमते पहियों के साथ घूम सकती हैं? आख़िर वे साइकिल से स्कूल क्यों नहीं जा सकतीं और यह भी कि स्कूल ड्रेस में, स्कर्ट में डंडे वाली साइकिल चलाना और आगे-पीछे से पाँव डालना कितना बड़ा झमेला है। ड्रेस बनाने वाले और साइकिल बनाने वाले नहीं जानते कि ऐसे समय लड़कियाँ मन ही मन कहती हैं कि—"बुरी नज़र वाले तेरा मुँह काला।"

उन दिनों साइकिल का और साइकिल वालों का जलवा था।

फिर जैसा कि होना था और होना भी चाहिए, क्योंकि हर किसी के साथ सदियों से यही हो रहा है। अभी भी हो रहा है। रोज़गार के चलते शहर और साइकिल दोनों छूट गईं। चाँद फिर भी साथ था। मुझे इस दुनिया का एक गोल चक्कर काटते हुए उसके पास

जाना था। लेकिन सोचने में और होने में बहुत फ़र्क़ होता है।

कुछ चीज़ें शुरू में नहीं मिलतीं तो नहीं ही मिलतीं। जैसे— नया बस्ता, रंगीन पेंसिलें, सुगंधित रबर, कॉपी-किताबों के कवर, नाम लिखने वाली चिप्पियाँ, टिफिन बॉक्स, पानी की बोतल, टेबिल कुर्सी, टेबिल लैम्प और साइकिल।

वे सब पीछे छूट जाती हैं और हम उनके बिना अधूरे से आगे बढ़ जाते हैं। जीवन की आपाधापी, मारकाट प्रतियोगिता और शोरगुल में वे मन के किसी कोने में दुबकी रहती हैं। अधूरी इच्छाएँ और अधूरे स्वप्न अक्सर चाँद के साथ रात में आकाश में विचरते हैं। वे दबे पाँव धरती पर आते हैं और अपने पूरे होने की प्रतीक्षा में फिर वापस आकाश में चले जाते हैं।

साल दर साल, क्या कई साल बीत गए। दुनिया क्या से क्या हो गई। साइकिल दीन-हीन, ग़रीब-गुर्बों की सवारी बनकर रह गई। गुब्बारे वाले, गुड़िया के बाल बेचने वाले, मज़दूर, गरीब किसान, माली, चौकीदार की होकर रह गई। उसकी ज़रूरत इतनी कम रह गई कि किराए से साइकिल की दुकानें जाने कहाँ बिला गईं। अख़बार डालने वालों ने भी लगभग उसे छोड़ दिया।

एक अजीब सी आक्रामकता, उद्दंडता और उग्रता ने गाँव-शहर और सड़कों को अपनी चपेट में ले लिया। सब कुछ तेज़ी से, बहुत तेज़ी से बदलने लगा। सूने में जो गलियाँ बतकही करती थीं, जिन फरसियों और पटियों पर सपने दस्तक देते थे, वहाँ दुकानें खुल गईं। सूनी गलियाँ जहाँ साइकिल की घंटी बजाने की ज़रूरत महसूस नहीं होती थी, वे चारपहिया और दोपहिया वाहन के तेज़ हॉर्न से बजबजाने लगीं। सड़कें चौड़ी होने लगीं। हज़ारों पेड़ों की बलि चढ़ने लगी। भ्रम ऐसा कि पेड़ शहीद हो रहे हैं। ऐसी विकट रफ़्तार कि साइकिल लड़खड़ाने लगी।

लेकिन बहुत ज़्यादा नया आने से सब कुछ ख़त्म फिर भी नहीं होता। जिसे बचना होता है, वो बच ही जाता है।

साइकिल फिर से मेरे भीतर कुलाँचे भरने लगी। कई बरस बाद वो इतनी तेज़ी से वापस आई कि ख़ुद को सँभालना मुश्किल हो गया। कुछ चीज़ें जिन्हें कभी नहीं छूटना चाहिए। वे कैसे छूट जाती हैं? ये समझना बहुत मुश्किल है। वो मेरे पास लौट आई या फिर मैं उसके पास लौट गई? क्या फ़र्क़ पड़ता है? क्या, इतना काफ़ी नहीं कि उसके आने से जीवन में उल्लास आ गया। रास्ते फिर उम्मीदों से भर गए।

आने वाले कल में शहर कैसे जगर-मगर हो जाएँगे। कैसे शहर का नक़्शा बदलेगा और वो बड़ा हो जाएगा। साइकिल उन कोनों-कुचालों की ख़बर लेती है, जिन्हें शहर छोड़ देता है। वो बताती है कि—"देखो, शहर से दस किलोमीटर के बाद जीवन कैसा होता है?"

किसी भी गाँव को देखने से पहले हम बचपन के गाँव को देखने लगते हैं। जैसे कि मामा का गाँव। सारी उम्र मामा का गाँव साथ-साथ चलता है। साफ़ चमकते गाँवों को देख लगता है—"अरे, मामा का गाँव कितना बदल गया? ज़रूर मुँह अँधेरे उठकर नानी ने चमकाया होगा।" चमकती सड़क को देख लगता है—"ओए...इसी पगडंडी पर बैलगाड़ी से तो हम जाते थे।" नानी कितने पहले हमारे आने की आहट जान लेती थी। दूध-रोटी देती कितनी सुन्दर थी, नानी। उससे सुन्दर नानी तो आज तक देखी ही नहीं।

कभी न गाँव पराए लगते हैं, न गाँव के लोग पराए लगते हैं। ऐसा क्या है गाँव के भीतर कि उसके पास जाते पाँव थकते ही नहीं।

# बंजड़ हेगी

साइकिल चलाते-चलाते मैं ज़मीन के प्रेम में पड़ गई। खेत और फ़सलों के मोहपाश में इतनी उलझ गई कि बंजर ज़मीन को देख अपने पहले इकतरफ़ा प्रेम की याद आ जाती। फिर से साइकिल चलाते हुए यह समझ नहीं आ रहा था कि मैं क्या करूँ और किस ओर जाऊँ। मेरे पास एक नहीं, कई विकल्प थे।

दो हज़ार की आबादी वाले सूरज नगर से जाते हुए बिशनखेड़ी—जहाँ हज़ार लोग बसते हैं और रास्ते में मोर दिखते हैं। हरी-भरी वादियाँ और लहलहाते खेतों के बीच मोर...! मन मयूर हो नाच उठता है।

या फिर डेढ़ हज़ार की आबादी वाले गोरेगाँव जाऊँ। 'साईं', 'स्पोर्ट्स अथॉरिटी ऑफ इंडिया', 'भारतीय खेल प्राधिकरण' के खिलाड़ियों को देखूँ। दौड़ते-भागते, कसरत करते, उनके वर्क आउट को देखना और देखते-देखते पसीना-पसीना हो जाना—"बाप रे, बाप! कितनी मेहनत होती है, खेलों में। हम तो यूँ ही अभी तक खेल को खेल समझते रहे। ये खेल भी कैसे-कैसे खेला करता है।"

खिलाड़ियों को देख समझ आया कि जो चीज़ सबसे आसान लगती है, दरअसल वही सबसे ज़्यादा कठिन होती है—"साधन से नहीं, साधना से बनते हैं सर्वश्रेष्ठ खिलाड़ी।" इस वाक्य को पढ़ते ही मैं ज़ोर-ज़ोर से पैडल मारने लगती हूँ। "सही दिशा में मेहनत बहुत ज़रूरी है, वरना कुछ हासिल नहीं होगा।" हमें मालूम ही नहीं चला और जीवन एक युद्ध में तब्दील हो गया।

हम तो खेल में पतंग के पीछे दौड़ते थे। कटी पतंग को इस आस में लूटना कि वो साबुत निकलेगी। ये और बात है कि न कटी पतंग हाथ लगती थी और न कभी साबुत पतंग मांजे के साथ मिल पाई। 'अपनी भी एक पतंग होगी, अपना भी एक आकाश होगा।' 'ज़माने से हम नहीं, हमसे है ज़माना।' 'किसमें इतनी जुर्रत कि हमारी पतंग को काटे।' आकाश से गिरती पतंग को लूटने में जाने कितनी बार घुटने छिले, कोहनियाँ टूटी-फूटीं, हाथ-पाँव में अनगिनत खरोंचें आईं। कभी कटी

पतंग हाथ लगी भी, तो ख़ुशी में जो सब उस पर झूमे, तो रही-सही कसर भी पूरी हो जाती थी। अब इन खिलाड़ियों को देखकर लगता है कि हम जो खेलते थे, वो खेल थे कि ये जो खेल रहे हैं, वो खेल हैं। जीत की इच्छा मनुष्य को जितना उदात्त बनाती है, उतना ही या उससे ज़्यादा कई बार बौना भी बना देती है।

या फिर बिशनखेड़ी से सीधे दो हज़ार की बसावट वाले गाँव नाथू बरखेड़ा चली जाऊँ। जहाँ की पिअत की ज़मीन देखते ही बनती है, जिसका चप्पा-चप्पा उपजाऊ है। फ़सलों पर रीझते कब रास्ता पार हो जाता है, मालूम ही नहीं पड़ता। उपजाऊ ज़मीन को देख बरबस मन के भीतर गीत बजने लगता है—"मेरे देश की धरती, सोना उगले, उगले हीरे मोती। ओ मेरे देश की धरती...।"

या फिर चार सौ पचास वोट और सौ घर वाले गाँव वीलखेड़ा भी जाया जा सकता है। जहाँ ये खिलाड़ी दौड़ते हुए जाते हैं। किसी की ओर नहीं देखते। कोई उनकी ओर देख रहा है, इससे भी उन्हें कोई फ़र्क़ नहीं पड़ता। वो अपनी धुन में रहते हैं। अपने गोल को अचीव करते हुए पसीने को पानी की तरह बहाते हुए इन्हें देख लगता है—"काश, हम भी खिलाड़ी होते। कौन जाने खेल-खेल में ही जीवन का उद्धार हो जाता। अभी तो जीवन पतंग हो गया है, जो उड़ने से पहले ही कट जाती है। कटकर जिस छत पर गिरना चाहिए, उस पर कभी नहीं गिरती। जहाँ नहीं गिरना चाहिए, वहीं जाकर गिरती है।

लेकिन, मैं तीसरे रास्ते की तरफ़ मुड़ गई, जिसे लौटते वक़्त पीछे मुड़-मुड़कर देखती हूँ।

सूरज नगर, गोरेगाँव, बिशनखेड़ी, नाथू बरखेड़ा और वीलखेड़ा से बड़ा गाँव है, नीलबड़। तीन-साढ़े तीन हज़ार की आबादी वाला, जिसकी आधी ज़मीन पठार और आधी उपजाऊ है। दादा, अम्मा से राम-राम किए बिना मुझे चैन नहीं पड़ता। कभी अम्मा से पूछो—"अम्मा, दद्दू कहाँ हैं?" उजले दाँत वाली हँसी के संग जवाब—"वे रहे। वे वहाँ ढोर-बछेड़ू के संग" और कभी दादा से—"दद्दू, अम्मा कहाँ हैं?" दद्दू का भी वही जवाब—"वे रईं। वे बाल्टी लिये जा रहीं। पानी की बड़ी किल्लत है, भाई। जहाँ-कहीं होएँगी, पानी की जुगत बिठा रही होएँगी।"

ये अपनी ज़मीन से तनिक भी हार नहीं मानते हैं। गेहूँ, चना, मक्का, बाजरा, तुअर, तेवड़ा, बटरा, अलसी या तिल्ली...कुछ न कुछ उगाते हैं। पाँच-छह गायें हैं, जो कभी चार हो जाती हैं तो कभी दो रह जाती हैं। कभी कोई गाय धरम में मिल जाती है तो कभी धरम में ये किसी को दे देते हैं। फिर उसकी याद आने लगती है तो धरम में उसे वापस भी ले आते हैं। इनका धरम, धरम था और अब भी है। हम उसे आज के धरम के सन्दर्भ में नहीं देख सकते।

गाँव के कोने की ज़मीन जिस पर दिन भर गायें चरा करती थीं, जाने कैसे रातोंरात क़ब्रिस्तान में बदल गई। फिर कुछ दिन बाद रातोंरात क़ब्रें जाने कहाँ बिला गईं। ज़मीन पर महीने भर का यज्ञ हुआ, जिसमें सात गाँव के लोग आए। खाना-पानी हुआ, सबको प्रसाद मिला। ज़मीन पवित्र हो गई। इतनी पवित्र कि समतल हो गई। गायें अपनी पनीली आँखों से ज़मीन को चारे की आस में निहारती रहती हैं। वे अब पवित्र ज़मीन पर भूखी बिचरती हैं। ऐसे ही थोड़ी न गाय की आँखों में इतना पानी है। दस एकड़ की उस ज़मीन पर अब अतिक्रमित क़ब्रें भीतर और बाहर केसरिया ध्वज लहराता है।

...मैंने ज़मीन को पलटकर क्यों देखा था? अगर मुझे पता होता कि ये ज़मीन बंजर है, तब भी क्या बार-बार पलटकर देखती? ज़मीन को देखना क्या होता है। यह तब जाना, जब अम्मा ने मुझसे कहा—"ऐसे मत देखो, पतरा जाएगी।"

—"पतरा जाएगी?" सोचते हुए उनकी ओर ऐसे देखा, जैसे मैं ज़मीन नहीं, ज़मीन के पत्थर गिन रही थी।

अम्मा हिम्मती, दबंग, मनमोहक, आकर्षक, बिना मतलब दूसरों से प्यार करने वाली और अपना हिस्सा बाँटने वाली है। जब वह अपने ढोर-बछेड़ू को चराने के लिए निकलती है तो सारी सड़क उसकी हो जाती है। वह ज़मीन पर ऐसे विचरती है, जैसे ज़मीन के बंजरपन को अपने भीतर सोख लेगी और अपना उपजाऊपन ज़मीन को दे देगी। ताकि वो किसी को मुँह दिखाने लायक़ तो बचे। बंजर है तो क्या? उन्हें अपनी ज़मीन बहुत प्यारी है और सबसे अच्छी बात ये कि सामने की उपजाऊ ज़मीन को देख वो उसाँसें नहीं भरती। न ही अपनी ज़मीन को उसके बंजर होने पर कोसती है।

वह ज़मीन के कंकर-पत्थर को ऐसे बीनती है, जैसे कह रही हो—"तुम भी हमरे पेट से ही जुड़े हो।" इतना बड़ा कलेजा लिये हँसते हुए कहती है—"समय लेएगी तनक और, फिर खावे लायक देएगी। जई तो हमें पाल रही है। कोई

के आगे हाथ नईं फैलान दओ, आज तक जाने।"

गेहूँ, चना, ज्वार, मक्का, बाजरा, मूँग, उड़द, तुअर, तिल्ली और बटरा के साथ जो सबसे ज़्यादा उगता है, वो है दरिद्दर। इतनी ज़्यादा खर-पतवार कि चारों ओर उसी का साम्राज्य। इस साम्राज्य को देख वो तंज से भर जाती है। लाल दहकते अंगारों-सी आँखें लिये कहती है—"और ज़मीनों से अच्छी ज़मीन है जा। मनो, जाए जो दरिद्दर खाए जात है।" फिर वो पल्लू को कमर में खोंसकर हाथ में खुरपी लिये, साड़ी को टखनों तक खींचते हुए खेत में उतर जाती है—"जा दरिद्दर की तो देखियो। मैं अभी छुट्टी करत हूँ। जब कल तुम आओगी, तब देखियो।"

—"हाँ, कल ही...साइकिल से दस किलोमीटर आने-जाने में मेरे भी पाँव भर आते हैं।"

एक रात सपने में फ़सल को देखा। सोचा कि हो न हो, ज़मीन पर कमाल हो गया होगा। आख़िरकार जादू भी तो इसी संसार की उपज है। जादू और विदा को देख हमेशा ऐसा लगता है कि इस दुनिया में सबसे पहला जादू कौन-सा हुआ होगा? संसार में पहली विदाई पहली बार किसने, किसको दी होगी। कैसे दी होगी पहली विदाई? रोकर, हँसकर या फिर मिलेंगे की आस में। बेटियों की विदाई इस क्रूर संसार में कब शुरू हुई होगी? वो पहली स्त्री कौन सी होगी, जो अपने ही घर से विदा होकर पराए घर में गई होगी। घूमते पहियों को देख हमेशा ऐसा लगता है कि गति पर सवार होने का ख़याल सबसे पहले किसी स्त्री के मन में ही आया होगा।

रास्ते में मुझे मोर दिखा, जिसके रंग मेरे भीतर मचलने लगे। सोचा कि इतने पास है मोर, तो क्यों न आज इसके पाँव देख लिए जाएँ। लेकिन मेरे भीतर तो फ़सल लहलहा रही थी, जिसे अम्मा के साथ देखना था।

खेत को देखा, तो जैसे नज़र बाँझ हो गई।

"अम्मा, फ़सल तो आई नहीं।"

हम खेत के किनारे खड़े थे। उसने ज़मीन को देखते हुए सारी रात जागी-सी आँखें लिये कहा—

"बंजड़ हेगी। जब तक मैं हूँ, तब तक तैर हो रही है जाकी।"

अम्मा ने उस दिन गुलाबी साड़ी पर चटख हरे रंग का पोलका पहन रखा था। 'बंजड़ हेगी' कहते स्वर कितना तल्ख़ था। रंज अपनी पराकाष्ठा पर था। मैं खेत किनारे बहुत देर तक खड़ी रही, लेकिन उन्होंने ज़मीन की ओर पलटकर नहीं देखा। हवा में उनका पल्लू लहरा रहा था। मैंने ज़मीन की ओर देखा, वो एकदम से सहम गई। मैंने फिर-फिर देखा, तो लगा, वो अम्मा के पल्लू में दुबक रही है।

ज़मीन को छोड़ मैं उनके पीछे भागी—"ओ अम्मा, दादा कहाँ हैं?" मैंने बहुत तेज़ आवाज़ लगाई, जो उनके कानों तक पहुँच गई, लेकिन उन्होंने जवाब नहीं दिया।

थोड़ी दूर पर दादा मिल गए—"दादा, फ़सल तो आई नहीं।"

"का करोगे अब? सब माया है उसकी, तनक देर से आएगी। किसान का कलेजा भौत बड़ा होता है, बेटा। जे किसान ही है, जो चारों तरफ से मार खाकर भी अपनी जमीन को जोतता है। वैसे अपनी जा जमीन में कोई कमी नहीं है। भौत अच्छी फसल देती जा भी। अपन ही उसको पानी नहीं दे पाते हैं। जे देखो, सामने तलाब भर रहा है और अपने जे जहाँ पानी नहीं है। जा तरफ पानी नहीं है, वा तरफ पानी ही पानी है।

"वो उधर देखो..., वो तिवारी जी वाली जमीन को देखो। उधर भी सब पानी की 'हाय-हाय' कर रहे थे। बड़े आदमी हैं। उनके वहाँ बोर हो रही थी तो जगह तो मैंने ई बताई थी। आधी से ज्यादा जमीन खुद चुकी थी। मनो, पानी का नामो-निशान नहीं मिल रहा था। बोर की खुदाई कई दिन तक चली थी। चारों गाँव का हुजूम आँखें फाड़े पानी की बाट जोह रहा था।

मैंने कहा—"साब! जहाँ खोदो! जहाँ निकलेगा पानी! मैंने ज़मीन में लट्ठ गाड़ दिया और गन-मन लकीर खींच दई। कई सौ आदमी थे और सब मेरी तैयाँ देख रहे थे। मनो, मैं भी डटा रहा अपनी बात पर। वो दिन है कि आज का दिन। तिवारी जी मेरी 'राम-राम' का जवाब बहुत सम्मान से देते हैं और फिर साब क्या पानी निकला। एकदम ज़िन्दा पानी।"

—"अरे, पानी भी कहीं मरा और ज़िन्दा होता है, क्या।" पानी के बुलबुले से उठते स्वर में मैंने कहा।

—"काए नहीं होत। अपनी ज़मीन काए मर रही है, पानी के बदौलत। जे जहाँ पानी होता तो...।" कहकर वो अपने बड़े-बड़े हाथों को हवा में लहराते

हुए चारों गाँव के पानी के क़िस्से सुनाने लगते हैं। लम्बे, छरहरे, गठीले बदन के दादा लम्बा-सा कोट और बूट पहने खेत में चहलक़दमी करते हुए पानी के निशान खोजते फिरते हैं।

एक दिन मैंने कहा—"दादा, ये कोट और बूट में तुम एकदम अंग्रेज़ साहब लगते हो।"

"अरे, अपन काहे के अंग्रेज़। अपन तो जहीं के गाँव खेड़ा के सीधे-सच्चे किसान आदमी हैं।"

अम्मा ने चुटकी ली—"जे तुमरे दादा और अंग्रेज़ साब।"

"हाँ तो क्या हुआ? अम्मा, हमारे दादा काले अंग्रेज़ साब हैं।" सुनते ही वो दादा को देख हँस पड़ी और अपने हाथ में पकड़े मिट्टी के ढेले को दूर हवा में उछालते हुए बहुत देर तक मुस्कुराती रही। शान और प्यार से भरी वो मुस्कुराहट अच्छी, बहुत अच्छी थी।

दादा अपने परिवार और अपनी ज़मीन का पेट पालने के लिए चौकीदारी भी करते हैं। खेती में पूर नहीं पड़ती। मन को मारा जा सकता है, लेकिन पेट? सारी फ़साद की जड़ पेट ही तो है, उन्हें अपने साथ-साथ पूरे परिवार के पेट को देखना है। बारह महीने तो फ़सल की आस में काटे नहीं जा सकते। फ़सल जब आएगी, तब आएगी। हर दूसरा किसान खेती के साथ कुछ और करता ही है। जिसकी जैसी क़ुव्वत।

खेत के बग़ल की दस एकड़ ज़मीन पर लोहा रखा है। लोहा चोरी के लिए बहुत उकसाता है। यहाँ सोना, लोहे से मात खा जाता है। सोना चोरी करने के लिए तिज़ोरी को तोड़ना होगा, सेंध लगानी होगी, लेकिन लोहे के साथ इतनी बारीकी और चतुराई की ज़रूरत नहीं पड़ती और फिर यहाँ लोहा खुले में है। दादा आसमान को छत बनाए दिन-रात लोहे की चौकीदारी में ख़ुद को तपा, गला रहे हैं। खुले आसमान के नीचे टहलते हुए वे किसी राजा की तरह लगते हैं। फ़क़ीरी में सच में राजसी गुण होता है। उनके साथ चार-पाँच कुत्तों का हुजूम रहता है। वे लोहे की चौकीदारी कर रहे हैं और कुत्ते उनकी चौकीदारी करते है।

'ग़रीबी गर्वीली होती है' सिर्फ़ सुना भर था, लेकिन उसे यहाँ नीलबड़ गाँव में दादा, अम्मा और बंजर ज़मीन के संग देखा-जाना और समझा।

क़ुदरत भी कैसे निराले खेल खेलती है। दस किलोमीटर के रास्ते में एक ओर पानी है, दूसरी ओर पानी नहीं है सो, ज़मीन बंजड़ हेगी। दूसरी तरफ़ में भी क़ुदरत का कमाल कि आधे में पानी और आधे में बिल्कुल भी पानी नहीं। गोरेगाँव, बिशनखेड़ी से होते हुए जब नीलबड़ जाओ तब प्रकृति की ये बेईमानी दिखाई देती है। अगर मौसम का आनन्द लेते हुए आप नाथू बरखेड़ा की ओर चले गए, तो दाँतों तले उँगली दबा लेंगे। ज़मीन को देखकर कलेजा मुँह को आ जाएगा। ऐसी पिअत की ज़मीन कि तबियत मस्त हो जाए। यहीं तो दादा की याद आ जाती है। आसमान की ओर देखते छाती ठोककर कहते हुए—"किसान का कलेजा भौत बड़ा होता है, बाई। ये ऊपर वाले की माया ऐसा नाच नचाती है कि किसान ही उसके संग नाच पाता है। इसीलिए तो किसान के हाथ फैले रहते हैं। जे सब प्रभु की माया है।"

पिछली फ़सल के चौपट हो जाने पर इस बार सिर्फ़ मक्का बोया है। ज्वार, बाजरा नहीं बोया। बाजरा थोड़ा सा उगता है। वो भी चिड़िया चुग जाती हैं। आसपास की चिड़िया खाएँ, तो अम्मा को दिक़्क़त नहीं, लेकिन—"जाने कौन-कौन से देस की चिड़िया बुला लाती हैं, अपनी ये चिरैयें। पूरो ज्वार, बाजरा सफाचट कर जाती हैं। पिछली आधी फ़सल तो जैई चट कर गई थीं। इस बार मैंने ज्वार, बाजरा बोया ही नहीं। अकेले मक्का बोया है। तुम भी कछु भुट्टा ले जइयो।"

मैं मुँह ताकती रह गई—"अरे, बाजरा नहीं बोया। मुझे तो 'बाजरे की कलगी' देखनी थी।" अजीब सा सनाका मेरे भीतर खिंच गया।

—"कहाँ भटक गईं? बाजरा बाबूलाल ने बोया है। जाओ, वा के कने देख आओ। तुमको भी फसलें भौत भाती हैं। अबे तक तुमने जे फसलें देखी ही नहीं थी कि शहर की नौकरी में सब भूल-भाल गई।"

"ए, बाबूलाल के खेत में ले जा मुन्ना इन्हें।" अम्मा ने उसे आवाज़ दी जो अपने में ही रमा हुआ था। कहीं ज़मीन में कुआँ खोदने की तो नहीं सोच रहा

है। ढोर-बछेड़ू हाँकने वाले को जी भरकर सोचने देते हैं। वे रोकते-टोकते नहीं हैं। बस, बीच-बीच में उन्हें हकेलते रहो।

रमा हुआ मुन्ना लपककर मेरी ओर पलटा—"मैडम जी, साइकिल मैं चलाऊँगा। चलो, चलो, दे दो हमें। अभी तक एक बार भी नहीं दई। हर बार फिर कभी, फिर कभी करती हो। कित्ती मक्खन साइकिल है। दे दो न। बस, एक बार चला लें।" वो एकदम से मचल गया।

उसके हाथ में पहुँचते ही साइकिल को जैसे पर लग गए। वह बहुत दूर हवा में उड़ता हुआ निकल गया। वो जितना आगे निकलता जा रहा था, उसके शब्द पीछे की ओर लौटते हुए उतने ही तेज़ी से गूँज रहे थे—"मैडम जी, आज तो चार-पाँच चक्कर लगा के आऊँगा। अगली दफ़ा का पता, देओगी भी कि नहीं देओगी।"

ज़ोर से पैडल मारते हुए वह पलटकर देखता जाता। इधर से हमने शब्दों की बौछार की, जो हमसे आगे लेकिन उसके पीछे गूँज रहे थे—"अबे पागल, सामने देख, सामने।"

सड़क से लगे खेत के बग़ल में एक छोटी-सी पड़िया लेटी हुई थी। उससे थोड़ी दूर पर कुछ भैंसें जुगाली कर रही थीं। बीच की जगह पर कुछ बच्चे खेल रहे थे। साइकिल पर फरफराते हुए मुन्ना को देखते हुए दो बच्चे, जिनकी उम्र दो या तीन साल के बीच की होगी, वे ऊँघती हुई भैंस की पड़िया के ऊपर जाकर चढ़ गए। एक बच्चा पूरी तरह नहला-धुलाकर तैयार किया हुआ फुल टी-शर्ट, पैंट और जूते पहने हुए था। उसके बालों की चोटी गुँथी हुई थी। वो एकदम कृष्ण-कन्हैया लग रहा था। दूसरा, नंगे पाँव बनियान और जाँघिया में था। वे जाने-अनजाने 'कृष्ण-सुदामा' बन गए थे। हमउम्र पड़िया के ऊपर चोटी वाला पीछे और जाँघिया वाला आगे बैठ गया, बिल्कुल ऐसे जैसे कि मोटरसाइकिल पर बैठे हों। दोनों कुछ देर बैठे रहे और पड़िया भी उन्हें आराम से अपने ऊपर बिठाए रही।

अचानक बच्चों ने 'ओए गाड़ी', 'ओए गाड़ी' की हुंकार शुरू कर दी—"चल-चल, चलो, चलो, चलो, ओए गाड़ी...।" कोई कुछ समझ पाता कि

गाड़ी चल पड़ी। पड़िया एकदम से उठकर गाड़ी बन गई और उस पर सवार दोनों बच्चे एकदम से उलटे-पुलटे होते हुए औंधे मुँह ज़मीन पर गिर पड़े। वे बुरी तरह अकबका गए और आसपास वाले सब ज़ोर से हँस पड़े। पड़िया भी आश्चर्यचकित कि मेरे सवार गए कहाँ?

अब लोग बच्चों से कहें—"चलो, तुम्हें गाड़ी पर बिठाते हैं?" वे काए को बैठें। सब हँस रहे हैं। हँसते हुए अपना काम भी कर रहे हैं। बच्चे घर की ओर दौड़े जा रहे हैं।

कुछ देर बाद वे फिर वापस आ गए, लेकिन इस बार अकेले नहीं, अपनी माँ को साथ लेकर आए। और—"चल, चल गाड़ी, ओए गाड़ी" कहते पड़िया की ओर उँगली से इशारा करते अपनी माँ को बता रहे—"देखो, इसने हमें गिरा दिया।"

माँ ने बच्चों को गोद में लिया और पड़िया के पास जाकर खड़ी हो गई। दोनों को कइयाँ लिये हुए उसने कुछ देर पड़िया को सहलाया और फिर उस पर बच्चों को बिठा दिया। बच्चे फिर—'चल, चल, ओए गाड़ी' करने लगे। पहले थोड़ा डरे, फिर माँ की ओर देखते धीरे-धीरे उनका डर दूर होता गया। पड़िया खड़े-खड़े हिल रही थी और धीमे से आगे-पीछे सरक रही थी।

बच्चे ख़ुश, बहुत ख़ुश, इतने ज़्यादा कि कहना मुश्किल। उन्हें लग रहा था कि गाड़ी चल रही है और गाड़ी को भी मालूम हो गया था कि कैसे चलना है।

मुन्ना बहुत देर तक वापस नहीं आया, 'बाजरे की कलगी' अनदेखी रह गई।

देखा-देखी बहुत सी चीज़ें होती हैं। उनमें हँसी भी है। रोना भी है और जम्हाई के साथ भी ऐसा ही होता है। लेकिन हँसी की बात ही कुछ और होती है। वे तीनों 'तीन-तिगाड़ा, काम बिगाड़ा' वाली हँसी हँस रहे थे। हँसी इतनी ज़बरदस्त थी कि राह गुज़रते लोग भी उन्हें हँसते देख अपनी हँसी नहीं रोक पाए। वे तीनों अपने सिर पर लकड़ियों के गट्ठर रखे चले आ रहे थे।

वे एक सीध में चल रहे थे। एक के पीछे एक चलते हुए, जैसे लकड़ियों के गट्ठर नहीं, रुई के पहाड़ उनके सिर पर रखे हैं। साँवले-सलोने और तीखे नाक-नक़्श वाले तीनों की सुन्दरता कुल्हाड़ी की धार की तरह नुकीली थी। नुकीले

कंकर उनके पाँवों में चुभ रहे थे, लेकिन वे उन्हें धता बताते हुए तेज़ क़दमों से आगे बढ़ते जा रहे थे कि अचानक बीच वाली लड़की के सिर पर रखी चोमड़ी फिसलने लगी। उसने आगे चलने वाली को 'ऐ, ऐ ,ऐ' किया। आगे वाली पलटी और उसने पीछे चल रहे लड़के को आँख से इशारा किया कि—"इसकी चोमड़ी ठीक कर दो।" चोमड़ी ठीक करने के लिए वे एक वृत्ताकार स्थिति में आ गए। अब वे अपने-अपने सिर पर चोमड़ी पर लकड़ियों का गट्ठर लिये हुए एक-दूसरे के ठीक आमने-सामने थे। जिसकी चोमड़ी मचल रही थी, वो अभी भी बीच में ही थी। उसका सन्तुलन बिगड़ने लगा। उसकी चोमड़ी के सन्तुलन को ठीक करते लड़के के गट्ठरों का सन्तुलन बिगड़ने लगा। सन्तुलन के इसी खेल में लड़की को हँसी छूट गई। अब बीच सड़क पर लकड़ियों का गट्ठर लिये वे तीनों हँस रहे हैं। हँसते-हँसते गट्ठर गिर पड़े। वे हँसी के मारे दोहरे हुए जा रहे हैं। चोमड़ी खुल गई है। हँसी रुकने का नाम नहीं ले रही है। उनकी हँसी में शामिल होने के लिए साइकिल रुक गई।

चोमड़ी की बनक ऐसी है, जैसे कि वो सिर्फ़ कोमल स्पर्श के लिए बनी है। चोमड़ी पर लकड़ियों का गट्ठर लिये हमेशा स्त्रियाँ ही दिखती हैं। सिर पर मटके, घड़े और फुँदरू लगी सुन्दर चोमड़ी पर कलश रखे हुए स्त्रियाँ ही बारात का स्वागत करती दिखती हैं।

"चोमड़ी या चोमली, चूमड़ी या चूमली, कोणरी या कोणरा, बताओ? किसान बुज़ुर्ग से पूछ बैठी कि कोई एक नाम बताओ।"

"अरे, कुछ भी कह लो, जो तुमरी मरजी हो। दुनिया मोटरगाड़ियों पर घूमती है और तुम जे साइकिल लिये फिरती हो!" साइकिल से लहरदार गोल चक्कर काटते मैंने कहा, "जे 'चूमली' साइकिल से ही दिखती है।" सुनकर वो हँस पड़े, उनके साथ बहुत देर तक गपियाती रही।

देखा कि तौलिये जैसे कपड़े की चूमली या कहें कि कोणरी बनाते उन्हें फिर हँसी छूट गई है। कोणरी फिर से खुल गई है। उसकी सहेली ने जो कि कोणरी पर अपना गट्ठर रखने वाली थी ही कि उसने उसे ठूँसा मारा। ठूँसे ने फिर दोनों को हँसा दिया। उन दोनों ने तीसरे को हँसा दिया। हँसी ने पूरे रास्ते को अपने में समेट लिया। अब आसपास की सारी चीज़ें हँसने लगीं।

अब वो तीनों अपनी-अपनी कोणरी बना रहे हैं। लकड़ियों के गट्ठर ख़ुशनुमा माहौल में थोड़े से लचीले हो गए हैं। लड़कियाँ कोणरी और लड़का कोणरा

बनाते हँसी पर काबू करने का असफल प्रयत्न कर रहे हैं। तीनों ने अपने बाएँ हाथ की उँगलियों और अगूँठे को त्रिभुजाकर आकार में मोड़ा और दाएँ हाथ से कपड़े को उसमें लपेटकर, बाएँ हाथ के अगूँठे से कपड़े के छोर को दबाए रखते हुए दाएँ हाथ से गोलाकार ढंग से कपड़े को घुमाया और तीनों ने अपने-अपने बाएँ हाथ को खींच लिया। हँसती हुई कोणरी उनके सिर पर जाकर बैठ गई, जिन पर लकड़ियों के गट्ठर सवार हो गए। वे अपनी हँसी को रोकते हुए गट्ठर लिये ऐसे चल रहे हैं, जैसे राजा की सवारी लिये जा रहे हों।

कोणरी और कोणरा का फ़र्क़ समझ आते ही मुझे हँसी आ गई।

दो कोणरियों के बीच एक कोणरा। 'कुछ भी कह लो', पेड़ के नीचे तम्बाकू फाँकते बुज़ुर्ग की बात याद आई—'लकड़ी चुभे न और मटका फिसले न।' चूमली या कहें कि कोणरी, जीवन में सन्तुलन बनाने के काम आती है।

मानक ऐसे ही टूटते हैं। कोणरी सिर्फ़ स्त्रियों के लिए ही नहीं बनी। लकड़ियों के गट्ठर सिर्फ़ स्त्रियाँ ही नहीं उठातीं, बल्कि कुछ पुरुष भी उठाते हैं और उनके साथ चलते हैं। मानक ऐसे ही लोग तोड़ते हैं। सीधे-सच्चे, दिन-रात मेहनत करने वाले लोग। वे हँसते-हँसते मानक तोड़ देते हैं। सारे भेद मिटा देते हैं।

मेरा बहुत मन है कि मैं भी ऐसा ही जीवन जिऊँ। एक छोटा-सा टपरा, जिसमें बिजली न हो। उसकी जगह लालटेन हो। दिन-भर खेत में रहूँ। लकड़ियाँ काटने जंगल जाऊँ। मेरे सिर पर भी चूमली हो और चूमली पर पानी का घड़ा हो। आसपास गाय हों, भेड़ हों। कभी कई-कई दिन तक कुछ और न करूँ, सिर्फ़ भेड़ों को चराऊँ। किसी मचान पर सारा दिन, सारी रात लेटी रहूँ। आसपास कुत्ते हों, जो मुझे देखकर भौंके नहीं, बल्कि वे भी मेरी तरह उनींदे हो जाएँ। इन सबके अलावा, जब खेती-बारी से पूर न पड़े, तो किसानों के संग मजूरी करने चली जाऊँ। खदान में या किसी बनते हुए पुल में और फिर लाल मिर्च की चटनी के संग मोटे-मोटे टिक्के खाऊँ। मक्के की रोटी सरसों के साग के साथ नहीं, लाल मिर्च की चटनी के साथ और जब कभी पानीपूरी खाने का मन करे, तो साइकिल से शहर आ जाऊँ।

जो जीवन अभी जी रही हूँ, उससे बहुत बुरी तरह ऊब चुकी हूँ। बंजर जीवन जीने से अच्छा है कि बंजर ज़मीन पर खेती करो।

ऐसा सोचती हूँ, लेकिन कर नहीं पाती हूँ। थोड़ा-सा करने की कोशिश करती हूँ कि लौट आती हूँ। ये लौटना आगे बढ़ने से रोकता है। तनी हुई रस्सी पर इस

डर के साथ चलती हूँ कि ये कभी भी टूट सकती है। ये टूटने का डर कुछ भी नया नहीं जुड़ने देता। क्या ऐसा नहीं हो सकता कि इस सबसे परे जाकर बहुत ज़्यादा नहीं, तो थोड़ा-सा ही कुछ कर पाऊँ, जी पाऊँ।

खेत के किनारे खड़े-खड़े मैंने कटोरदान से एक रोटी उठा ली। दादा खा चुके थे और बची एक रोटी मेरे हिस्से आ गई। पूरा खा भी न पाई थी कि देखा, पिल्लू टुकुर-टुकुर मेरी ओर देख रहा है।

भूरी कुतिया ने कुछ दिन पहले कई पिल्ले जने थे। कई दिन तक सबका यहीं बसेरा रहा। कुतिया अपने पिल्लों के पास किसी को फटकने भी न देती थी। सब रात-दिन उसके आगे-पीछे घूमते रहते। फिर धीरे-धीरे थोड़े से बड़े हुए कि आसपास टहलने लगे। कुतिया भी उन्हें छोड़कर दूर तक चली जाती और फिर वापस लौट आती। फिर जाने कैसे सब इधर-उधर हो गए और ये छुटकू दादा से चिपक गए। कूँ-कूँ करते सारा दिन आसपास मँडराता रहता है। जो दादा से बतियाते हैं, उनको भी पहचानने लगा है। लाख बुलाया, पर पास नहीं आया। दादा बोले—"आज नहीं आएगा, वो।"

"क्यों?"

"वाए जे कुत्तों ने भमोर दिया है, काट भी लओ, दाँत-वाँत गड़ा दए वा में। मैं गैयों के संग था। जब तक आओ, तब तक तो विन ने जाए लथेड़ दओ, डर गओ। जहाँ सड़क पे आई नईं रओ।"

सड़क के उस ओर वो दोनों कुत्ते घूम रहे थे। कुछ इस तरह ताव में कि वे अभी भी किसी भी समय पिल्लू को दबोच सकते हैं और पिल्लू ये सब भलीभाँति जानता है, इसलिए वो सड़क पर नहीं आ रहा है। चारपाई के नीचे दुबका हुआ सबको टुकुर-टुकुर देख रहा है।

दादा ने ज़ोर से कुत्तों को ललकारा। वे थोड़ी दूर तक भागे, फिर रुक गए। उनमें से एक दूसरी ओर चला गया और एक जहाँ का तहाँ खड़ा रहा।

"पिल्लू, ओ पिल्लू, आ जा पिल्लू। कोई कुछ नहीं कहेगा।" वो लँगड़ाते हुए खड़ा हुआ और फिर रुक गया।

"यह तो बहुत बुरी तरह डर गया। आ ही नहीं रहा है।" रोटी दिखाते मैंने कहा।

"कैसे आएगा। इन राक्षसों ने उसे बुरी तरह झिंझोड़ दओ। देखो, चल भी नहीं पा रओ। आ जा, अजा।" इस पुकार का भी उस पर कोई असर नहीं हुआ।

दादा के नाती-पोते चले आ रहे थे और साथ में मझली बेटी रामदुलारी भी। वे बोले—"अब आ जाएगा। जे मौड़ा-मौड़ी को देख के हिम्मत आ जाएगी जा में।"

जब वे पास आ गए, तो उन्हें सारा माजरा समझाया गया। सड़क के इस ओर पिल्लू था, तो उस ओर दूसरा कुत्ता, जो कि बड़े ध्यान से सब पर नज़र रखे हुए था। जैसे ही सबको मालूम हुआ कि पिल्लू को किसने मारा। सबने एक साथ कुत्ते को घूरा। अब कुत्ता दाएँ-बाएँ होने लगा। इधर पिल्लू भी धीरे-धीरे सड़क पर आ गया। रामदुलारी ने उसे पुचकारा और कहा कि—"रोटी तो मैं लाई नहीं। तोए, कौन ने मारो? जा ने मारो।" कह उसने कुत्ते को देखा। उसके देखने भर से वो बुरी तरह सिटपिटा गया। और इधर पिल्लू 'कूँ कूँ' करते उसकी गोद चढ़ गया।

"रोए मत, बिल्कुल भी मत रोए। जाने तोए मारो। कोई बात नहीं। तू भी जाए मारिए। जब तू बड़ो हो जाएगो, तब जो बूढ़ो हो जाएगो, तब तू भी जाए मारिए, सूँत देइए जाए।" उसके इतना कहते जैसे पिल्लू ने बात समझ ली और पिल्लू से ज़्यादा उस ओर खड़े कुत्ते जी ने कुछ ज़्यादा ही अच्छे से समझ ली, क्योंकि वे सिर झुकाए चुपचाप चल दिए।

वाह, क्या बात है। 'मनुष्य एक सामाजिक प्राणी है तो प्राणी भी तो एक सामाजिक मनुष्य है।' पिल्लू को रामदुलारी की गोद में लाड़ करते हुए मैंने कहा। वो कुछ ज़्यादा ही लड़ियाने लगा। लड़ियाते हुए उसकी गोद से मेरी गोद में आ गया। रामदुलारी बच्चों को लिये स्कूल की ओर चल दी। चलते-चलते यश ने सड़क से एक फटा पन्ना उठा लिया और उसका रॉकेट बनाते तेज़-तेज़ चलने लगा।

उस दिन भी तो खेत किनारे सड़क पर एक अख़बार और उसे पढ़ने वाले सात-आठ लोग थे। एक-एक पन्ना लिये सब पढ़ रहे थे। दादा कहते हैं कि उन्होंने अकेले कभी पूरा अख़बार नहीं पढ़ा, जब भी पढ़ा ऐसे ही बाँट-बाँटकर पढ़ा। कई दिन पुराना अख़बार भी लोग बड़े चाव से पढ़ते हैं। उस दिन भी सब पुराना अख़बार ही पढ़ रहे थे। बासी ख़बरें ताज़ी लगती हैं, जिनके बारे में ये कई दिन तक बात करते हैं, बहस करते हैं। यहाँ कोई रोज़-रोज़ अख़बार नहीं पढ़ता।

'भोपाल से सटे एक नहीं, कई गाँवों की लड़कियाँ दसवीं के बाद स्कूल नहीं जा पातीं, क्योंकि गाँव से हायर सेकेंडरी स्कूल बहुत दूर है।' अख़बार में ख़बर विशेष में आधा पन्ना भोपाल ज़िले की हक़ीक़त से रँगा हुआ था। हेडलाइन थी—'दसवीं के बाद स्कूल नहीं जातीं, उन्नीस गाँव की लड़कियाँ।' और लड़के? लड़के क्या करते हैं, दसवीं के बाद! इसके बारे में कोई ख़बर नहीं थी। जिस आधे पन्ने में यह ख़बर छपी थी, उसे यश ने खेल-खेल में रॉकेट बनाकर उड़ा दिया था।

अम्मा कहती है—"पुराने जमाने की बात और थी। मनो, आज के जमाने में लोग-बागन अपनी बेटियों को पढ़ाना चाहते हैं और मौड़िएँ भी पढ़ना चाहती हैं। मनो, अकेले चाहवे से का हो जाएगो? हमको तो हवाई-जहाज अच्छो लगत है, तो का जे जहाँ खेत में हवाई जहाज आ जाएगो, का? वाए उड़ते देखते में ही संतोष करना पड़ता है।" कहते यश को देखते हुए हँस पड़ी थी। यश अभी भी उसी पन्ने से उलझ रहा था।

"वो क्या कह रही थीं तुम, पढ़ाई के बारे में? क्यों नहीं पढ़तीं लड़कियाँ दसवीं के बाद।" अधूरी बात का सिरा पकड़ाते मैंने उनसे पूछा।

"अरे, कैसे पढ़ेंगी और कहाँ पढ़ेंगी। जे जहाँ गाँव में स्कूल कहाँ धरा है। सड़क का गाँव है, तो कछु ज़रूरी है का कि अस्पताल और स्कूल भी होएँ। अपने जहाँ से स्कूल दस-बीस किलोमीटर दूर है। कैसे जाओगे स्कूल? बस से ही जाओगे न? बस कौन जहाँ तुमरे कने आ रही है। बस तक जावे के लाने सूने रस्ते से जाना पड़ता है। लड़की जात को अकेले सूने रास्ते पे कोई कैसे भेज देएगा। कोई एक दिन की बात थोड़ी न है। एकाध दिन की बात हो तो और बात है। भला, दोई टैम मौड़िएँ अकेले आएँगी-जाएँगी? जमाना अच्छा नहीं है। लोग घात लगाए बैठे रहते हैं और आजकल जे नशा-पत्तर भी भौत चल रिया है। आदमी को होश कहाँ है कि वो सोच सके कि वो कर का रहो है और लड़कियाँ भी सूने रास्ते पर आने-जाने से डरती हैं। ऐसे डरकर थोड़ी रास्ता पार हो जाता है। खुटका में पढ़ाई नहीं हो पाए, और कछु भले हो जाए।" इसी बीच यश अम्मा से लूम गया था। वो जिद कर रहा था कि उसे एक पन्ना और चाहिए, लेकिन जिसका अख़बार था, वो उसे लेकर जा चुका था।

'सही है।' सब अपने पाँवों पर खड़े होना चाहते हैं, लेकिन खड़े होने के लिए ज़मीन और जगह भी तो चाहिए।

भैंस सा नखरीला प्राणी इस धरती पर दूसरा कोई नहीं है। अपनी ही धुन में रहती है। उसे हर हाल में भरकर पानी चाहिए। पानी के बिना उसे चैन नहीं पड़ता। आसपास नदी-नाले, पोखर न हों तो धनी की हालत ख़राब कर देती है। बुरी तरह रूठ जाती है। उसे लोढ़ने-लेटने के लिए पानी चाहिए तो चाहिए। यह आपकी समस्या है कि पानी की तंगी में भी उसके लोढ़ने के लिए पानी की व्यवस्था करें। वो एक बार खाने से समझौता कर लेगी, लेकिन पानी से नहीं। खाने से भी क्या ख़ाक समझौता करती है, अगर वो भी मन का न होगा, तो किसी भी हाल में दूध न लगाने देगी। दस सिर के हो जाओगे, लेकिन क्या मजाल कि उससे छटाँक भर भी दूध ले सको। अपनी ही धुन में मस्त-मगन रहती है। 'न काहू से दोस्ती, न काहू से बैर' वाला हिसाब-किताब है उसका।

"कम दिमाग का जानवर, तिस पर नखरे इतने ज़्यादा। कसम से कभी-कभी तो ये भौत-ई दिमाग़ खराब कर देती है। कछु समझती ही नहीं है। अरे, तनक दूसरों की भी तो सोचनी चाहिए।" रामकली को उस दिन भैंस पर बहुत ग़ुस्सा आ रहा था, क्योंकि भैंस खेत में चर नहीं रही थी, जबकि चारों ओर भरकर चारा था और दूसरे ढोर-बछेड़ू को मजे से चरते देख उसका पारा चढ़ता जा रहा था। वह पलटकर भैंस की ओर देखती, तो भैंस फूला हुआ मुँह उठाए उसी की ओर ताकती दिखती। कभी खेत में गोल चक्कर काटने लगती, कभी थोड़ी दूर जाकर ज़ोर से रँभाती, लेकिन चारे पर मुँह न रखती। वह बार-बार रामकली का ध्यान अपनी ओर आकृष्ट करने की कोशिश करती। वह यह जता रही थी कि—"लो, देख लो, मैं खा नहीं रही हूँ और चाहे कुछ हो जाए। चाहो तो सारा दिन छोड़ दो, फिर भी चारे को मुँह न लगाऊँगी।"

रामकली उससे छिपने के लिए दूर तक चली जाती। इस पर भैंस बहुत ज़ोर से रँभाती। इतना ज़ोर से कि रामकली को छोड़ सब उसकी ओर देखने लगते। झक मारकर वो पुचकारकर कहती—"खा ले। अरे, मेरी मइयो खा ले। तेरे हाथ जोड़ रही हूँ। संझा को घर में चर लेइए। तू जीती और मैं हारी।" लेकिन भैंस टस से मस न हो रही।

वो रुआँसी हो उठी। दादा की ओर देखते बोली—"देख रहे हो दद्दू, इसके

नखरे। चार लोगन के बराबर खर्चा है, इसका। हमरा पूरा घर इसको हाथों पे रखता है। जे तो अभी ब्याहने वाली है, नहीं तो मैं बताती इसको। राम की सौगंध बच्चा हो जाए इसको, फिर बताऊँगी। लोढ़वो और खावो दोई भूल जाएगी।"

'चल, चल, चल' कहते उसने भैंस को जमकर दो डंडी सटकार दी। दाँत किटकिटाते हुए चारे को उम्मीद भरी आँखों से देखते हुए वो 'कम दिमाग, तिस पे इतने नखरे' वाली को हाँककर ले गई। रामकली पलट-पलटकर चारे को देखती जाती थी। चारा जब उसकी पहुँच से दूर होने लगा, तो उसने उसे अपनी आँखों में भर लिया।

लेकिन कुछ दिन बाद भैंस को उस पर तरस आ गया और वह सारे नखरे छोड़कर मजे से खेतों में चरने लगी। रामकली उसे किसी चीज़ की कमी न रहने देती थी। वह अपने हिस्से का भी उसे देती थी। रात-दिन उसकी तीमारदारी में लगी रहती, क्योंकि वह बच्चा जनने वाली थी।

आकाश को ताकते हुए दद्दू बोले—"सब प्रभु की माया है।"

"दद्दू, प्रभु होते भी हैं, क्या?" ज़मीन को देखते हुए मैं पूछ बैठी।

वे एकदम से बमक गए—"अरे, और नहीं तो का? जे सबरी दुनिया वही तो चला रहा है। उसकी मरजी के बिना पत्ता भी नहीं हिल सकता। दूर क्यों जाते हो। जे जहीं तुमरी आँखों के सामने देखो। ये भैंस को ही देख लो। पहले चर नहीं रही थी और अब जे देखो, जे कित्ते मजे से चर रही है। बताओ, क्यों? क्योंकि प्रभु ने ही कहा उससे, मैं देख रहा हूँ, तू चर। तेरे धनी के यहाँ व्यवस्था नहीं है। वो तेरा ख़याल रखता है। तू उसका ख़याल रख।"

—"अरे, आप कहाँ की बात कहाँ ले जा रहे हो।" मैंने भैंस की ओर देखते कहा। वो सच में मज़े से चर रही थी और रामकली सुकून से बैठी हुई उसे चरते देख रही थी। दादा कहीं दूर देखते हुए मुझे देखने लगे। मैंने फिर कहा—

—"देखो, अब तुम रात-दिन इतनी मेहनत करते हो। क्या मिलता है तुम्हें? वो इतना अन्यायी कैसे हो सकता है? किसी को दे रहा है, तो खूब दे रहा है। किसी को बिल्कुल ही नहीं दे रहा है।"

वे हाथ नचाते बोले—"अरे, तो जैसे करम करोगे, वैसा भरोगे। करमों का फल है जे सबके।"

उनकी तरह ही हाथ नचाते मैंने कहा—"तो आपके करम तो अच्छे हैं न? फिर।"

"वो तो तुम्हें लगता है कि करम अच्छे हैं। उसके तराजू पर तौलो तो मालूम पड़ेगा। कोई तो कमी है, जो वोई देख रहा है। उसी के पास निगाह है। वही देख सकता है।" वो कम नहीं पड़ रहे थे।

"दद्दू, हमको आपकी ये बात जमी नहीं।" थोड़ा सा हँसते हुए मैंने कहा।

"न जमे, सौ बार न जमे। उससे उसको क्या फरक पड़ने वाला है। अरे, उसी ने किसान को इतना बड़ा कलेजा दिया है, जो वो मार खा-खा के उठ खड़ा होता है।" एकदम दृढ़ता से हाथ में पकड़ी लाठी को ज़मीन में ठोकते बोले। यूँ भी उनसे जीतना इतना आसान नहीं।

भैंस का पेट भर चुका था। चारा अपना कमाल दिखा रहा था। भैंस और रामकली दोनों पर एक अजीब सी तारी छा रही थी—"दद्दू, जा रहे हैं," भैंस को पुचकारते वो उठ खड़ी हुई। इधर मैंने भी कहा—"चलें, दद्दू।"

वे बोले—"हाँ, खूब। जाओ, अपने काम-काज निपटाओ।"

बारिश न के बराबर हुई। साल भर जैसे तपा चलता रहा। धरती से भभके के भभके निकले। और देखो क़ुदरत के खेल निराले कि दादा को सम्पट ही नहीं बैठी कि पाँच एकड़ की अपनी ज़मीन में मक्के से पहले भभके की फ़सल बो लें। अब हाय भरने से क्या होगा? कहते हैं कि इस बार सोयाबीन बहुत अच्छा हुआ है। जिनने सोयाबीन बोया, उनकी तो चाँदी हो गई।

अम्मा हँसकर कहती है—"हओ, चाँदी? हमने तो पूरी जिन्दगी जे गिलट पहनी। हमरी तो जे गिलट ही हमरी चाँदी है।" अम्मा के हाथ में गिलट का कड़ा बहुत फबता है।

कड़े को गोल घुमाते कहती है—"जब अपनी जमीन ही अपनी न हो, तो दूसरों से क्या उम्मीद रखें। खाली हाथ आए थे, खाली हाथ जाएँगे। मनो, जे पापी पेट परेशान करता है। जइके लाने तो जे सारी दुनिया गोल-गोल घूम रही है।"

अम्मा भी जाने कौन-कौन सी बोली बोलती है। कभी खड़ी बोली बोलती है, तो कभी भोपाली। कभी उसमें बुंदेली का छौंक लगा देती है। बुंदेलखंडी नहीं

है वो लेकिन उसमें बुंदेली ठसक है। 'सौ डंडी और एक बुंदेली' कहावत उन पर एकदम फिट बैठती है।

बारिश न होने के कारण सारी ज़मीन पपड़िया रही है। सारे रास्ते, तिगड्डे, चौपाल, चबूतरा हर जगह बारिश की ही बातें। बारिश हो तो किसान किलकते हैं, बारिश न हो तो किसान सिसकते हैं।

अम्मा और उनकी सहेलियाँ आसमान को देखकर कहती हैं—"कृपा करो प्रभु। का, सपईं प्राण ले के ही मानोगे।" फिर एक लम्बी ठंडी साँस छोड़ते कहती हैं—"तनक और...जे ऐसे नहीं मानेंगे। सब जन मिल के बारिश के लाने प्रार्थना करेंगे। फिर देखते, जे इन्द्र कब तक ऐसे मुँह फुलाए रहेंगे। इन्हें प्रसन्न करके ई छोड़ेंगे, तनक और देख लेते हैं।"

'बारिश के लिए प्रार्थना' करते हुए औरतें आसमान को देख रोती हैं। सब लोग 'पानी, पानी, पानी,' किसी मंत्र की तरह बुदबुदाते हैं। पानी ही मंत्र है, क्योंकि बोवनी हो चुकी है और अगर बारिश नहीं हुई तो फ़सल नष्ट हो जाएगी। फ़सल चली गई, तो साल भर चौके-चूल्हे सिसकेंगे। गौना-ब्याह रुक जाएँगे। बिना फ़सल के काए के हाट-बाज़ार। साल भर तक समधियाना भी नहीं होगा। कैसे बेटियों के घर डलिया जाएँगी। ऐसे माहौल और इतनी उदासी और चुप्पी को देख खेत भी चुप हो जाते हैं। ज़मीन के भीतर बीज भी सहमकर दुबक जाते हैं।

इन्द्र को मनाने के लिए पूजा-पाठ और टोने-टोटके शुरू हो जाते हैं। गाँव की औरतें इन्द्र को प्रसन्न करने के लिए सारी रात जागती हैं। पुरुष घर में अँधेरा कर बिछौनों में दुबक जाते हैं। सिवाय स्त्रियों के रात में कोई भी नहीं निकलता। ढोर-बछेड़ू भी सोने का स्वाँग करते हैं। कुत्ते भी जाने कहाँ छिप जाते हैं। कितने आश्चर्य की बात कि ऐसे समय वे भौंकना तो दूर कुकियाते भी नहीं हैं।

रूठे इन्द्र को मनाने के लिए स्त्रियाँ पके फल की तरह अपने छिलके उतारकर प्रार्थना करती हैं। बैल की तरह जुतती हैं और निर्वस्त्र होकर खेत में हल चलाती हैं। ऐसा होते देख गायें ज़ोर से रँभाती हैं। बैल एकदम चुप हो जाते हैं और खूँटे टस से मस नहीं होते।

कौन जाने, शायद रात के तीसरे पहर स्त्रियों को देख इन्द्र कृपालु हो जाएँ। इतने मुग्ध हो जाएँ कि रस की वर्षा होने लगे। 'प्रसन्न हों इन्द्र, प्रसन्न हों इन्द्र, पानी-पानी-पानी' चारों ओर से ध्वनित होता है।

अम्मा बताती है कि फिर बिजली चमकती है, ज़ोर से बादल गड़गड़ाते हैं। ऐसा लगता है कि जैसे सचमुच में इन्द्र ऊपर से झाँक रहे हैं। बादलों की गरज को सुन गोल-गोल घूमती स्त्रियाँ लहकती हैं। बारिश में स्त्रियों की लहक देखते ही बनती है। उनके साथ पूरा गाँव लहकने लगता है।

अभी गाँव को बाँध का सपना नहीं आता है। एक अबूझी पहेली है, बारिश। उससे भी बड़ी अबूझी बाँध की कहानी है, जो शुरू होने से पहले ही ख़त्म हो जाती है।

नीलबड़ भोपाल से लगा हुआ है। ज़मीनें ख़त्म हो रही हैं। मकान, फार्म हाउस, आश्रम और योग केन्द्र बन रहे हैं। खेत प्लॉट में कट रहे हैं। अम्मा जब देखो, तब इस बात पर मुँह बिचकाती है।

मन में आता है कि कहूँ—"तो, इसमें बुरा क्या है? जब ज़मीन तुम्हें कुछ दे ही नहीं रही है तो काहे उसे कलेजे से लगाए फिरते हो।" लेकिन हर बार कहने से डरती हूँ। वो फिर मुझे भुट्टे और होले नहीं देगी। बुवाई, जुताई और कटाई के समय खेत के पास फटकने भी नहीं देगी। कौन जाने, लपाड़ा ही मार दे। बहुत तमोगनी स्वभाव की है। उसे लगी-पिटी बातें पसन्द नहीं। वो किसी के फटे में पाँव नहीं उलझाती है और ये भी बर्दाश्त नहीं करती कि कोई उसके फटे में पाँव उलझाए। ज़मीन से उसे बहुत लगाव है। कहती भले नहीं है, लेकिन उन्हें ज़मीन के बंजर होने का दुख है। इतना ज़्यादा कि उनके दुख की परछाईं ज़मीन पर पड़ती है। कई बार दूर से देखने पर लगता है कि ज़मीन भी अपने करम पर हाथ धरे बैठी है। वो आसमान से कुछ नहीं कहती, बल्कि धरती में ही धँसती जा रही है। 'क़ुदरत के खेल निराले' से वो भी परेशान है।

दाँत पीसते हुए दादा बताते हैं—"जे, जमीन के उस तरफ नई झुग्गी-बस्ती बस गई है। उनने धीरे-धीरे खेत की सारी मेड़ हटा दईं। तार काट के ले गए। अब वे शौच के बहाने खिसकते-खिसकते चना उखाड़ ले जाते हैं। भुट्टे तोड़ लेते हैं। जिस फसल से जो ले सकते हैं, वो लेकर चले जाते हैं। सामने वाले की नीयत में खोट है तो तुम का कर लेओगे, बताओ? ढोर-बछेड़ू घुसकर

फसल चर जाते हैं। आवारा पशु फसल को बिगाड़कर रख देते हैं।"

"पशुओं से बचाव के लिए मचान क्यों नहीं बनाते?" जाने क्यों, मचान का ख़याल रात-दिन मेरा पीछा करता है। आख़िरकार खेत में मचान क्यों नहीं है? दोनों खेत में डंडा लिये दौड़ते रहते हैं। पशुओं को खदेड़ते हैं। वे यहाँ से निकालते हैं, वो उधर से घुसते हैं। उधर से निकालते हैं तो किधर से भी घुसते हैं। इस दौड़-भाग में खेत किसी का भी न होकर रह जाता है। एक नहीं, हज़ार मुश्किलें...। जो दिन दूनी, रात चौगुनी सीना तानकर खड़ी हो जाती हैं। इतने बड़े कलेजे वाला किसान आख़िर कौन से क्षणों में जीवन से हार मानता होगा?

दादा की तीन लड़कियाँ और एक लड़का है। बड़ी बेटी की शादी हो गई है। दूसरी और तीसरी बेटी पढ़ाई कर रही हैं। तीसरी वाली ग्यारहवीं में और दूसरी वाली दसवीं में। दूसरी वाली का दिमाग़ गाय, भैंस को चराते-चराते अटक गया है। अम्मा कहती है—"पढ़वे के लाने वाए हकेलना पड़ता है।"

नंदराम मजूरी करने जाता है। बहू दिन-रात चौके-चूल्हे में उलझी रहती है। घर सँभालती है। बच्चा सँभालती है। पानी भरती है। दुनिया भर की उठा-धराई ऊपर से करती है। रुँधे स्वर में उनका स्वर इतना रुँध जाता है कि सुनते हुए पाँव तले की ज़मीन थरथराती है—"टैम किधर है, उसको।" मैं अपना राग अलापती हूँ—"बहू का भी तो मन होता होगा कि वह भी खेत में आए। खुले में घूमे कुछ देर।"

अम्मा का स्वर तंज से भर जाता है—"बेटा, मन की देखें कि पेट की सोचें। हम कौन जहाँ खेत में झूला झूलने आते हैं। ढोर-बछेड़ून के पीछे दौड़त-दौड़त पाँव भर जाते हैं और घर भी तो खुल्ले में ई है। खेत में आवे को कौन मना करता है। खेत में भी काम करना पड़ता है। खेत भी करे और घर के काम भी करे। दूसरे की बेटी है, तो इसका मतलब यह थोड़ी ना है कि अपन उसके सुख, आराम का ध्यान न रखें। कल को अपनी बेटियाँ भी तो दूसरे घर जाएँगी।"

"अरे, दूसरे घर क्यों भेजती हो। पढ़ने दो उन्हें। अपना घर ख़ुद बनाएँगी वे।" मैं अम्मा की आँख में आँख डाल कहती हूँ। बिना पलक झपकाए जवाब में वो कहती है—"अरे, खूब पढ़ें हम का मना कर रहे हैं। हमरे जैसी मिट्टी जिन्दगी वे न जिएँ। हम तो यही चाहते हैं। मनो, नौकरी तो आज के जमाने में अच्छों-अच्छों को नहीं मिल रही। तुम बताओ, हमसे ज्यादा तो तुम जानो नौकरी-चाकरी की बातें।"

फ़सल को नज़र से सहलाते कहती है—"थोड़े दिन बाद तुम भुट्टे ले जाना। बस, तनक देर और है।" अम्मा कुछ देना नहीं भूलती। देने के लिए कुछ न हो तो कहना नहीं भूलती।

उस दिन उन्होंने मुझे बहुत अच्छे से समझाया कि "मक्का, ज्वार, बाजरा, सोयाबीन, मूँग, उड़द, तुअर, तिल्ली और धान अषाढ़-भादों की फसलें हैं।"

"मतलब, बारिश की फसल यानी जुलाई, अगस्त।"

"वा तुम जानो। जैसे तुम लोगन को हमरे महीने पल्ले नहीं पड़ते हैं, वैसे ही हमको तुमरा हिसाब नहीं समझ आता है।" वो तरंग में फिर बताने लगी—

"इनके कटने के बाद पलेवा कर के..." वो अपना वाक्य पूरा कर पाती कि मैं पूछ बैठी—

"पलेवा? ये क्या होता है?"

बीच में टोकने से वो चिढ़ी नहीं—"पानी रेलकर अगली फसल की तैयारी और फिर दीवाली से पहले कार्तिक-अगहन में गेहूँ-चना की बोवनी।" उँगलियों पर महीनों की गिनती करते हुए मैंने कहा—"मतलब। हओ, अक्टूबर-नवम्बर।"

मुस्कुराते हुए 'हओ' कहते बोली—"और इनकी कटाई होरी के पहले। तनक भौत आगा-पीछा चलता है। जे समझ लो कि फागुन-चैत के महीने में तुमरी फसल कट जाती है। फिर चार महीने की फुर्सत। वा के बाद बरसात, सो फिर वई मक्का और...।"

एकदम से उसे फिर याद आया। झटके से बोली—"भूल मत जइयो, तनक भुट्टा ले जइयो।"

"अरे, अम्मा भुट्टे-उट्टे छोड़ो। इस बार तुम गेहूँ बोना। अच्छी फसल हो जाएगी, तो साल भर की फुर्सत हो जाएगी।"

"पिसी तो मैं बोती...।" कहते वो एकदम से जड़ हो गई। अपने भीतर के सारे पानी को आँखों में भरकर खेत को देखने लगी। जब बाहर पानी नहीं मिलता, तो किसान अपने भीतर के पानी से खेत सींचने लगता है।

फ़सल सबको अपनी तरह से नाच नचाती है। जीवन का चक्र अपनी गति से

घूमता है। पठार ज़मीन को देखकर हमेशा ऐसा लगता है कि 'जो है सो ठीक है' अब क्या किया जा सकता है। पठार ज़मीन न कम देती है, न ज़्यादा। ज़्यादा क्यों कर देगी, अगर देगी तो भला फिर पठार ज़मीन कैसे हुई? वह न पाँव पसारने देती है, न सिकोड़ने देती है। पठार ज़मीन वाले 'न इधर के न उधर के' होते हैं। शहर में जाकर मजूरी करने से अच्छा है कि गाँव में खेती-बाड़ी करें। किसी की ग़ुलामी तो न करनी पड़ेगी। ग़ुलामी से अच्छा है, पठार ज़मीन पर माथा फोड़ो। सोचते हैं कि 'थोड़ा कम खा लेंगे, थोड़ा कम पहन-ओढ़ लेंगे और का?'

वहीं उपजाऊ ज़मीन पर खड़ी लहलहाती फ़सल कितनी ख़ुशी देती है। इसे किसान मन ही समझ सकता है, महसूस कर सकता है। संसार में जितनी तरह की ख़ुशियाँ हैं, उतनी ही तरह के किसान दुख भी हैं।

जीवन इतना भी आसान नहीं कि खेतों के बीच दस-बीस किलोमीटर साइकिल चलाकर उससे पार पा लिया जाए। मैं पलट-पलटकर ज़मीन को देखती हूँ। आख़िर उसमें ऐसा क्या है, जो मुझे अपनी ओर इतना ज़्यादा खींचता है। पीछे मुड़कर देखना बुरा माना जाता है। बचपन में बहन कितना समझाती थी—"पीछे मुड़कर मत देख, चीलगाड़ी तेरे पीछे पड़ जाएगी। तुझे उड़ाकर ले जाएगी और दूर जंगल में पेड़ पर उलटा लटका देगी।" मुझे रात भर डरावने सपने आते थे। लेकिन कुछ दिन बाद मैं फिर पलटकर देखने लगती थी। आज भी अम्मा की ज़मीन को मुड़-मुड़कर देखती हूँ। आँखों में भरती हूँ। मेरे मन का कोई कोना बंजर है, इसीलिए तो उपजाऊ ज़मीन को छोड़कर इस ज़मीन की ओर लौटती हूँ।

एक सुबह मैंने काँस और गाजर घास को फ़सल समझ लिया। गाजर घास को पूरे खेत में लहलहाते देख समझा कि ये धनिए की फ़सल है। जिस गाजर घास को कड़वी होने की वजह से ढोर-बछेड़ू और बकरियाँ भी नहीं खाते, उसे फ़सल समझ बैठी।

कई दिनों तक काँस को देखकर समझती रही कि यह तिल्ली है। सोचते ही तिल्ली के लड्डू का स्वाद मेरे मुँह में आ गया, जो गले को तर कर गया। मन ही मन जाने कितनी दूर तक तिल्ली के लड्डू खाती रही और काँस को निहारती

रही। जिसने भी ये तिल्ली बोई है, उसने क्या फ़सल पाई है। किसान कक्का की तो दीवाली मन गई। जहाँ तक नज़र जाती थी, वहाँ तक काँस ही काँस थी, जैसे सफ़ेदी की चादर बिछी हो—"हरे पर सुनहरा कितना अच्छा लगता है। हरे पर सफेद भी कितना फबता है।" खेतों के बहाने रंग संयोजन और रंग बोध विकसित हो रहा है। मारे ख़ुशी के बिना वजह घंटी बजाते हुए साइकिल को ज़ोर से लहरा देती।

लहराते हुए गायों के बीच से आसानी से निकल जाती। भैंसों से भी कभी ऐसी उलझन नहीं हुई। कभी कोई नखरैल टेढ़ी गाय पलटकर मार न दे, इतनी सावधानी ज़रूर बरतती थी। रास्ते के कुत्तों से कभी डर नहीं लगता। वे आसानी से रास्ता देते हैं। बिना वजह भौंकते भी नहीं हैं। सड़क सबकी है, इसका अहसास उन्हें होता है। बिना वजह लड़ियाते नहीं हैं और जबरन की ईमानदारी और प्यार भी नहीं दिखाते। कोई चूमा-चाटी नहीं, उन्हें आँख दिखाओ, तो वे आँख दिखाने लगते हैं। पुचकारो, तो दुम हिलाने लगते हैं। सड़क के कुत्ते कभी अड़चन पैदा नहीं करते। वे जगह लेना और देना जानते हैं। ये उनकी कितनी अच्छी बात है।

कुत्ते कभी भी फ़सल को नुक़सान नहीं पहुँचाते। वो चाहे कितने ही भूखे हों। अपनी भूख को मिटाने कभी खेत में खड़ी फ़सल को चौपट नहीं करते। जब भूख से बेहाल हो जाते हैं, तो खेत किनारे कुकियाते हैं। धूल में लोटते हैं, लिथड़ते हैं कि कोई उनकी भूख को समझे।

वो राजस्थानी, मारवाड़ी किसान थाल के थाल लड्डू कुत्तों को खिलाते थे। पूरा बाज़ार अचरज करता कि 'लड्डू और कुत्ते, कुत्ते और लड्डू।' इतना ही नहीं लड्डू खाते कुत्तों को देख लोग हँसते और परिचित कुत्ते लड्डू खाते हुए शरमा भी जाते। सफ़ेद धोती-कुरता और रंग-बिरंगी पगड़ी पहने, हाथ में लड्डुओं का थाल लिये किसान जो कि कुत्तों की पूरी पाँत को बड़े प्यार और आदर से लड्डू परोस रहा था, जिसके हाथ का कड़ा और उँगलियों में पहनी तीन अँगूठियाँ चमक रही थीं। उसने कहा था—"कुत्ता चाहे कितना ही भूखा हो। कभी भी हमारी फसल को नुकसान नहीं पहुँचाता। गाय भूखी होती है, तो फसल को खा जाती है।" कुत्तों को निहारते हुए उसने कहा था—"लेकिन ये कभी ऐसा नहीं करते। जब भी अच्छी फसल होती है, तो हम इन्हें भरपेट लड्डू खिलाते हैं।"

सुबह-सुबह ज़मीन में सिर घुसाए हुए एक कुत्ता रो रहा था। कितना बड़ा दुख था, जो रात में भी ख़त्म न हुआ। एक पूरी रात रोने के लिए कम पड़ गई।

जब सूनी अँधियारी रात में आप जाग रहे होते हैं, तो आपके दुख सो रहे होते हैं। आप सो रहे होते हैं तो आपके सपने जाग रहे होते हैं और जब सपने कई दिनों तक जागते रहते हैं, उन्हें नींद नहीं मिल पाती, उन्हें दूर-दूर तक ये भरोसा नहीं हो पाता कि वे पूरे हो सकेंगे, तो कुत्ते के रोने की आवाज़ में अपने अधूरे होने की व्यथा-कथा सुनाते हैं।

आधी रात में कुत्ते रोते हैं, तो हम किसी अंदेशे से भर जाते हैं। आधी रात के बाद की आवाज़ें हमेशा दहशत से भर देती हैं। रोने की आवाज़ से हम मारे डर और आशंका के बहुत देर तक बिस्तर में दुबके रहते हैं। किसी भी अनिष्ट और भयावह संकट का आभास हमसे ज़्यादा इन्हें होता है। फिर हम तमाम आशंकाओं को परे धकेलते खिड़की से उन्हें दुत्कारते, पत्थर फेंकते हुए किसी और के दरवाज़े धकियाते हैं। अरे, अगर रोते हुए कुत्ते को पुचकार नहीं सकते, तो उसे पत्थर मारकर धकियाओ तो मत।

साइकिल की गति तेज़, बहुत तेज़ थी। 'साँय, साँय' हवा से बातें करती जा रही थी कि देखा सामने से भेड़ों का झुंड चला आ रहा है। सुई की नोक बराबर भी जगह नहीं। साइकिल से उतरकर एक तरफ़ खड़ी हो गई। इतनी सारी भेड़ें एक साथ पहली बार देखीं। उनकी चाल में क्या लय थी। वे सब एक साथ, एक सीध में चल रही थीं। जरा भी यहाँ-वहाँ नहीं हो रही थीं। क्या तो सुन्दर क़दमताल था। कोई हड़बड़ी नहीं। न कोई आगे निकल रही थी, न कोई किसी को पीछे छोड़ रही थी। सब एक सुखद अहसास से भर रही थीं। सफ़ेद धोती-कुरता और रंग-बिरंगी पगड़ी में एक पतला सा लम्बा डंडा लिये गड़रिए की चाल भी बहुत सुघड़ है।

झुंड के बीचोंबीच एक भेड़ ख़ून से लथपथ निढाल सी चल रही है। उसके आसपास की भेड़ें जैसे उसे सांत्वना देती साथ चल रही हैं। उसकी चाल धीमी है। दूसरी भेड़ें उसे हौले से धकिया रही हैं। झुंड से आँख ऊपर उठाई, तो अकबका गई। दंग रह गई देखकर कि गड़रिए के एक हाथ में ख़ून से लथपथ, अभी-अभी जन्म लिया हुआ नवजात है। वो बच्चे को कितने हल्के से हाथ में लिये चल रहा

है। नवजात की नन्ही आँखें मुंदी हुई हैं। मैंने भेड़ों की ओर देखा। प्रसूता अभी भी धीमे चल रही है। उसकी चाल में थकान और जन्म देने की पीड़ा छलक रही है। मैं भी उनके साथ चलने लगी। नवजात को देखकर एक अजीब सी गुदगुदी हो रही थी। मन कर रहा था कि उसे गोद में ले लूँ। लेकिन मैंने ऐसा नहीं किया। क्योंकि अगर गड़रिया मना कर देता तो? कुछ देर में उनका ठिकाना आ गया। सारी भेड़ें एक साथ सड़क से उतरकर मैदान में जाने लगीं।

गड़रिए ने जाने कैसी ध्वनि निकाली कि माँ ठहर गई और फिर उसके पीछे-पीछे चलने लगी। अब उसकी चाल में सुकून छलक रहा था। क्योंकि आगे गड़रिए के हाथ में उसका प्यारा नन्हा सा बच्चा आँखें मूँदे नए संसार की आहट ले रहा था। मैदान से थोड़ी दूर एक घने पेड़ के नीचे गड़रिया रुक गया। फिर माँ और बच्चे के बीच कोई नहीं रहा। माँ की बग़ल में आकर नन्हे ने धीरे से अपनी पलकें खोलीं और फिर मूँद लीं। गड़रिए ने मेरी ओर इस तरह देखा कि मुझे भी अब चल देना चाहिए।

मैदान के सामने के खेत वाला बड़ी आस से भेड़ों की ओर ताक रहा था। वो गड़रिए से जैसे कुछ कहना चाह रहा था, लेकिन गड़रिया उसकी ओर देखकर भी नहीं देख रहा था।

भेड़, ऊँट और गड़रिए के किस्से जब-तब किसानों के बीच चलते रहते हैं। दादा बताते हैं कि—"दीवाली के पहले, क्वार के महीने से ये भ्रमण पर निकलते हैं। इनका यही आसरा है। इनके यहाँ चारा नहीं होता सो ये अपनी तरफ को भेड़ों को, ऊँटों को चराने के लिए लाते हैं। क्वार में निकले तो आषाढ़ में अपने देस को लौटते हैं।" उँगलियों पर गिनते हुए—"क्वार, कार्तिक, अगहन, पूस, माघ, फागुन, चैत, वैशाख और जेठ। जे इन दिनों में किसानों को ललाते हैं। गरीब-गुरबों को तो फटकने ही नहीं देते हैं। सीधे मुँह बात नहीं करते हैं, जे।"

"ऐं...ऐसा?"

"हाँ, और नहीं तो का? किसान कहता है कि हम तुम्हें खाने को देंगे। तुम हमारे खेत में डेरा डालो। खावे लायक अनाज ले लो। साग-सब्जी ले लो, पूरो ईंधन ले लो। मनो, साब वे नहीं मानते। मोल-तोल करते हैं। उनको क्विंटल-दो क्विंटल, चार-आठ क्विंटल गेहूँ चाहिए। कई बार तो वे इससे भी ज्यादा मुँह फाड़ते हैं।"

मुझे कुछ पता नहीं था। सो, झट से बोली—"अरे, तो किसान काए को उनके आगे हाथ जोड़ता है। न डारें डेरा।"

मेरे सिर पर चपत मारते बोले—"किसान अपनी जमीन और फसल के लिए हाथ जोड़ता है और का कछु उनमें हरा रंग लगा है। जमीन उपजाऊ हो जाती है। एक बार के हफ्ता भर के डेरा से दो-चार साल की फुरसत। जे तुमारी भेड़ों की पिशाब और लेड़ियों से और जेई चीज ऊँट से भी। सात दिन तक सौ-हजार भेड़ और ऊँट के रहने से पूरा खेत भर जाता है। उसके बाद खरार यानी बक्सर फेर दो। घुल-मिल के सब बराबर। फिर बोओ, झमाझम फसल आती है।"

यह सब मैं पहली बार सुन रही थी। सो 'हाँ, हूँ' जैसा कुछ नहीं निकल रहा था। दादा अपनी रौ में कहे जा रहे—"जे गड़रिए भी कम नहीं होते। बड़े टेढ़े होते हैं, साब। परती जमीन में डेरा डाल लेंगे। मनो, खेत में नहीं बिठाएँगे। पइसा चाहिए उनको एवज में। तुमरी आँखों के सामने परती जमीन में भेड़ें रात-दिन रहेंगी और तुम उन्हें ललचाए देखत रहो।"

आँख़ों में अभी भी झुंड, भेड़ और नवजात घूम रहा था। मैं ललचा भी रही थी कि भेड़ और नवजात के पास लौट जाऊँ, लेकिन अपने ठिए की ओर निकल पड़ी।

खेत किनारे अम्मा कुछ औरतों से गपियाती दिखी। दादा ढोर-बछेड़ू के संग उलझे हुए थे। एक खोल्ली गाय उनके पास आ गई थी। दुधारू गाय नखरे तो मारेगी ई मारेगी। उसके नखरे सब झेलते हैं। उसकी लातें भी खाते हैं। वो जमकर लतियाती है। सब उसको पुचकार-पुचकारकर उसका दूध जो ऐंठते हैं। पहले उसके पास बछड़े को छोड़ते हैं और जैसे ही उसके थनों में भरकर दूध आता है कि बछड़े को बड़ी बेरहमी से खींचकर अलग कर देते हैं। पूरा दूध ले लेने के बाद ख़ाली और निचुड़े हुए थनों के पास बछड़े को फिर से उसके पास छोड़ देते हैं। सीधी और कम दूध देने वाली गायें ये बर्दाश्त कर लेती हैं, लेकिन दुधारू गाय के बर्दाश्त के बाहर होता है, ये।

"अम्मा...ओ अम्मा।" मैं अम्मा को देखकर चहक पड़ी। वो अपनी सहेलियों में रमी हुई थी, जिसके खेत में काँस ही काँस था, वो भी बैठी हुई थी। वो रो नहीं रही थी। फ़सल न आने पर किसान औरतें रोती नहीं हैं। बस, उनकी आँखें लाल हो जाती हैं।

उसने भरे स्वर में कहा—"अरे, उड़द बोई थी मैंने। मनो जा पानी में सबरी गल गई।" सुनते ही मैंने झट से कहा—

"तुम्हारे तो पूरे खेत में काँस और गाजर घास है। अब क्या करोगी तुम?"

"कच्छू नहीं करेंगे। तुमरे दाऊ अस्पताल में भरती हैं। तीन साल से इलाज चल रिआ है। घर में ई ठोकर खाकर गिर गए थे। कल उनके कूल्हे का अपरेशन है। तीन साल से खेती की मट्टी पलीद हो रही है। मोसे अकेले से नहीं बने। आदमी के बिना अकेली औरत से खेती नहीं हो पाए। ऊपर से ढोर-बछेड़ू खेत में घुस जाएँ। जो थोड़ो भौत उगत है, वाए वे चट कर जाते हैं। ट्रैक्टर चलवावे की वश की भी नहीं है। ऊपर से जे गाजर घास बचे-खुचे प्राण लेवे पे उतारू है।" अम्मा ने और दूसरी औरतों ने उसकी हाँ में हाँ मिलाई।

"बच्चे नहीं हैं तुम्हारे।" मैंने उसके दुख को इस तरह साझा किया।

"हैं, काए नहीं हैं। लड़कियाँ अपने-अपने घर की हो गईं। एक बेटा है न।" बड़ी ठसक से बोली वो।

"उससे खेती कराओ।"

"अरे, वो पाँव नहीं धरता है खेत पर। आजकल के लड़कों को खेती जहर समान लगती है।" कहते उसने अपनी सहेलियों की ओर देखा।

"लेकिन तुम्हारा तो पूरा खेत काँस से भर रहा है। इतना सारा काँस दूर से कितना सुन्दर लगता है। हम तो इसको फसल समझे थे।" सुनते ही सारी अम्माएँ एक साथ ज़ोर-ज़ोर से हँसने लगीं।

"का करोगी, इस काँस का?" मैं अभी भी पीछे नहीं हट रही थी।

"कच्छू नहीं। दीवाली आ रही है सो कुची बना लेंए। और का वाए खाएँगे?" सिर के पल्लू को ठीक करते बोली।

"कुची?" मैं जैसे सातवें आसमान से गिरी।

"इस काँस से बनती है, कुची। कैसे बनेगी? मशीन से?"

हवा ने फिर उनके पल्लू को गिरा दिया—"अरे, नहीं। जे जहीं खेत पे ही बन जाएगी, कूटकर बेटा। दीवारें पोतने के काम आती है कुची। ढिंगे लगती हैं,

उससे। चूना पुतता है, कुची से।" उसने सब कुछ एक साथ बता दिया। बताते हुए बार-बार अपने पल्लू को सिर पर लेती रही।

मुझे ख़ुद पर शर्म आने लगी। किसानों के साथ हम कितना बेहूदा मज़ाक़ करते हैं। क्या, वो यह सब समझते हैं। मैंने भी ख़ूब चूना पोता है, ढिंगे भी लगाई है लेकिन ये नहीं मालूम था कि इतने सुन्दर काँस से कुची बनती है।

गाजर घास और काँस दोनों ही फ़सल को नुक़सान पहुँचाती है। गाजर घास पहले नहीं थी, जाने कहाँ से आई है। इस पर अम्मा की सहेली रामकली कहती है—"किसी शैतान जीव ने मारे जलन के इसके बीज खेतों में सींच दिए। कोई-कोई से दूसरों की ख़ुशहाली देखी नहीं जाती है। कित्ती जहरीली है। हाथ में लग जाए तो सारा दिन खुजली होती है। देखो, मेरे हाथ के चिकत्ते।" सच में उसके दोनों हाथ चकत्तों से भरे पड़े थे।

लाल चकत्तों को देख अम्मा बोली—"कोई की नज़र लग गई अपनी मिट्टी को। वो तो अपना ही जिगरा है कि अपन इनके संग जी रहे हैं। नाक में दम कर रखो है, इस घास ने। नाक में घुस जाती है तो का मजाल कि साँस चैन से आए-जाए। सोयाबीन के समय से ही लहलहाने लगती है, नासपीटी कहीं की। मैंने तो ऐसी सुनी है कि जे पहले अपने जहाँ थी ही नहीं। जे तो अंग्रेज अपने संगे लाए। ठठरी बँधे जे जहाँ अपनो दरिद्दर छोड़ गए।" फिर बहुत देर तक काँस और गाजर घास के बारे में बातें होती रहीं।

"काँस का फूल सफेद झक्क एकदम रुई की तरह होता है। गाजर घास का फूल सफेद और गुलाबी होता है। उसकी बनक एकदम लौंग की तरह होती है, जैसे डंठलों ने नाक में लौंग पहन रखी हो। दोनों ही बारिश में उगते हैं। गरमी में झड़ जाते हैं, फिर पानी के आते ही वापस आ जाते हैं। एक ही पौधे में हजार फूल खिलते हैं। एक पौधा हजार को जनम देता है।" कभी न ख़त्म होने वाली बातें।

मैं चलने लगी तो अम्मा ने कहा—"अरे, पानी पी जाओ। कड़ा घाम निकल आया है।"

लेकिन मैंने पानी नहीं पिया।

एक मचान मुझ जैसों के लिए भी बनना चाहिए, जो कि खेत और फ़सलों को देखकर 'अहा-अहा' करते हैं। किसान जीवन धरती पर समझ नहीं पड़ता, तो शायद मचान से ही पल्ले पड़ जाए। जब एक रात मचान पर गुज़ारनी पड़ेगी, तो खेती के सारे रहस्य समझ आ जाएँगे। सारा प्रकृति प्रेम धराशायी हो जाएगा।

ज़हरीले जीव पेड़ पर सरसराएँगे, तो जान हलक़ में फँस जाएगी।

लेकिन, दादा को मचान ज़रूर बनाना चाहिए।

दूसरे दिन मचान के नाम पर दद्दू बिफर गए। वे दूर खेत के उस पार अपनी गायों और बछिया को चरा रहे थे। अम्मा ने उन्हें आवाज़ दी—'हो'। वो कुछ थकी और उलझी हुई सी थी।

"अम्मा, आज सवेरे-सवेरे?" मचान को मन में दबाए मैंने पूछा।

"अरे, दोपहर होने को आई। सवेरा तो कब का हो गया और चलो भी गओ। हम तो सबरी रात से पहरेदारी कर रहे हैं। जे ढोरों ने नाक में दम कर रखी है। देखो, जे देखो, आधो मक्का सफाचट कर गए। कछु समझ नहीं आ रही का करें? थोड़े भुट्टा लड़कियाँ तोड़ के घर लाईं। मनो, वे तो मौं में धरते ही जैसे दूध छोड़ रहे हैं। भुट्टा पके ई नहीं हैं अभी। ढोर-बछेड़ू प्राण ले लेंऐ अबकी दफा तो।"

"ये ढोर-बछेड़ू आते कहाँ से हैं। आवारा हैं क्या? कौन के हैं?"

"अरे, जहीं के नासपीटों के हैं। जलकुकड़ों के, कामचोरों के। दिन भर बाँध के रखतें और रात में छोड़ देते हैं। उनसे गरीबन की फसल देखी नईं जात है। पूरे तार काट दए इन लोगों ने। आधी रात को घुसेड़ देत हैं, जे अपने बछेड़ू।" वो उनको जमकर ललकार रही थी। ये और बात है कि वो अभी आसपास कहीं नहीं थे।

"अम्मा, मचान बना लो। पूरे खेत की रखवाली हो जाएगी।" मन की बात बाहर आ ही गई।

"अरे, मचान से का हो जाएगो? मचान पे ठाड़े-ठाड़े थोड़ी न ढोर-बछेड़ू भग जाएँगे। कौन अपने हैं कि 'हूका' देवे से हट जाएँगे। तुमरे दादा अकेले कब तक दौड़ेंगे और दूसरे जीव-जन्तु भी रात में टहलते हैं। अब पहले जैसी बात नहीं रही कि मचान पर चढ़ गए।"

"अम्मा, एक छोर पे दादा, दूसरे पर बेटा और तुम मचान पर। नंदू को कहो न, फसल पीक पर है तो कुछ दिन देख ले।"

"उसके पास टैम नहीं हैं। रात को नौ-दस बज जाते हैं, उसे काम से लौटत-लौटत।" उनका स्वर कसैला नहीं, लेकिन तना हुआ था।

लम्बे बूट पहने दादा खेत के किनारे आ गए। दादा ने अम्मा से कहा—"देख लेइए जरा।"

अम्मा बिफर गई एकदम से—"मैं वहाँ उते नहीं जा रही।"

दादा एकदम से चढ़ बैठे—"अरे, तोए एक बार में समझ नहीं पड़े का? बछिया-ए देख लेइए। फिर आई काए को है। वहीं बैठी रहती। मैं अकेलो-ई सब कर लूँगा।"

"दादा आज कुछ गुस्से में हो? पानी पी लो। धूप बहुत तेज है।" माहौल को नरम करने की कोशिश करते हुए मैंने कहा।

"अरे, मोए पानी-वानी नहीं चहिए। मैं पूरो दिन निकाल दूँगा। किसी के भरोसे नहीं हूँ। मैं अकेला ही खेत भी सँभाल लूँगा और घर भी। बाकी सबके पाँव में तो हमरे यहाँ महावर लगो है।" इस बात पर अम्मा ज़मीन को घूरने लगी। कुछ इस तरह कि जैसे ज़मीन को नहीं, दादा को घूर रही हो।

"देख रही हो तुम कैसे फसल चट हो रही है।" उन्होंने अम्मा से नज़र फेरते हुए कहा।

"दद्दू, मचान बना लो।" मुझसे फिर नहीं रहा गया।

"अरे, मैं बिना मचान के सब कर लूँ। मनो कोई होए तो सही संग में कि एक छोर से मैं भगाऊँ, तो दूसरे छोर पे वो सँभाल ले। मैं अकेला आदमी पूरा खेत सँभाल रहा हूँ और घर भी और नौकरी भी कर रहा हूँ। बाकी सबरे तान के सो रहे हैं। मचान से का हो जाएगो?"

उनकी तनतनाहट को मैंने भाँप लिया—"जाओ, दादा। घर जाकर नहाओ और खाना खाकर आओ। आज आपको धूप चढ़ गई है।" अम्मा की ओर देखते मैंने उनसे कहा।

वे कहाँ रुकने वाले थे—"खाएँ तो तब, जब टैम पे मिले। कछु ठौर-ठिकाना ई नहीं है। मैं अकेला लड़कियों को पाल रहा हूँ। बहू को पाल रहा हूँ और बाल-बच्चों को भी। उनके स्कूल की फीस भी मैं भर रहा हूँ। वे राजा बने फिर रहे हैं। खा-पी के तान के सो रहे हैं। उनसे कोई कुछ कह ही नहीं रहा। आज तलक घर में एक रुपैये का सहारा नहीं है, उसका। ऊपर से लाटसाहब बना फिरता है कि खेती नहीं करूँगा। अरे, खेती नहीं करोगे तो कुछ तो करो। का

जिन्दगी भर मेरी छाती पे मूँग दलोगे? आज मैं सत्तर-पिचहत्तर साल का हो रहा हूँ। इसने आज तक मुझे एक धोती तक लाके नईं दई।"

"सब लड़के ऐसे ही होते हैं। हर घर का यही हाल है। सब कलपते हैं, अपने लड़कों के नाम पर।" कुछ और नहीं सूझा तो मैंने यही कह दिया। अम्मा ने अपनी आँखें ज़मीन पर कुछ ज़्यादा ही गाड़ लीं।

"तुम बताओ, मैं गलत कह रहा हूँ। मजूरी कर रहे हो। जो भी कर रहे हो। घर में कछु देओगे कि नहीं देओगे। अरे, मैं तो कहता हूँ कि कछु नहीं कर रहे हो तो चोर-डकैत बन जाओ। वासे कोई कछू कहता ही नहीं है। सबेरे नौ बजे उठ रहे हैं। खा-पी के दोपहर में तान के सो रहे हैं। शाम में घूम रहे हैं बाबूजी बनके।" रुकने का नाम ही नहीं ले रहे हैं, जैसे मंच पर एकल प्रस्तुति दे रहे हों।

"सही कह रहे हो, दद्दू। लड़कियाँ अच्छी होती हैं। जबरन ही मरते हैं सब कि लड़का हो जाए। बताओ, नंदराम के जनम पर तुमने भी कित्ती थाली बजाई होएगी।"

शब्दों को चबाते झट से बोले—"अरे, इस नासपीटे पे इत्ती थाली बजी थी कि मैं का बताऊँ। अगर आज मेरी लड़कियाँ नहीं होतीं तो कच्छू काम को नहीं बचा था, मैं। दिन भर मेरी लड़कियाँ मेरे संगे खेत में दौड़ती फिरती हैं।"

आँख की नमी को छिपाते हुए अम्मा ने दूसरी ओर मुँह फेर लिया।

"तुम बताओ, जे बछियों को मैं कलेजे से लगा-लगा के बड़ा करता हूँ और फिर इन्हें दूसरों को दे देता हूँ। मुझे कोई शौक है बछड़े-बछिया देने का। आज मैं घर पे किसी को एक कप चाय नहीं पिला सकता। पूरा दूध बेचना पड़ता है। तुम मुझे रोज गैया चराते देखती हो। मेरे घरे आओगी बिना चाय के जाओगी। तुम खुदई कहोगी कि इत्ती गैया हैं और दद्दू ने चाय-दूध की भी नहीं पूछी। मैं कैसे कलेजे पे पत्थर रखके जी रहा हूँ। मैं ही जानता हूँ।"

"दद्दू, अम्मा सँभाल लेगी खेत। आज तुम्हारा जी ठीक नहीं है।" मैंने लगभग उन्हें प्यार से घर की ओर धकेलते कहा। वे घर की ओर जाने के लिए मुड़ भी गए।

"अम्मा, आज दद्दू बहुत गुस्से में हैं।" उनने मुझे चुप रहने का इशारा किया। मैंने दद्दू की ओर देखा। उनकी पीठ कुछ सुनने के लिए फुरफुरा रही थी कि अम्मा कुछ बोले कि वो पलटें।

और फिर ओले की तरह अम्मा बरस पड़ी—"मेरी सुनत कौन है। कँटीले तारों की मेड़ बनाओ। मैं कब से कह रही हूँ। मनो, उन्हें तो जे बगल की जमीन

पे बुआई करनी है। अरे, अपनी पाँच एकड़ पे करो, जो करना हो। दूसरे की जमीन की चौकीदारी करो न। काए को वा पे प्राण दे रहे हो। जा बगल की जमीन बिक गई है। जा भी बंजड़ हेगी। धनी ने कह दई है जब तक जे लोहा-लक्कड़ रखा है, तब तक बची जमीन पे तुमे जो करना हो, सो कर लो। हमारा नंदू इसी बात पे गुस्सा होता है। वो कहता है कि खेती जब कछु नहीं दे रही तो तुम वा में पैसा मत गाड़ो। मनो, इनको तो जमीन पे पैसा फूँकना है। हमरा घर तक गिरवी रखा है। तीन साल से फसल-ई नहीं हो रही। और जे देखो, अबकी जे मक्का भी तुम खुद देख लो। देखना मेरा लड़का ही कुछ करेगा अब। इनसे बड़ी-बड़ी बातें करवा लो। मुझे आँखें दिखा रहे हैं। मैं बहू से का कह दऊँ और का लड़का से कह दऊँ? अरे, मेरे मुँह से का कहलवाते हो। हिम्मत हो तो खुद कहो बेटा-बहू से।" अब उसकी एकल प्रस्तुति शुरू हो गई।

"शुरू से फिदैया रहे हैं जे। जे पे फिदा हो गए, वइए एक गैया दे दई। मेरो मौं मत खुलवाओ। अवे लग रहे हैं जे तुमे सीध-रे। अपने जमाने में भौत गुंडई मचाई है, जिनने। ठाड़े से मूतत थे, जे। मेरो जीवन सत्यानाश कर दओ। ढोरों के संग-संग मोए भी ढोरनी बना के रख दओ। मैं का कोई गाँव-खेड़न की थी का? अरे, बीच सिटी की थी, मैं तो। ग्यारह बरस की उमर से इनके पल्ले बँध गई। जब से आज तक गोबर उठा रही हूँ। जमीन के पीछे हाथ धोके पड़े हैं, जे। और मौड़ा पैदा होवे पे थारी का मैंने बजाई थी। मैं तो उते सोर में पड़ी थी। इनके घरकेन ने बजाई थी थारी।"

अचानक से उसके भीतर कुछ बजने लगा—"अरे, फटे बाँस हैं, जे। मैं तो कहती हूँ कि इंसान बाँसुरी से ही कछु सीख-समझ ले। बाँसुरी में कोई गँठान नहीं होए और जे हैं कि हजार गाँठें मन में रखते हैं। बाँसुरी को बजाओ तब ही बजती है, वैसे ही तबहिं बोलो, जब जरूरत हो। अरे, बाँसुरी की तरह जब भी बजो, मीठे मधुर ही बजो। जवान लड़के को हर समय खाने दौड़ते हैं, जे। मीठे वचन इनके मुँह से कभी निकलते ही नहीं हैं।"

"अम्मा चुप, चुप।" वो एकदम से चुप हो भी गई, लेकिन देर हो चुकी थी।

दादा पलट के आ गए। धम्म से ज़मीन पर डंडा पटकते हुए बोले—"बोना तुम्हारा काम है, देना प्रभु का मन है। उसका जितना मन होगा, उतना देगा। जब पानी देना होगा देगा, जब नहीं देना होगा तो नहीं देगा। का कर लोगे तुम उसका? उसके खेल निराले।"

मेरी ओर मुख़ातिब हो गए—"तुम बताओ, तुम जे जहाँ साइकिल से आई हो। घर से ठीक-ठाक निकली हो। रस्ता में साइकिल पंचर हो जाएगी, तो का कर लोगी तुम? का, साइकिल ऐ फेंक देओगी का? अरे, पैदल-पैदल जाओगी। पंचर बनवाओगी। कल फिर आओगी। का, साइकिल चलावो छोड़ देओगी का, पंचर के डर से? अरे, जेई तो उसकी माया है। तनक बड़ा कलेजा रखो। किसान के कलेजे के आगे हार मानता है वो भी।"

लड़कियाँ उन्हें बुलाने सड़क तक आ गईं। अम्मा खेत में चली गई और मैं अपने रास्ते। आकाश की ओर देखकर मैंने कहा—"हे प्रभु, तेरे खेल निराले। मेरी साइकिल पंचर मत कर देना।"

पहाड़ों पर बसे भोपाल शहर में बहुत उतार-चढ़ाव हैं। साइकिल पर दम निकल आती है। ढलान इस क़दर कि अगर न सँभले, तो गिरना तय और चढ़ाई ऐसी कि लगता है, आँतें बाहर निकल आएँगी। किसी मनोरम दृश्य को निहारते हुए उसमें पूरी तरह रम भी नहीं पाते कि चढ़ाई आ जाती है। कल्पना और यथार्थ का अजीब मिश्रण है। ढलान से उतरते हैं तो लगता है, जीवन में कितना माधुर्य है और चढ़ाई चढ़ते हैं तो लगता है कि जीवन से सारा लावण्य निकल जाएगा। बिना माधुर्य और बिना लावण्य के भी भला कोई जीवन है? अगर है भी, तो भला किस काम का?

घाटी पर चढ़ते देखा कि एक आदमी एक कुत्ते को घसीटते हुए ला रहा है। उसने बोरे से कुत्ते के आधे शरीर को ढक रखा था। 'कुत्ते की मौत मरोगे' यूँ ही नहीं कहा जाता। 'कुत्ते जैसी मौत किसी को न देना' या कि 'इसी को कहते हैं कुत्ते की मौत' जैसे वाक्य आसपास मँडराने लगे। पूरी दम लगाकर चढ़ाई चढ़ते हुए, साइकिल के हैंडल को कसकर पकड़ते हुए मैंने सामने के पेड़ से दिखते आकाश की ओर देखते कहा—"कुत्ते जैसी मौत कुत्ते को भी न देना।" कुत्ता और उसे घसीटकर ले जाता आदमी बहुत पीछे छूट गए थे और मैं बहुत आगे निकल गई थी। इतना आगे कि और आगे जाने का कोई मतलब नहीं रह गया था।

दद्दू सड़क पर डंडा लिये खड़े हैं। उनकी आँखों के सामने खेत में गायें चर रही हैं। ये क्या हो रहा है और क्यों हो रहा है? सुबह-सुबह फ़सल पर गायें? यूँ ही बौनी फ़सल आई थी और ये दादा को क्या हुआ, जो ये सब कुछ खड़े-खड़े देख रहे हैं। साइकिल ने मुझे सँभाला या मैंने साइकिल को सँभाला, कहना मुश्किल।

"दादा, ये क्या हो गया? ये गायें और खेत में?" बमुश्किल थूक को गटकते मैंने पूछा।

"कुछ नहीं। दूसरे के ढोर-बछेड़ू खा रहे थे, तो अपने काए भूखे मरें।" कहते हुए उनकी हँसी कितनी कड़वी थी, जैसे मुँह में कुनेन की गोली दबाकर रखी हो। सारा खेत जैसे एक सफाचट मैदान में तब्दील हो गया था। जो कुछ बचा-खुचा था, उसी को चरने के लिए उन्होंने अपनी गायें खेत में छोड़ दी हैं। आधे जन्म में ही जैसे पूरी मृत्यु हो गई। मैंने बहुत दबे स्वर में और उनके एकदम पास जाकर पूछा—"पूरी फसल एक रात में कैसे चली गई?"

उनके पूरे शरीर में कंपन थी। अगर डंडे का सहारा न होता, तो वे कब के गिर चुके होते। डंडे पर पकड़ मज़बूत करते बोले—"ऐसे ई चली जाती है। छुट्टे मवेशियों को तो फिर भी खदेड़ दो। वे तो नुकसान भी कम करते हैं। अरे, ऊपर-ऊपर से खाते हैं, सो फिर से उग आता है। मनो, जे सुअरों का क्या करोगे? आ गए रात में। भुट्टा आने के बाद उसकी महक से आते हैं। वो पूरी फसल खाकर ही जाते हैं। एक बार उसने मुँह लगा दिया, तो फिर वापस कच्छु भी नहीं। सुअर की खाई मक्का वापस नहीं आती। गाय-भैंस की खाई वापस आ जाती है।"

आसपास नज़र दौड़ाते हुए मैंने पूछा—"कित्ते आए थे और कैसे, कहाँ से आ गए?"

"एक ही भौत होता है और वे आए झुंड में। दस-बारह सुअर ही दस-बीस एकड़ को रौंद डालते हैं। मेरी आँखों के सामने ही सब सफाचट कर गए। अरे, इकट्ठे सौ-पचास आए। रेल की तरह भगते हैं पूरे खेत में। आदमी को पछीट देते हैं। इंसान का कोई लिहाज नहीं उन्हें। पूरे गाँव का मक्का बरबाद कर गए।

वो देखो, सामने की पहाड़ी के उस पार के जंगल से आते हैं। आप उनका कच्छु नहीं बिगाड़ सकते।" आधे आकाश और आधी ज़मीन की ओर देखते उनका स्वर जाने कैसा तो हो गया।

"अरे, पूरी फसल चली गई। अब क्या करोगे?" नष्ट फ़सल को देखना कैसा होता है, पहली बार जाना।

"आप गाँव वाले कुछ नहीं करते? कुछ तो करते कि फसल बचती।"

"क्या करोगे? कँटीले तारों के बीच से निकल जाते हैं। बाँगड़ को उलाँघ जाते हैं। किसान का खेत में जाली लगाएगा? का ऊँची दीवार बनाएगा? इत्ती औकात है का उसकी। हाँ, करंट बिछा सकते हैं। मनो, कानून ऐसा है कि आप उनका बाल भी बाँका नहीं कर सकते। मैं तो पूरे खेत में करंट बिछा दऊँ।" वो एकदम से तन्ना गए—"मनो, तुरत जेल हो जाएगी मुझको। वन विभाग का अमला तनक भी देरी नहीं करता इंसान को पकड़ने में।"

फार्म हाउस की मज़बूत बाउंड्री वॉल को देख मैंने पूछा—"ये जंगली सुअर नवाब साहब के फार्म हाउस में भी गए?"

कसैले स्वर में 'ना' में सिर को हिलाते हुए एक-एक शब्द को चबाते बोले—"सुअर भी जानत हैं के कहाँ जाना है और कहाँ नहीं जाना है।"

ख़ून का घूँट पीते हुए—"तारों की फेसिंग को उलाँघ जाते हैं, जे ढोर-बछेड़ू। अब का कह दो, आज के ढोर-बछेड़ू के बारे में। जमाने की फुर्ती उनमें भी भरा गई है। फिर जे में इन सुअरों के सामने अकेलो आदमी पड़ जाए, तो वे वाए चीत खाएँ। उनके आगे काए की जाली और काए की मचान।"

कुछ देर चुप्पी छाई रही। उनकी गायें भी ठीक से चर नहीं रही थीं, जबकि वे भी कई दिनों से अधपेट थीं। कुल जमा पाँच गाय और एक बछिया। दादा का मन बहलाने के लिए यूँ ही खाने का स्वांग कर रही थीं। उन्हें देखते दादा का स्वर रुँध गया—"पूरी रात मैं खेत के पास खड़ा रहा। मैं क्या कर सकता था, बताओ। जे देखो, तुम जे देखो।"

वे जेब से काग़ज़-पत्तर निकालने लगे। उनका हाथ काँप रहा था। बड़ी मुश्किल से एक मुड़ा-तुड़ा काग़ज़ मेरे हाथ में देते हुए बोले—"जे, देखो। मैंने चार लोगों के नाम थाने में रिपोर्ट भी कराई थी कि ये अपने मवेशी मेरे खेत में फसल को नुकसान पहुँचाने के लिए छोड़ देते हैं।"

पुलिस वाले बोले—"हम क्या करें। तुम्हारे गाँव का आपस का मामला है।

आपस में ही सुलटा लो। का करोगे अब? ढोर-बछेड़ू से फसल बचा रहा था कि जे सुअरों ने सत्यानाश कर दिया।"

जो काग़ज़ मुझे पकड़ाया वो एफआईआर नहीं थी। रिपोर्टकर्ता—बारेलाल यादव/भागवती यादव के पास ही प्राप्तकर्ता के हस्ताक्षर थे। उसका नाम नहीं लिखा हुआ था। हस्ताक्षर के नाम पर काग़ज़ पर चिड़िया बनी हुई थी। वही चिड़िया, जो खेत का बाजरा चुग जाती है।

काग़ज़ को तुड़ी-मुड़ी कर जेब में रखते हुए—"पूरे पाँच हजार खरच किए थे मैंने, और एक नया धेला भी हाथ नहीं लगो।"

"दादा, आपने बुवाई भी देर से करी। जल्दी करनी चाहिए थी, सबकी तरह। तो, अब तक कट भी जाती।" रास्ते में पड़ते कुछ खेतों की कटी फ़सल को याद करते मैंने कह दिया।

हाथ को नचाते उनका स्वर संताप से भर गया—"ट्रैक्टर समय पे मिले, तब तो कछु करें। एक मुसीबत थोड़ी ना है। ट्रैक्टर वाले भी मुँह फाड़ते हैं। अपन उत्ती कीमत दे नहीं पाते। सब जगह से काम निपटा के आते हैं अपने पास। उसमें भी दस बार हाथ जोड़ने पड़ते हैं उनके। थोड़ी-बहुत नहीं, भौत किलकिल है, बाई।"

बहुत देर तक चुप्पी छाई रही।

"दादा, अब आप गेहूँ, चना और मसूर बोने के चक्कर में मत पड़ना। छुट्टे मवेशी और जंगली सुअर उसे भी बर्बाद कर देंगे। उनसे किसी तरह बच भी गए, तो दिसम्बर-जनवरी में अगर ओले गिर गए, तो फिर तबाही हो जाएगी और तुम्हारे पास पानी भी नहीं है। सिंचाई कैसे करोगे? बोलो?"

"अरे, ऐसो नहीं होए बाई। किसान की आत्मा नहीं मानती। जमीन खाली नहीं छोड़ी जाए। हमरी जगह तुम होओगी, तो तुम भी बोओगी ही बोओगी। जे किसान की आत्मा ऐसी ही होए। एक भुट्टा हाथ नहीं आया मेरे। मनो, मैं हिम्मत हारने वालों में से नहीं हूँ।" उनकी आँखों में जैसे नष्ट फ़सल कसमसाने लगी।

इस बार उन्होंने आकाश को देखते 'उसके खेल निराले' नहीं कहा। वे एकटक ज़मीन को देख रहे थे। घूर नहीं रहे थे। अब तक के अपने जीवन में इन्होंने कितनी फ़सलों को काटा होगा? आधा जीवन तो खेत में मजूरी करते या चौकीदारी करते हुए काटा। उन्हें इसी बात की तसल्ली है कि पेट पालने के लिए घर-बार छोड़कर दूसरे देस नहीं जाना पड़ा।

उस दिन पानी, 'ज़िन्दा पानी' कहते आँखों में कैसी चमक आ गई थी। सारी रात पानी का सपना देखने वाले सुबह उठते ही पानी को बहुत तंगी से बापरते हैं। वे गटागट नहीं, घूँट-घूँट पानी पीते हैं। फ़सल की उम्मीद कभी नहीं छूटती। भले ही जीवन छूट जाए।

साल भर से अम्मा गुस्सा है। दादा से पहले की तरह हँसकर बात नहीं करती। लहकती भी नहीं है। हँसते-हँसते दोहरी नहीं होती। पहले की तरह उनकी बाट नहीं जोहती। कुएँ से पानी भरते तिरछी निगाहों से उनकी ओर नहीं देखती। उनकी ऐसी बेरुखी से कुएँ के पानी का स्वाद भी चला गया। जल से अब किसी का गला तर नहीं होता।

दादा खेती के बिना नहीं रह सकते। खेत में फिर से बख्खर फिरवा ली है। गेहूँ, चने की बोवनी कर दी है। पाँच हज़ार रुपए बख्खर फिरवाने में लग गए। अम्मा का कुछ ज़्यादा ही मुँह फूला हुआ है।

ज़मीन के भाव पौने दो करोड़ प्रति एकड़ हैं। इस पर वो कहती है—"कौन तुमरे बाप की है, जो तुम हुलबुला रहे हो। लीज पे जमीन है। न तुम बेच सको और न कोई खरीद सके। काहे को लीज की जमीन बेच के दूसरे को ठगो। ईमान भी कोई चीज होए कि नहीं।"

बख्खर होने के बाद दादा का राग—"अब पानी चाहिए, ऊपर वाला गिरा दे या तुमरे कने व्यवस्था हो, तो तुम दे दो पानी। किसान की छाती बहुत जबरदस्त होती है। ये खेती है। इसमें सबका हिस्सा है। कौओं का, ढोरों का, सुअरों का, चीलों का और चिड़ियों का भी। आपको देना पड़ेगा खुशी-खुशी। नहीं देओगे तो भी वे ले लेएँगे। का करोगे तुम? बताओ? खेती की माया, ऊपर वाले की लीला।" कभी न पूरी होने वाली उनकी बातें।

अम्मा को बिल्कुल अच्छा नहीं लगता। खारे कुएँ को कितनी बार खारा कहकर कोसोगे। तुम ज़मीन को कोसते नहीं हो, लेकिन उससे कुछ उपजने की उम्मीद भी क्यों करते हो? इससे तो भला है कि उसे रात-दिन कोसो, तो वो भी चैन की साँस ले सके, लेकिन उससे उम्मीद करके तुम उसे और-और

बंजर बनाते जाते हो। ज़मीन के भीतर का सूखा कुआँ सिर्फ़ और सिर्फ़ अम्मा को दिखता है।

वो कहती है—"छोड़ दो खेती।"

वे कहते हैं—"मैं खेती के बिना नहीं रह सकता। मजूरी कर रहा हूँ। तुमरा और पूरे परिवार का पेट पाल रहा हूँ। संग में खेत मोए पाल रहा है। मेरी साँस इसी खेत से चलती है। तुम सबको अड़चन का है? बताओ मुझे।"

कड़ाके की ठंड में खेत में लोहे की दिन-रात की चौकीदारी। सारी रात खुले में कैसे गुज़ारते होंगे?

"दादा, इतनी ठंड में कैसे रात गुजारते हो? ठंड नहीं लगती?" ठंडे भाव से पूछती हूँ।

"काहे? ठंड क्यों नहीं लगेगी? जिन्दा आदमी हूँ मैं। कोई लाश थोड़ी ना हूँ कि हवा मोए छुए बिना गुजर जाएगी।" ये कहते हुए उन्होंने मुझे ऐसे देखा कि मतलब समझाते हुए उनकी आँखें एकदम सीध में मेरी आँखों से टकराने लगीं।

"फिर क्या करते हो। अलाव जलाते हो। तापने से शरीर में गरमी आ जाती है।" हाँ में हाँ मिलाते कहा मैंने।

"ना, बिल्कुल ना।" एकदम करीं ना में सिर हिलाए जा रहे—"अग्नि से घृणा है मुझे। अलाव निकम्मा बना देता है। मैं कभी नहीं तापूँ।"

"अरे, बाप रे बाप! कितना कहर भरा जीवन।" सोचती हूँ लेकिन...। वे अपनी रौ में कहे जा रहे हैं—

"किसी काम की जिम्मेदारी ली है, तो निभाओ उसको। धनी को क्या मुँह दिखाओगे? उसका लाखों का माल पड़ा है, खुले में। अपन को काए के लाने रखा है उसने। लोहे की निगरानी के लिए न? अलाव में रम गए, तो हो गई चौकीदारी। जरा सी देर में सारा लोहा पार हो जाएगा। क्या करोगे फिर? बताओ मुझे। लोहा खेत में थोड़ी न उगता है।" कहते उन्होंने खेत की ओर ऐसे देखा कि कोई आस नहीं, कोई उम्मीद नहीं। तुम बंजर हो, तो कोई तुमसे जीने का हक थोड़ी न छीन लेगा।

कुछ दूर पहुँची ही थी कि अचानक से पानी गिरने लगा। ठंड से मेरे दाँत किटकिटाने लगे। ठंड की बारिश वो भी ओलों के संग। आवाज़ आई—"अरे, बीमार हो जेओ। इते आ जाओ जहाँ टपरे में। ठंड खा जेओ।" वे मुझे पुकार रहे थे।

मेरा मन बहुत खिन्न था। साइकिल पर किसी अदृश्य नसैनी पर सवार हो मन के मचान पर चढ़ जाना चाहती हूँ। जितना ऊपर की ओर देखती हूँ, उतना ही मचान आकाश की ओर तनती है। नीचे की ओर देखती हूँ तो गहरे ज़मीन में धँसती दिखती है।

वे मुझे आवाज़ दे रहे हैं। ठंड में पानी गिर रहा है। सड़क पर ओले चमक रहे हैं। एक ओला उठाकर मैंने मुँह में रख लिया। इन ओलों से फ़सल कैसे बचेगी? पलटकर मैंने ज़ोर से लगभग चिल्लाते हुए कहा—"दादा, कल मिलेंगे। अभी तो हम जा रहे हैं।" लोहा ही लोहे को काटता है। उसी तरह ओले ने मेरे दाँतों की किटकिटाहट को काट दिया।

कुछ खेतों में कितने सुन्दर बिजूका-बिजूकी हैं। वे भी ठंड में बारिश झेल रहे हैं। उनके खुले-फैले हाथों में ओले टपक रहे हैं। दूर से देखो तो बिजूके जीते-जागते प्राणी लगते हैं।

अम्मा एक गीत सुनाती तो है, जिसमें आधी रात में चाँदनी गिरती है। 'टप-टप-टप' ओस की बूँदें टपकती हैं। हवा सरसराती है। ऐसी ही किसी एक रात में जब चाँदनी झरने लगी, तब चिड़िया बिजूका के आसपास टहलने लगीं। कुछ ज़्यादा ही मीठा चहकने लगीं। चिड़ियों ने प्रेम के बीज समूचे खेत में बिखेर दिए। बिजूका मदहोश हो गया। उसने आधी रात में चिड़ियों के संग रास रचाया। सारे पक्षी बेखटके खेत में आने-जाने लगे। बिजूका कहता है—"प्रेम में सब जायज है। ये खेत कौन चीज है, जो हमको प्रेम करने से रोकेगा कि जिसके चलते प्रेम न किया जाए।" थोड़े से शुरू होकर सब कुछ इतना ज़्यादा हो गया कि बिजूका में प्राणों का संचार हो गया।

अब आधी रात में रातरानी की महक में प्यार होने लगा। समूचा खेत चिड़ियों का हो गया। प्रेम के इस अतिरेक में खेत भी डूब गया और कुछ गायें दबे पाँव खेत में चली आईं। जब इस रात की सुबह होगी और किसान खेत को देखेगा, तो किससे क्या कहेगा? वह बिजूका की ओर देखेगा और पूछेगा—"भाई, तू ही बता माजरा क्या है? बिजूका क्या कहेगा? वो तो रात के जाते ही और सुबह के

आते ही प्राणहीन हो जाएगा। किसान बौरा जाएगा और चिरैया चुप लगा जाएँगी।"

"किसान किसी को खेत में प्रेम करने से भला कैसे रोक सकता है?" अम्मा जब यह गीत गाती है, तो सब अपना काम-धाम छोड़कर मंत्रमुग्ध होकर सुनने लगते हैं।

ओलों का गिरना बन्द हो गया है। पानी अभी भी बरस रहा है। किसी-किसी खेत की फ़सल तो आड़ी हो गई हैं। अचानक आई बारिश को वे झेल नहीं पाईं और उनकी कमर टूट गई।

काश, कोई ट्रेन की खिड़की से आड़ी फ़सल की सुन्दरता पर रीझ ना जाए। फ़सलों पर चमकती बूँदें किसान के आँसू हैं। किसान मन को हल्का करने के लिए नहीं रोता है। वो रोता है कि खेतों के लिए क्यों नहीं बनी अब तक कोई छतरी?

अम्मा की आँखों में एक अजीब सी लहक होती है। जो कभी भी कम नहीं होती बल्कि हर दिन बढ़ती ही जाती है। ज़मीन को घूरते हुए, चढ़ी हुई आँखों के संग ताने भरे स्वर में कहती है—"इनसे नंदराम बहुत परेशान रहता है। तुमरे दादा भौत कर्जा करते हैं। इस जमीन के चक्कर में हमरा गिरवी घर भी चला गया। खून का घूँट पी के रह जाता है, नंदू। कुछ कहता नहीं है, का कहेगा बाप से। अब वो भी सही कहता है कि घर में दो जवान बहनें बैठी हैं। उसके अपने भी चार बच्चे हैं। रहने का ठिया नहीं है। बेचारा दुनिया भर की जी-तोड़ मेहनत करता है। मारा-मारा फिरता है लड़का रात-दिन और जे हैं कि जमीन को करेजे से लगाए बैठे हैं। मेरा तो इनसे जी ऊब गया। लड़का ही पार लगाएगा अब तो। उसका पैसा फँसा है, निकल ही नहीं रहा है। भौत परेशान है वो भी। जैसे ही पइसा निकलेगा, कहता है अम्मा सबसे पहले घर बनाएँगे।"

मैं ऐसा कुछ भी नहीं कहती कि—"अम्मा, धीरज रखो, सब ठीक हो जाएगा।" ऐसा कहने की अब मुझमें हिम्मत ही नहीं है। सिर को नीचा किए उनके बग़ल में चुप बैठी रहती हूँ। कभी हाँ में हाँ मिलाती हूँ तो कभी—"अच्छा, तो कहाँ किस जगह घर बनाओगे?" बताती है—"वो—उते।"

"किसी दिन उधर चलेंगे, अपन। आज ही चलें।" मैंने लगभग उठते हुए कहा।

"नहीं, नहीं। अभी नहीं। जब घर बन जाएगा, तब चले चलियो।" फिर वो घूम-फिरकर दादा पर आ जाती है—"मनो, जे तुमरे दादा हैं कि चैन नहीं लेने देते। जाने कौन-कौन से बीज उधार ले लेते हैं। हकाई-बुवाई-जुताई सब कछु करजा ले के करते हैं। धनी आकर खड़ा हो जाता है दरवाजे पे। का करें, चुकाना पड़ता है। मूल तो चला जाता है तेल लेने, ब्याज मार डालता है। देखना, एक दिन जे हम सबको लील जाएगी। गैयें अलग भूखी मरने लगीं हैं अब।" कुछ देर सन्नाटा पसरता है।

ये थोड़ी-बहुत नहीं, पूरी तरह से सटक गई हैं। गाड़ी पटरी से उतर गई। आज हालत पस्त है। हाथ-पाँव ढीले हो रहे हैं। बिस्तरा समेटने की भी दमखम नहीं है। कई रातों से जागी हुई हैं। नींद नहीं आ रही है। रात में दो बजे नींद खुल गई तो फिर से नहीं आती। सारी रात टहलते गुज़रती है। हाथों को सीधा कर मुट्ठी बाँधते हुए कहती हैं—"मैं समझ जाती हूँ कि 'लो बीपी' का काम है ये।"

सुनकर मुझे बहुत आश्चर्य हुआ—"फिर ऐसे में क्या करती हो?"

"कुछ नहीं। एक गिलास पानी में शकर, नमक और नींबू फेंटकर गटक जाती हूँ। थोड़ी देर बाद ही तबियत हरी हो जाती है।" उनकी आँखों के नीचे काले निशान कुछ ज़्यादा ही उभर आए हैं।

एक लम्बी ठंडी साँस छोड़ते हुए फिर कहती हैं—"अरे, वो नंदराम का पैसा फँसा है। वो निकल आए तो झोंपड़ा बनाए खुद का, खुद की ज़मीन पर। लेकिन का करें, फँसा है पैसा। वो भी भौत परेशान है।"

"कहाँ फँसा है?" वो आज बहुत उदास है। उसके जी को हल्का करने के लिए सिवाय बातें करने के कुछ और नहीं सूझता।

"अरे, बहू को भी भौत टेंशन है। उसके भी बाल-बच्चे बड़े हो रहे हैं। फिकर में वो भी आधी हुई जा रही है।" इसी बीच बड़ी बेटी रामदुलारी खेत पर खाना लेकर आ गई। कुछ देर चुप खड़ी खेत को घूरती रही। फिर अम्मा को झोला पकड़ाकर खेत को घूरते हुए पीठ दिखाते घर की ओर चल दी। अम्मा भी बहुत देर तक लड़की को जाते हुए देखती रही। लड़की की चाल से लग रहा था कि वो अपनी माँ का घूरना अपनी पीठ पर महसूस कर रही है।

"अब देखो, इसके भी हाथ पीले करना है। कितनी उमर हो रही है इसकी।" पल भर के लिए लड़की ठिठकी। फिर उसने सड़क से एक पत्थर उठाकर खेत की ओर उछाल दिया और तेज़ क़दमों से चलते हुए गली में मुड़ गई।

"अम्मा कहाँ फँसा है, नंदराम का पैसा।" आज तो मालूम हो ही जाए की गरज से मैंने पूछा।

"कोई से कैइयो मत।" अब वो फुसफुसाने लगी।

"नहीं, नहीं, बिल्कुल नहीं।" मैंने भरोसेमन्द आवाज़ में कहा।

"तुम अपने दादा से मत कहना, नहीं तो वे लड़के से झूमा-झपटी कर सब ले लेंगे और फिर इस जमीन में घुसेड़ देंगे।"

"नहीं कहूँगी। बताओ तो सही।" मैं हठ पर उतर आई।

"अरे, एक कर्नल के पास फँसा है और वो बीमार हो गया है। उसको लकवा मार गया है। न किसी को पहचान रहा है, न कुछ बोल पा रहा है। अस्पताल में भरती है, वहाँ वो उधर लाल घाटी में। उससे मिलवे नंदराम जाता है, लेकिन जब वो अपने घर वालों को ही नहीं पहचान रहा है तो इसे काए को पहचानेगा? वो तो अपनी बहू को भी नहीं चीन्ह रहा, कहता है कि ये कौन है? काए को मेरी सेवा कर रही है।"

"कितने पैसे हैं? दस-बीस हजार?"

हँसते हुए—"अरे, नहीं। ज्यादा हैं।"

"एक? दो लाख? अरे बताओ भी।" अब मेरे सब्र का बाँध टूटने लगा।

"अरे, नंदराम ने एक जमीन का सौदा करवाया था। दोई धनी से उसे पैसे लेने हैं। पैसा बहोत है। थोड़ा-बहुत नहीं।"

"अरे, कितना?

"दस-बीस लाख हैं।" इतने धीरे बोली कि खेत के कान भी न सुन पाएँ।

"दस-बीस लाख?" मेरा मुँह खुला का खुला रह गया—"अम्मा, तुम कब से सोई नहीं हो? जाओ, खाना खाकर सो जाओ। एक अच्छी नींद ले लो।"

"सही कह रही हूँ। मनो, तुम दादा से मत कैइयो। नहीं तो सब सत्यानाश हो जाएगा।"

इसी बीच उनकी सहेली रामकली आ गई।

"कहाँ चलीं।" अम्मा उसको देखकर ख़ुश हो गई।

"भैया-भाभी के घरे और कहाँ।" खड़े-खड़े उसने जवाब दिया।

"अब का धरा है भैया-भाभी के जहाँ।"

"बोली-बानी और का? और का कछु जमीन-जायदाद चहिए उनकी।" उसे जाने की जल्दी थी। सो, वो चली भी गई।

"अरे, वो कर्नल को कछु याद आए, तभी तो बताएगा कि पैसा कहाँ धरा है। दूसरे धनी का पइसा भी कर्नल के ही पास रखा है।" वो भूली नहीं थी। मैंने ज़ोर की साँस छोड़ी, उतने ही ज़ोर की ले भी पाती कि अम्मा ने मेरे हाथ पर हाथ रखते हुए कहा—"कल से ही दिमाग आउट-आउट हो रहा है। नर्मदा मैया के कने जाना है। बुला रही है, वो। चार साल हो गए पूरे। भौत दिना हो गए। कैओ, कल-ई चली जाऊँ मैं। मन बहुत भारी-भारी हो रिया है। स्नान करते ही देह फूल-सी हो जाएगी।"

आँखें चमकाते हुए फिर बोली—"अब नहीं रुक रही, मैं। अब तो जाऊँगी स्नान करने।"

"गंगाजी भी चली जाओ। गई हो कभी गंगाजी में स्नान करने।"

"नहीं। गंगाजी ब्याहता हैं। अपनी नर्मदाजी कुँवारी कन्या हैं। कहीं नहीं, सिरफ नरमदा। उनके आगे कोई नहीं लगे। उनकी बात ही निराली है। उनके जल में जित्ती शीतलता है, उत्ती ई फटकार भी है। उनमें डुबकी मारवे से दबंगई आती है। उनने तवा को भी कैसी फटकार लगाई थी। उसने चुपचाप रास्ता दे दिया उनको।"

अब उनका नर्मदा पुराण शुरू हो गया—"नर्मदा ने तवा को लात मार दी थी। रास्ता रोक लिया था उसने। बहुत गहरा है तवा। मुँह दबा के खिसक गया चुपचाप। नर्मदा के आगे कोई नहीं ठहर सकता, तो फिर उसकी का मजाल। कुँवारी नदी है वो। उसकी हवा ही और है। उसी की हवा से देवता वश में हो पाते हैं। मेरे ऊपर पवन है। बहुत सारी हवाएँ हैं। जिंद हैं मेरे साथ, वो ताकत देता है मुझे। जे काली भी है और जे भूमि भी मेरे सिर पर है। साधारण रूप में नहीं फिरूँ मैं। उज्ज्वल मन है मेरा और तन भी।"

"अरे, बाप रे। ये तो चटक गई है।" मैंने दादा को देखा। वे दूर-दूर तक दिखाई नहीं दे रहे थे। गायों को लेकर दूर निकल गए हैं और अम्मा रुकने का नाम नहीं ले रही है—"डुबकी लगाके आऊँगी तो चित्त शान्त हो जाएगा। बिचल रहे हैं सबरे देवता। कल से खोपड़ी घूम रही है, भौत हवाएँ झूम रही हैं। सबको नरमदा जी में छोड़ के आऊँगी। और देखियो, जे कर्नल भी सिटपिटा जाएगो, फिर पैइसा निकल आएगो और घर बन जाएगो। नंदराम भी चैन से सो पाएगो फिर, लड़का चिन्ता में घुलो जा रओ है। परसों से चैत्र नवरात्र है। कल स्नान करके आऊँगी। फिर नौ दिन उज्ज्वल मन से धूप-बत्ती करूँगी।" दादा आते

हुए दिखाई दिए, उन्हें देखते ही अम्मा की आँखें चढ़ आईं।

एकदम चमककर बोली—"कल से खोपड़ी घूम रही है। तप रही है। स्नान को जाऊँ मैं।"

अम्मा की तपन उन्हें छू गई। वे भी चमक क्या चटक गए। फट से जेब से चार सौ रुपए निकालकर अम्मा के हाथ पर धरते कसे हुए स्वर में बोले—"जा, ठंडी हो के आ जा। भौत गरमी चढ़ रही है तोए। दिमाग तेरो-ई गरम होते, बाकी सब तो जैसे बरफ की सिल्ली मूँड़ पे धर के घूम रहे हैं।" कहते हुए वो फिर गायों को पानी पिलाने के लिए चल दिए। अम्मा चुपचाप नोट हाथ में दबाए एकटक ज़मीन को घूरती रही।

क्या कहा जाए। नर्मदाजी की कहानी सुनाई जाए? शायद उसी से अम्मा के दिमाग़ का भारीपन चला जाए और मन फूल सा हल्का हो जाए या दवाई लाकर दी जाए ताकि अम्मा नींद ले सके। इस समय इन दोनों की ही ज़रूरत है या फिर चैत्र नवरात्र के गान में उलझा जाए।

सबकी ज़िन्दगी कटी पतंग हुई जा रही है, जिसकी डोर बिजली के तारों में अटक गई है, जिसमें पतंग का फड़फड़ाकर फटना तय है। न डोर हाथ लगेगी, न पतंग। सड़क किनारे लगे इसी बिजली के खम्भे से ही तो दादा रात में तार डालकर बिजली लेकर आते हैं—"दादा, करंट का डर नहीं लगता?"

"अरे हाँ, काए का डर। आदत हो गई अब तो। बिजली वाले आएँ कि उससे पहले तार निकाल देता हूँ। एकदम तड़के में वे भी कभी भी टपक जाते हैं। जैसे सबरी बिजली यहीं खत्म हो जात है।" वाह, अँधेरे को चीरने का चोर रास्ता।

दूसरे दिन इसी अँधेरे को चीरने अम्मा नर्मदा स्नान को गई। जब वो लौटी, तो दादा ने उसे फिर चीर दिया। वो बुरी तरह चिरी हुई थी। उसने भी सबको चीरना शुरू कर दिया।

"जमीन के चक्कर में मोए घर से बेघर कर दिया। दुनिया सँवर गई। मनो, मेरो जे आदमी नहीं सँवरा। कह रहे हैं कि अषाढ़ में फिर जमीन हाकूँगा। पाँच एकड़ में मक्का और जे दस एकड़ में तुअर बोऊँगा। जे दिन मेरे मौड़ा ने मकान बनवा लिया न देखना उस दिन तमाशा होएगो। अरे, करना है तो खुद की दम पे खेती करो नई, दूसरे पे दम मत धरो। मेरे बाल-बच्चों के पेट पे लात मारकर खेती नहीं। इनकी बदौलत मैं खंग गई।"

"अम्मा, तुम ये नौ दिन मौन व्रत ले लो।" फीकी हँसी हँसते मैंने कहा।

वो तन्ना गई—"काए को? न मौन व्रत लऊँ और न व्रत होएँ मोसे।"

फिर शुरू हो गई—"जब घर का मुखिया ही बिगड़ेला होएगा न, तो घर को बंटाधार होने ही होने है।" वो जैसे कि अभी भी घाट पर ही थी—"मैंने तो हाथ जोड़ के जई कही—हे नर्मदा मैया, मेरी छाया बनवा दो। मैं हूँ गरीबनी। मैं दौलत नहीं माँग रही, सम्पत्ति नहीं माँग रही। बस, छाया दे दो मुझे।"

गिरवी घर फ़सलें पिटने से पूरा ही चला गया है। अभी एक सोलह फ़ीट लम्बे और सोलह फ़ीट चौड़े ख़ाली प्लॉट में पूरा परिवार टीन की चादर लगा के रह रहा है। कभी भी प्लॉट वाला सबको नमस्ते कर सकता है। हर सुबह लगता है कि जगह ख़ाली करनी होगी।

"अम्मा, एक कमरे में तुम सब जन रहते हो। फिर नंदराम और उसकी पत्नी?"

"बीच में चदरा तान लेते हैं। वे अपनी इज्जत सोते हैं। हम अपनी इज्जत सोते हैं। अब तो नरमदा जी भी सूख रही हैं। रास्ता मोड़ दिया कोई ने उनका। मनो, अभी भी उतार में डुबकी लगा के तबियत हरी हो जाती है।" पानी अभी भी उनके भीतर हिलोरें मार रहा था।

"स्नान के बाद फिर क्या किया? खाना-वाना कहाँ खाया? वहीं घाट पे। पूड़ी-सब्जी ले गई थीं कि वहीं दाल-बाटी बनाकर खाईं?" मेरी आँखों के आगे घाट के संग नदी घूमने लगी।

'ना' में सिर हिलाते बोली—"कछु नहीं। कछु नहीं खाया। मैं कछु ले के नहीं गई।" कहते एक हाथ की दो चूड़ियों को घुमाने लगी। दूसरे में गिलट का कड़ा भी जैसे सब सुन रहा था।

"अरे, तो का दिन भर भूखी रहीं। वहीं कुछ लेकर खा लेतीं। तुम्हारे पास तो पैसे थे। दादा ने चार सौ रुपए दिए तो थे।" सारे दिन की उनकी भूख मेरे भीतर कलपने लगी।

"महँगाई कितनी हो गई। टिकिट भौत बढ़ गया अब।" कहते हुए चूड़ियों को घूमते से रोक लिया।

"कितने का?"

ठहरी हुई चूड़ियों और कड़े पर नज़र को ठहराते बोली—"सत्तर रुपए का हो गया।"

"हाँ तो, फिर भी पैसे बचे न? दोनों तरफ के टिकिट के एक सौ चालीस

हुए। तुम्हारे पास दो सौ साठ बचे न।" मैं उनकी एकदम सीध में हो गई।

"अरे तो और भी तो खरचा होता है न? दान-धरम कछु करोगे कि नहीं।" वो भी एकदम सीध में आ गई।

"ऐं...? काहे का और कैसा दान-धरम।"

वो जैसे हिसाब देने लगी—"नंदराम के बच्चों के मुंडन के बाल रखे थे। वे मैया को अर्पण करने थे। उसकी पूजा-पाठ और भी दूसरी चीजें। दान-दक्षिणा भी तो लगती है। फिर मौड़ा-मौड़ी बाट हेरते हैं तो थोड़ा सा उनके खाने की चीजें और...।"

"और का?" मैंने ज़ोर से सिर हिलाते पूछा।

"नंदराम की बहू के लिए चूड़ियाँ। बस हो गए खतम।" हल्की-सी हँसी के साथ बोली।

"हर हर नर्मदे।" मैंने हाथ जोड़कर कहा। वो भी हाथ जोड़कर हँसते हुए बोली—"हर हर नर्मदे। जय हो नरमदा मैया की।"

गायें चराने के लिए थोड़ा दूर जाना होता है। आसपास चारा ख़त्म हो चुका है। अम्मा से अब चलते नहीं बनता। वो लोहे की चौकीदारी उतनी देर के लिए करती है, जितनी देर में गायें चरकर लौट आएँ। कुछ दूर पर दादा मिल गए। मैंने कहा—"दादा, अम्मा का दिमाग आजकल बहुत तड़तड़ कर रहा है। बुरी तरह तड़तड़ा रही है अम्मा।"

वे बिफरते हुए बोले—"अरे, जबरन की हाय-हाय है। बताओ, क्या कमी है इनको। बढ़िया खा-पी रहे हो। मजे से रहो।"

"हाँ, लेकिन उनका मन बहुत दिनों से बेचैन है।" साइकिल को स्टैंड पर लगाते मैंने कहा।

साइकिल को बीच सड़क से एक तरफ़ टिकाते वे बोले—"का बताऊँ, अकेली वा नहीं? घर में सबरे ऐसे-ई पगला रहे हैं।"

"दादा, वो घर चला गया ना, उसकी वजह से।" उनके हाथ से डंडे को अपने हाथ में लेते मैंने कहा। मैं कुछ और कहती कि मेरे हाथ से डंडा लेकर

उसे घुमाते बहुत धैर्य के साथ वे बोले—

"अरे, ये तो दुख मुसीबत हैं। हमरे-तुमरे संग नहीं रहेंगी तो जाएँगी कहाँ? तुम मनुष्य हो। तुमरे संग रहेंगी वो, जानवरों के कने तो जाएँगी नहीं। मैं तो एक बात कहता हूँ कि अच्छे समय में अच्छे से रहो। बुरे समय में धीरज से रहो। सामंजस्य बिठाओ। समय खुद पलटा खाता है। एक फसल के जावे से काए को दोहरे हो रहे हो। फिर फसल आएगी। वो कहाँ जा रही है। धीरज रखो।" वे मवेशियों को हकेलते हुए आगे बढ़ गए और इधर अम्मा ज़मीन की रखवाली में छाया और पानी के इंतज़ार में दूर कहीं देखती खोई-खोई सी बैठी है।

कुछ खेतों में नरवाई भी हो गई है। फ़सल कटने के बाद खेतों को पूरी तरह जला दिया गया है। जले हुए खेत देखना कितना अजीब होता है। अगली फ़सल की आस में देखना अच्छा ही लगता है। आग से उर्वरता का जन्म।

सब कुछ के बाद भी कुछ न कुछ छूट जाता है। खेतों में कुछ सूखे ठंडल फिर भी बचे रह गए हैं। जले हुए गरम खेत में ग़रीब ढोर-बछेड़ू और बकरियाँ इन्हीं से अपना पेट भर रहे हैं। ग़रीबी चाहे जानवरों में हो या मनुष्यों में, कितनी दारुण होती है।

उम्मीद की किरणें इधर की ओर आना तो दूर झाँकती तक नहीं हैं। अम्मा सूनी आँखों से ज़मीन को निहारती हुई खेत किनारे गुमसुम बैठी थी।

"क्या हालचाल हैं, अम्मा। तबियत कैसी है?" बग़ल में बैठते हुए एकदम सटकर मैंने पूछा।

"अरे, मेरी तबियत को का? तनक में अच्छी, तनक में बिगड़ जात है।"

"अरे!" आधा ज़मीन और आधा अम्मा को देखते हुए दुख और आश्चर्य से कुछ और सूझता ही नहीं।

"मोए टेंशन खा रिया है। फिकर में खंग रही हूँ मैं। खुट रही हूँ, बेटा। दीमक की तरह घुन लग गया मेरे भीतर।" कहते उनका स्वर भी एकदम खुटा हुआ सा था।

"पहले मैं ऐसी थोड़ी न हती। हल्दी-दूध जैसी सफाक थी। जे फिकर ने मोए कारी कर दिया। भौत हँसत-खेलत थी। बड़ा हँसमुख स्वभाव था मेरा। गाने-बजाने में, पूरी मंडलियों में मैई-मैई चमकत थी। मनो जे तुमरे दादा और इस जमीन ने सब सत्यानाश कर दिया।"

"अरे, अम्मा ऐसा क्यों कहती हो। दादा तो बढ़िया आदमी हैं।" कहते मैंने उनके गले में हाथ डाल दिया।

"नहीं।" करेले को नीम पर चढ़ाते हुए बोली—"करिया में भौत-ई ऐब भरे हैं। सिरफ बातें-ई करवा लो। बड़ी-बड़ी हाँकवे में उस्ताद हैं। पूरी जिन्दगी गुजर गई, लेकिन कभी दो रुपया मेरे हाथ में नहीं रखे के, जे ले, जो करना है, सो करिए। उनकी-ई बदौलत आज ऐसी बैठी हूँ, बिना छाया के। मेरे घर-द्वार को मैं ऐसे चमका के रखती थी कि नाते-रिश्तेदार हाय भर के रह जाते थे। सब मिट गया। अब तो छाया हो जाए बस। का बताऊँ, रात-दिन आँखों के आगे घर घूमता है।"

हम एक दूसरे को देखते हुए खेत को देख रहे थे। इस ज़मीन ने सिवाय परेशानी के कुछ नहीं दिया। अगर कुछ दिया भी तो कभी न ख़त्म होने वाली ग़रीबी। एक घर का सपना, जो कि कभी पूरा न हो सकेगा। चूल्हा कभी पूरी तरह सुलगता नहीं। सर्दी, गर्मी, बरसात या फिर बसंत बहार हर मौसम में खुले में रात गुज़ारना। पानी की किल्लत। घूँट-घूँट पानी पीना। नहाने और मुँह धोने के लिए दूसरे के कुएँ की ओर ताकना। महीने में एक बार कई मील दूर जाकर घर भर के कपड़े धोना। बंजर ज़मीन जीवन को पानी की आस में बड़े महीन ढंग से बंजर बना देती है।

इधर दादा हैं कि नंदराम के नाम से बिदक जाते हैं। तंज भरे स्वर में बड़े रंज के साथ कहते हैं—"क्या कहो साहब। दुनिया कहाँ से कहाँ पहुँच गई। अरे, हमारे जमाने में तो सीमित साधन थे। दाल-रोटी में हर आदमी ने अपना गुजारा कर लिया। मनो, आज के जमाने की का कहोगे आप। कैसे-कैसे लोग तरक्की कर गए। जिनके घरों में कबहूँ कड़ाही नहीं चढ़ी, उनके मौड़ा-मौड़ी आज दिन-रात हलवा खा रहे हैं। सुख-सुविधाओं से घर को पाट दिया है। आजकल की जवानी रेत में से तेल निकाल लेती है और एक जे हैं नंदराम।" इसी बीच

जान-पहचान वालों से राम-राम करते जाते हैं और फिर शुरू हो जाते हैं—

"इन लाटसाहब का कोई ठौर-ठिकाना ई नहीं है। न उठने का, न बैठने का। पहले माँ के पल्लू से बँधे रहे। चार रोटी चुपड़ी खाई और तान के सो गए। अब लुगाई के आगे-पीछे होते रहते हैं। सबेरे से वे लुगाई को ही निहारते रहते हैं। पानी भर रही है तो तुम ठलुआ बने निहार रहे हो। रोटी बना रही है तो चूल्हा फूँक रहे हो। संग में बिछौना बिछवा रहे हो। न मजूरी करने जा रहे हो, न खेत पे आ रहे हो। सारा दिन लुगाई के अन-गन घूम रहे हो, जैसे और कोई के पास तो लुगाई है ही नहीं। ये पहले और आखिरी हैं लुगाई वाले। मैं तो कहता हूँ ये जीवन में कुछ नहीं कर पाएगा। सुन्दर लुगाई सबरे दुख का कारण है। उसी को सहेजने-सँवारने में जीवन निकल जाता है।"

बाप रे, मैं उनकी ओर देखती ही रह गई।

साइकिल की सीट पर हाथ धरते हुए बोले—"तुम जाओ बाई। कड़ा घाम निकल आया है। थोड़ा सकारू आया करो।" स्वर में घिर आई शाम जैसा न अँधेरा, न उजाला था। कुछ-कुछ उमड़ते-घुमड़ते, गरजते-चमकते बादलों सा स्वर था।

सारे रास्ते जाने कैसे ढलान से उतरती रही और जाने कैसे चढ़ाई चढ़ती रही। सारा माधुर्य और लावण्य जाने कहाँ खो गया।

"रहने के लिए छप्पर चाहिए। खाने के लिए अन्न चाहिए। तन ढकने के लिए कपड़े चाहिए। ये बात किससे कह दें। कौन सुन रहा है, तुम्हारी। तुम दिन-रात मेहनत करते हो। फिर भी भूखे, नंगे हो। किसी को क्या फ़र्क़ पड़ता है।" ये किसके शब्द हैं, जो कानों में गूँज रहे हैं।

तीसरे रास्ते की ये तीसरी फ़सल थी जो कि तीसरी बार भी बंजर थी। जिसे फिर तीसरी बार आवारा मवेशी और जंगली सुअर तहस-नहस कर गए थे। ये तीसरी दुनिया के तीसरे देश के तीसरे शहर के तीसरे गाँव की बात है।

ऐसा लग रहा था जैसे भीतर कुछ नष्ट हो रहा है। बुवाई से लेकर पकने तक हर दिन मक्के को उगते और बढ़ते देखा था। ऐसा होगा? ये तो सोचा ही नहीं था।

नुकीले कंकर-पत्थर उगलने वाली ज़मीन जीवन में कितनी नोक पैदा कर

देती है। अम्मा की आँखें खेत को देखते कैसी लाल और नुकीली हो गई हैं। किसी चीज़ को बार-बार ज़रूरत से ज़्यादा याद करो, तो वो मिटने लगती है। वो पूरी तरह चली जाती है। ख़ाली जगह भी नहीं छोड़ती। ज़मीन न होने से बेहतर है, ज़मीन होना। बेज़मीन वाले, बंजर ज़मीन वाले बारेलाल दादा के इसी ठाठ से जलते हैं।

दादा बार-बार झोंपड़ा बदलते हैं। अपनी ही ज़मीन, अपने ही गाँव में ख़ानाबदोश-सी ज़िन्दगी जीते हैं। फिर भी कभी नहीं कहते कि यह भी कोई ज़िन्दगी है। जब सब गहरी नींद में होते हैं, तब वे खेत की रखवाली करते हैं। जब आधी रात में चोर-उचक्के लोहा पार करने की ताक में होते हैं, तब वे ज़ोर-ज़ोर से अपने डंडे को पीटते हैं। वे जाग रहे होते हैं लेकिन कभी 'जागते रहो' की हुंकार नहीं लगाते। उनके पास नींद नहीं है, इसलिए दूसरों की नींद में वे खलल नहीं डालते। ढोर-बछेड़ू को चारा मिल रहा है, इसी में वो ख़ुश हैं, इसी में सारा गाँव ख़ुश है।

दादा सिर्फ़ आसमान के आगे हाथ जोड़ते हैं। वह आस में जीवन जीते हैं। दिन- रात मेहनत करने के बाद भी खेत में उगी खर-पतवार कैसे जीवन को चट कर जाती है। अगर भूले से फ़सल आ भी जाए, तो कम दामों में बेचने पर मजबूर हो जाते हैं।

सम्पन्न किसानों की बात और है। वे तीसरे रास्ते पर नहीं रहते।

ये चक्र कभी पूरा नहीं होगा। एक फ़सल छूटेगी, तो दूसरी आस बँधाएगी। दूसरी आस तोड़ेगी, तो तीसरी चट्टान में कोंपल की तरह फूटेगी।

शहर से निकलते ही जीवन लुकाछिपी का खेल खेलता दिखाई देता है। बीच रास्ते पर पड़ती पुलिया कुछ देर ठहरकर सुस्ता लेने को कहती है। पेड़ अपने होने की कथा सुनाते हैं तो उनके आसपास बने टपरे अपने होने की व्यथा कहते हैं। इन रास्तों पर चलते हुए पाँव तो भर आते हैं, लेकिन आँखें नहीं भरतीं। छूटी हुई जगह और छूटे हुए सपने यहीं आकर साँस लेते हैं।

किसी भी शहर के बारे में रेलवे स्टेशन, बस-स्टैंड और चौराहे बहुत कुछ बता देते हैं। शहर की तासीर और स्वभाव बिना किसी परदे के ऐन सामने आ खड़े होते हैं। सड़कों पर घूम रहे, बतियाते हुए लोग, कुछ किसी उलझन में फँसे हुए, तो कुछ बिना वजह दौड़ते हुए। यह जाने बिना कि आख़िर जाना कहाँ है? कुछ दिन भर के काम-काज के बाद यूँ ही तफ़रीह करते हुए। कुछ ग्राहक के इंतज़ार में दुकान खोले हुए, तो कुछ दिन भर की ग्राहकी से संतुष्ट दुकान को बढ़ाते हुए। दुकानदार दुकान को 'बन्द करना' न कहकर 'बढ़ाना' कहते हैं।

इसी तरह वे बातूनी शहर और कंजूस शहर के बारे में भी बता देते हैं। अमीर और ग़रीब के बारे में भी। जिसकी कहानी उसके फुटपाथ, ख़ाली बैंच और किनारे खड़े हाथ ठेलों से शुरू होती है। उन पर सोया आदमी ऐसा लगता है, जैसे वो पहली नींद ले रहा हो। लोग सड़कों पर ऐसे टहलते हैं, जैसे सपनों के बग़ीचे में टहल रहे हों।

कुछ शहर इतने तंग होते हैं कि बिना किसी को धकियाए हम आगे नहीं बढ़ सकते। ऐसी जगहें हमें बचकर निकलना सिखा

देती हैं। दो ही तरीक़े होते हैं—आप किसी को धकियाओ या फिर बचकर निकल लो। सबके साथ होते हुए भी अकेले रास्ता पार करना होता है। सँकरे रास्ते बड़ी ख़ूबसूरती से समूह को छिन्न-भिन्न कर देते हैं।

सूरज नगर में ठंड में सब सड़कों पर धीरे-धीरे रेंगते हैं। ऊनी कपड़ों से लदे ऐसे लगते हैं, जैसे कपड़ों के घर में रह रहे हों। सूरज को ताकते, धूप सेंकते, अलाव को घेरे हुए, गरम चाय भी इनके हाथ में आकर ठंडी हो जाती है। 'बहुत ठंड है', 'बहुत ज़्यादा ठंड है' कँपकँपाते हुए ये सारे काम-काज को कुछ महीनों के लिए रजाई के भीतर सुला देते हैं। ठंड से भरी सड़क पर साइकिल सवार इन्हें आश्चर्य से देखते हैं, तो ये भी उन्हें देख आँखें फाड़ लेते हैं। मौसम की मार आदमी को कैसी दीनता से भर देती है। कई बार कई महीनों के लिए निकम्मा भी बना देती है।

कोहरे से ढकी सड़क के सन्नाटे को कचरा बीनने वाले बड़ी आसानी से तोड़ देते हैं। सामान तलाशते जब वो पीठ पर बोरा लादे हुए एक ढेर से दूसरे ढेर की ओर जा रहे होते हैं, तो ठंड उनके आगे कचरा बन जाती है, जिसे वो कभी वहीं ढेर पर छोड़ देते हैं, तो कभी अपने बोरे में भर लेते हैं। जहाँ वो साँस भी नहीं ले पाती, तो फिर लगेगी कैसे?

कुछ लोगों के पास भरे हुए दिन होते हैं और वे कभी भी आपको ख़ाली हाथ नहीं जाने देते। उनके पास किस्सों के अंबार होते हैं। अपने भीतर कई जीवन समेटे हुए कितनी जगह, कितनी बार वे पछाड़ खाकर गिर चुके होते हैं—"जैसा सोचा था, वैसा हो नहीं पाया," फिर भी निराश नहीं होते। जाने कौन-सी मिट्टी के बने होते हैं कि एक हार के बाद फिर से कमर कसकर निकल पड़ते हैं।

कुछ लोग बड़ी अच्छी बातें रात-दिन बोलते रहते हैं। जैसे कि 'साइकिल में घंटी तो है लेकिन वो बजती नहीं है।' 'आज घर में आलू की सब्जी बनी थी, लेकिन अभी-अभी ख़त्म हो गई। थोड़ी देर पहले कहा होता, तो तुम्हें भी सब्जी मिल जाती।' 'हर आधे घंटे में दस बार बिजली जाती है, इससे तो अच्छा था कि लालटेन

युग में ही जनम ले लेते।' 'समय बड़ा मूल्यवान है, जिसे सब यूँ ही गँवा देते हैं।'

सोचो जरा, बिना वजह घूमना क्या यूँ ही समय को गँवा देना है? जब 'बस, एक चक्कर काट लें' कहते यूँ ही भटक रहे होते हैं, तो कोरे काग़ज़ प्रसन्नता में लहरा रहे होते हैं। बिना वजह सड़कों पर घूमना, सुनसान नगर में अपने निशान छोड़ने का हुनर होता है।

सूरज नगर में सब इतनी फ़ुर्सत से भरे होते हैं कि तालाब की सफ़ाई हो रही हो, तो वे भूल जाते हैं कि कहाँ के लिए निकले थे और उन्हें जाना कहाँ है? वे घंटों तालाब को निहारते रहते हैं। पाइप लाइन को बिछते देखते रहेंगे। कोई एक मछली पकड़ने किनारे पर काँटा डालकर या जाल बिछाकर बैठा होगा और उसे देखने के लिए पन्द्रह-बीस लोग उसके आसपास जमावड़ा लगाए रहेंगे। इनका धैर्य पानी के भीतर मछली के पास तक पहुँच जाता है और सारे दिन दो धैर्यों के बीच टक्कर चलती रहती है।

ये लोग जेसीबी मशीन और क्रेन को तो ऐसे देखते हैं, जैसे कि आकाश-पाताल एक होने जा रहे हों। सड़क पर काँच बिखरे पड़े हैं। जिसका एक्सीडेंट हो गया, वो निकल गया, लेकिन ये घंटों मुआयना करते रहेंगे कि कौन, कहाँ से, कैसे आया होगा और फिर कैसे टकराया होगा? सड़क किनारे पेड़ पर आधी चढ़ी कार और उसका टेढ़ा स्टेयरिंग तो जाने कितनी रातों तक इनकी नींद में गड़ता है और मोहल्ले की लड़ाई के आगे तो सिनेमा भी फीका पड़ जाता है।

जिस लय के साथ लोग जीवन जीते हैं, उस लय को पाना बहुत ज़रूरी है। सूखी लकड़ी में भी कितना हरापन होता है। जीवन वहाँ धड़कता दिखता है, जहाँ कुछ बन रहा होता है। जैसे कि दो ईंटों का चूल्हा। आग शरीर में माँ की लोरी की तरह बजती है।

घूमता पहिया जगत को कितना गतिवान बनाता है। गति, जिसमें ऊर्जा है। गंतव्य तक पहुँचने-पहुँचाने का भरोसा है। अपनों को छोड़ दूर देश जाने की व्यथा है, तो दूसरी ओर दूर देश से अपनों के पास आने का सुख है, रोमांच है। ख़ुशी के आँसू हैं, तो दुख का

रोना भी है। पहिया आँख को सूखने नहीं देता। जी को गीला करता है तो कभी कलेजे को कठोर करता है। पहिए में लहक होती है या पहिया जीवन में लहक लेकर आता है। यह लहक ही घर की आस को जन्म देती है।

सपने पहले आए कि नींद?

क्या मनुष्य अपने जन्म के साथ ही घर का सपना लेकर आता है?

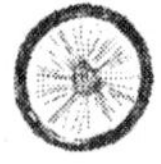

# छतरी वाला टपरा

चड्डे वाले हरिप्रसाद की पत्नी हैं भूरी बाई, जिन्हें सब काकी कहते हैं। इनके चार बेटे और एक बेटी हैं। पाँचों की शादी हो चुकी है। नाती-पोते वाले हैं। बड़े लड़के मोहर सिंह एक स्कूल में काम करते हैं, जिनकी चार लड़कियाँ और एक लड़का है। दूसरे बेटे प्रकाश जो कि माली का काम करते हैं, उनकी दो लड़कियाँ और दो लड़के हैं। तीसरे हैं राजाराम, जिन्हें सब रामू कहते हैं, एक लड़का और एक लड़की है। वे एक दुकान पर काम करते हैं। चौथे लड़के मुकेश के सिर्फ़ एक लड़का है, ये इलेक्ट्रिशियन हैं। एकमात्र बेटी जिसका नाम ममता है, उसके भी चार बच्चे हैं, जिनमें तीन लड़कियाँ और एक लड़का है।

भूरी काकी मस्त स्वभाव की हैं। लोभ-लालच से ख़ुद को बचाए हुए हैं। अपनी धुन में रहती हैं। दिन-रात कड़ी मेहनत करती हैं। थोड़ा-बहुत हँसती-बतियाती हैं। अगर कोई बात दिल पे लग जाती है तो कई दिनों के लिए एकदम चुप हो जाती हैं।

वो ग्यारह बरस की उमर से फार्म हाउस में काम कर रही हैं। इनके पिता यहाँ काम करते थे। ऐसा कहा जा सकता है कि उनका बचपन बड़े नवाब के फार्म हाउस के आँगन में खेलते-कूदते बीता। फिर उनका ब्याह हो गया, इन्हीं चड्डे वाले हरिप्रसाद जी से।

"राजस्थान के रेगिस्तान में भटकते फिरते थे जे। हमारे पिताजी इन्हें जहीं ले आए, तब से हम दोई जे फारम हाउस में हैं। पूरी जिन्दगी हम कहीं और नहीं गए।" जब वो यह कहती है, तो काका उन्हें देख टेढ़ी हँसी हँसते हैं और वो कहने के बाद ऐसी हो जाती है कि उन्होंने जो कहा, वो उन्हें कहना नहीं चाहिए था।

झुके कंधे वाले काका लम्बे क़द के दुबले-पतले इंसान हैं। ज़्यादातर वे पैदल ही चलते हैं, लेकिन कभी-कभार साइकिल पर भी। वे हमेशा लोगों से हाथ जोड़कर ही बात करते हैं। एक अजीब सी दीनता उनके चेहरे पर अपना

स्थायी निवास बनाए रहती है। वे बहुत ज़्यादा बातूनी नहीं हैं, लेकिन बातें करते हैं। गठीले बदन और ठिंगने कद की काकी का मेहनती शरीर है। वो बहुत कम बात करती हैं। लेकिन जब करती हैं तो ख़ूब करती हैं। थकान या बीमारी उनके आसपास भी नहीं फटकती। जब कभी वो ख़ालीपन से भर जाती हैं तब उनके भीतर का सारा तमोगन बाहर आ जाता है। सबके हिस्से की मुसीबतों को ढोती जो फिरती हैं।

नीलबड़ से सूरज नगर तक की सारी ज़मीन शंभुलाल पटेल की थी। सात सौ-आठ सौ नहीं, हज़ार-डेढ़ हज़ार एकड़ के मालिक पटेल बड़े नेक इंसान थे। सुदर्शन व्यक्तित्व के स्वामी ने जितना अच्छा मन पाया था, उतना ही सुन्दर तन भी। एकदम लाल सुर्ख, लम्बे-चौड़े, घोड़े-सी फुर्ती, सुतवाँ नाक, बड़ी-बड़ी आँखें, चौड़े कंधे वाले पटेल ने कभी ज़मीन से मोह नहीं किया। उनसे किसी का दुख देखा न जाता था। हर रहवासी को रहने के लिए ज़मीन दी। कहते हैं कि उस ज़माने में जब पटेल की बारात गई, तो आधी रेल भर गई थी, जिसमें दो डिब्बों में बन्दूकधारी जवान थे। दुल्हन भी उतनी ही सुन्दर थी। जब वो पहली बार नीलबड़ आई, तो पटेल की आवभगत और लोगों के प्रेम को देखती रह गई।

लेकिन उनका मन बहुत जल्दी उचट गया और उन्होंने पटेल से कहा—"यहाँ इस वीराने में क्या रखा है? तुम मेरे साथ शहर चलो।"

पटेल भला ये बात कैसे मान जाते? वे घोड़े की तरह बिफर गए—"हट, मैं क्या घर-जमाई बनने के लिए पैदा हुआ हूँ। जहाँ तक तेरी आँख जा सकती है, उसके भी उस पार तक मेरी ज़मीन है। बता, कैसा शहर चाहिए? यहीं बना दूँगा। तेरी हर बात मंजूर, लेकिन नीलबड़ छोड़ने की बात न करना।"

'किसी से कहना मत' कहते स्वर बहुत ज़्यादा दब जाता है। इतना कि हवा भी धीमे चलने लगती है। झरने से बहता पानी बेआवाज़ हो जाता है। सुनते ही सारी ज़मीन, खेत-खलिहान, गाय, भैंस और उनके बछड़े भी एकदम चुप हो गए। नदी थोड़ा कम बहने लगी।

"हमरे पटेल ने नीलबड़ नहीं छोड़ा। मनो, उनकी पत्नी उनको छोड़कर चली

गई।" जिन्होंने पटेल को देखा भी नहीं था। वे सुनकर कुछ ज़्यादा ही उदास हो गए। यह कहने और सुनने-सुनाने का कमाल है।

"इत्ता बड़ा जागीरदार जिसको देखकर बड़े-बड़े लोग हाथ जोड़कर खड़े हो जाते थे। मुख्यमंत्री निवास में जैसे ही यह ख़बर कान तक पहुँचती कि बरखेड़ी वाले शंभु पटेल आए हैं, तो मुख्यमंत्री भी उन्हें देखकर खड़ा हो जाता था। हाथ जोड़कर नमस्कार करता था। विदा भी हाथ जोड़कर ही करता था। बताओ, ऐसे भले नेक और बड़े आदमी को उसकी पत्नी छोड़कर चली गई।"

'हाय', जाने कितनी ठंडी साँसें एक साथ छूटती हैं। सुनाने वाले के स्वर की ख़ामोशी पूरे परिवेश को ख़ामोश कर देती है।

बड़े नवाब और पटेल बहुत पक्के दोस्त थे। रोज़ का मिलना-जुलना था। खाना-पीना, घूमना-फिरना सब एक साथ यहीं नीलबड़ में होता था। एक दिन बड़े नवाब और पटेल सुबह टहलने के बाद नाश्ता-पानी करके जीप पर शिकार के लिए निकले। दोनों की जोड़ी देखते ही बनती थी। पटेल बहुत मज़ाक़िया थे। नवाब साहब उनसे और वो नवाब साहब से बहुत प्यार करते थे।

नदी किनारे की बात है। देखा कि दूर से आठ-दस औरतें सिर पर लकड़ियों के गट्ठर लिये चली आ रही हैं। पटेल साहब को मज़ाक सूझा। नवाब साहब से बोले—"तुम काए के नवाब हो? कैसे नवाब हो?"

नवाब साहब कुछ समझे नहीं।

पटेल बोले—"मैं तो तब नवाब मानूँगा तुमको। जब ये औरतें तुम्हारे कहने से अपने सारे गट्ठर यहाँ नदी में फेंक दें।" सुनते ही नवाब साहब को साँप सूँघ गया।

भला जंगल से आ रहीं ये औरतें अपने लकड़ियों के गट्ठर नदी में क्यों फेंकेंगी? नवाब साहब परेशान और शंभु मंद-मंद मुस्करा रहे। औरतें पास आती जा रही थीं। शर्त का मामला था। जब औरतें बिल्कुल पास आ गईं, तो नवाब साहब जीप से उतरे और उनके सामने हाथ जोड़कर खड़े हो गए। पटेल जीप में बैठे-बैठे बड़े मज़े से तमाशा देख रहे।

नवाब बोले—"मैं भोपाल का नवाब हूँ। तुम जो चाहोगी, मैं तुम्हें दूँगा। लेकिन तुम अपने ये गट्ठर नदी में फेंक दो।"

औरतों को कुछ समझ नहीं आया। नवाब साहब हाथ जोड़े विनती कर रहे। सब रुक गईं, लेकिन उनमें दो अलबेली थीं। वे तिरछी नज़र से नवाब को देखती आगे बढ़ गईं। अब नवाब साहब उनके पीछे-पीछे—"बाई जो कहोगी, वो दूँगा। बस, ये गट्ठर नदी में फेंक दो।"

"तिरछी नजर वाली उन दो अलबेली ने नबाव को एक नहीं, कई चक्कर तिरछे में नदी के कटवाए।"

"तिरछे चक्कर क्यों कटवाए?"

"अरे, नदी तिर्यक जो बहती है। काफी मान-मनौवल के बाद वो लकड़हारिनें अपने गट्ठर नदी में फेंकने को राजी हुईं।"

"फिर, फिर आगे क्या हुआ?" सुनने वाले की उत्सुकता चरम पर।

"क्या हुआ? क्या?" कहने वाले में कमाल का धीरज।

"नवाब साहब शर्त जीत गए और क्या? पटेल जीप से उतरे और दोस्त के गले लग गए।"

"और वे औरतें? उनके गट्ठर?"

"गट्ठर नदी में चले गए।"

"बेचारी, लकड़हारिनें?"

—"बेचारी काए को। नवाब साहब ने उनको मालामाल कर दिया। जित्ता उनने सोचा नहीं था, उससे भी ज्यादा दिया। पूरे जीवन जंगल से लकड़ी काटतीं तो भी उतना न मिलता, जितना एक दिन में मिल गया।"

"वो जमाना ही कुछ और था। बड़े मन थे लोगों के पास। ऐसा नहीं कि नवाब साहब अपनी बात से मुकर जाएँ। का गरीब और का अमीर, सब ईमान की खाते थे। वो लकड़हारिनें भी नदी में नहीं कूदीं कि नवाब की पीठ फिर गई, तो चलो नदी से गट्ठर ले लें। तैरना सब जानते थे। मनो, गट्ठर बह गए, तो बह गए। उस जमाने में किसी की नीयत में खोट नहीं था।" कितना प्यार अपने ज़माने से कि शब्दों में भी ठसक आ जाती है।

"नवाब साहब की पत्नी कुरैया बेगम, पटेल को राखी बाँधती थीं। बेगम भी यहाँ नीलबड़ आती थीं। उन्हें और पटेल को देख किसी की क्या मजाल जो सोचे कि ये भाई-बहन नहीं हैं। दोनों भाई-बहनों में अटूट प्रेम था। दोनों लगते भी

एक जैसे थे। एक बार रक्षाबंधन पर पटेल ने बेगम को ये एक सौ दस एकड़ का फार्म हाउस दिया। नवाब साहब के पास भी अकूत सम्पत्ति थी। इतनी कि आज तक कई तिज़ोरी बन्द पड़ी हैं। आज तक वे खुली ई नहीं हैं। अपनी बारी के इंतज़ार में सालों से बन्द पड़ी हैं। नीलबड़ में ये फार्म हाउस बेगम का है। एक से एक नस्ल के घोड़े हैं यहाँ।"

अब न पटेल हैं, न बेगम और न बड़े नवाब साहब। बस, ये ज़मीनें हैं और इन ज़मीनों पर रहने वाले लोग हैं, जो उनके क़िस्से सुनाते अघाते नहीं हैं, उन्हें बड़े प्रेम और सम्मान से याद करते हैं।

किसी को याद करने में भला किसी का क्या जाता है। लेकिन किसी की याद आए तो? और याद भी कैसी उम्मीद और स्वप्न से भरी कि—"आज वे होते तो...? लेकिन उसके आगे किसकी चली है। उसकी कथा वो ही जाने और वो ही बाँचे। हम तुम तो सिर्फ़ सुन सकते हैं और इसके अलावा कर भी क्या सकते हैं।" कहते हुए देर तक हाथ जोड़े आसमान को ताकते रहते हैं।

"बड़े नवाब साहब के दो बेटे हैं, बाबर मियाँ और यावर मियाँ। बाबर मियाँ की पत्नी हैं—शानो बीबी और यावर मियाँ की सोजिया बीबी। सोजिया बीबी ने एकदम बड़े नवाब जैसा बड़ा मन पाया है। बाबर मियाँ अब रहे नहीं। बहुत बीमार हो गए थे। रोजाना हवाई जहाज से इलाज कराने दिल्ली जाते थे। बताओ? है किसी की इतनी हैसियत? सच कहें तो मुख्यमंत्री और कलेक्टर भी नहीं जा सकेंगे अपने खर्चे पर रोज हवाई जहाज से दिल्ली। हमारे नवाब साहब और उनके खानदान की बात ही निराली है। सोजिया बीबी आती हैं फारम हाउस। हम सबके हालचाल लेती हैं।"

"चलो, तुम भी चलो फारम हाउस। मूँगफली बोई है हमने।" पूरी कथा सुनाने के बाद वो मुझसे कहती है।

"अरे नहीं, नहीं। आज नहीं, फिर कभी। कित्ता बड़ा है?" मेरा मन अभी भी नहीं भरा था।

"भौत बड़ा है। जे देखो, जे घोड़े घूम रहे हैं और वो देखो जेसीबी मशीन। पूरे एक सौ दस एकड़ का है फारम हाउस।"

"अरे, बाप रे, इत्ता बड़ा।" कुछ ज़्यादा ही आश्चर्य से मैंने आँखों को बहुत बड़ा किया।

"हाँ, हमारे इस फारम हाउस में पहले पूरे सौ घोड़े थे। अब तो उत्ते

नहीं बचे हैं। पहले रेसकोर्स में जाते थे। सुभाष नगर से जहाँ नीलबड़ तक पैदल आते-जाते थे। सवेरे चार बजे से रिंगते थे, तब जाके ठिकाने लगते थे। वा जमाने की बात-ई अलग थी। तुमारे काका तब घोड़ों के संगे पाँच रुपया जेब में ले के चलते थे। वो भी कभऊँ-कभऊँ पोलीटेक्नीक पे डाकू लूट लेते थे। जे डर से वे तड़के घोड़े ले के निकलते थे। अलग-अलग भेष में होते थे डाकू। कभऊँ आधी रात में, तो कभऊँ भरी दुपहरी में लूट लेते थे। अब आज के जमाने में का डाकू और का साहूकार? सब एक जैसे हैं।" कहते कितनी ठंडी साँस भरी।

"ऐसा भी नहीं है काकी। इतना बुरा भी नहीं है हमरा जमाना और तुमारा जमाना भी कोई इत्ता अच्छा नहीं था। लूट तो तुमरे समय में भी होती थी न?" लेकिन मेरी इस बात का उन पर कोई असर नहीं हुआ। वो अपने ज़माने के प्रेम में पूरी तरह डूबी हुई थीं।

हरिप्रसाद जी को सात हज़ार रुपए महीने तनख़्वाह मिलती है। वे चाहें तो फार्म हाउस में रह और सो भी सकते हैं। अब कभी इसके बाद तनख़्वाह नहीं बढ़ेगी। क्यों? क्योंकि सात हज़ार के साथ-साथ उन्हें तीन एकड़ ज़मीन जोतने के लिए दे दी गई है। ख़ुद ही जोतो, ख़ुद ही उगाओ। फ़ायदा है तो तुम्हारा, नुकसान हुआ तो तुम जानो। वे भी मक्का, गेहूँ, चना, तुअर और मूँगफली की फ़सल को बड़ी आस से बोते हैं। सारे साल आकाश की ओर उम्मीद से निहारते हैं। कभी उम्मीद पूरी हो जाती है तो कभी उस पर जंगली सुअर और ढोर पानी फेर देते हैं।

"अबकी बार चना भी बोयेंगे, भाजी ले जाना। मेरे बहू-बेटा तो भौतई अच्छे हैं। मैं तो जा डुकरा के मारे अब फारम हाउस में रहन लगी हूँ। अरे, जाए बना के खवा देती हूँ और दो-चार बातें कर लेत हूँ तो मन हल्का हो जाता है।" चूल्हे की आँच में काकी का चेहरा कुछ ज़्यादा ही चमकता है।

फार्म हाउस में बहुत ज़्यादा भरकर घास होती है। ये भी घास काट सकते हैं लेकिन मजूर, चैतुए और ढोने के लिए गाड़ी के पैसे कहाँ से आएँ?

"पैसे के लिए पहले पैसे लगाने पड़ते हैं।" वो साँस भरकर कहती हैं—"अब भगवान की दया से बाल-बच्चे, बहू-बेटा, बेटी-दामाद भरा-पूरा घर-बार सब हैं। बस, हमरे पास पइसा-ई नहीं हैं। इसी पैसे के मारे तो हम खेत भी नहीं जोत पाते हैं। सामने वाले धनी ने तो कलेजा बड़ा करके कह दिया कि ये खेत तुम ही जोत लो, बो लो और काट भी लो। लागत भी तुमरी और नफा-नुकसान भी तुमरा। ऐसे ही वो कहते हैं कि घास भी तुम काट लो और बेच दो। मनो, हम अकेले कब तक काटेंगे और मजूरों को देने के लिए हमरे पास मजूरी नहीं है। सो, दूसरा काटता है। अरे, फारम हाउस की घास काट-काट के बन गओ, वो। एक गाड़ी से चार गाड़ी हो गई, उसके पास। ढेर मजूर-चैतुए ले के आता है वो और गाड़ी में भर के ले जाता है। उसके पास सब कछु है। हमरे पास का धरा है, कच्छू नहीं।" मैं बोलती कुछ नहीं हूँ, सिर्फ़ सुनती हूँ, क्योंकि इसके सिवाय और कोई चारा भी तो नहीं है।

"हमें कोई कुढ़न भी नहीं है। खेती मैया कभी तो पार पाड़ेगी। बाल-बच्चे खा- पी लेते हैं, जैई भोत है।" चूल्हे पर भुट्टे सेंकते हुए काकी कहती हैं—"कोई की तो दुआएँ काम आएँगी।" भुट्टा पकड़ाते हुए गिरते पानी को देखते फिर बोल पड़ती हैं—"ज्यादा नहीं, बस दो दिन जमके बरस जाए तो गेहूँ, चना की तैयारी हो जाएगी। तनक मौसम अच्छा हो जाए तो दाल-बाटी खावे अइयो।"

गीली पगडंडी पर टेढ़ी-मेढ़ी साइकिल चलाते हुए एक सौ दस एकड़ के फार्म हाउस पर जहाँ तक निगाह जा सकती थी, वहाँ तक आँखें फाड़-फाड़कर देखते हुए सारे रास्ते सोचती रही कि काकी को कैसे मालूम चला कि मुझे दाल-बाटी अच्छी लगती है?

घर और बाहर के अन्तर को मिटाते हुए भूरी काकी का टपरा एकदम सड़क किनारे है। सड़क टपरे तक जाती है या टपरा सड़क पर आकर साँस लेता है, ये कहना मुश्किल है। काका कुल्हाड़ी से लकड़ी काट रहे होते हैं और चूल्हे के बग़ल में बैठी काकी हँसिए से सब्ज़ी काट रही होती हैं। जाने क्यों इस दृश्य को देखकर मन को एक सुकून मिलता है। अच्छा लगता है कि लकड़ी कटने-

कटने को है और चूल्हा जलने-जलने को है। बच्चे आँगन में लँगड़ी खेल रहे हैं। दूध से भरे थन लिये गाय खड़ी है। बछड़ा गाय को देख हुमक रहा है। कितना हरा-भरा जीवन है। थोड़े में ही सब कुछ है और सब कुछ में ही थोड़ा-थोड़ा है। ऐसे ही किसी समय स्वाँग का जन्म हुआ होगा। मंच पर स्वाँग पान की तरह रचता और मेहँदी की तरह महकता है। लेकिन जीवन में काँटे की तरह चुभता और ज़हरीले साँप की तरह डसता है।

घर के आसपास इतनी झाड़ियाँ हैं कि जब-तब नागराज प्रकट हो जाते हैं। छत तिरपाल की बनी हुई है। पिछले दिनों आँधी-बारिश में पत्थर लुढ़ककर नीचे आ गया था। गनीमत थी कि उस समय घर पर कोई नहीं था। वरना, जाने क्या होता? यमराज पल भर को रास्ता भूल गए थे। फिर भूल सुधार करते हुए कहीं और के लिए निकल पड़े होंगे।

कच्ची मिट्टी का घर, आसपास चारों ओर खेत, दुनिया भर की खर-पतवार के बीचोंबीच एक टपरे में बीस-बाईस लोग जिनमें कि दो बुज़ुर्ग, आठ जवान और बारह बच्चे रहते हैं। ये सभी लोग हर काम बारी-बारी से करते हैं यानी कि जब चार सो रहे होते हैं तो बचे चार बाहर घूम रहे होते हैं या काम पर जा चुके होते हैं। इसी तरह भोजन, स्नान, आराम सब कुछ चक्राकार है, जैसे कि कुम्हार का चक्का घूमता है। चकिया का चाक घूमता है। कुएँ में घिर्री घूमती है, उसी तरह पूरा परिवार टपरे के इर्द-गिर्द घूमता है। इस बार दीवाली पर टपरे को लीपते-पोतते जाने कैसे ख़याल आया कि इसको थोड़ा बड़ा कर लेना चाहिए। स्नानघर भी हो तो क्या बुरा है। बच्चे बड़े हो रहे हैं। हर काम के लिए एक आड़ होनी चाहिए। प्याज़ की परतों की तरह इच्छाएँ उधड़ती चली गईं और टपरे पर कच्ची छत बन गई। ईंट की दीवार उठ गई और कच्चे कमरे बन गए। ऐसे कि लगे खुले में नहीं, भीतर सो रहे हैं। छोटे-छोटे कमरों में कोई रोशनदान नहीं। खिड़की तो बहुत दूर की बात है। एक खाट बिछने के बाद उनके भीतर आना-जाना मुश्किल।

लम्बी ख़ाली सड़क जिसके दोनों ओर और कोई घर नहीं है। फार्म हाउस की फेंसिंग से काकी के घर की कच्ची दीवार सटी हुई है।

टपरा तिरछी ज़मीन पर बना हुआ है। सड़क और फेंसिंग के बीच इतनी ही ज़मीन छूटी हुई है। दो कमरे, ईंट की दीवार, कवेलू की छत और बाकी दो कमरे तिरपाल वाले, जिन पर बड़ी-बड़ी बल्लियाँ और पत्थर रखे हुए हैं। टपरे

में छोटी-छोटी क्यारियाँ हैं, जिनमें गेंदे के फूल और तुलसी का चौरा है। पानी की हौदी भी है, जिसके पास एल्यूमिनियम की एक पुरानी बाल्टी और एक लोटा। बाल्टी एकदम ख़ाली, लेकिन लोटा आधा भरा हुआ था। रस्सी पर कुछ कपड़े सूखने के लिए तो कुछ धोने के लिए टँगे हुए थे। कच्ची दीवारों पर खूँटियाँ लगी हुई हैं। खुले स्नानघर में एक पुरानी धोती का परदा लटक रहा था। काकी की पुरानी धोती जो कई जगह से फट चुकी थी, जिसमें कि कई छेद थे। एक खुरदरा पत्थर जो कि पानी और रगड़ से अपने खुरदरेपर से निजात पा चुका था, लेकिन उसमें चमक अभी भी नहीं आई थी। प्लास्टिक के एक केन के ऊपर साबुन की एक बट्टी रखी हुई थी। काका और बेटे जब स्नान करते हैं तो परदे का कोई काम नहीं होता है, लेकिन जब काकी और बहुएँ स्नान करती हैं तो ऊपर चढ़ी धोती नीचे गिरकर परदा बन जाती है। हर ओर से खुले स्नानघर को ढकता एकमात्र धोती परदा। काकी ने कान में फुसफुसाते कहा भी तो था कि—"कब तक बेटा-बहू खुले में सोते। बाल-बच्चे भी तो बड़े हो रहे हैं।"

घुप्प अँधेरे में सबसे छोटी पोती पायल घुटनों पर किताब रखे उस पर झुकी हुई थी। उसने थोड़ी देर के लिए आँख उठाई और फिर किताब पर झुक गई।

"इतने अँधेरे में मत पढ़ो। आँख खराब हो जाएगी।" सुनते ही उसने घुटनों में किताब सहित ख़ुद को और घुसा लिया।

काकी ने आँख भर उम्मीद से उसकी ओर देखते कहा—"वो रात में लट्टू फूट गओ।" फिर उसको लाड़ जताते कहा—"नमस्ते करो।" लेकिन बच्ची टस से मस नहीं हुई। उसके झुके सिर पर हाथ फेरते बोली—"जे कम बतियाती है। शरमाती है।" यह सुनकर बच्ची और ज़्यादा शरमा गई।

टपरे के हर कोने-कुचाले को देखते और मन ही मन उसमें रहने वाले सदस्यों की गिनती करते मैंने पूछा—"इतने सारे लोग कैसे अँट जाते हो, इस टपरे में?"

"अरे, अब का कहें। आड़े में बिछौना बिछात हैं हम। मैंने तो जब से होश सँभालो है, तब से आड़े में ही पाँव सिकोड़ के सोत हूँ।

"का बात कर रही हो? नींद कैसे आ जाती है?"

"कैसे का? नींद को भी बुलाते हैं का?"

हर कोण से हर चीज़ और हर जगह को देखने के बाद मैंने कहा—"काकी, तुमने सरकारी जमीन पर कब्जा किया हुआ है।"

वो एकदम से बिफर गईं—"औरररर...काए को सरकार की जमीन है। हमरे

पटेल की जमीन है। ये सड़क की जमीन भी उनकी ही है, जहाँ से वहाँ तक सबरी जमीन। पहले जहाँ आता कौन था, वे तो जे खेल वालों के चक्कर में इत्ती आवाजाही हो गई है। पहले तो जे जहाँ कच्ची सड़क थी।"

मैंने उनके दोनों हाथों पर हाथ रखते कहा—"अरे, जब इतनी सारी जमीन थी तो तुम अपने पटेल से एक टपरे के लिए जगह ले लेतीं न?" मुझे सच में काकी पर बहुत प्यार आ रहा था।

वो इससे बेख़बर, अपनी ही धुन में कहे जा रही—"अरे, उनने ही दी थी हमें। बोले, अपनी ई जमीन है। रहो तुम, कोई कुछ नहीं कहेगा। पटेल जहीं बरखेड़ी में रहते थे। राजा सी तबियत पाई थी उनने। चाकरी करने के लिए थोड़ी बने थे, पटेल। पाँच आदमी आगे, पाँच पीछे, बीच में पटेल साहब। राजा घाईं चाल थी विनकी। अच्छे-अच्छे उन्हें देख के खड़े हो जाते थे। तुमरे काका तो उनका ट्रैक्टर चलाते थे। बढ़िया धोती-कुर्ता और पगड़ी पहनते थे, उस समय।"

—"अरे, तुम कितना गान गाती हो। जमीन का दानपत्र ले लेतीं।" सुनते ही वो खीज गईं—

"हमरे जमाने में जबान चलत थी। जे पत्तर-वत्तर नए जमाने के चलन के हैं, बेटा। हम तो अच्छे से ही रह रहे थे। मनो?" कि अचानक से उन्हें जाना पड़ा।

बात अधूरी रह गई। अब वो कब पूरी होगी, कोई नहीं जानता? वो पूरी हो जाए, इसलिए मैं बहुत देर तक खड़ी रही। लेकिन काकी 'मनो' को अधूरा छोड़ते फार्म हाउस से नहीं लौटीं। लाख सोचा लेकिन छोड़ दिए गए 'मनो' मुझसे पूरे नहीं हुए।

मध्य प्रदेश युवा एवं खेल विभाग की म.प्र. शूटिंग अकादमी, जिसमें हर दिन निशानेबाज़ अभ्यास करते हैं। इस रास्ते गोलियों की आवाज़ बहुत सुरीली लगती है। हर खिलाड़ी को देखकर लगता है कि—'वाह, क्या निशाना है। अबकी बार तो सोने का मेडल लेकर आएगा ही आएगा।'

पचीस-तीस खिलाड़ी जो कि अकादमी में ही रहते हैं। उनकी पढ़ाई-लिखाई, रहना, खाना-पीना सब मुफ़्त। सारा खर्चा सरकार उठाती है। खिलाड़ियों को कुछ

नहीं करना है। बस, रात-दिन अभ्यास करना है और प्रदेश का नाम देश-विदेश में रोशन करना है। आज भले ही इतनी कड़ी मेहनत कर रहे हैं, लेकिन कल जब मेडल जीतेंगे, तो धन की वर्षा होगी।

खेलों में आजकल बेहिसाब पैसा है—"गरीबों के बच्चे खेलों में बहुत आगे बढ़ जाते हैं। उन्हें घर में इतना अच्छा खाने-पीने को नहीं मिलता है, जितना कि यहाँ अकादमी में। घर पर इतनी सुविधाएँ कहाँ धरी हैं। यही सोचकर वे कुछ ज्यादा ही कड़ी मेहनत करते हैं कि कहीं अकादमी वाले उनकी छुट्टी न कर दें। जहाँ दूसरे खिलाड़ी आठ घंटे मेहनत करते हैं, वहीं ये बारह घंटे करते हैं। अब चार घंटे ज्यादा दोगे, तो सफलता तो मिलेगी ही मिलेगी। आप जितना मैदान को दोगे, वो आपको उससे दोगुना देगा ही देगा।" आज के ज़माने में हर दूसरा आदमी पंच है। हर कोई ज्ञान की बाल्टी लिये चलता है, जो हर समय छलकती ही रहती है। अकादमी के स्टॉफ और कुछ समझदार, पढ़े-लिखे लोगों पर यह बात एकदम सटीक बैठती है।

"वो गुजरे जमाने की बात है कि 'पढ़ोगे-लिखोगे तो बनोगे नवाब। खेलोगे-कूदोगे तो हो जाओगे खराब।' अब इसका एकदम उलटा है। ज़माने की गति है। कभी-कभी पहिया उलटा भी घूम जाता है। कौन जाने, किसकी किस्मत से चक्र की दिशा घूम जाए, तो सबकी जिन्दगी तैर हो जाए।" वाह, तीर सही निशाने पर लगा।

हरिप्रसाद काका दिन भर चड्डा पहने घूमा करते हैं। इसीलिए कोई उन्हें उनके नाम से नहीं पुकारता। सब चड्डा, चड्डा कहते हैं। वे जब-तब शूटिंग अकादमी में खिलाड़ियों को अभ्यास करते देखते रहते हैं। दीन-हीन काका कभी-कभी बड़े ही चटर-पटर हो जाते हैं।

एक दिन साइकिल के ऐन सामने 'रुको, रुको। ऐ, बाई' कहते आ खड़े हुए।

बोले—"हमारा ये फारम भर दो और हमारी इन लड़कियों का एडमीशन अकादमी में करा दो।"

थोड़ी देर तो कुछ समझ नहीं आया। काए का फार्म और काए का एडमीशन? फिर एकदम से बत्ती जली। गोली की आवाज़ को पूरी तरह कानों में भरते पूछा—

"इसकी बात कर रहे हो, जिसमें खिलाड़ियों को प्रवेश मिलता है।"

"वही तो कह रहा हूँ। खेलेंगी, तो इनकी जिन्दगी बन जाएगी। मैं इनसे कहता हूँ, खूब खेलो और खूब पढ़ो।"

लाख समझाने की कोशिश की, लेकिन वो मानने को तैयार ही नहीं।

थक-हारकर कहा—"अरे, जब खेलने लगेंगी, तब सोचना।"

"अरे, अभी भी बहुत खेलती हैं। दिन भर दौड़ती फिरती हैं। आप पूछो, बताएँगी ये खेल के बारे में।"

छोटी-छोटी प्यारी सी बच्चियाँ जो कि एक-दूसरे में छिप रही थीं। मारे शरम के लाल हुई जा रही थीं—"क्या खेलते हो बेटा। कल क्या खेला, तुमने? मैंने बहुत प्यार से पूछा—

"लँगड़ी, लँगड़ी खेली थी हमने।" लड़कियाँ कहते फिर शरमा गईं।

"अरे?"

इसके आगे कुछ और कहा जाता कि वे तपाक से बोले—"आप समझाओ इन्हें कि ढंग के खेल खेलें तो इनकी भी जिन्दगी बन जाए। अब हमारी तो जैसे-तैसे कट गई। सुनो?" वे इतनी जल्दी हार मानने वालों में से नहीं थे। "निशानेबाजी छोड़ो, तुम इनका वहाँ वो 'साई' में करा दो। ये बहुत तेज भग लेती हैं। दौड़वे के खेल में भरती करा दो।"

कुछ सोचते हुए फिर बोले—"ऐ बाई, सुनो। तुम हमारा वो कारड और राशन कार्ड बनवा दो, तो कृपा हो जाए।"

"आप कौन हैं? मतलब...?"

"वो हम नहीं जानते।"

"अरे, आप आरक्षण में हो क्या?"

"नहीं मालूम, बाई।"

"अरे, आपकी जात क्या है?"

लम्बी चुप्पी के बाद झेंपते हुए कुछ बोलना चाह रहे हैं, लेकिन शब्द ही नहीं निकल रहे हैं।

"अरे, बोलिए न। बताइए।"

"वो हमारे बाप-दादा ढोर-बछेड़ू का काम करते थे। गाँव के बाहर घर था, हमारा। वो पुराने जमाने की बातें हैं। ढोरों की खाल उतारते थे हम।"

हाथ जोड़ते हुए कँपकँपाते बोले—"अब नहीं करते ऐसा।"

"अरे, कोई भी काम छोटा-बड़ा नहीं होता। आपके पास पेपर हैं न?"

"काए का?"

"काका, जाति प्रमाणपत्र है तुम्हारे पास?"

"नहीं है, बाईजी। आप बनवा दो। बच्चों का कुछ भला हो जाएगा।" बच्चे दौड़ते हुए दूर निकल गए और वे उनके पीछे उन्हें रुकने को आवाज़ देते हुए। निशानेबाज अभ्यास में रमे हुए थे और काका अकादमी को निहारते हुए बच्चों को वापस बुला रहे थे।

क्या, सचमुच जहाँ चाह होती है, वहाँ राह होती है।

—मनो, मतलब?

मनो के एक नहीं, हज़ार मतलब हैं। हर एक मतलब के सौ मतलब हैं। मतलब भी मेढक की प्रजाति के मालूम पड़ते हैं। यहाँ-वहाँ फुदकते ही रहते हैं। आप एकटक उन्हें देखते रहते हैं। सोचते हैं कि चलो, अब तो यह ठहर गया। आँख हटती नहीं कि वे झट से फिर फुदक जाते हैं। इतना फुदकते हैं कि पूरी दुनिया फुदकती हुई जान पड़ती है। यह फुदकना ही काकी की जान की मुसीबत बन गया। रात-दिन परेशान रहती हैं। अपने टपरे को एकटक देखती रहती हैं। कभी भी आँख में आँसू आ जाते हैं, जिसे वो अपनी साड़ी के पल्लू के कोर से पोंछती रहती हैं।

हुआ ये कि एक दिन एक सरकारी गाड़ी जिसमें नीली या लाल बत्ती लगी हुई थी। जब आदमी की जान पर बन आती है, तो उसे रंग ठीक से दिखाई नहीं देते हैं। यूँ भी चारों ओर इतनी हरियाली है कि उसके आगे कोई और रंग ठहर ही नहीं पाता है।

सरकारी गाड़ी फुदकती हुई सड़क पर आ गई। सड़क पर क्या काकी के टपरे पर आ गई। क्योंकि सड़क ही टपरा है और टपरा ही सड़क है। साहब गाड़ी से उतरे और बोले—"ये तुम्हारी निजी जमीन नहीं है। सरकारी जमीन पर अतिक्रमण किया हुआ है तुमने। ये आज नहीं तो कल, हटेगा ही हटेगा। क्यों इसको बनाने में पैसा खर्च कर रहे हो, तुम लोग। सब बरबाद हो जाएगा।"

गाड़ी फुदकती हुई आई थी और फुदकती हुई चली भी गई थी, लेकिन पूरे परिवार को गहरी चिन्ता में डाल गई। इतना ज़्यादा कि बच्चों के चेहरे से हँसी गायब हो गई। वे जैसे खेलना भूल गए। 'एक घर नहीं बना सकते' कि कमतरी

ने चारों लड़कों को निढाल और निकम्मे की भावना से भर दिया। जितने वो दुखी, उससे ज़्यादा उनकी पत्नियाँ दुखी हो रहीं कि वो भी किसी काम की नहीं। कई दिन से घर में चूल्हा सिर्फ़ बच्चों के लिए जल रहा है। सबको इस हाल में देखकर काकी का गला बार-बार छोटी-छोटी बातों पर भी फँस जाता है। फँसे स्वर में बोली—

"यूँ साहब तो भले आदमी थे। कुछ गलत बात तो कहकर गए नहीं, वे। काए को उनकी पीठ पीछे उनकी बुराई करें। जमीन निजी तो नहीं है, मनो हमने कब्जा नहीं किया है। अरे, बाल-बच्चों को छत ही तानकर दई है। कौन महल बनाया है।"

काकी कितनी भोली और भली है। 'भलाई का जमाना नहीं है' यह बात आज भी पूरी तरह सही नहीं है। बहुत भले लोग अभी भी इस धरा पर हैं। चड्डा वाले काका का परिवार भी उनमें से एक है।

काकी ज़िद पर अड़ी हुई है—"चलो, तुम चलकर देखो। हमने कुछ भी गलत नहीं किया है।"

"अरे, काकी कहाँ उलझ रही हो तुम भी। इतने बड़े फार्म हाउस की चौकीदारी करती हो। उसी में अपना एक टपरा बना लो। बात खतम हो जाएगी।"

इस बात पर उनका मुँह ऐसा हो गया, जैसे उन्हें कोई मंगल ग्रह पर भेज रहा हो।

"ऐसा थोड़ी न होता है। गरीबों को कोई कच्छु नहीं देऐ। भले सरकार ले ले उनसे। उनका वो जेलबाग वाला फारम हाउस तो ऐसे ही चलो गओ और भी कित्ती बड़ी-बड़ी चीजें जिनमें लोग-बाग घूमें-फिरें और फोटो खिंचात हैं, वे सब जिनके ई तो हैं और हम अकेले थोड़े ना हैं, जो वे हमें दे देंगे। हमको देएँगे तो और नौकर-चाकरों को भी देना पड़ेगा। बड़े नवाब साहब होते, तो वे साहब से बात कर लेते कि इनको कुछ मत कहो, यहीं रहने दो।"

एकदम से उनका जी भर आया—"पटेल ने हमें जे जमीन पर बसाया। उनकी ई जमीन है। जे तो सरकार जबरन बीच में फँस रही है। एक तो सड़क दई, वई में खुश होने चाहिए कि नहीं। तुम हमरे यहाँ चलो और अब तुम कछु करो।"

मैं टस से मस नहीं हुई, तो वो जैसे हकेलते हुए बोलीं—"चलो, मूँगफल्ली भी खा लेइओ। हमारी छोटी बेगम भी भौत अच्छी हैं।"

"अरे, तो उनसे ही कहो न। वो क्या कहती हैं।"

"कहती हैं, तुम रहो। कोई कुछ नहीं कहेगा। हमारे नक्शे में सड़क पार की नदी भी है।"

इस बात पर काका ने बुरी तरह काकी को झिड़क दिया—"नक्शा में नदी है, तो काए को फिर जे फारम हाउस की फेंसिंग करे हैं, वे।"

वे यहीं नहीं रुके। काकी को झिड़कते हुए बोले—"जा कुर्सी लिया और मूँगफल्ली भी जहीं लिया। पुलिया पे बिठा के पंचायत कर रही है।"

काकी बिल्कुल भी ख़ाली नहीं हुई थी। पूरे गाँव का नक़्शा समझा-दिखा रही थी।

"हमरे पटेल को तो ऊपर वाले ने कछु कहवे-सुनवे को टैम-ई नईं दओ। एकदम फट से चले गए। भौत हाय-हाय करके नहीं गए। शान्ति से गए वे तो।"

इस बीच मूँगफली आ गईं। वे ज़्यादातर चिंचोली थीं। जब जीवन ही इतना चिंचोला हो तो मूँगफली भला कैसे साबुत हो सकती हैं।"

काका बोले—"तिवारीजी कहते हैं कि घबराओ नहीं। कुछ नहीं होगा। तुम्हारा ये टपरा सड़क के साथ नक़्शे में दिल्ली तक पहुँच गया है। कुछ नहीं होगा।"

काकी उखड़ गई—"जे तो बड़े लोगन की बातें हैं। जिन्दगी हो गई सुनत-सुनत।" नक़्शा, दिल्ली, टपरा और 'अब क्या होगा' को अपने भीतर समेटे वो बहुत भारी मन से पुलिया से उठ खड़ी हुई और हमारी तरफ़ ऐसे देख रही कि...? वो कुछ कहती कि हम भी उठ खड़े हुए।

एक कोने में एक के ऊपर एक चार-पाँच बिछौने रखे हुए थे। सिकुड़े हुए बिछौने जिनका हाल फटी कथरियाँ बयान कर रही थीं। एक अजीब सी गंध बिछौनों से आ रही थी, जो काकी की गंध से मेल खा रही थी। पतले बिछौनों में बहुत देखने पर भी तकिया नहीं दिखा। बिना सिरहाने के सब कैसे सोते होंगे? शायद हाथ को मोड़कर कोहनी को सिरहाना बनाते होंगे। मन में आया भी कि काकी से पूछूँ, लेकिन पूछा नहीं।

टपरे के बीचोंबीच एक छोटे से चबूतरे पर महादेवजी विराजमान हैं। जिनके आगे एक छोटा-सा मिट्टी का पुराना दिया, मोगरे की अगरबत्ती, माचिस और

एक पुरानी फूलों की माला रखी हुई थी। चबूतरे की ओर बढ़ते हुए काकी बोली—"जे देखो, जे महादेवजी बिराजे हैं। हमने जमीन कब्जाई थोड़ी ना है। सबको जगह दई है।"

इस बात पर मुझे हँसी आ गई।

"तुम तो ये महादेव के चबूतरे को ऊँचा कर दो। सरकार सोचेगी, ये तो भगवान का घर है। कोई कुछ नहीं कहेगा।"

"अरे, नहीं। तुम कछु करो।" पाँव पटकते वो बोली।

"तुम लोग मुझे समझ क्या रहे हो? मैं कोई बड़ी आदमी थोड़ी ना हूँ। ऐसे ही बस तुम्हारे यहाँ तक घूमने आ जाती हूँ। आवारगी में मजा आता है।"

"औररररर, तुम का कोई आवारा हो। आवारा और-ई ढंग के होएँ।"

टपरे के आख़िरी कोने को देख मैं चकित रह गई। तिरपाल की छत पर दो-दो छतरी। बुरी तरह चौंकते मैंने कहा—"अरे, कोई देखेगा तो कहेगा कि तुम काए के गरीब? तुम्हारे यहाँ तो टीवी की छतरी लगी हैं।"

तुरत सफ़ाई देती बोली—"पेट काट-काट के जे मौड़ा-मौड़ी के काजे लई है। अब जमाने से एकदम ई अलग हो जाएँगे जे औरें। जई सोच के ले लई।"

फिर मेरा हाथ पकड़ते हुए बोली—"तुम खुद देख लो, जे रखी है। कित्ती छोटी टीवी है। इसमें सब भौत छोटे-छोटे दिखत हैं। मौड़ा-मौड़ी का मन खुश हो जाता है। थोड़े-बहुत इसी के संग हँस-बोल लेते हैं। दिन में नहीं चलाएँ हम। बस, रात को थोड़ा बहुत देख लेते हैं।" एक बड़े से पत्थर पर रखा हुआ टीवी सच में चुप था। वो साड़ी के एक टुकड़े से ढका हुआ था।

"सुनो, काका।" मेरा इतना बोलते ही वो काकी को धकियाते एकदम से पास आ गए।

"काकी तुम भी सुनो।" वो भी सरककर पास आ गई।

"तुम्हारा ये घर एकदम सड़क पर बना है और दूसरे सौ-पचास घर तो हैं नहीं कि सरकार तुम सबको कहीं और बसा दे। देखो, तुम खुद देखो। सड़क के दोनों तरफ और किसी ने तो घर बनाया नहीं है और तुमने अपने टपरे को इतना बढ़ा लिया है कि वो सबकी आँख में आता है। ऊपर से ये छतरी लगा ली तुमने। कोई भी, कभी भी आकर कुछ भी कर जाएगा तुम्हारे टपरे का। तुम एक काम करो। ये जो झाड़ियाँ हैं न इन्हें काटा मत करो। झाड़ियों में टपरा छिपा रहेगा। किसी को दिखेगा ही नहीं।" एकदम बच्चों जैसी बात कर दी मैंने।

"अरे, झाड़ियों से साँप-बिच्छू आ जाते हैं। इसलिए काटनी पड़ती हैं।"

"तो, ऐसा करो कि जैसा ये एक नीम लगा है न। देखो, नीम में तुमरा वो हिस्सा नहीं दिख रहा न, वैसे ही लाइन से चार-पाँच और नीम के पेड़ लगा लो। इसे झुरमुटों में छिप जाने दो और कोई तरीका नहीं है।" इस बात पर वे दोनों सहमत हो गए।

सड़क पर आते काकी बोली—"तुम अपना घर बता दो। कोई साहब या मैडम आएँगे तो मैं तुमरे इते आ जाऊँगी।"

"ओए।" मैंने हँसते कहा—"उत्ती देर कोई रुकेगा क्या?"

"तो अपना फोन नम्बर दे दो। मैं फोन कर दऊँगी। तुम उनसे बात कर लेइयो।"

"वो बारेलाल दादा और अम्मा भी घर को लेकर बहुत परेशान हैं। एक दिन कह रहे, अबकी कोई भगाएगा तो वे पेड़ पर घर बना लेंगे। पेड़ पर रहने लगेंगे।" मुझे एकदम से अम्मा और दादा की याद आ गई थी। मेरी याद से काकी एकदम से झन्ना गई—

"बारेलाल के पास तो घर था। घर बेच दओ चालीस हजार में, जा के लाजे मारे-मारे फिर रहे हैं वे। खेती-किसानी की पड़ी रहे उन्हें। जमीन में पैदावार है नहीं, मनो उनके खप सवार रहे। बंजर जमीन में ई उनको नरा गड़ो हो जैसे।"

"बंजड़ हेगी।" अम्मा के शब्द मेरे भीतर बजबजाने लगे।

फिर काकी को कुछ याद आया तो बोली—"अरे, यार जी। एक मुसीबत थोड़ी ना है कि पार पा जाओ। अबे एक दिन बहरुपिए आ गए और हमरी बहू को ठग ले गए। मैं फारम में थी। दरवाजे पे आके खड़े हो गए और बहू से रुपैया ले गए। कहन लगे हम हिजड़े हैं। तुमरे जहाँ जचकी हुई है। हमरा हिस्सा बनता है। मैं ताड़ गई कि जे मंगलवारा के हिजड़ा नहीं, कोई और ही हैं। उन्हें तो मैं जानत हूँ और वो भी मोए पहचानत हैं। मैं खेत में थी। तब बहू से पैसा ऐंठ ले गए, जे, ठठरी बँधे। इत्ते में भी जी नहीं भरा उनका सो दुबारा आ गए।" इसी बीच बच्चे आ गए और सब उन्हें घेरकर खड़े हो गए। हम सबने एक गोल घेरा बना लिया और वो बीच में हो गईं। अधूरी बात का सिरा पकड़ते बोली—

"बहू से कहने लगे कि जे कपड़े दे दो। तुमरी नाक की लौंग दे दो। बहू ने कही कि लौंग कैसे दे दऊँ, वो तो मेरी माँ की निशानी है। वे तो घर में झाँकने लगे कि जे दे दो, वो दे दो। तब तक मैं आ गई। जा छुटकी मोए खेत से बुला

लाई थीं।" इस बात पर छुटकी एकदम से तनकर खड़ी हो गई और काकी ने उसकी ओर 'शाबाशी' से देखते हुए अपना बोलना रोका नहीं।

"मैंने वो फटकार लगाई कि भगते फिरे। पहले तो मैंने झूठमूठ बहू को लताड़ा कि हर कोई को जे जहाँ दरवाजे पे काए खड़ा होन देती हो। कुंडी लगा के काए नहीं रहो। फिर मैंने कहा—रुको, तिवारी भैया से कह के तुमरी खबर लेत हूँ। ठहरे रहो तनक। तुम हिजड़ा नहीं, बहुरुपिए हो। अभी तुमको हथकड़ी लगवाती हूँ। तुम हमरे मंगलवारा के हिजड़ों को बदनाम कर रहे हो। तुम का सोच रहे हो? हम जंगल में हैं, जो तुम हमको भरी दुपहरी में लूट लोगे। मैं इत्ती चिल्लाई कि सब उलटे पाँव भगे।"

मैंने कहा—"काकी, बहुत हो गया। अब साँस ले लो।" वो सच में बहुत थकी हुई थी।

टपरे में घड़ी नहीं है, तो क्या उसमें रहने वाले लोगों का समय से कोई सम्बन्ध नहीं है। या कि समय का होना न होना उनके लिए कोई मायने नहीं रखता है। ज़माने की चाल से उनकी चाल क़दमताल नहीं करती। वे अपने होने को न होने में बदलते हैं। जिस घर में घड़ी न हो, लेकिन छतरी हो, जिससे टीवी दिखता हो। वो घर कौन से मानक तय करता है? कौन से रूपक गढ़ता है? आख़िर, वो समय की पहचान कैसे करता है और समय उसको कैसे पहचानता है।

टपरा तिरछा है। काकी चूल्हे पर तिरछे झुकती है। लालटेन जब उजियारा देती है, तो वह भी खूँटी पर लटककर तिरछी हो जाती है। कुछ चीज़ें तिर्यक होती हैं। रास्ते भी तिर्यक होते हैं। उन रास्तों पर चलने वाले लोग भी सीधे रास्ते नहीं चलते। टपरा भले ही सड़क किनारे है लेकिन दौड़ती-भागती सड़क उसके साथ कोई तालमेल नहीं बिठाती। वो टपरे के लिए नहीं है और टपरा उसके लिए नहीं है। इस जगत में कौन किसके लिए है।

सफ़ेद पत्थर जिस पर काले रंग से लिखा है—'बाएँ मुड़ें।' कितना अच्छा होता कि लाल रंग से लिखा होता—'बाएँ मुड़ें।' फिर बाएँ मुड़ने का कोई मतलब होता। यूँ ही बेवजह मुड़ना भी कोई मुड़ना होता है।

वो बारिश से पहले की सुबह नहीं थी। पानी गिरने में अभी समय था। अभी समय था कि पूरा नीलबड़ पानी में तर हो जाए। सूनी-सपाट सड़कों को चमकने में अभी देर थी। अभी देर थी कि पानी से बचतीं गायें यहाँ-वहाँ बेचैनी में रास्ता पार करती दिखें। गाय गीले में नहीं बैठती। उसे गीलेपन से भयानक परहेज है। वो बारिश में ख़ुद को बचाते नीचा सिर किए सूखी जगह ढूँढ़ती फिरती हैं। यह सब होने में अभी समय था कि दो औरतें सड़क पर छतरी लिये बतियाती चली आ रही हैं। थोड़े से अन्तराल के बाद फिर दो, फिर चार, फिर छह। छतरी लिये औरतों से सड़क ख़ुशनुमा हो रही थी।

छतरी लिये वे सब बहुत ख़ुश थीं।

"छतरी तो बरसात के लिए होती है?"

"नहीं, ऐसा नहीं है, वो मैडम कहती हैं कि तुम लोग इतनी कड़ी धूप में दिन भर खेत में काम करते हो, लू लग जाएगी। गरमी के लिए भी छतरी होती है। बरसात में पानी से बचाती है तो गरमियों में घाम से बचाएगी। बहुत अच्छी मैडम हैं वे। हर साल छतरी देती हैं हम लोगों को। कभी तो साल में दो बार भी दे देती हैं। देतीं लेकिन सिर्फ औरतों को ही हैं।"

काकी को भी छतरी मिली। अब फार्म हाउस आते-जाते, सड़क पार करते, पुलिया पर गपियाते, हर समय काकी छतरी के साथ ही दिखती है।

एक दिन भरी दुपहरी में टपरे में भयानक सन्नाटा पसरा हुआ था। किसी की भी आहट नहीं। बच्चे भी नहीं दिखाई दे रहे थे। हर दिन चहल-पहल बनी रहती थी, कभी कम, कभी ज़्यादा।

कुछ दूर पर काकी नंगे पाँव चली जा रही है—"काकी चप्पलें कहाँ चली गईं?"

"ससुर रीत गए हमारे। गाँव जा रही हूँ।"

"नंगे पाँव?"

"बूढ़े-सयानों की रीति है। हमरे जहाँ आदमी, औरतें सब नंगे पाँव रहें।

"अरे, लेकिन अकेली जा रही हो क्या? काका कहाँ हैं?"

"वे आगे निकल गए। बस स्टैंड के कना। वहीं मिल जेंऐ।"

"इत्ती दूर पैदल-पैदल जाओगी। ऑटो में जाओ। तुम जहीं रुको। मैं ऑटो भेजती हूँ।"

चलते-चलते उन्होंने कहा—"अरे, परेशान मत होओ। कोई गाड़ी वालो मिल जाएगो, तो बैठ जाऊँगी।"

ऑटो दूर-दूर तक नहीं था। एक गाड़ी वाले ने अपनी गाड़ी को रोका और काकी छतरी लिये नंगे पाँव जीप में बैठ गई। मैंने ज़ोर से हाथ हिलाया। फीकी हँसी हँसते उन्होंने धीमे हाथ हिलाया।

वो मन ही मन कुछ बोल रही थी। उनके हिलते होंठों को देख ऐसा लग रहा था कि जैसे कह रही हो—"बेटा, हमरे टपरे के लिए कुछ करना तुम।"

किसी के काम न आ सकने वाला थका-हारा मन लिये दर-दर भटकती हूँ। जीवन के किस अबूझ प्रपंच में फँस गई हूँ। लकीर को जितना सीधा खींचने की कोशिश करती हूँ, उतनी ही टेढ़ी होती जाती है। सोचती कुछ हूँ, हो कुछ और जाता है।

ये कैसा मायालोक है, जिसमें सीढ़ियाँ नीचे की ओर जाती हैं। अनगिनत, अन्तहीन सीढ़ियाँ, जितना नीचे उतरती हूँ, गीलापन उतनी ही फिसलन पैदा करता जाता है। काई से चिमटी ये सीढ़ियाँ मायालोक के रहस्य से आवरण हटाने के बजाय उसे और-और रहस्यमय बनाती जाती हैं। क्या, इस रहस्य के पार जाया जा सकता है। इस रहस्य को पार करने के बाद ही टपरे के लिए कुछ किया जा सकता है।

चिड़िया तो आकाश में उड़ते हुए कभी सरहदों का ख़याल नहीं करती। वो बिना वीसा, बिना पासपोर्ट के ही उड़ती रहती है। वो जब चाहे, जहाँ चाहे अपना घोंसला बना सकती है। वो अपने घोंसले की कभी रजिस्ट्री नहीं करवाती। वो उसे खरीदती भी नहीं है और कभी बेचती भी नहीं है। काश, चिड़िया सा जीवन टपरे के भीतर चहचहाए। फिर किसी को किसी से ये कहने की ज़रूरत न होगी कि—'हमरे टपरे के लिए कुछ करना तुम।'

कुछ दिन बाद देखा, तो ख़ुशी और आश्चर्य का ठिकाना नहीं रहा। क्या सच में जो कुछ भी मन से माँगो, वो पूरा हो जाता है। क्या घर पक्का हो गया? काका के नाम हो गया। काकी तो बहुत ख़ुश होगी। टपरा जो मिल गया। बरसों की आस पूरी हो गई। घर के दरवाज़े के ऐन बग़ल में सुआपंखी दीवार पर सफ़ेद चाक से लिखा हुआ है—

हरिप्रसाद अहिरवार
मकान नम्बर-21
शूटिंग अकादमी,
नीलबड़, मध्य प्रदेश

वाह, क्या बात है। मेरा भी मन ख़ुश हो गया। मैंने पूरे घर पर नज़र दौड़ाते हुए ज़ोर से साइकिल की घंटी बजाई। एक बार नहीं, कई बार ट्रिडिंग...ट्रिडिंग... ट्रिडिंग...ट्रिडिंग...। बच्चे चहकते हुए नमस्ते करते बाहर आ गए।

"काकी कहाँ है?"

वे बोले—"फारम हाउस में।"

फार्म हाउस के बाहर ही काकी बहुत ख़ुश तेज़-तेज़ चलती हुई मिल गई। मैंने फिर कई बार घंटी बजाते हुए उनके गोल-गोल चक्कर काटे और ज़ोर से 'ऊ-हू' किया। वो हँसने लगी।

"बहुत ख़ुश हो, आज।"

"हाँ, वो भानेजन की शादी है। सो, पहरन लेवे के लाने बाजार जा रही हूँ।"

"वो घर हो गया न तुम्हारा। कौन ने किया? सर्वे वाले आए थे? कब आए थे? कैसे काका के नाम हो गया?"

एक साथ कई सवाल कर डाले मैंने। वो शरमा गई। सिर पर पल्लू ठीक करते हँसते हुए बोली—"अरे, कोई नहीं आओ। वो तो सँझले बेटे की तीसरी बेटी के दिमाग की करतूत है। उसी ने लिखो है। पढ़ाई में भौत होशियार है। कोई सहेली के घर में उसके पापा का नाम लिखो देख आई। सो, वइने लिख दओ है।"

अब चौंकने की बारी मेरी थी, लेकिन चौंक को मैंने दबा लिया। वो अभी

भी हँस रही थी और ख़ुशी-ख़ुशी तेज़-तेज़ चलती हुई निकल पड़ी। लेकिन जाते-जाते यह कहना नहीं भूली कि—"तुमने हमरे टपरे के लिए कोई से बात करी का?"

अतिक्रमित टपरे का स्थायी भाव लिये काकी सड़क पार कर गई और मैं टपरे में लगे नीम के पेड़ के बग़ल में जाकर बैठ गई। हमारे बीच उतनी ही जगह थी, जितनी कि दो पेड़ों के बीच होती है।

जब हम अपने सपने पूरे करने निकलते हैं, तो हमारा सामना सिर्फ़ पहाड़ों से नहीं, छोटे-छोटे टीलों से भी होता है। कभी हम पहाड़ पर चढ़ते हैं, तो कभी पहाड़ हम पर सवार हो जाते हैं। और टीले? वे छोटे होते हैं, तो इसका मतलब यह नहीं कि उनसे पार पाना आसान है। कई बार उन पर चढ़ना पहाड़ पर चढ़ने से ज़्यादा मुश्किल होता है।

अडिगता का जन्म साइकिल की किसी तान से हुआ होगा। साइकिल कितनी गम्भीरता से ख़ुद पर चंचलता को सवार हो जाने देती है। आने वाले कल में कहाँ-कहाँ बिजली के खम्भे लग जाएँगे? कैसे सड़कें बड़ी और कई रास्तों की ओर ले जाने वाली हो जाएँगी। पानी की पाइप लाइन बिछ जाएँगी और कैसे नलों में पानी आने लगेगा। किस जगह विद्यालय, महाविद्यालय, धर्मशालाएँ और पुस्तकालय खुल जाएँगे? सँकरी गलियाँ चौड़ी हो जाएँगी और छत से बाज़ार दिखाई देने लगेगा। हाट-बाज़ार के बीच से गोल चक्करदार कट मारते हुए हम जाने-अनजाने खोजी की भूमिका निभाते हैं। वो बड़ी ख़ूबसूरती से दृश्य को देखना-पढ़ना सिखाती है। कानों को चेतस करती है। बारीक से बारीक ध्वनि भी कानों में गूँजती है और इसी के उलट कर्कश हॉर्न की आवाज़ें उसे विचलित नहीं कर पातीं। दूसरों को रास्ता देते हुए अपने रास्ते पर चलना...! वो दूर से देखे को एकदम पास से कहना सिखाती है। घूमते पहिए जीवन और जगत को घुमावदार बना देते हैं।

दुनिया की दुनियादारी कि एक के लिए जो चीज़ बहुत आसान

है। दूसरे के लिए वो उतनी ही मुश्किल। सबके जीवन में नमक और पानी होना चाहिए। सबके पास जगत को देखने के लिए अपनी आँख होनी चाहिए।

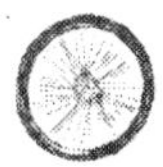

# भैया मारेगा

नवरात्र चल रहे हैं। भजन-कीर्तन और जगरातों का समय है। सब पर देवी कृपा बरस रही है। भक्ति के रस में सब सराबोर हैं। सब माँ को पुकार रहे हैं। समवेत स्वर में गा रहे हैं—"बाजरे की रोटी खा ले माँ, हलवा-पूरी भूल जाएगी। ओ जंगल के राजा, मेरी माँ को लेकर आ जा।"

खेड़ापति हनुमान मन्दिर के बग़ल में बने पंडाल में देवी विराजमान हैं। कुम्हारन बुआ ने बड़े जतन से देवी की मूर्ति को गढ़ा है। कुछ देर तक एकटक मूर्ति को देखो तो लगता है, वो भी अपनी ओर ही देख रही है। ऐसा किसी एक कोण से नहीं, हर कोण से लगता है और किसी एक को नहीं, सबको लगता है कि मूर्ति उसी को ताक रही है। कई बार तो लगता है कि देवी माँ मूर्ति से बाहर आकर अब बोलीं कि तब बोलीं। भगवान और भक्त में सीधे कनेक्शन हो जाता है। सब कुछ एकाकार हो जाता है।

कुम्हारन बुआ के हाथ में क्या तो जादू है। उनके बनाए घड़े जितने दिखने में सुन्दर होते हैं, उतना ही उनका पानी भी ठंडा होता है। इतनी सुरीली सुराही बनाती हैं कि लोगों को लगता है कि उसे हार पहना दें। उनके बनाए कुल्हड़ दूर-दूर तक जाते हैं। गोरा बिशनखेड़ी की झाँकी को देखने दूर-दूर से लोग आते हैं। कुम्हारन बुआ का नाम सात गाँवों में चलता है। बंजर ज़मीन वाली अम्मा और टपरे वाली काकी यहीं से घड़े और दीए लेकर जाती हैं।

क्या गाँव और क्या शहर, दुर्गोत्सव में पंडाल देखते ही बनते हैं। एक से बढ़कर एक पंडालों में देवी के रूपों और अन्य प्रसंगों की झाँकियाँ हैं। कई में स्थापित मन्दिरों की प्रतिकृतियाँ हैं। इनको बनाने वालों को क्या कहेंगे? शिल्पी, कलाकार, इंजीनियर, ओवरसियर, मिस्त्री, आर्किटेक्चर, डेकोरेटर, इंटीरियर डिजाइनर किस नाम से पुकारेंगे?

कुछ पंडालों में मन्दिरों की ये प्रतिकृतियाँ इतनी विशाल, इतनी भव्य और अपने मूल रूप के इतने क़रीब होती हैं कि इनके मौलिक होने का भ्रम होता है। ऐसे कितने लोग होंगे, जिन्होंने ताजमहल और कोणार्क नहीं देखे। लेकिन उनके मन का मलाल ऐसे समय दूर हो जाता है। ये झाँकियाँ लाखों लोगों को चार धाम की यात्रा करा देती हैं। बड़े-बूढ़े, जवान, स्त्री-पुरुष, बच्चे सबमें ग़ज़ब का उत्साह रहता है, जिसमें लड़कियों का उत्साह तो देखते ही बनता है।

चार-पाँच छोटी-छोटी लड़कियाँ पतली सी डंडियाँ लिये, लहँगा-चुन्नी पहने, पावडर, टिकी और होंठों पर लाली लगाए ग़ज़ब के उत्साह से एक-दूसरे का हाथ पकड़े चली जा रही हैं। एक अपने सिर पर कलश भी रखे हुए है। लाउडस्पीकर की आवाज़ उनकी थिरकन को बढ़ा रही है। थिरकते हुए वे पंडाल के जितने पास पहुँच रही हैं, उतनी ही उनकी चाल और तेज़ होती जा रही है।

"ओए, तुम लोग इतने अच्छे से तैयार होकर कहाँ जा रहे हो?"

कलश लिये हुई बच्ची पूरी घूम गई—"आंटी जी, हम वहाँ उधर गड़वा खेलने जा रहे हैं।"

"कैसे? गड़वा खेलना आता है तुम्हें?"

"कुछ नहीं। बस, हमें ये डंडियाँ लेकर गोल-गोल घूमना है। बहुत देर तक गोल-गोल घूमेंगे और फिर सब इस कलश में पइसे डालेंगे। हम सबको आता है गड़वा। हमारी छोटी बुआ ने सिखाया है। गड़वे के पइसों से हम चाट खाते हैं। रोज खाते हैं।"

"अच्छा, हमें भी दिखाओ। कैसे घूमोगे गोल-गोल? फिर अपन सब चाट खाएँगे।" पंडाल के सामने लाइन से लगे चाट-पकौड़े के ठेलों की ओर एक साथ सबने देखा। चाट-पकौड़े वालों ने भी देखा और वे गरम तवे पर पानी छिड़कने लगे। कड़छा चलाते हुए उसे घंटे की तरह टनटनाने भी लगे।

गड़वा होता और चाट-पकौड़े खाए जाते कि इससे पहले ही बुआ ने उन्हें टेर लगा दी। बच्चियाँ 'बाजरे की रोटी खा ले माँ, हलवा-पूरी भूल जाएगी' गाते हुए पंडाल में चली गईं।

मातृशक्ति और नारी शक्ति का कितना सुन्दर रूप है ये। मन ही मन दुर्गा के नौ रूप उच्चारने लगी—शैलपुत्री, ब्रह्मचारिणी, चन्द्रघंटा, कुष्मांडा, स्कंदमाता, कात्यायनी, कालरात्रि, महागौरी और सिद्धिदात्री। रूप, स्वरूप, वेशभूषा, वाहन सज्जा, स्वभाव और कर्म में भी दुर्गा विविधरूपा हैं। कहते हैं

कि नवरात्र में ही रावण पर विजय पाने के लिए राम ने शक्ति-पूजा की थी। इसलिए नवरात्र भर रामलीला, रामकथा और अखंड पाठ के आयोजन होते हैं।

पंडाल खचाखच भरा हुआ है। अखंड ज्योति जल रही है। चौकी पर दुर्गा के चित्र की प्रतिष्ठा है। लाल कपड़ा बिछाकर उस पर चावल के नवग्रह बनाए गए हैं। स्वस्तिक बनाकर लाल कपड़े में नारियल बाँधकर ज्वार बोए हैं। घी, तेल, पैसा, सुपारी, पुश, गुड़हल आदि से चौकी सजी हुई है। प्रतीक रूप में आराधना स्थल पर समूचे ब्रह्मांड, पृथ्वी और प्रकृति की अवतारणा की गई है। मैं उन बच्चियों का गरबा देखने पंडाल में चली आई। सब भक्ति रस में सराबोर हैं।

गरबा कितनी तेज़ी से हर ओर फैल गया। गुजरात क्या पूरे देश में नवरात्र में गरबा महोत्सव चलता है। मध्य में वेदी प्रतिष्ठित होती है। कई जगह गायकों का समूह वाद्य-वृन्दों के साथ गायन करता है और स्त्री-पुरुषों की टोली नृत्य करती हैं। एकदम वृंदावन के रास की तरह। अर्द्धनारीश्वर की परिकल्पना कितनी सुन्दर और अर्थवान है। यही बात तो सबसे अच्छी लगती है कि इस नृत्य में स्त्री-पुरुष में भेद नहीं होता।

यहाँ इस पंडाल में बच्चियाँ अपनी सहेलियों के साथ गरबा कर रही हैं और उनके हमउम्र लड़के उन्हें मुँह बाए देख रहे हैं। अब सबको तो गरबा करना आता नहीं। मैंने हँसते हुए उन्हें देख हाथ हिलाया। कुछ देर बाद उनमें से एक दौड़ती हुई मेरे पास आई और बोली—"आपके साथ कल चाट-पकौड़ा खाएँगे। अभी तो हम बहुत देर तक गड़वा करेंगे।"

'बाजरे की रोटी खा ले माँ' गुनगुनाते हुए मैं पंडाल से निकल आई।

कुछ ही दूरी पर जिंद बाबा की मड़िया है। न कुछ माँगो, न कुछ चढ़ाओ। कोई खर्चा नहीं। कोई पुजारी नहीं। किसी तरह का पूजा-पाठ नहीं। सिर्फ़ हर गुरुवार लोबान छोड़ी जाती है। साफ़-सफ़ाई का विशेष ख़याल रखा जाता है। बाबा को गन्दगी बिल्कुल भी बर्दाश्त नहीं होती है। किसी की क्या मजाल कि मड़िया पर माचिस की तीलियाँ छोड़ दे या लोबान के लिए लाए गए कंडे बिखेरकर चलता बने। हर समय बाबा की मड़िया महकती रहती है। उन्हें इत्र बहुत पसन्द है। लोबान और इत्र से महकती मड़िया पर सब आते-जाते हैं। क्या हिन्दू और क्या मुसलमान। हिन्दुओं में भी सबका प्रवेश। टोले वाले भी गुरुवार को लोबान छोड़ते हैं। बाबा सबके हैं, सब बाबा के हैं। बंजर ज़मीन वाली

अम्मा इन्हीं जिंद बाबा को तो याद करती है। याद करते हुए कैसी उसाँसें भरती है—"बाबा, मेरी सुन नहीं रहे।"

हाँ, अल्लाह तो है, लेकिन उसे किसी की परवाह नहीं है।

गोरा बिशनखेड़ी छोटा सा गाँव है। प्रकृति उस पर मेहरबान है। पुलिया से शुरू होकर तिगड्डे पर ख़त्म होने वाला, चहल-पहल से भरा एक चटर-पटर गाँव, अपने होने की चमक बिखेरता हुआ सबका ध्यान अपनी ओर खींचता है। ज़िन्दादिली कितनी कमाल चीज़ है। यह जीवन को धारदार बनाती है। जीवन की समझ को पैना और पारदर्शी बना देती है। ये पुलिया के इस पार या उस पार नहीं है। पन्द्रह सौ की आबादी वाला यह गाँव इस पार और उस पार के बीच है। पानी पर पूरे गाँव की परछाईं तैरती है। यह एक ऐसा गाँव है, जिसमें सपने पलते नहीं हैं। देखे भी नहीं जाते, बल्कि पूरे होते हैं।

"क्यों, ऐसा क्यों? क्या इस गाँव में सुर्खाब के पर लगे हैं?"

बारेलाल दादा कहते हैं—"घूरे के भी दिन फिरते हैं, जे बात सुनत-सुनत कान पक गए।" गोरा गाँव के नाम पर उनकी जीभ दाँतों तले दब जाती है। दबी जीभ लिये कहते हैं—"का कहोगे साहब और का सुनोगे? गोरा गाँव की साठ साल की बाई आज सोलह साल की लग रही है।" कहते उनकी आँखें आश्चर्य में मचलने लगती हैं।

कोई कुछ पूछे कि वो ख़ुद ही कहते हैं—"क्यों?" फिर ख़ुद ही जवाब भी देते हैं—"सिंगार आ गया। पैसा आ गया। सो, चाल में लचक आ गई।" वो यहीं नहीं रुकते, आगे के भी आगे की बात कहते ताव में हाथों को बड़े अच्छे से नचाने लगते हैं—

"जमीन सोने के भाव बिक रही हैं। खेती-बाड़ी में कौन जान खपाए। एक टुकड़ा जमीन बेचो, फिर कई सालों की फुरसत। पैसे खतम तो और जमीन बेचो। रात-दिन मौज करते ये पटेल सोच ही नहीं रहे हैं कि आने वाली संतानें बिना जमीन के कैसे गुजारा करेंगी। वे कहाँ जाएँगे? क्या करेंगे? क्या बेचेंगे और क्या खरीदेंगे? जे बात जे अभी नहीं समझ रहे हैं। देखियो, खावे के भी लाले

पड़ जाएँगे। जब समझेंगे, तब तक भौत देर हो जाएगी।"

दादा की ख़बर कोई ले ना ले, लेकिन इन्हें सबकी ख़बर रहती है। वे एक-एक परिवार की सात पुश्तों की कथा बाँचने लगते हैं।

'साई', 'द आइकॉनिक स्कूल' और 'घुड़सवार अकादमी' ने गोरा गाँव की ज़िन्दगी बना दी। तीन छोर पर बनी इन जगहों ने पटवारी की किताब में भी रंग भर दिए।

'भारतीय खेल प्राधिकरण' यानी 'स्पोर्ट्स अथॉरिटी ऑफ इंडिया' जिसके बोर्ड पर लिखा है 'राष्ट्र के लिए बनाते हैं हम सर्वश्रेष्ठ खिलाड़ी, सचेत विद्यार्थी, देशभक्त नागरिक।' ऐसे लोग जो हार को जीत में और जीत को हार में बदलते हैं। जो अपनी धुन के इतने पक्के होते हैं कि पलटकर देखना तो दूर आसपास भी नहीं देखते। खिलाड़ियों ने गाँव वालों को बिना कहे यह सिखाया कि—"स्पोर्ट्स ड्रेस में दौड़ते-भागते, चलते-फिरते खिलाड़ियों को बुक्का फाड़कर मत देखो।" किसानों ने खिलाड़ियों को पसीने में नहाते देख समझा कि—"अरे, ये तो अपने जैसे ही हैं। रात-दिन पसीना बहाते हैं। जी-तोड़ मेहनत करते हैं। मौसम की मार झेलते हैं। फिर भी हिम्मत नहीं हारते।"

सूरज नगर से नीलबड़ के रास्ते तक कोई भी आपको बुक्का फाड़कर नहीं देखता। किसी तरह का कोई आश्चर्य नहीं। कोई छींटाक़शी, फ़िक़रेबाज़ी भी नहीं। सड़कें ऐसे चमचमाती हैं कि आप अपनी परछाईं देख लें। चौबीसों घंटे बिजली रहती है, वो कहीं नहीं जाती। कभी ऐसा भी नहीं होता कि 'थोड़ी देर में आती हूँ,' कहकर वो कहीं और चली जाए। ये सारी सौगातें गाँव को खिलाड़ियों की बदौलत मिली हैं।

'साईं' के चलते आवाजाही इतनी ज़्यादा है कि भोपाल से पाँच किलोमीटर की दूरी पर गोरा बिशनखेड़ी में कभी सन्नाटा नहीं पसरता। इसीलिए कुछ लोग कहते हैं कि—"हमारे गाँव का नाम गोरा नहीं, खेल गाँव है। हम खेल गाँव के निवासी हैं।" यह सोच ही सबकी चाल में गति पैदा करती है।

सड़क पर चाय-नाश्ता, किराना, हेयर कटिंग और पंचर की बारह-तेरह दुकानें हमेशा ग्राहकों से भरी रहती हैं। वहीं कुछ ग्राहकों का मुँह ताका करती

हैं। औरतें कंडे थोपती रहती हैं। कुछ आँगन बुहारती रहती हैं। गाय-भैंसों के लिए सांदी बनती रहती है। आदमी खेत-खलिहानों में कमरतोड़ मेहनत करते दिखाई देते हैं। खिलाड़ी वर्कआउट करते हुए और बच्चे स्कूल के लिए निकल रहे होते हैं।

गोरा गाँव की किताब के एक-एक पन्ने को बड़ी बारीकी और गहराई से बाँचते बारेलाल दादा सबको उसको पढ़ने की सलाह देने से नहीं चूकते—"तुम जे बताओ, एक गाँव में चाय-नाश्ता की कित्ती आवक होएगी?" कुछ देर दो पन्नों के बीच ठहरते हैं और फिर पन्ने को पलटते जवाब देते हैं—

"साब, वहाँ जाके तनक देखो तो सही, नाश्ते की दुकानों पर चाय की केतली भरी नहीं कि खाली होते उसे देर नहीं लगे और कड़ाही में तैरती कचौरियों की खुशबू जे जहाँ अपने कने तक आती है। पोहा, जलेबी कागज की पुड़िया में बँध रहे हैं। कछु वहीं खड़े-खड़े खा रहे हैं। उनके पेट भर गए हैं। मनो, मन नहीं भर रहे हैं। मौड़ा-मौड़ी के टिफिन के लाजे भी वे दुकानों से नाश्ता ले रहे हैं। अब बताओ, इस बात पर क्या कहोगे, तुम। मैं गलत नहीं कह रहा हूँ। लो, जे लो। तुम खुदई बाँच लो।"

बारेलाल दादा सही तो कहते हैं। यहाँ हर दूसरा आदमी बाबूजी है। कुछ लोग दुकानों के सामने बिछे पटिये पर अख़बार पढ़ते रहते हैं तो कुछ सड़क किनारे अख़बार में आँख गड़ाए हुए ऐसे चलते हैं, जैसे जाने कौन सी धीमी गति की रेलगाड़ी पर उन्हें चढ़ जाना है। उनके पास भरपूर समय है। लेकिन उन्हें अख़बार ऐसे ही चलते हुए पढ़ना पसन्द है। सब अपने में मशगूल। यही बात इस गाँव को दूसरे गाँवों से अलग करती है।

औरतें चबूतरे पर अनंत तक फैली, कभी न ख़त्म होने वाली बातें करती हैं। अपने सारे काम-काज निपटाकर एक-दूसरे को घेरे रहती हैं। उनके चेहरे दमक रहे होते हैं और हाथ फ़ुर्सत से भरे कामों से भरे होते हैं। वे कभी भी ख़ाली नहीं बैठतीं। जाने किस बात पर इतना हँसती और बतियाती हैं कि दुपहरें अलसाती नहीं हैं।

दोपहर में दुकानें जब अपनी थकान उतार रही होती हैं, तब नौजवान ताश खेलते हैं। अगर कोई अनजान ग्राहक चाय माँग ले या अपनी गाड़ी में हवा भरवाना चाहे, तो सब उसे ऐसे देखेंगे कि जाने कौन सी आफत आ गई है। वो ग्राहक खड़ा रहेगा, लेकिन न उसे चाय मिलेगी और न गाड़ी में हवा भराएगी। अगर वो भी किसी काम से भरा हुआ नहीं है तो वहीं बैठ जाएगा। ताश के पत्तों

का उठना-गिरना देखता रहेगा। कोई बड़ी बात नहीं कि देखते-देखते थोड़ी देर बाद वो भी ताश खेलने लगे।

यहीं कहीं किसी जगह बड़े-बुज़ुर्ग अपनी उम्र की दहलीज़ को पार कर ज़माने भर के अनुभवों को समेटे हुए भरी दुपहरी में चौसर खेलते मिल जाएँगे। वो ज़माने से बेख़बर हैं, लेकिन गोटियों को ज़माने की चाल से फिट करते हैं। 'गई दारी गई' कहते बूढ़े चेहरे चमकते हैं। चबूतरा भी साथ देता बोलता है—'मार साली को'। खेल शुरू होने से पहले सब ऐसे तैयार होते हैं, जैसे कमर कसकर सैनिक तैयार होते हैं। कुछ इतने गम्भीर जैसे गोटियों से ज़माने की चाल को बदल देंगे तो कुछ इतने मस्त जैसे ज़माना उनकी गोटी में हो।

बाज़ी पर बाज़ी, साथ में फ़िक़रे, हँसी-ठहाके—'ये लो बारह, गई पीली अब'। बच्चे जो कि स्कूल से घर लौट रहे हैं या कि लौट आए हैं, जिनकी माँएँ थाली में खाना परोसकर उनकी बाट जोह रही हैं। वे घर जाने की बजाय चबूतरे पर चौसर के खेल में घुस जाते हैं। बूढ़ों के ऊपर झूमते हुए ज़ोर से चिल्लाते हैं—'ये लो दादा, लाल भी'। 'दे दारी को' ख़ुशी में बूढ़े झूमते हैं। बचपन और बुढ़ापा दोनों एक साथ किलकते हैं। हार और जीत के दाँव पर चौसर में पूरी दुपहर पार हो जाती है। जीत भी अजीब दिलचस्प चीज़ है। खेल हो या युद्ध बाज़ी मारने से नहीं चूकती।

इनकी चौसर में स्टेडियम की तरह कड़ा परिश्रम, उचित प्रशिक्षण और चैंपियंस जैसा कुछ नहीं है, बल्कि ये तो वो हुनर है, जो हुनर का कंठ सूखने पर उसके गले को तर करता है।

वहीं खिलाड़ी कड़ा अभ्यास करते हुए तिरछी निगाह से स्टेडियम के द्वार पर लगे बोर्ड की इबारत को पढ़ते और देखते रहते हैं—"ओलंपिक खेलों में मुख्य चीज़ जीतना नहीं है, बल्कि उसमें हिस्सा लेना है, क्योंकि ज़िन्दगी में सबसे महत्त्वपूर्ण चीज़ यह नहीं है कि आपने कितना कुछ जीता, बल्कि उसे पाने के लिए आप कितनी शिद्दत से लड़े।" ओलंपिक मोटो का यह कथन कितनी सकारात्मक ऊर्जा देता है।

'जो फ़िट है, वो ही हिट' है। इन दिनों फ़िटनेस कैम्प चल रहा है। वहीं चाय की दुकान पर चर्चा का कैम्प। उधर फ़िजिकल फ़िटनेस, इधर बातों की फ़िटनेस।

जीवन में अभ्यास कितना ज़रूरी होता है, ये खिलाड़ियों को देखकर समझ आता है। वो अपने ध्येय को पाने की इच्छा भर नहीं रखते, बल्कि उसे पा लेना चाहते हैं और वो उसी तरह उसका अभ्यास करते हैं। वो सिर्फ़ ध्येय की चाह में ही ख़ुद को ख़र्च करने से बचाते हैं। धावक जब दौड़ने का अभ्यास करता है, तब भी इधर-उधर नहीं देखता, पलटकर देखने का तो सवाल ही नहीं उठता।

इधर हम-तुम हैं कि सड़क ख़त्म हो कि उससे पहले उसे दस बार पलटकर देखते हैं। एक ही पेड़ से टिकते हैं और उससे दूर होते उसे पलटकर देखना नहीं छोड़ते। मोड़ से पहले पलटकर न देखा तो फिर क्या देखा?

'द आइकॉनिक स्कूल'—कई एकड़ में फैली एक भव्य इमारत, जिसको बनाते हुए मज़दूरों ने अपने नाम नहीं खोदे। ऐसे कोई निशान नहीं छोड़े कि इसके होने, बनने-बनाने और गढ़ने में उनका भी हिस्सा है। महीनों मज़दूरों के टेंट बने रहे। एक छोटी सी आबादी अपना गुज़र-बसर करती रही। उनके कपड़े सूखते रहे। चूल्हे जलते रहे। बच्चे पलते रहे। रेडियो पर गाने बजते रहे। वे ईंट-गारा ढोते हुए हाड़-तोड़ मेहनत करते रहे। बच्चों के खिलौने और झूले लगाए जाते रहे। पढ़ने-पढ़ाने के नए तरीक़ों से वे कक्षाओं का निर्माण करते रहे और उनके बच्चे धूल में लिथड़ते, किलकते रहे।

एक सुन्दर और भव्य इमारत बनकर तैयार हो गई है। मज़दूर अपने साथ अपनी गृहस्थी भी लेकर चले गए। वे जिन जगहों में रहे, वे कुछ दिन उनके होने के अहसास से भरी रहीं। फिर वे भी धीरे-धीरे ख़ाली होती चली गईं। इतनी ज़्यादा कि खाली जगह को देखकर कोई सोच भी नहीं सकता कि यहाँ कभी चूल्हा जलता था, कि यहाँ कभी अनाज की गंध उठती थी, कि यहाँ कभी कोई चादर तानकर सोया होगा, कि यहाँ कभी गहरी नींद में किसी ने कोई सपना देखा होगा, कि यहाँ माँ ने अपने बच्चे को अपनी उँगली की जगह सपने में पेंसिल पकड़ाई होगी।

स्कूल की बसें भी बनी-ठनी हैं। उसमें पढ़ाने वाले और फीस काउंटर पर बैठने वाले भी बन-ठनकर आते हैं। दो बड़े दरवाज़े हैं, जिन पर तैनात सुरक्षा गार्ड ऐसे तैनाती करता है, जैसे वो किसी स्कूल की नहीं, बल्कि सरहद की तैनाती कर रहा हो। बग़ीचा भी बना-ठना है और उसमें खिलने वाले फूलों का तो कहना ही क्या! कैंची और खुरपी भी बनी-ठनी है, लेकिन माली के हाथ खुरदरे हैं। इतने खुरदरे कि वे बन-ठन नहीं सकते।

क्या शानदार स्लोगन हैं—'द आइकॉनिक स्कूल—द होम ऑफ़ फ्यूचर आइकॉन्स, इस टेकिंग शेप।'

'द आइकॉनिक स्कूल—लर्न टुडे, लीड टुमारो।'

ऐसे बनते हैं, आइकॉन!

इनके कल में गोरा गाँव के निवासी भी होंगे क्या? चौसर खेलते बुज़ुर्ग, ताश खेलते युवा, चबूतरे पर बतियाती औरतें, सरकारी स्कूल जाते बच्चे, सुबह तड़के खेत पर जाते किसान और कंडे थोपती औरतें।

क्या बिखराव और व्यवस्था भी आइकॉन्स के लक्ष्य में शामिल होंगी?

लक्ष्य को साधते घुड़सवार अकादमी के चुस्त-दुरुस्त, चमकीले घोड़े देखते ही बनते हैं। जब मारे गरमी के सबके हाल बेहाल हो जाते हैं, तब घोड़ों के ठाट देखते ही बनते हैं। हर घोड़े को अलग से एक कूलर। जितने घोड़े, उतने कूलर। अस्तबल में लाइन से कूलर लगे हैं, जिनकी ठंडक और आवाज़ एक आह को जगाती है। घोड़ों के ठाट देखकर गोरा बिशनखेड़ी का हर आदमी सोचता है कि काश, मैं भी घोड़ा होता।

सुबह-शाम, छोटे-बड़े घुड़सवार हर दिन अभ्यास करते हैं, जिसमें नन्हे घुड़सवार और नन्हे घोड़ों की चपलता देखते ही बनती है। इससे पहले तो घोड़ों को ताँगों में जुतते देखा था। या फिर बारातों में या एकाध बार मन्दिर से निकली किसी यात्रा में। किसी राजा को तो कभी घोड़े पर सवार देखा नहीं। फ़िल्मों में ज़रूर खूब घोड़े देखे। घोड़ा हमेशा राजा की याद दिलाता है। उसे देखकर हमेशा ऐसा लगता कि इसी घोड़े पर सवार होकर सपनों का

राजकुमार आएगा और सात समुंदर पार की यात्रा पर लेकर जाएगा।

घुड़सवार अकादमी यह बताती है कि घोड़े पर बैठने के लिए राजा होना ज़रूरी नहीं है, बल्कि आपको उस पर सवारी करना आना चाहिए, क्योंकि जैसे ही घुड़सवार घोड़े के पास जाकर घोड़े को देखता है, तो ऐसा नहीं है कि वो ही घोड़े को तौल रहा है, बल्कि घोड़ा भी अपने सवार को जाँचता, परखता और तौलता है। अगर आप उसे पसन्द नहीं आए, तो वो ऐसी पटखनी देता है कि या तो आप घुड़सवारी छोड़ देंगे या अगली बार जब उसके पास आएँगे, तो घुड़सवारी सीखने की तमीज़ लेकर तो आएँगे ही आएँगे, घोड़े को देखने की तमीज़ भी साथ लेकर आएँगे। इस धरा पर नखरे अकेले मनुष्य के पास ही नहीं है, बल्कि जीव-जन्तुओं के पास भी भरपूर नखरे हैं।

अकादमी में वे घोड़े हैं, जो मेडल लेकर आते हैं। राष्ट्रीय, अन्तर्राष्ट्रीय प्रतियोगिताओं में प्रदेश और देश का नाम रोशन करते हैं, जिनकी जीत से राष्ट्रगान बजता है, देश का झंडा शान से लहराता है। घुड़सवार मेडल के साथ अपने घोड़े को चूमता है और घोड़ा गगन को चूमता है और धरती को देख हिनहिनाता है। लोग मेडल तो नहीं देख पाते, लेकिन घोड़े की आवभगत से समझ जाते हैं कि ये है वो, जिसने गाँव के नाम को देश के पटल पर रखा है। इसलिए वे किसी और को नहीं, बस घोड़े को निहारते रहते हैं।

अकादमी का स्टार घोड़ा पेप्सी है। वह अब तक मध्य प्रदेश को डेढ़ सौ से ज़्यादा पदक दिला चुका है। वह सोने के पदक से शुरुआत करता है और समापन भी सोने से ही करता है। इस स्टार घोड़े के नखरे भी कम नहीं हैं। इसका खानपान सभी घोड़ों से अलग है। नहाने में यह स्पेशल शैम्पू से नहाता है। विभाग इसकी डाइट पर रोज़ाना आठ सौ से हज़ार रुपए तक ख़र्च करता है। उसे प्रतिदिन तीन किलो ओट, दो किलो जौ, एक किलो चोकर, तीन सौ ग्राम मस्टर्ड ऑयल, पाँच सौ ग्राम सोयाबड़ी और सौ ग्राम गुड़ व चने खिलाए जाते हैं। मल्टी विटामिंस भी दिए जाते हैं। सेंटेड रेत में लोट लगाकर पसीने की बदबू को दूर करता है। उसकी बात ही निराली है। वो खिलाड़ियों से प्यार करता है। इतना घुल-मिल गया है कि खिलाड़ियों के हाथ से बिस्किट खाता है। कभी-कभी मसाज भी करवाता है। उसकी चमक में खिलाड़ियों के सपने झिलमिलाते हैं।

जिधर देखो, उधर घोड़े नज़र आते हैं। प्रतियोगिता के एक दिन पहले घोड़ों

का मेडिकल टेस्ट किया जाता है, जिसमें कुछ घोड़े फेल हो जाते हैं। जो पास हो जाते हैं, वे कुछ ज़्यादा ही हिनहिनाते हैं और जो फेल हो जाते हैं, उनमें से कुछ सिर झुकाए चल देते हैं, तो कुछ इस तरह हिनहिनाते हैं कि पक्षपात हुआ है।

जीत किसको अच्छी नहीं लगती। सबको अच्छी लगती है। फिर वो आदमी ने दिलाई हो या कि घोड़े ने दिलाई हो। जीत तो जीत होती है। जीत के बाद पूरे गाँव में मिठाई बँटती है। कूलर की साफ़-सफ़ाई होती है। जीत गए घोड़ों के लिए एसी लगाए जाते हैं। उनकी सुरक्षा का ख़ास ख़याल रखा जाता है। जो उनकी देखभाल करते हैं। उनकी चाल में इठलाहट आ जाती है।

यहाँ यह कहना मुश्किल है कि घोड़ों से आदमी हैं कि आदमी से घोड़े हैं। यहाँ जीत ही लक्ष्य है। जो जीतकर आता है, वो और ज़्यादा मेहनत करने लगता है कि और जीतना है। जो हारकर आता है, वो भी दोगुनी-तिगुनी मेहनत करता है कि अगली बार ज़रूर जीतना है। अष्टाचंगा, चपेटे, चौसर की जीत से ये जीत बहुत अलग है। ये ऐसी जीत है जिसको जीतने के लिए लाखों जीवन खेल-खेल में ही क़ुर्बान हो जाते हैं। खेल खेलना आसान नहीं है।

साई, 'द आइकॉनिक स्कूल' और 'घुड़सवार अकादमी' के तिराहे से एक और रास्ता निकला। ऐसा रास्ता जिसने हज़ार रास्तों को जन्म दिया। ये ज़रूरी नहीं कि जगर-मगर चीज़ों से चमचमाती चीज़ें ही पैदा हों। कई बार हम और जगहें जन्म किसी को देना चाहते हैं, लेकिन कोई और ही जनम जाता है।

उतार-चढ़ाव से भरी सड़क पर मैं एक पेड़ को देखते हुए दूसरे पेड़ के पत्ते गिनने लगी। ताज़गी से भरी सुबह में ठंडी हवा मन को भीतर तक छू रही थी। चिड़ियों की चहचहाट ने कानों को सुरीले संगीत से भर दिया। झुंड में उड़ते तोते कभी बैठते, कभी उड़ते हुए छोटी उड़ान को धीमा करते और फिर पेड़ पर बैठ जाते। फिर कुछ देर बाद लम्बी उड़ान भरते हुए आकाश को हरा कर देते। मोर जिन्हें देख मन मयूर हो नाच उठा। पेड़ की डालों पर नीलकंठ, सफ़ेद बगुले, कूकती कोयल, हरे-भरे झूमते पेड़। सूरज की किरणें हर एक चीज़ पर छा रही थीं। जो चीज़ सबके लिए होती है वो मन को कितनी अच्छी लगती है। ऐसा ही

और भी बहुत कुछ देखना चाहती थी। लेकिन कई बार हम देखना कुछ चाहते हैं, दिख कुछ और जाता है।

एक लड़की बारह या चौदह साल की साइकिल को लिए पैदल-पैदल चली आ रही है। सड़क पूरी तरह ख़ाली नहीं है तो पूरी तरह भरी हुई भी नहीं है। दो लड़के मोटरसाइकिल पर किनारे खड़े बातें कर रहे हैं और वो एकटक लड़की को देखे जा रहे हैं। लड़की कहीं नहीं देख रही है। अगले पहिए पर निगाह गड़ाए चुप चली आ रही है। वो सिसकियाँ भर-भरकर रो रही है। उसके रोने को समझते-समझते मैं उसको क्रॉस कर गई। थोड़ी दूर जाकर ख़ुद को रोका और फिर पलटकर देखा। उसे आवाज़ दी, लेकिन वो नहीं रुकी। मैं पलटी और उसके पास जाकर फिर उसे आवाज़ दी। वो फिर भी नहीं रुकी। साइकिल से उतरकर मैं भी उसके साथ पैदल चलने लगी।

"क्या हुआ? क्या हुआ?"

उसने कोई जवाब नहीं दिया और आगे बढ़ गई। उसके इस तरह आगे बढ़ने से हम लड़कों के पास पहुँच गए—"क्या हुआ?"

उन्होंने कहा—"नहीं मालूम। बस, रोए जा रही है।"

आगे बढ़ गई लड़की को फिर आवाज़ दी। इस बार वो रुक गई।

उसके एकदम पास जाकर पूछा—"क्या हुआ है? बताओ?"

प्रत्युत्तर में वो और ज़ोर से रोने लगी और रोते-रोते साइकिल की चैन को देखने लगी। उसने बहुत सस्ते और सादे कपड़े पहन रखे थे। साइकिल भी पुरानी और घिसी हुई थी। चेन को देखा तो माजरा समझ आया कि दुपट्टा चेन में फँस गया है। जिसको लेकर वो रो रही है।

"अरे बेटा, तुम्हारी जान बच गई। बच गईं तुम। ऐसे साइकिल चलाना बहुत खतरनाक है। अब कभी दुपट्टे को गले में ऐसे नहीं डालना। ये फंदा बन जाता है।"

इस बात से उसे कोई फ़र्क़ नहीं पड़ा। वो और ज़ोर से रोने लगी और बोली—"भैया मारेगा।"

"भैया मारेगा...?"

बम बहुत धीरे से फटा। वैसे ही जैसे दुपट्टा साइकिल की चैन में फँसा।

मोटरसाइकिल वाला लड़का अभी भी लड़की के रोने को एकटक देखे जा रहा था। वो रोने का कारण जानना चाह रहा था। एक अनसुलझी पहेली को

सुलझाने की कोशिश में वो कभी मुझे, कभी लड़की को, कभी साइकिल को और कभी सड़क को दूर तक देख रहा था। वो हर सिरे को पकड़ने की कोशिश कर रहा था। लेकिन कोई भी सिरा उसकी पकड़ में नहीं आ रहा था।

मैंने कहा—"भैया, चेन से इसका दुपट्टा निकाल दो।" अकबकाकर उसने चेन की ओर देखा और बोला—"कब से पूछ रहे थे कि क्या हुआ? कुछ बता ही नहीं रही थी। बहुत देर से खड़ी-खड़ी रो रही थी।"

लड़के ने हाथ से दुपट्टा निकालने की कोशिश की। इतना आसान नहीं था। वो बहुत बुरी तरह उलझा हुआ था। उसकी उलझन ने लड़की में फुरफुरी पैदा कर दी। वो सहम-सी गई। उसको देखते मैंने लड़के से कहा—"भैया, सँभालकर।"

लड़के ने दुपट्टे और चेन से सिर ऊपर उठाकर लड़की की ओर देखा। लड़की को कुछ ढाढ़स बँधे। इसलिए वो बहुत आहिस्ते से दुपट्टे को निकालने की कोशिश करने लगा। बहुत धीमे से पैडल को चलाते हुए किसी तरह उसे निकाल लेना चाहता था, लेकिन उसकी हर कोशिश असफल सिद्ध हो रही थी। उसकी उँगलियों के पोर काले हो गए।

सब कुछ के बाद थक-हारकर उसने गाड़ी से किट निकाली और पेचकस से दुपट्टे को निकालने लगा। लड़की सिसकते हुए एकटक दुपट्टे को निकलते देखती रही। बमुश्किल दुपट्टा चेन से निकला और वो किसी काम का नहीं बचा। ऑइल में लिथड़ा दुपट्टा तार-तार हो गया। दुपट्टे को देख लड़की की रुलाई बुरी तरह फूट पड़ी।

"भैया मारेगा। उसने साइकिल चलाने को मना किया था। भैया मारेगा, भौत मारेगा भैया?"

असमंजस ने सबको बुरी तरह घेर लिया—"अब क्या किया जाए? भैया की मार से बच्ची को कैसे बचाया जाए?"

सबके मन में यही ख़याल आ रहा है। कोई किसी से कुछ कह-सुन नहीं रहा। एक अजीब सी चुप्पी ने सबको घेर लिया। ठंडी-ताज़ी हवा भी जाने कहाँ गुम हो गई। यहाँ से वहाँ तक दूर-दूर तक सड़क को देखते मैंने पूछा—

"क्या करता है, तुम्हारा भैया? कितना बड़ा है?"

हिचकियाँ भरते उसने कहा—"भैया, बारहवीं क्लास में पढ़ता है।"

"और...?"

"और, और क्या?"

बहुत देर बाद उसने जवाब दिया—"साईं अकादमी में काम भी करता है।"

रोना बन्द नहीं हो रहा है। वो लगातार रोए जा रही है। उसको बहलाने की ख़ातिर पूछा—"अच्छा, ये दुपट्टा कहाँ से खरीदा था। कितने का है?"

मोटरसाइकिल वाला हाथ में पेचकश लिये लड़की और उसके तार-तार हो चुके दुपट्टे को देख गहरे अपराधबोध से घिरता जा रहा था—"मैडम, क्या करें। निकल ही नहीं रहा था। बहुत बुरी तरह उलझकर फँस गया था।"

"कोई बात नहीं। तुम थे तो निकल भी गया, वरना ये तो ऐसे ही फँसा रहता।" वो बेचारा अजीब सी मुश्किल में फँस गया। वो उसके रोने से दुपट्टे की तरह तार-तार हो रहा था। रोना कुछ ज़्यादा ही बढ़ता जा रहा था। हमसे बेख़बर वो रोए जा रही है।

"अरे, रोना तो बन्द करो भाई। देखो, अगर दुपट्टे जैसा हाल तुम्हारा हो गया होता तो? तब फिर क्या करतीं? अच्छा, कहाँ से खरीदा था, ये।"

"अम्मा लाई थी, कहीं से। हमें नहीं मालूम।" उसके शब्द भी रोने लगे।

जब रोना आए, तो जी भरकर रो लेना चाहिए। लड़की का रोना इससे अलग, बहुत अलग था। ये रोना ऐसा है, जिसे हर हाल में बन्द होना ही चाहिए।

कोई और रास्ता न सूझने पर लड़की से कहा—"सबसे पहले रोना बन्द करो और ये लो सौ रुपए।" ऐसा सुनकर वो रोई आँखों को मलने लगी। इतनी आसानी से तो बच्ची पैसे लेने से रही।

"नहीं, वो भैया मारेगा।" कह फिर जानलेवा सिसकियों का दौर शुरू हो गया।

अब मैंने तुरुप का पत्ता चला—"सुनो, तुम्हारा भैया जहाँ काम करता है न? वहाँ की सबसे बड़ी मैम हूँ मैं। तुम भैया से कहना कि वो साइकिल वाली मैम ने पैसे दिए हैं और फिर भैया तुमसे कुछ नहीं कहेगा। मैं उसकी मैम हूँ न? तो मेरा नाम सुनते ही वो तुमसे कुछ नहीं कहेगा। मारेगा भी नहीं। जाओ और जाकर नया दुपट्टा ले लेना और अब नहीं बोलना कि भैया मारेगा। नहीं मारेगा, जाओ।"

कुछ देर तक फिर ख़ामोशी छाई रही। फिर लड़की साइकिल से चली गई। सिसकियाँ हमारे पास पीछे छोड़ गई। मोटरसाइकिल वाले को मैंने धन्यवाद दिया—"भैया, तुम अच्छे आ गए। हमसे तो दुपट्टा निकलता ही नहीं।"

"बहुत देर से रो रही थी और बहुत बुरा रो रही थी। आप आ गईं, तो मेरी हिम्मत पड़ी पास आने की। चलो, अच्छा है। अब नया दुपट्टा ले लेगी।" कह हँसते हुए वह चला गया।

उसकी हँसी कह रही थी कि दुनिया का हर दूसरा आदमी बुरा नहीं है। लेकिन हथौड़े की चोट करता उस लड़की का रोते हुए उस तिगड्डे पर कहना कि 'भैया मारेगा' अभी भी कानों से गर्म हवा निकाल रहा था।

और भैया भी ऐसे तिराहे पर मारेगा जहाँ 'साईं', 'द आइकॉनिक स्कूल' और 'घुड़सवार अकादमी' हैं। ऐसे समय में जब स्त्री शक्ति का महापर्व नवरात्र चल रहा है, जगराते चल रहे हैं, लोग दुर्गा माँ से इसी तिराहे पर प्रार्थना कर रहे हैं—"बाजरे की रोटी खा ले माँ, हलवा-पूरी भूल जाएगी।" देवी मूर्ति की क्लोनिंग करने वाले हाथों में पंचभूत का मिश्रण होता, तो ये मूर्तियाँ संवाद करतीं, बोलतीं और अपने आकार से बाहर आतीं और भैया से कहतीं—"ऐ, ऐसे कैसे मारेगा तू। मारकर तो दिखा।"

इस 'भैया' का क्या किया जाए। ये भैया जो कि सिर्फ़ भैया होने से ही सारे अधिकार प्राप्त कर बैठा है। जो बहन को साइकिल नहीं चलाने दे रहा है। भैया की मार से बच्ची इतनी दहशत में है कि उसकी जान बच गई है। इसकी वो कोई ख़ुशी नहीं मना पा रही है। बल्कि इसके उलट साइकिल ख़राब हो गई है और उसमें उसका दुपट्टा फँसकर तार-तार हो गया है और अब—"भैया मारेगा।" घर में भैया का वर्चस्व है। पिता गाँव में है। माँ रात-दिन मजूरी करती है। भैया पढ़ाई के साथ छोटी-सी नौकरी करता है। जब-तब मन का कुछ भी न होने पर बहन को मारेगा।

बहन रोते-रोते कहेगी—आज भैया ने बहुत मारा या कल भैया बहुत मारेगा। स्कूल जाएगी, तो भैया मारेगा। साइकिल चलाएगी, तो भैया मारेगा। हँसेगी, तो भैया मारेगा। खुली हवा में बतियाएगी, तो भैया मारेगा। कोई स्वप्न देखेगी, तो भैया मारेगा। खिलाड़ी लड़कियों को देखकर दौड़ में हिस्सा लेगी, तो भैया मारेगा। घुड़सवारी करेगी, तो भैया मारेगा। आइकॉन बनने का सोचेगी, तो फिर भैया के साथ जाने कौन-कौन मारेगा।

मैंने झुककर साइकिल के पैडल को देखते हुए जूते की लेस को देखा। सोचा कहीं ये गोल घूमती चेन में न फँस जाएँ। मेरे भीतर बैठे भैया के हाथ भी कुलबुलाने लगे थे।

मैंने बहुत धीरे-धीरे साइकिल चलाई। रास्ते-भर लगता रहा, जैसे पीछे साइकिल पर वो लड़की अपने दुपट्टे को सँभाले हुए बैठी है। मुझे उस दुपट्टे को ज़्यादा बचाना है। लड़की को नहीं, साइकिल को बचाना है। ख़ुद को और लड़की को नहीं बचाना है, क्योंकि हमें तो कुछ होने से रहा। वैसे भी सिवाय भैया की मार के लड़कियाँ ख़ुद को बचा ही लेती हैं। इस भैया के एक नहीं, अनेक रूप हैं। यह अपने हर रूप में मारने खड़ा हो जाता है। क्या इस तरह सोचना सही है?

इस तरह नहीं सोचना चाहिए। सोचना ऐसे चाहिए कि—"देखें, ऐसे कैसे मारेगा, भैया? मारकर तो दिखाए? मारकर तो दिखाओ?" ये सोच ही भैया को मारने से रोकेगी।

मैंने लड़की से उसका नाम नहीं पूछा। आख़िर ऐसा कैसे हुआ कि मैंने उससे उसका नाम नहीं पूछा। क्योंकि वो रो रही थी। क्योंकि उसने बहुत पुराने और सादे कपड़े पहन रखे थे। क्योंकि वो साधारण सी थी। उसमें तीखापन नहीं था। वो निरीहता को अपने संग लिये फिर रही थी। वो बिल्कुल भी सुन्दर नहीं थी। नहीं, ऐसा कुछ भी नहीं है। इनमें से एक भी बात सच नहीं है। बात यह है कि 'भैया मारेगा' ने सब कुछ लील लिया।

मैं अक्सर पुलिया पर बैठती हूँ। वो हमेशा ख़ाली मिलती है। उस पर बैठना अच्छा लगता है। पानी में तानों की परछाईं चिड़ियों को लुभाती है। कभी-कभी पुलिया नीली चिड़िया के संग सन्नाटे का संगीत रचती है।

बारेलाल दादा की पुलिया को लेकर अपनी कहानी है। जिसे वो बड़े मजे से सुनाते हैं—"पहले जे जहाँ सड़क का नामलेवा ही नहीं था। कोई ने कभी सपने में भी नहीं सोची थी कि जहाँ सड़क बन जाएगी। कच्चे में ही सब आते-जाते थे। फिर देखते-देखते सड़क बनने लगी और बनते-बनते जे पुलिया बन गई। जिस दिन बनी, ठेकेदार भगता-भगता मेरे कने आया। मैं मजे से ढोर-बछेड़ू चरा रहा था। वो हाथ जोड़कर बोला—दद्दू, कल साहब लोग आ रहे हैं और तुमसे ही उम्मीद है। मैंने जा पुलिया बनाई है और तुम ही जा की रक्षा कर सकते हो।

मैंने कहा—"भैया, मेरे पे छोड़ दो सब। मोए ठेकेदार की कारस्तानी समझ में आ गई थी। मनो, उनकी लीला वे ही जानें। वाने ऐसी पूरे रस्ते पे एक नहीं, कई पुलिया बनाई हैं। दूसरे दिन जे लाइन से दस-बारह सफेद झक्क गाड़ी आईं, उनमें से एक से एक साहब लोग कागज-पत्तर ले के उतरे। मैंने दूर से देखो, वे सब पुलिया के अनगन घूम रहे थे। मैं लाठी लिये टेकते-टेकते, ढोर-बछेड़ू लिये अनजान बना उनके पास से सरकने लगा।

वे मुझे रोककर बोले—"ऐ... ऐ..., रुको। यहीं रहते हो? क्या नाम है तुम्हारा? तुम्हारे यहाँ पानी की क्या स्थिति है?"

"मैंने दईं लम्बी-लम्बी। अरे साहब, यहाँ तो इतना पानी भर

जाता है कि पूछो मत। सीहोर का और जाने कहाँ-कहाँ का पानी यहीं आकर इकट्ठा हो जाता है। हमरे ढोर-बछेड़ू बहने लगते हैं। घर डूब जाते हैं...।" इतनी सुनते ही गाड़ी से फटाफट काग़ज़ और फ़ाइलें निकलीं। धड़ाधड़ उन पे साहब लोगों ने लिखा-पढ़ी की और गाड़ियाँ आगे बढ़ गईं।

दूसरे दिन ठेकेदार आया ख़ुश-ख़ुश और दो हज़ार रुपये हाथ में रखते बोला—"दद्दू, तुमने बहुत बढ़िया काम किया। मेरे लाखों बचा लिए।" मैंने उसके पइसे उसी के हाथ पे धर दिए।

एक लम्बी साँस लेते आलथी-पालथी मारते बोले—"आज भी वो यहाँ से गुजरता है, तो रुककर हालचाल लेता है। चाय-पानी पिलाता है। बोलता है कि दद्दू मेरे लायक कोई काम हो, तो बताना। बहुत बड़ा ठेकेदार हो गया है। जे सबरी सड़कें वो ही बना रहा है। मैं उससे पइसे ले लेता, तो वो मुझे मँगता समझता और कभी भी दुआ-सलाम नहीं करता। अपन ने इज्जत कमाई है, पइसे नहीं कमाए।" उनके कहने और बैठने का अन्दाज़ बड़ा ही निराला है। पुलिया उनका भी ठिया है।

एक दिन देखा कि पुलिया के पास एक कार खड़ी है। दो बच्चे और पति-पत्नी कार से उतरकर पुलिया पर बैठ गए हैं। अब क्या किया जाए? ये लोग तो खाना खाने की तैयारी कर रहे हैं। पूड़ी-परांठे, आलू की सूखी सब्ज़ी, अचार, नमकीन, चिप्स के पैकेट, चाकलेट और कोल्ड ड्रिंक्स। पूड़ी-सब्ज़ी की ख़ुशबू हवा में तैरते हुए मेरे भीतर तक उतर गई।

अगर पुलिया पर इनके पास जाकर बैठ जाऊँ तो क्या ये मुझसे खाने के बारे में पूछेंगे? अगर वो कहेंगे कि—"आप भी थोड़ा सा कुछ लीजिए न।" तो क्या मैं संकोच छोड़कर बिना कोई शक किए थोड़ा-सा कुछ खा लूँगी। यह सब कुछ देखने, जानने, समझने के लिए मैंने साइकिल को कई झटके दिए। चेन को ख़ुद उतारा और चढ़ाने में जानबूझकर देर की, लेकिन ऐसा कुछ भी नहीं हुआ। मैंने ख़ुशबू से ही ख़ुद को तृप्त किया और इस उम्मीद में आगे बढ़ गई कि जब लौटूँगी, तो पुलिया मुझे ख़ाली मिल जाएगी।

वे कहीं जा रहे थे और थोड़ी देर के लिए रुके थे। फिर भी वे मुझे चुभ गए। उनका वहाँ रुकना, खाना और कुछ देर सुस्ताना। उन्हें इसका क़तई अहसास नहीं था कि वे किसी और की जगह पर बैठे हैं।

जब जगह ख़ाली हो गई, तो मैं बहुत देर तक ख़ाली जगह को ख़ाली आँखों से घूरती रही। अनमनी सी बहुत देर बैठी रही। फिर उस ख़ाली जगह पर मैंने अपना पेन छोड़ दिया। अब ये सारी रात मेरी नींद में गड़ेगा। उसे आख़िरी बार देखा और चूम लिया। इस उम्मीद में मुड़कर देखा कि कल फिर वो मुझे मिल जाएगा।

पुलिया पर पेन को छोड़ते हुए मेरी रुलाई छूट गई। वैसे ही जैसे जब लोग पिता को लेकर जाने लगे थे, तो मैंने दौड़कर पिता की छड़ी उनके बग़ल में रख दी थी। पिता कभी वापस न आने के लिए जा रहे थे। मुझे लगा बहुत दूर कहीं आसमान में टहलते हुए जब कभी वे हमें देखेंगे, तो छड़ी के बिना कैसे चलेंगे? उनके घुटनों में लचक है, जो कभी भी उन्हें गिरा सकती है। लेकिन जब दूसरे दिन भाई ने बताया कि छड़ी तो वहीं श्मशान घाट पर पड़ी है। ये सुनकर रुलाई मेरे कंठ में फँसी रह गई थी। पिता छड़ी के बिना कैसे हमें देखेंगे? पता नहीं, लोग ऐसा क्यों करते हैं? कभी न लौटने वाले आदमी को भी ढंग से विदा नहीं करते।

तालाब में धूल उड़ती है, तो किनारे पर जाते ही गला भर्रा जाता है। माहेश्वरी भाभी का भी भर्राता था। कभी वो चुपके में ज़ोर-ज़ोर से रोती थीं। मोहल्ले की सारी औरतों का उनके घर पर जमावड़ा होता और वो जितना रोना छिपाने की कोशिश करतीं, वो उतना ही फूटकर निकलता। भाभी के संन्यासी भाई सालों बाद अपनी बहन की ख़बर लेते कुछ दिन के लिए उनके घर आए थे। वे समवेत स्वर में कथा बाँचते और भाभी को छोड़कर सब भक्ति रस में लीन हो जाते। भाभी आँखों में आँसू भरे भाई को निहारा करतीं कि अबकी गया, तो जाने कब लौटेगा? विदा के वे क्षण भुलाए नहीं भूलते। भाभी की आँखों में हमेशा पानी भरा रहा। वो कैसे हिचकियाँ ले-लेकर रोई थीं, जब उनके भाई अपनी मंडली सहित उन्हें कलपता

छोड़कर जा रहे थे। गली के आख़िरी मोड़ से जब उन्होंने पलटकर अपनी बहन की ओर देखा, तब तक तो भाभी अपनी सुध-बुध खो चुकी थीं। मोहल्ले की सारी औरतें भाई-बहन के प्यार और विदा को जाने कितने दिनों तक याद करते हुए रोती रहीं। कई दिनों तक सबकी आँखें गीली रहीं।

सूखे तालाब में खुदाई से जो थोड़ा-बहुत पानी आया है। उसमें पानी के घर बन गए हैं। घर का यह तिकोना कितना सुन्दर है। मिट्टी के पहाड़, मिट्टी की मेड़ और पानी के घर! बारिश में पानी के ये घर पानी में बह जाएँगे।

शहर की वो नदी, जो किसी मानचित्र में नहीं है, जिसमें जब बाढ़ आती थी तो पूरा क़स्बा उसे देखने उमड़ पड़ता था। वे पेड़ जिनकी ऊँचाई आकाश नापने का भ्रम पैदा करती थी। जिनकी टहनियों पर हम लूम जाया करते थे। उन्हीं पेड़ों को जब पानी में डूबते देखते तो साँस हलक़ में फँस जाती थी। नदी के उतर जाने पर भी ऐसे चलते थे, जैसे पानी पर चल रहे हों। कई दिन तक टहनियों को न छूते। पेड़ के बग़ल से ऐसे बचकर निकलते जैसे वे हमें भी अपने साथ डुबा लेंगे। बारिश की आवाज़ सुनते ही आँखों के आगे उफनती नदी घूम जाती।

तालाब की तरह गलियाँ भी धीरे-धीरे ख़त्म होती जा रही हैं। वो दिन दूर नहीं जब सड़क पर लोग एक-दूसरे से रगड़ खाते हुए चलेंगे, तब शहर के सारे पागल मुस्कुराएँगे।

इस संसार से जाने कितनी चीज़ें नष्ट हो जाएँगी? जीती-जागती, साँस लेतीं सब एक दिन विलुप्त होती हुई प्रजाति में बदल जाएँगी। क्या, सचमुच एक दिन साइकिल भी नहीं बचेगी? सड़कों से, हाट-बाज़ारों से, मैदानों से, जीवन से एकदम अनुपस्थित हो जाएगी? सोचती हूँ कि जस का तस इसे काग़ज़ पर उतार दूँ। क्या, ऐसा सम्भव है? एकदम वैसे ही जैसे पहली बार शहर गया आदमी पराए शहर में अपने गाँव-कस्बे के आदमी को देख ख़ुशी में चीख़ पड़ता है। लिखते में यह ख़ुशी काग़ज़ पर छा जाए। कोरा काग़ज़ जीवन में कितनी उम्मीद पैदा करता है।

पानी की आस में बारेलाल दादा पुलिया पर बैठ सूखते तालाब को देख कितना सूखते होंगे? रामदुलारी बार-बार खेत की ओर जाती है। अम्मा जब-तब खेत से मुँह फेर लेती है। अब वो खेत को आँख भरकर देखती ही नहीं है। फिर भी उम्मीदें हैं कि थकने का नाम ही नहीं लेतीं।

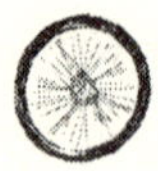

# मंडी में किसान

रात सपने में पेड़ कमरे के भीतर आ गया। सारी टहनियाँ बहुत हल्के से हिल रही थीं। चिड़ियों का झुंड कमरे का पूरा चक्कर लगाते हुए पेड़ पर बैठ गया। कत्थई गाढ़े रंग की पत्तियों पर झूलती वे धीमी आवाज़ में चहचहा रही थीं।

मैंने दीवार और खिड़कियों को टटोलकर देखा कि आख़िर भीतर आने की जगह न होते हुए भी ये सब कमरे के भीतर कैसे आ गए? पेड़ और कमरे के बीच बहुत ज़्यादा फ़ासला नहीं है। टहनियों और पत्तियों को खिड़की से हाथ बढ़ाकर लूमते हुए छुआ जा सकता है। चूमा फिर भी नहीं जा सकता। खिड़की से उसे इतने पास पाकर कई बार लगता है कि उसके गले लग जाऊँ। लेकिन अभी खिड़की और दरवाज़ा बन्द हैं और दीवार भी अपनी जगह पर है तो फिर ये कैसे हुआ कि पेड़ भीतर आ गया और चिड़ियाँ भी? सपने में सपना! वो भी इतना सच्चा कि सच उसके सामने सपना लगे।

टहनी पर झूलती एक चिड़िया एकदम पास आ गई। इतने पास कि उसने मेरी और मैंने उसकी साँसें सुन लीं। मैं उसकी साँसों को पहचान पाती कि दूसरी चिड़िया आँखों के ऐन सामने नाक पर बैठ गई। उसकी छोटी-छोटी आँखें बहुत बड़ी-बड़ी लगीं। वो एकटक मुझे देख रही थी। चिड़िया इतने पास जीवन में पहली बार आई!

“अरे, ये सब तो वही हैं, जो अम्मा के खेत में गेहूँ, चना, मक्का, ज्वार और बाजरा चुगती हैं। उड़ती हैं, बैठती हैं, फिर-फिर चुगती हैं।”

वे बोलीं—“हम सब खेत ही नहीं चुगते। देखो, कहाँ-कहाँ से, कैसे-कैसे हम अपना पेट भरते हैं।” कहकर सब एकदम से चहचहा उठीं, जैसे फ़सल लहलहा उठती है।

एक उड़ती हुई चिड़िया कान के एकदम पास, इतने पास कि मैंने चिड़िया

के कान पहली बार देखे। वो कुछ कह रही थी कि अचानक मेरी नींद खुल गई।

बहुत देर तक मैं आधी रात के उलझे तारों को सुलझाती रही।

बारेलाल दादा खेत से ही फुटकर में अनाज बेचते हैं। कहते हैं—"साठ-सत्तर बोरों को का मंडी लेकर जाओगे? खरचा कित्ता बैठेगा, बताओ? ट्राली किराए से लेनी होगी। हमको क्या बचेगा, फिर। हम तो फुटकर से ही काम चला लेते हैं। कोई चार बोरा, तो कोई दस तो कोई पन्द्रह। जिसको जैसी ज़रूरत हो, उस हिसाब से नाज ले लेता है। खेत और घर से ही फसल ठिकाने लग जाती है। लेकिन खेत उम्मीद जगा रहा है। हमने भी मेहनत में कोई कसर नहीं छोड़ी। केओ, अगर प्रभु ने सुन लई तो फसल मंडी में लेकर जाएँगे इस बार।"

सामने के तालाब को बहुत देर तक देखते रहे और धीरे से बोले—"जे खदान जावेद मियाँ भाई ने लीज पर लई थी। देखो कित्ते नीचे जाके पानी मिला! सात-आठ सालों से वे जा में मछली पाल रए थे। ज्यादा फायदा नहीं हो रहा था। एकाध साल से नुकसान में थे। पानी में ही मछली मर जाती थीं। अब वो इसे छोड़कर चले गए। सो, अपनी पानी की व्यवस्था बन गई। देखियो, इस बार आएगी भर के फसल।"

देखो, क्या होता है? कई बार जहाँ आपका देखना बन्द होता है। दुनिया वहीं से शुरू होती है। क्या, सचमुच उम्मीद की भैंस हमेशा 'पड़ा' ब्याहती है? अभी तो भैंस आने वाली है और दरवाज़ा टूटने-टूटने को है। अम्मा कहती है—"हरी खेती ग्यावन गाय, तब देखो जब अपने मौं-नो आए।"

वो बहुत दबी आवाज़ में बोलती है—"फसल को बार-बार नहीं देखना चाहिए। हमरी छोटी बाई रामदुलारी जे बात समझती ई नहीं है। जब देखो तब खेत पर आकर खड़ी हो जाती है और मुँह बाए फसल को देखती रहती है। ज्यादा उम्मीद से फसल भी घबरा जाती है। मनो, जे बात न तुमरे दादा समझते हैं और न वो नंदराम और न रामदुलारी।" कहते हुए वो फ़सल को ऐसे देखती है, जैसे हज़ार आँखों से उसे बचा रही हो।

रामदुलारी की बहुत इच्छा है कि इस बार वो मंडी जाए। उसे मंडी देखनी

है। मंडी के बहाने पूरी दुनिया देखनी है। ट्रैक्टर-ट्राली, बैलगाड़ियाँ, हज़ारों-हज़ार किसान और टनों अनाज! सबको एक साथ देखने का सोचते ही वो रोमांच से भर जाती है।

मैं उसे बताती हूँ कि गल्ला मंडी कैसी होती है?

वृत्तचित्र की शूटिंग और एडीटिंग पूरे सात दिन तक चली थी। एक-एक शब्द, एक-एक दृश्य और पार्श्व संगीत आज भी पाँचों इन्द्रियों को अपने घेरे में लिए रहते हैं। उसमें दाल-बाटी, बैगन का भरता और चूरमा के लड्डू भी बनते और खाते दिखाए गए थे। कैप्शन 'मंडी में किसान' के साथ पार्श्व स्वर सधा और खुला हुआ था।

"विदिशा यानी बेसनगर जो कि बेतवा और बेस नदियों के बीच बसा हुआ है। विश्व धरोहर साँची से दस किलोमीटर दूर इस नगर का भारत के प्राचीन नगरों में महत्त्वपूर्ण स्थान है। ईसा पूर्व पाँचवीं और छठवीं सदी में इस नगर की ख्याति व्यापारिक केन्द्र के रूप में रही है। ऐतिहासिक और पुरातात्त्विक दृष्टि से अत्यंत महत्त्वपूर्ण सम्राट अशोक की नगरी विदिशा से पचपन किलोमीटर दूर गंज बासौदा तहसील में बहुत बड़ी कृषि उपज मंडी है।"

दृश्य : मंडी में कैमरे को देखकर कोई भी बहका नहीं। वो पूरी मंडी में घूमता रहा और लोग अपने कामों में जुटे रहे। गेहूँ के बोरे भी टस से मस नहीं हुए। एक के ऊपर एक ठाट से खड़े वे गेहूँ के पहाड़ लग रहे थे। ट्रालियों की भीड़ में बैलगाड़ियाँ बड़ी ठसक से खड़ी थीं। फिर बहुत सारी औरतें एक लय में गेहूँ फटकती दिखीं। गेहूँ फटकने के सुरीले शोर के बीच रामदुलारी झट से बीच में बोल पड़ी—"इन्हीं को तो फड़वालियाँ कहते हैं।"

किसान—एक : "मंडी में शौचालय और पानी की व्यवस्था ठीक नहीं है। और जे का कहत हैं, हाँ जे फरस भी सही नहीं है। दाने भौत ज्यादा रह जाते हैं नीचे मंडी में।"

किसान—दो : "अरे भैया, इत्ते-इत्ते खच्चा पड़े हैं वा में, उनके बनियों की दुकान में। हम नाज समेट नहीं पा रहे और हम्माल अलग परेशान करत हैं।

और का जई परेशानी है इत-इत्तो नाज बचा लेते हैं, वे लोग। भरते नहीं हैं ढंग से वे औरें। अब बताओ किसान का करे? किसानों की तो भौत-ई आफत है। हर कोई वाए लूटवे ही ठाड़ो है।"

रामदुलारी—"अरे, बाप रे!"

किसान—तीन : "आप भैया, ये फड़ का हिसाब-किताब देखा जाए कि फड़ में कित्ता बर्बाद हो रहा है हमारा। दूसरे ये मंडी में किसानों के लिए इत्ती धूरा उड़ती है कि कोई ठिकाना नहीं है उसका और रात रुकने के लिए यहाँ पर कोई साधन नहीं है। मच्छर खाते हैं सो अलग, तमाम परेशानी आती है हम किसानों के लिए। दूसरी, वहाँ तौल के ऊपर ये देखा जाए हम्मालों से कि कित्ता नाज वे खींच के ले जाते हैं और कित्ता बर्बाद कर देत हैं। हम अगर किसी से शिकायत करते हैं तो हमारी कोई सुनवाई नहीं होती, किसानों की। क्योंकि गरीब किसान हैं, क्या सुनेगा कोई। इसलिए हमारी जे व्यवस्थाएँ बनें। पानी की, हमारे जहाँ रहने की, फड़ की, तौल के हिसाब बनें, हमारे। न पानी का हिसाब रहता है, न तौल का। पीवे को पानी तक तो है नहीं और तुम शौचालय की बात करत हो। अरे, हम तो कहीं भी बैठ जात हैं, भैया।"

इस बात पर रामदुलारी को बहुत ज़्यादा हँसी छूट गई। हँसते हुए—"ऐसी बातें भी पूछने की होती हैं क्या? हम लोग भी तो वहाँ उधर बैठते हैं।" वहाँ 'उधर' देखते हुए मैंने कहना जारी रखा।

किसान—चार : "समस्या जा है कि किसान खेत से तो सुविधा ला रहो है और इते असुविधा हो रही है। अगर अपन रोक रहे हैं कि भैया बोरा फैलाओ मति, फड़ पे कम डारो दाने, लेकिन वे हम्माल ऐसे खचोड़ रहे हैं कि का कहें, और अपन पे ताव बता रहे हैं जे पे के बोरा फेंक के चले जेएँ। जा हालत है दानों की कि कम से कम अगर दस बोरा हैं तो एक पसेरी तो रड़ी हालत में जाएगो ई जाएगो। एक पसेरी फड़ पे रह जात है दरारों में। अरे, तुम ख़ुद-ई देख लो, फोटू ले लो। जे देखो, जे पत्थर में कैसी दरारें बनाए हैं जे औरें। जे सब हम किसान की छाती पे मूँग दलत हैं। इत्ती असुविधा है कि साब, हमें अनाज समेटना मुश्किल हो रहा है।" रामदुलारी ने अपना हाथ मेरे हाथ पर रख दिया। उसके हाथ में हल्की सी कंपन हो रही थी।

किसान—पाँच : "और प्रत्येक किसान को अपनी ट्राली पे ही रहना पड़ता है। हम बड़े किसान तो हैं नहीं कि जहाँ बाजार में मकान होए हमारो। और का?

हम जहाँ मंडी में का बिछौना ले के आएँगे? सारी रात खटका में गुजारने पड़त है। पलक झपकी नहीं कि भड़ैये दो-चार बोरे गेहूँ गायब कर देएँ। और जो रस्ता एक घंटा का है न, वा में हमें तीन-तीन घंटा लग रहे हैं। हमरे बैलों के पाँव पिरा जात हैं। अरे, वे का कोई जीव नहीं हैं। तुम घंटा भर से ट्रैक्टर की रट लगाए हो, कौन जहाँ हर किसान के पास ट्रैक्टर-ट्राली धरे हैं?"

व्यापारी—एक : "सर्वप्रथम तो कृषि उपज मंडी के कैम्पस के अन्दर सबसे बड़ी समस्या धूल की है। आरसीसी नहीं है। निश्चित ही कृषकों का माल फैलता है नीचे और उठ नहीं पाता है। इसलिए हम ट्रालियों के पीछे कृषकों से निवेदन करते हैं कि तिरपाल वगैरह बिछाएँ, जिससे कि उनके गिरे माल को वापिस ट्राली में डलवाया जाए। दूसरी सबसे बड़ी समस्या है ट्रैफिक की। कृषि उपज मंडी ने गार्ड भरती किए हुए हैं कि इसके बावजूद कैम्पस के भीतर ट्रैफिक की व्यवस्था सही नहीं है। विधिवत ट्राली लगें, तो मंडी के भीतर और बाहर जाम नहीं लगेगा, बिल्कुल भी।"

व्यापारी—दो : "मंडी में तो सबसे बड़ी प्राब्लम धूल की है और मंडी कमेटी के कर्मचारी ठीक से नीलामी की बोली नहीं लगा पाते हैं, जिससे किसान बैठे रह जाते हैं और उनका गुस्सा भड़क जाता है। कई बार तो उनने गेट भी तोड़-ताड़ दिए हैं।"

सुनते हुए रामदुलारी एकदम से तन गई—"इतनी भीड़ हो जाती है कि लड़ाई-झगड़ा और धक्का-मुक्की भी हो जाती है?"

"हओ, हो जाती है।

मंडी अधिकारी : "नहीं, ऐसी कोई बात नहीं है। आप स्वयं जाकर देख लें। नहीं, नहीं। ऐसा नहीं है, इतना अनाज नहीं फैलता है, साब। हम यहाँ किसलिए बैठे हैं? इसीलिए तो बैठे हैं कि किसानों को कोई असुविधा न हो। पूरी मंडी में किसी भी तरह की ऐसी कोई अव्यवस्था नहीं है कि किसान परेशान हो रहा हो। किसान का नाज अगर फैलता भी है तो व्यापारी, कर्मचारी और हम्माल सब मिलकर उसका माल भरवा देते हैं। बासौदा मंडी में तो मंडी प्रशासन, व्यापारी, किसानों और हम्मालों में बहुत अच्छा सामंजस्य है और इसी कारण मंडी इतने अच्छे रूप में चल भी रही है। हमारे आगे प्रदेश की कोई मंडी ठहरती ही नहीं है।"

एंकर : लेकिन किसानों ने तो बहुत परेशानियाँ बताई हैं?

"अरे, क्या बात करते हैं आप कि किसान परेशान हैं? अव्यवस्था के शिकार हैं? चलिए, हमारे साथ चलिए। हम भी तो देखें कौन से किसान परेशान हैं? नहीं, नहीं। जरूर आपको कोई गलतफहमी हुई है। वो किसान हमारी मंडी के नहीं होंगे, क्या?" यह उसने ऐसे घूरकर कहा था कि एंकर सहित आसपास खड़े सभी लोग एकदम से सिटपिटा गए थे।

मंडी, अनाज, फड़, हम्माल, किसान और गायब होते अनाज के बोरों का हाल जानकर रामदुलारी की जैसे साँस रुक गई। फिर खेत की ओर देखते बोली—"मंडी जाएँ कि नहीं जाएँ?"

मैं कुछ कह पाती कि अम्मा ने एक लम्बी टेर लगाई। गाय मचल गई थी और वो छोटी बाई के अलावा किसी और से न सँभलती थी।

रामदुलारी ने दो बिजूका बनाए हैं। खेत के बीचोंबीच काला बिजूका दोनों हाथ फैलाए एक तरफ़ को झुका हुआ खड़ा है। ग़ज़ब की लय और लोच के साथ उसका तिरछापन देखते ही बनता है। जितनी दूर से देखो, उतनी ही थिरकन बढ़ती दिखती है, पास से देखो तो हँसते हुए टेढ़ापन दिखता है। ख़ुशी से दोहरा होता हुआ एक पाँव पर खड़ा बिजूका। वहीं सफ़ेद साड़ी में एकटक सामने की ओर देखती हुई बिजूकी शान्त, स्थिर चित्त है। दादा कहते हैं—"छोटी बाई कलाकार है। वाके जैसे बिजूके हर कोई नहीं बना सकता है। तुम आसपास के सबरे खेतों में देख लो, छोटी बाई के से बिजूके कहीं और नहीं दिखेंगे। उसकी बात ही अलग है। धुनी है वो और मेहनती भी।"

गेहूँ की फ़सल पर उनकी थिरकन देखते ही बन रही है। अम्मा कहती है—"नंदू और छोटी बाई ने बहुत मेहनत की है, इस बार। दोई भाई-बहन रात-दिन लगे रहे हैं। पूरी-पूरी रात खेत पे गुजारी है दोइयों ने। मेरे बच्चों की मेहनत से इस जमीन में प्राण आए हैं।"

फिर वो एकदम से तमतमा जाती है—"मनो, मेरी फसल जलकुकड़े, नासपीटों की आँखों में आ रही है। ठहरो तनक, किसी दिन ज्यादा दिमाग खराब हो गया तो मिरचें फूँक दूँगी, इनकी आँखों में।"

इस बात पर दादा हँस पड़ते हैं—"हट, फालतू की बात करती है, बड़ी बाई। अरे, ये तो अन्नदाता है। इसको क्या फरक पड़ता है और तुम कौन होते हो इसको बचाने वाले। वो इस जगत को पाल-पोस रहा है। हजार क्या, करोड़ों आँखें उसे देखती हैं। वो सबसे पार पा जाता है। उसी ने तो किसान को इतना बड़ा कलेजा दिया है।"

काला बिजूका और सफ़ेद बिजूकी!

मुझे रामदुलारी को 'मंडी में किसान' के बारे में बताना चाहिए था कि नहीं। जाने, वो क्या सोचती होगी? वो कभी मंडी नहीं गई और मैंने उसे अपनी देखी मंडी दिखा दी। इस सोच के चलते बहुत ज़ोर लगाकर साइकिल को गति दे सकी।

'मंडी जाएँ कि नहीं?' रात-दिन ये वाक्य कील-सा चुभता है। उसकी बेचैनी और उम्मीद हलक़ को सुखाती है। मंडी में परेशान हो रहे किसानों को देखकर क्या फ़सल की आस छोड़ देनी चाहिए? मैं तो रामदुलारी को वृत्तचित्र इसलिए दिखा-सुना रही थी कि वो मंडी जाए तो सावधानी बरते।

किसान! भारतीय किसान! क्या है? कैसा है? कौन है? किसान होने के मायने क्या हैं? आँखों के आगे अब तक के देखे किसान घूमने लगे।

कचहरी के चक्कर लगाता, पानी की आस में प्याऊ के लिए दर-दर भटकता। मंडी में बोरों से लदी गाड़ी की चौकीदारी करता, बाद भी इसके दो-चार बोरे गेहूँ गायब हो ही जाते हैं। तौल काँटे पर गिद्ध-सी निगाह लगाए तिस पर दंडी मरती हर बार। चारों ओर खेती-किसानी की बातें दब जाती हैं जिसमें उसकी कराह। शोरगुल ऐसा कान-फोड़ू कि हाँ बदल जाती है ना में। गाँव में लहकता गरजता गाय बछेड़ू को गरियाता, बाखर और अटारी में बमुश्किल खीसे से पैसे निकालता, चमड़ी जाए पर दमड़ी न जाए की तर्ज़ पर और बाज़ार में उलट जाती पूरी जेब, लुटा-पिटा अगली फ़सल की आस में गाँव को लौटता, ये हमारे समय का किसान है, न कि किसान का समय है ये।

जब शहर सो चुका होता है और किसी खिड़की से रोशनी झाँकती दिखती है, तो एक कौंध पैदा होती है—खिड़की के भीतर क्या? छनकर आती रोशनी के भीतर का जीवन रोमांच, अकुलाहट और जिज्ञासा पैदा करता है। एक उम्मीद से भरी बेचैनी मन पर छा जाती है।

आधी रात को भटकते पागल भी बहुत अपने लगते हैं। उनके भीतर झाँकने को मन करता है। ऐसा क्या छूट गया है? ऐसा क्या बनाना चाहते हैं या क्या ढहा देना चाहते हैं? ऐसा भी हो सकता है कि 'ये दुनिया अगर मिल भी जाए तो क्या है' की सोच ने उन्हें उन्मुक्त कर दिया हो। पागल भी चाँद से बहुत प्यार करते हैं। वे भी चाँद के पास जाना चाहते हैं। जब कभी साइकिल की चैन उतर जाती है, तो ऐसा लगता है कि किसी एक दिन सब फ़क़ीर हो जाएँगे।

तारों-भरी रात और बिना तारों वाली रात। पत्तों वाला पेड़ और बिना पत्तों वाला पेड़। बहती नदी और सूखती नदी। एकदम भरे हुए पेट और एकदम ख़ाली पेट। बुद्धि की अधिकता और बुद्धि की न्यूनता। हज़ार रूप, हज़ार बिम्ब आँखों के आगे घूमते हैं। हर किसी के लिए जीवन के मायने अलग हैं। जीवन में संघर्ष है और संघर्ष का अपना सौन्दर्य है। जिस तरह सारे उजाले अच्छे नहीं होते, उसी तरह सारे अँधेरे बुरे नहीं होते। कोई पूछे कि जीवन क्या है? नदी में उतरकर पानी पर लिखूँ जीवन...! निठल्लों को भी अपना हुनर दिखाने का मौक़ा मिलना चाहिए।

पानी पर जितना लिखती हूँ, उतना ही मिटता जाता है। कोई और नहीं, पानी पर लिखे को पानी ही मिटाता चलता है। यह लिखना और मिटाना जीवन है।

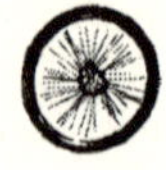

# चक्की

कहने के लिए एक पूरा जीवन चाहिए। जब जीवन ही अधूरा हो तो?

चक्की बिक चुकी ज़मीन को अपनों की आँखों में ढूँढ़ती फिरती है। समय पर दवाइयाँ नहीं लेती है। खाना भी नहीं खाती है। घर में मात्र दो जन हैं। एक वो और दूसरे पतिदेव। पतिदेव ने तो ख़ुद को ताश के पत्तों में रमा लिया है। दिन-रात पत्ते फेंटते हैं और छककर पीते हैं—"का रखा है जमीन-जमीन करने में। अरे, गई तो गई। का, उसके साथ हम-तुम भी चले जाएँगे और हम तो सौ टके की एक बात जानते हैं कि 'जिसने दिया तन को, वही देगा कफन को' लेकिन बहन जी कहाँ मानती हैं। वो बार-बार माँ के पास आती हैं या अपनी बेटी के पास। उसकी ज़मीन का नरा यहीं कहीं गड़ा है। सब उसको समझाते हैं। वो चुप होकर सुनती है। सुनते-सुनते लुढ़ककर आँखें बन्द कर लेती है।"

एक दिन बोली—"घर में हमको वहाँ बुरा लगता है। मन नहीं लगता है। दिन भर पड़े-पड़े जी उचट जाता है। दुनिया भर की बातें हमको चीथती हैं। आँखों के आगे जाने क्या-क्या घूमता है।"

उसकी इस बात पर बड़ी जीजी तमग गई। तमतमाते हुए बोली—"बेटी के घर कब तक रह लेगी तू। और तुम्हारे बेटा-बहू भी तो हैं।"

"हाँ। मनो, वे हमरे साथ रहना ही नहीं चाहते हैं। वो तो कब के अलग हो गए। कहते हैं कि तुमने हमारे लिए क्या किया है?"

इस बात पर उसकी बेटी कविता उबाल खा गई—"देख लो, आज अगर तुम्हारे लड़का न होता तो पूरा खानदान हाय-हाय कर रहा होता कि लड़का होता तो ये दिन न देखना पड़ता और अभी भी मेरे यहाँ भैया की ही रट लगाए रहती हैं। पन्द्रह दिन भी नहीं होते कि इन्हें भैया की याद आने लगती है। मेरे घर पर भी ठीक से नहीं रहती हैं। आठ दिन बाद ही जाने की रट लगाना शुरू कर देती हैं। कहीं पापा की चिन्ता करने लगती हैं, तो कभी भैया को हीड़ने लगती

हैं। घी देखकर ही इन्हें भैया की याद आने लगती है और वो हैं कि इनके साथ ही नहीं रहना चाहते हैं।"

कविता भी द्रुतगति की रेलगाड़ी है। एक बार जो चली, तो छोटे-मोटे स्टेशन पर रुकती ही नहीं है—"इन्हें कम मत समझना। छोटे में यह मुझे चिढ़ाते हुए कहती थीं कि तुम अपने घर में चुपड़ी रोटी और मलाई वाला दूध पीना। जैसे मुझे ये बहुत बड़े जागीरदार के यहाँ ब्याहने वाली थीं और अभी तो यह पापा से बहुत लड़ाई करती हैं। लेकिन जब पापा ने मेरी पढ़ाई बन्द कराई थी, तब तो नहीं लड़ीं उनसे। अकेले में रोती रहती थीं, मेरी किताबें देख-देखकर। लेकिन पापा से लड़वे की हिम्मत नहीं थी इनमें। मैं तो खूब लड़ी थी पापा से और पापा ने मेरी बहुत धुलाई भी करी थी। नाना कक्का की वजह से मैं बारहवीं कर पाई। मेरा रिजल्ट भी नहीं आ पाया था कि मेरी फटाफट शादी कर दई।"

पानी पीने के लिए प्लेटफार्म पर रुकी और तुरत चल पड़ी—"चलो, जो हो गया, सो हो गया। अब तो अच्छे से रहो। मेरे साथ रहो। जरा-जरा में तो इनका दिमाग फिरता है। आते ही साथ कहने लगती हैं कि लड़की के घर में कित्ते दिन रह पाएँगे।"

बड़ी ज़ोर का कूका मारते हुए—"अच्छी मुसीबत है। हमारी तो सुनती नहीं हैं। मौसी, आप लोग ही समझाओ। आपकी बहन आपसे ही समझेंगी। हम तो थक गए।" अचानक बिना सिगनल के गाड़ी रुक गई।

अब आँखें नचाते हुए चक्की बोल पड़ी—"देखो, हमारी जमीन के चले जाने से हमें कित्ती बातें सुननी पड़ रही हैं।" उसकी इस बात ने कविता की खड़ी गाड़ी को झटके से आगे बढ़ा दिया।

"मौसी, मैं इन्हें ताड़ती रह जाती थी। जब मेरे आँसू टपक जाते थे, तब यह मुझे मलाई देती थीं, वो भी हँसकर। कहतीं कि मैं तो देख रही थी कि तू कब तक सब्र कर सकती है। भैया मुझे चिढ़ाता था। हर चीज पहले उसे मिलती थी, बाद में मुझे। ये देती सब कुछ थीं, लेकिन टुँगा-टुँगाकर। पापा को तो किसी से कोई मतलब था ही नहीं। वो तो अपनी मस्ती में मस्त रहते थे।"

धड़धड़ाती ट्रेन सायं, सायं, सायं—"ये शुरू से ही ऐसी हैं मौसी। (यह सब कितना मजेदार और पीड़ादायक है कि उसकी बेटी उसकी ही बहनों को उसके बारे में बता रही है) अब कुछ ज्यादा गुमसुम हो गई हैं। अकेली पड़ गई हैं। भैया को कोई मतलब है नहीं और पापा भी ज्यादा बात नहीं करते हैं। मौसी,

इनको न नानी को शुरू से ही चंट कर देना था। जब भी ये गुमसुम होतीं, नानी इनकी चुटिया खींच देती, तो यह टंच हो जातीं। अब देखो, बड़ी मौसी कितनी होशियार हैं। कौन कह देगा कि ये सगी बहनें हैं। मेरी मम्मी उन्हीं को होना था। मेरा सब कुछ बड़ी मौसी ने किया है। इनने क्या किया है? भरी दुपहरी में सोने से इन्हें फुर्सत कब मिली है। अब जमीन की रट लगाए बैठी हैं। न खुद चैन से रह रही हैं, न दूसरों को रहने दे रही हैं। बताओ?"

अचानक उसने ट्रेन की चैन खींच दी—"अभी आप क्या समझ रहे हो? मैं गर्मियों की छुट्टियों में घर जाती हूँ तो उस पर भी ये एकदम से सनक जाती हैं। घर देख के आओ आप लोग, इनका। तब समझ आएगी आपको अपनी बहन।"

सबके भीतर सनाका खींचते बोली—"अरे ये अभी भी मेरे से बहुत खुड़ती हैं। गर्मियों की छुट्टियों में जाकर घर की साफ-सफाई करती हूँ तो मेरे से खूब लड़ती हैं। क्या कहती हैं कि तुम हमरे घर की पोल ले रही हो। अब बताओ, कोई ऐसे कहता है क्या? अब, दो-चार डिब्बे और लोहे की एक पलंग पेटी के अलावा इनके घर में है, क्या? मौसी, जे दाल डिब्बों में न रख के खुले में रखती हैं। बर्तन भी सही ढंग से नहीं जमाती हैं। दुनिया भर का बड़बड़ाती हैं, सो अलग। इनसे कबाड़ फेंकते ही नहीं बनता है। अपना दिमाग खराब करके खुद भरी शाम में सो जाती हैं। न खाने की चिन्ता और न बनाने की चिन्ता।" सबने चक्की और कविता को एक साथ देखा। वे दोनों भी एक दूसरे को कुछ ज़्यादा ही घूरने लगीं।

बड़ी जीजी का पारा चढ़ गया—"काए, चक्की। तू हर आठ दिन में मौड़ी के घर धमक जाती है। अच्छा लगता है का? बताओ ?

"नहीं अच्छा लगता। बिल्कुल अच्छा नहीं लगता।" इस बीच चक्की के चेहरे और हाथों पर सूजन चढ़ आई थी।

"अच्छा, तुम्हारे घर में कोई रह सकता है, क्या?"

"नहीं।"

"फिर तुम क्यों ऐसा कर रही हो? रहो अपने घर में।"

अब वो चिढ़ गई—"अरे, हम तो अनपढ़ हैं और हमरे पास कच्छु भी नहीं है। मनो, तुम औरें तो पढ़ी-लिखी हो। जाके लाने चले आते हैं कि कछु तो समझोगी तुम औरें। पढ़े-लिखे गँवार हो तुम सब।"

सब जोर से हँसे—"मार डाला। चक्की जीजी ने एक साथ सबको मार

डाला।" बहुत दिनों बाद वो भी पहले की तरह हँसी। उसे हँसते देख सबको अच्छा लगा। फिर देर तक हँसती और बातें करती रही।

काश, सब कुछ पहले की तरह हो जाए। पहले की तरह वो बारिश में भीगने लगे। ओलों के गिरने पर माँ से झूम जाए और कुछ देर बाद उन्हें गटकने लगे। इतना ही नहीं पहले की तरह ओलों को सबके कुरते के भीतर पीछे से डाल दे और फिर घर में देर तक धमाचौकड़ी मचे। संतरे के छिलकों को पहले की तरह धोखे से सबकी आँख में निचोड़ दे। इसी बहाने जीवन में थोड़ा-बहुत रस तो आएगा।

अभी तो कल उसे लेकर अस्पताल जाना है। उसकी थाइरॉइड की जाँच होना है। डॉक्टर कहते हैं कि उसके दिमाग़ में कुछ गड़बड़ है। दिमाग़ की दवाएँ शुरू होनी हैं ताकि वो कुछ सोचे ना और बरहमेश नींद में रहे। यही उसके लिए और दूसरों के लिए बेहतर है। ऐसा डॉक्टर कहते हैं।

वो 'एंग्ज़ायटी डिसऑर्डर' की शिकार हो गई है।

चक्की आकाश और चाँद-तारे नहीं देखती। एक बार वो लम्बे समय तक अनमनी और उदास रही। मैंने कहा—"मन को खुश रखा करो।"

वो आँखें मटकाते बोली—"कैसे।"

उसकी मटकती आँखों में झाँकते मैंने तुरत कहा—"पेड़ को देखा करो। चाँद को देखना तो तुम्हें अच्छा नहीं लगता है। एक काम किया करो, तारों को गिना करो।" वो टपर-टपर देखे जा रही थी। मुझे ही याद आया कि गिनती गिनने से उसका सिर दुखने लगता है।

सामने के हरे-भरे पेड़ को दिखाते हुए मैंने कहा—"अच्छा। देखो, इस पेड़ को देखो। कैसा लग रहा है?"

चक्की ने आँखें फाड़-फाड़कर पेड़ को देखा और बोली—"कुछ ज्यादा ही हरा है और मोटा कितना है।"

"अरे, खुश होकर थोड़ा मन से देखो। हरेपन के साथ और भी चीजें दिखेंगी। सच में, तुम्हारा मन खुश हो जाएगा। फिर तुम्हें दवाइयाँ भी लगने लगेंगी।"

अपनी गहरी पलकों को कुछ देर झपकाती रही। फिर ज़ोर-ज़ोर से आँखों को मलते हुए—"हमको तो नीम, पीपल और आम के पेड़ अच्छे लगते हैं। जे का जाने कहाँ-कहाँ के पेड़ आ गए हैं। हमें तो इनके नाम भी नहीं मालूम।"

इस बार वो कई दिनों से अस्पताल में भरती है। उसका थाइरॉइड बहुत ज़्यादा बढ़ गया है। एक दिन उसने ग़ुस्से में सारी गोलियाँ नाली में बहा दीं। कई महीनों से न कुछ खा रही है, न कुछ पी रही है। सूखकर काँटा हो गई है। दस घंटे की नींद लेने वाली चक्की कई रातों से सोई नहीं है।

वो एकदम से चुप हो गई और आँखें मूँदकर लेट गई। मुझे समझ आ गया कि वो सो नहीं रही है, बल्कि सोने का नाटक कर रही है। मैं उसे एकटक देखने लगी। बहुत देर तक देखने पर वो थोड़ा सा मुस्कुराई—"अरे, यार जी। तुम हमें ऐसे मत देखो।"

मैंने उससे लगभग लूमते हुए कहा—"अच्छा बताओ, तुम समय पर दवाई और खाना क्यों नहीं खाती हो?"

वो कुछ सोचते हुए बोली—"ऐसे ही मन नहीं करता। कुछ भी करने का मन नहीं करता। खाने का भी और नहाने का भी मन नहीं करता। बस ऐसा लगता है कि...?"

"क्या, क्या लगता है? तुम्हें कोई परेशानी है, क्या? जीजाजी की तरफ से?"

वो बिल्कुल भी खुल नहीं रही थी। उसने फिर आँखें मूँद लीं। मैंने उसे झिंझोड़ते हुए कहा—"ओ, पत्ता गोभी। कुछ तो कहो।"

"हमारा मन ऊब गया है। अब हमें कुछ भी अच्छा नहीं लगता है।"

"तो फिर एक काम करो। तुम बागबानी किया करो। पेड़ों को पानी दिया करो। उनसे बातें किया करो। तुम्हें बहुत अच्छा लगेगा। सच में उनसे अच्छा कोई साथी नहीं होता।" मैं अपनी रौ में बोले जा रही थी कि देखा चक्की की आँख की किनार से एक बूँद भर आँसू ढुलका।

आँखों में आँसू भरे वो मुस्कराने लगी। चक्की इतनी देर से मुझे बहला रही थी, जबकि मैं समझ रही थी कि मैं उसे बहला रही हूँ। उसे ड्रिप लगी हुई थी। बोतल से गिरती बूँदों को देखते बोली—"तुम्हें मालूम चली?"

"का?"

"हमरी जमीन बिक गई। पच्चीस बीघा तो पहले ही बिक गई थी। पन्द्रह बीघा बची थी। वो भी छह महीने पहले चली गई। बाग-बगीचा और पेड़ों को

देखकर ऐसा लगता है कि कोई चीज भीतर फँस गई है, जो निकाले नहीं निकल रही है।" उसका गला अकड़ गया—"बताओ, का है हमरे पास? न घर है, न खेत है और तुम सब लोग कहते हो कि हँसा करो। जबरन कैसे हँस देगा कोई। सबके पास सब कछु है। एक अकेले हम ही हैं नंगे-बूचे।"

वो लगभग रुआँसी हो उठी—"अब तुम-ई बताओ। तुमरे जीजाजी का काम करते हैं। अरे, खुद की जमीन और घर-द्वार कौड़ियों के भाव चली गई और इते हम बिना घर-द्वार के मारे-मारे फिर रहे हैं। सोचो, का है हमरे पास? कछु भी तो नई है। और हम कोई इंदौर में थोड़ी ना रह रहे हैं भौत दूर है हमारा घर। रेलवे स्टेशन से घर पहुँचने में घंटा-दो घंटा लग जाते हैं।"

"कहाँ है, तुम्हारा नया घर। इंदौर में कौन सी जगह, चक्की जीजी।"

अब वो नक्शा समझाने लगी—"बिचौली मर्दाना में, भोपाल इंदौर हाई-वे पे है। स्टेशन और बस स्टैंड से तेरह-पन्द्रह किलोमीटर तो होएगा ही होएगा पक्के में। अरे, आवे-जावे में भौतई दिक्कत होती है। हम तो आज तक रजवाड़ा और सर्राफा नहीं गए।"

"क्यों? क्यों, नहीं गई। बढ़िया गरम-गरम आलू की कचौरी और पोहा में शक्कर डाल के खातीं। या फिर सेव-टमाटर की सब्जी...।"

"अरे, वो 'खाऊ गली' में हमको कुछ भी खाना अच्छा नहीं लगता है, जी।"

इसी बीच नर्स आ गई। डॉक्टर के आने का समय हो रहा था। वो उससे बोली—"क्या पूरे समय चुप-चुप रहते हो। हँसा-बोला करो।" फिर मेरी ओर देखते हुए बोली—"कौन है ये? तुम्हारी बहन है? छोटी कि बड़ी?" वो मुझसे नहीं, चक्की से पूछ रही थी।

चक्की कुछ सोचने लगी। सोचते हुए उसके चेहरे पर सुकून और ख़ुशी छाने लगी। वही पहले-सी हँसी। आँखें अभी भी उतनी ही सुन्दर हैं, हँसती और बोलती हुईं। लेकिन उसका ताँबई रंग ज़रूर उतरने लगा है।

"पहले अच्छे थे अपन सब, जब तक कक्का के साथ थे। छोटे में कित्ते खुश थे न सब। कोई बात की चिन्ता नहीं। कितनी बातें करते थे। फिर कक्का झूठ-मूठ में चिल्लाते थे कि पूरी रात जगोगे का रे? अपनी बातें खतम ही नहीं होती थीं। बाई को कित्तो सिर दुखत थो अपनी बातों से। कक्का की तो बात ही अलग थी। कितना समझाते थे कि पढ़-लिख लो। तब उनकी बात मानी होती, तो आज ऐसे हाल में न होते। अब पछताए का होत। कक्का आज होते तो तुमरे

जीजाजी को जमीन थोड़ी न बेचने देते।" जाने कितने दिनों से उसे पिता की याद आ रही है। लोगों को अपनी ओर देखते उसे अहसास हुआ कि आसपास के मरीज और नर्सें कान लगाए उसी को सुन रहे हैं।

अब वो फुसफुसाने लगी—"दूसरों की बातों पे कान धरना कित्ती बुरी बात होती है। है न? अपन को अच्छा बाई ने छोटे में ही सिखा दिया था कि दूसरों की बातों पर कान मत धरो।" फिर उसने चादर से ख़ुद को ढक लिया।

कुछ देर बाद मुँह उघाड़ते बोली—"अस्पताल में तो भौत पैसा लग रहा होगा? तुमरे जीजाजी जहाँ-तहाँ भटक रहे होएँगे। नरेन्द्र के पास भी पइसा नहीं है। जरा-सी तो तनख्वाह है उसकी। वो भी जैसे-तैसे अपनी गृहस्थी चला रहा है। हम नहीं पढ़े तो हमरे मौड़ा-मौड़ी भी नहीं पढ़े। अब अस्पताल के पइसा कहाँ से आएँगे? तुम तो हमारी छुट्टी करवा दो और अपने घर ले चलो। फिर ख़बर कर देना तो वे आकर हमें ले जाएँगे। तुम अपने घर ले चलोगी न हमें?"

कहते हुए उसने बहुत कातर निगाहों से मेरी ओर देखा। इतनी कातर निगाहों से कि मुझे ख़ुद पर शर्म आने लगी कि आख़िर उसे यह भरोसा क्यों नहीं हो रहा है कि वो मेरे घर चल सकती है? कुछ कहे बगैर मैं एकटक उसकी ओर देखने लगी। वो भी मुझे एकटक देखते बोली—"अब हममें और तुममें बहुत फर्क है। कोई विश्वास ही नहीं करेगा कि अपन सगी बहनें हैं।"

वो कुछ और कहती कि डॉक्टर साहब आ गए। पूरे चैकअप के बाद उन्हें समझ आ गया कि उसका बहकना शाम के ढलते और बढ़ेगा, फिर उसे सँभालना मुश्किल हो जाएगा। वे नींद का इंजेक्शन लिखकर चले गए। नर्सों ने तसल्ली की साँस ली।

पिछली ही रात वो बहुत ज़्यादा बहक गई थी। पलंग से उठकर दरवाज़े की ओर भाग रही थी। 'हमें अपने घर जाना है' की रट सारी रात लगाए रही। पूरे वार्ड में किसी को भी सोने नहीं दिया था।

"कौन से घर जा रही थीं रात में, चक्की जीजी।"

जब सुबह उससे पूछा तो बोली—"ये सब हमको पागल समझ रहे हैं। अरे, थोड़ा बाहर घूमने का मन कर रहा था। एक ही जगह इस पलंग पर रहते-रहते मन ऊब गया है। सोचा, थोड़ी हवा खा आएँ। सड़क पर चल लेते थोड़ी देर। हमको जाना था।"

"कहाँ जाना था तुमको, वो भी आधी रात में। कोई पकड़ लेता तो? कुत्ते पीछे लग जाते फिर क्या करतीं, बोलो।" वो कुत्तों से बहुत डरती है।

"अरे, अब हमें कुत्तों से डर नहीं लगता। समझ गए हम, उनको। वे जबरन भौंकते हैं। हम तो हाथ में पत्थर उठा लेते हैं, सोई वे भग जाते हैं।"

"तो रात में स्टेशन जा रही थीं, का? ट्रेन से मुंबई जा रही थीं कि बस से।"

"बंबई काए को जा रहे थे। अपने गाँव जा रहे थे, पटेल के पास। हमको उससे अपनी जमीन और घर लेना है। उसी को बेच दई तुमरे जीजाजी ने। उसी से कहेंगे भैया, हमको हमारी जमीन लौटा दो। देखना, हमरी बात मान जाएगा वो। दे देगा हमको सब कुछ।"

अचानक से उसने ड्रिप की सुई को ज़ोर से खींच दिया। खून बाहर आने लगा। वो नर्स पर ज़ोर से चिल्लाई—"हटाओ, तुम अपनी जे अटरम-सटरम। हमको जाना है।" घबराते हुए मैंने ज़ोर से उसके मुँह और हाथ पर अपने हाथ रख दिए। जितना अभी बोल रही है, उतना तो कभी बोलती ही नहीं थी।

उसे फिर से इंजेक्शन दे दिया गया। सिस्टर ने अब मुझसे पूछा—"कौन है? यह तुम्हारी बहन है?"

मैंने चक्की के पीले-जर्जर हाथ को अपने हाथ में लेते हुए 'हाँ' में सिर हिलाया। अब मुझे रोना आ रहा था और बहुत कसकर पिता की याद आने लगी थी। इसी अगस्त के महीने में वो सबको छोड़कर चले गए थे। उनके अन्तिम समय में चक्की ने ट्रेन से लगभग कूदते हुए बहुत तेज़ दौड़ लगाकर घर पर आकर साँस ली थी और जा चुके पिता पर दहाड़ें मारते हुए गिर पड़ी थी। उसने पिता को बिल्कुल वैसे ही गोद में उठा लिया था, जैसे पिता हमेशा उसके बच्चे को गोद में उठाए फिरते थे—"कक्का, मत जाओ। मत जाओ, कक्का। हमरो का होएगो, अब।" बड़ी मुश्किल से लोगों ने उसे पिता से अलग किया था।

पिता को भी शायद पता था कि उनके जाने पर हम सब बहुत रोएँगे। वे भी आधी रात में नहीं गए। सुबह गए ग्यारह बजे और चक्की आई दौड़ते-भागते दोपहर के ढाई-तीन बजे। पिता ने माँ और भैया से पहले ही कह दिया था कि सब मौड़ियों को आ जाने देना। जितनी देर कर सकता था, भैया ने उतनी देर की भी। लेकिन लोगों की जल्दी के आगे आख़िरकार उसे घुटने टेकने पड़े। आठ में से दो फिर भी छूट गई थी, उन्हें आख़िर में पिता नहीं मिले। यह फाँस उनमें बहुत गहरे तक धँस गई। इसका दोष वे किसी एक को नहीं, हम सातों

को देती हैं, जिनने पिता को विदा किया। आख़िरी समय में छूट गईं उन दो को ऐसा लगता है कि पिता के जाते ही उनके साथ अन्याय हुआ, जो कि पिता के होते न होता।

पिता के जाने के कई सालों बाद हम मिल रहे थे। चक्की मुझसे बड़ी है। हममें कई सालों का फ़ासला है। जैसी वो अभी इस समय है, वैसी वो क़तई नहीं थी। वो बड़ी होकर भी सहेलियों जैसा बर्ताव करती थी। वो सबकी राज़दार थी। हँसती-खिलखिलाती थी। मौज में रहती थी। उसे कभी किसी से कोई ईर्ष्या-द्वेष नहीं रहा। वो सच में बहुत सीधी है। सालों बाद जब उसे देखा तो विश्वास ही नहीं हुआ कि यह हमारी चक्की है।

बहनें जो कभी पीछे से एक जैसी लगती थीं। अब लोगों को यक़ीन करना मुश्किल हो रहा था कि वाक़ई ये सगी बहनें हैं। वो मुझे देखकर अभी भी पहले की तरह हँस रही है, लेकिन मुझे जाने क्यों एक अजीब-सा अपराधबोध हो रहा है। ये क्यों हो रहा है। मैंने तो कोई अपराध किया नहीं। हमारे बीच इतना बड़ा फ़र्क़? दो बहनों के जीवन के बीच इतना बड़ा अंतर।

कभी नहीं सोचा था कि चक्की जीजी का यह हाल हो जाएगा। अस्पताल में भी सब लोग हमारी ओर ही देखते हैं। कभी बिस्तर पर लेटी चक्की को तो कभी हम लोगों को। इस फ़र्क़ को कैसे मिटाया जाए। क्या, उसकी ज़मीन खरीदकर उसको लौटा दी जाए। कौन खरीदेगा ज़मीन? किसकी इतनी हैसियत है कि उसे उसकी ज़मीन-ख़ुशी लौटा सके।

जब वो धीरे-धीरे ठीक होने लगेगी और अस्पताल से उसकी छुट्टी होगी, तब उससे कहूँगी—"देखो, जीवन से बड़ी ज़मीन नहीं होती है। जब जीवन ही नहीं रहेगा, तो ज़मीन किस काम की?" शायद उसे मेरी बात समझ आ जाए। और वो बाग़ को ही अपनी ज़मीन समझकर उसमें रम जाए।

अभी तो वो गहरी नींद में सो रही है। इस समय वो बिल्कुल वैसी ही लग रही है, जैसे जब मैं स्कूल से लौटते अगर कभी उसे सोते देख लेती थी, तो बस्ता समेत उसके ऊपर धड़ाम से गिर जाती थी—"उठो, उठो, चक्की

उठो। स्कूल की छुट्टी हो गई है। अब खेलो मेरे साथ।" वो गहरी नींद में मुझे दबोचकर सुलाने की कोशिश करती। मैं उसे गुदगुदी करती और वो बिस्तर से उछलकर हँसते हुए 'चल, चल', कहते खड़ी हो जाती। चक्की को जरा-सी भी गुदगुदी सहन नहीं होती थी। गुदगुदी करते हाथ को बढ़ते देखते ही उसे गुदगुदी मच जाती। वो पूरे घर में 'नहीं, नहीं, मत करो' की रट लगाए दौड़ती फिरती थी।

अभी चाहते हुए भी मेरे हाथ गुदगुदी के लिए आगे नहीं बढ़ पा रहे हैं। हम सबके जीवन इतने तितर-बितर हो रहे हैं कि ऐसी ही किसी घड़ी में लगता है कि—"अच्छा ही हुआ जो पिता चले गए। वे पचासी की उमर में गए और आज होते तो बानबे बरस के होते। कितने दुखी होते वे हम सबको ऐसे बुरे हाल में देखकर।

माँ भी दिनोंदिन कैसी होती जा रही है। वो अस्पताल आना चाहती है। लेकिन कोई उसे लेकर नहीं आ रहा है। वो यह सब देख नहीं पाएगी। हम सबका दुख माँ को दिनोंदिन गला रहा है। वो हम सबकी परेशानी हमसे पहले जान-समझ लेती है। अगर कोई उससे झूठ-मूठ कहता भी है कि—"चलो बाई।" तो वो कहती है—"रहने दो, मेरी वश की नहीं है, अब।" वो अच्छी तरह जानती है कि उसका आना और रहना सबके लिए एक मुसीबत से भरा काम बन जाएगा।

जितना बड़ा परिवार होता है, उसके कष्ट भी उतने ही बड़े होते हैं। आख़िर सब एक साथ सुखी कैसे हो सकते हैं? जो आधे सुखी होते हैं, वो आधे दुखियों को देख अपने सुख भूल जाते हैं। ऐसा भी नहीं होता कि बाकी सब सुखी और कोई एक दुखी हो तो सब मिलकर उसके कष्टों का निवारण कर सकें। इसका एकदम उलटा होता है। दो सुखी-सम्पन्न और सात निरीह-निर्बल।

माँ कहती तो है—"सुख चिरैया भर और दुख पहाड़ भर।"

नौ बच्चों को जन्म देना कोई हँसी-खेल नहीं है। इस पर वो कहती है—"हमरे जमाने में सबके इत्ते ही होते थे। कोई-कोई के यहाँ ग्यारह तो कोई के जहाँ बारह भी हुए।" माँ को सबके जनम याद रहते हैं। लेकिन किसी को भी अपनी सही जन्मतिथि मालूम नहीं है। स्कूल में एडमीशन के समय जो बड़ी बहन जी ने कह दिया। वही तारीख़ और सन् लिखवा दिए जाते थे। माँ बताती है—फलाँ, फलाँ दिन को हुई थी। वो रक्षाबंधन को, तो वो दिवाली की दोज को, फलाँ का जनम लगते सावन को हुआ था, तो तेरा जनम बड़े दुपहरिया गणेश को दिन के बारह

बजे, चक्की जन्माष्टमी को तो भैया जगदीशों के दिन। घर में जन्मदिन मनाने का चलन नहीं रहा। किसी को इसकी आदत भी नहीं है।

चक्की का मन पढ़ाई में कम ही लगता था। वो हमेशा कॉपी-किताब में घर-गूले बनाया करती थी। घर-घर खेलने में उसे बहुत मज़ा आता था। घर को बहुत सुन्दर ढंग से सजाती थी। जाने कहाँ-कहाँ से छोटे-बड़े कंकर-पत्थर बटोर लाती। फिर उन्हें तरह-तरह से घर में रखती-सजाती। कभी उनकी माला बनाती तो कभी उन्हें रँगोली का आकार देती। कभी छोटा तो कभी दो मंज़िला घर बनाती। जाने कैसे आँगन और छत भी बना लेती थी। उसे बड़े प्यार से देखते हुए कहती—"देखो, सबसे सुन्दर हमरा घर।"

उसके जैसा घर किसी से नहीं बन पाता था। वो चिंदियों और रिबन से घर में चार चाँद लगा देती थी। मुझे घर बनाना नहीं आता था। मैं उसके आगे-पीछे होती रहती। उसके घर के लिए दूर तक पत्थर और चिंदियाँ बटोरने चली जाती। अपनी फ्रॉक को झोला बनाए तेज़-तेज़ चलते हुए वापस आती और सारा सामान बिखेरते हुए कहती—"देखो। चक्की जीजी, हम कित्ता सारा सामान लेकर आए हैं।"

एक बार मैं फ़्यूज़ बल्ब ले आई। उन लट्टुओं ने घर में कमाल कर दिया। चक्की ने उन लट्टुओं को घुमा-फिराकर कई बार देखा। फिर एक छोटे नुकीले पत्थर से उनकी एल्युमिनियम की ढिबरी को बहुत धीरे-धीरे तोड़ दिया। फिर बल्बों में पानी भरा और उनको गोल-गोल नचाया। ढिबरी और एक-एक चीज़ को बापरते हुए घर में जैसे तारों भरा आकाश ला दिया। ये खेल बहुत देर तक चला।

मैं कभी घर को देखती तो कभी लट्टुओं को तो कभी चक्की को। मुझे ऐसे आँखें फाड़ते देख घर को देखते हुए वो बोली—"ऐसे मत देखो। घर को नजर लग जाएगी। चलो, अच्छा, आज का ये वाला घर तुमरा हुआ। तुम ले लो।" घर को नज़र से बचाने के लिए वो आसपास काले रंग की पट्टी ढूँढ़ने लगी, लेकिन वो नहीं मिली। क्योंकि सिलाई सेंटर वाली मौसी ने उस दिन सारी चिंदियाँ ख़ुद ही बटोर ली थीं।

...और अब गाँव के पटेल ने उसके घर और खेत को बटोर लिया। उसे घर और खेत बढ़ाने का शौक़ है। उसका वश चले, तो सारे गाँव की ज़मीन और सारी अटारी-बाखर अपने नाम करवा ले। उसे सही समय पर चोट करना आता है। वो फ़िराक़ में रहता है और मौक़ा देखते ही गला दबाता है। वो भी इस तरह कि किसी की 'चीं' भी नहीं निकलती और ज़मीन पटेल साहब की हो जाती है। दुनिया के नक़्शे में कितने छेद हैं। छेद में भी हेर-फेर हैं। चीज़ें बहुत उलझ गई हैं। इस दुनिया को तोड़-मरोड़कर एक नई दुनिया बनानी चाहिए।

बंजर ज़मीन वाले बारेलाल दादा की बड़ी बेटी रामदुलारी भी कुछ-कुछ चक्की जैसी है। वह भी पढ़ना चाहती है, लेकिन पढ़ाई पूरी नहीं कर पा रही है। अम्मा कहती है—"इसका दिमाग कमजोर है। जे किताबों को टुकुर-टुकुर ताड़ती है। किताबो-ऐं ताड़वे से जा कैसे आगे बढ़ेगी। तुम बताओ?"

इतना सुनते ही रामदुलारी की आँखों में आँसू आ जाते हैं—"देखो, सब मुझे कमअक्ल समझते हैं। अरे, घर के काम इत्ते फैले रहते हैं। अगर मैं नहीं समेटूँगी, तो कौन समेटेगा। मैं किताब ले के बैठती हूँ कि जे चिल्लाने लगती हैं। हमसे चिल्ला-चोंट में पढ़ाई नहीं होती।"

दादा इसी बात पर बिफर जाते हैं—"हो रही है फैलान, तो होने दे। तोए का करने है। तू तो अपना पढ़। घर में नहीं होए तेरी पढ़ाई, तो जे जहाँ खेत में आकर पढ़। जहाँ तो तोसे कोई कुछ नहीं कह रहा।"

रामदुलारी भी फट पड़ती है—"ज्यादा खोलाधरी मत दिखाओ पापा तुम। रोटी बनवे में देर होती है, तो तुम मेरे पर ही चिल्लाते हो। छुटकी से कभी कुछ नहीं कहते।"

फिर मेरी ओर देखकर कहती है—"अगर उसके हाथ में किताब होती है, तो सब जन कहते हैं कि उससे कुछ मत कहो। वो अभी पढ़ रही है। जे औरें मेरे ब्याह की तैयारी कर रहे हैं। जहाँ भी बचपन से कष्ट में रही और वहाँ उते भी जिन्दगी भर कष्ट में ही रहूँगी।"

इस बात पर दादा का ख़ून खौल जाता है—"तोए, कैसे मालूम कि तू वहाँ कष्ट में रेएगी?"

"तो कौन से धन्ना सेठ के घर में जाऊँगी मैं। मोए पहले पढ़ लेन दो। फिर मेरो ब्याह करो।"

दादा कहते हैं—"खूब पढ़, शौक से पढ़। मगर रोए-गाए मत।"

रोना पूरी तरह छूटा भी नहीं था कि उसका दसवीं का रिजल्ट आ गया। छोटी जसवंती ग्यारहवीं से बारहवीं में आ गई और रामदुलारी जो कि सिर्फ़ चौथी क्लास के बाद से सालों स्कूल नहीं गई थी, उसने इस साल ओपन से दसवीं का फॉर्म भरा था, उसके मात्र तीस नम्बर आए। वह सारे विषयों में फेल हो गई।

उस दिन रामदुलारी खेत पर दादा को खाना देकर लौट रही थी कि रास्ते में मैंने उससे पूछा—"ये कैसे? ऐसी कैसी पढ़ाई की तूने भई कि इत्ते सारे नम्बर आए।"

"अरे, पढ़ाई तो अच्छी की थी मैंने, लेकिन?"

"लेकिन, क्या।"

"पैसे चल गए। मुझे बाद में पता चला। होमसाइंस का आखिरी पेपर था। सर ने खबर भिजवाई थी। मेरे तक देर में आई।"

"कित्ते पैसे चले?"

"चार सौ, आठ सौ, छह सौ। हर पेपर के अलग-अलग।"

"अब क्या करोगी? फिर से भरोगी फार्म।"

"देखो, अट्ठाइसौ-तीन हजार भरने पड़ेंगे फिर से। सर कह रहे हैं जब पैसे हो जाएँ, भर देना फारम।"

"तुम ढंग से पढ़ाई करो, यार।"

होंठों को टेढ़ा करते बोली—"अरे, का बताऊँ। माँ-बाप की गलती बच्चों को भुगतनी पड़ती है। गलती उनने करी। ढो मैं रही हूँ। एक बार शुरू में गलती हो जाती है न, तो फिर सुधारे नहीं सुधरती। मुझे चौथी तक पढ़ाए बस्स। नाम लिखना सीखा और कहने लगे हो गई पढ़ाई। जसवंती को पढ़ा रहे हैं पूरा।"

"तू कहीं कुछ काम करने लग और साथ में पढ़ाई।"

"हाँ। ऐसी नौकरी मिल जाए तीन-चार हज़ार रुपए की। सुबह नौ से शाम छह बजे तक की।" स्कूल की ओर इशारा करती बोली—"ये यहाँ मुझे काम मिल रहा था और वहाँ कॉलेज में भी, लेकिन मैंने नहीं की। माहौल अच्छा नहीं है वहाँ का, खराब है।"

“बिना काम किए तुम्हें कैसे पता?”

“पता चल जाता है। मेरी कुछ सहेलियाँ जाती हैं। डेढ़ हजार से शुरू की थीं। अब जाकर चार साल में दो हजार हुए हैं। बेकार है वहाँ काम करना।”

“क्यों, क्यों बेकार है। क्या देर तक रुकने को कहते हैं। सबके जाने के बाद भी रोकते हैं क्या? कुछ ऐसा?”

“अरे, ये सब नहीं। चुगली बहुत होती हैं वहाँ। अपने मुँह पर कुछ कह रहे हैं और अपनी पीठ फिरी नहीं कि कुछ और कहने लगते हैं। बाहर से अच्छे, भीतर से बुरे लोग मुझे अच्छे नहीं लगते हैं। ऐसे लोगों के बारे में क्या कहोगे आप, जिनके चेहरे पर हमेशा नौ रस विचरण करते रहते हैं। कैसे समझोगे इनको। बताओ?”

“अरे, बाप रे, फिर।” मैंने हँसते हुए पूछा।

“आपके विचार अच्छे हैं। सोच अच्छी है। नीयत अच्छी है। लेकिन सामने वाले की नहीं है, ऊपर से वो चालू भी है। सेटिंग करने वाला भी है, तो जीत तो उसी की होगी न? ऐसे में दिमाग ख़राब हो जाता है। सिर दुखने लगता है। फिर लगता है कि ऐसी नौकरी से तो चारा काट लो, वो ही अच्छा है। धान रोपती हूँ मैं। उसी में ढाई-तीन हजार हो जाते हैं। जाऊँ रोटी बनानी है मुझे। कहीं किसी ऑफिस में कोई काम हो, तो बताना।” कह वह चली गई थी।

मुझे भी कहाँ इस समय अस्पताल में उसकी याद आ रही है।

मैंने चक्की की ओर देखा, उसने नींद में करवट बदली।

सबसे अलग चक्की बहुत ख़ुश रहने वालों में, बहुत कम में समृद्धि का अहसास करने वालों में से थी। किसी के पास कुछ अतिरिक्त होने या ज़्यादा होने से उसे किसी भी तरह की जलन नहीं होती थी। लेकिन उसमें कुछ चीज़ों के प्रति एक बड़े अजीब ढंग का मोह शुरू से था। वो एक छोटे से कंकर के भी फेर में पड़ जाती थी। जाने कितने गोल-गोल कंकर-पत्थर वह अपने पास सहेजकर रखती और रंग-बिरंगी चिंदियाँ तो उसे जान से ज़्यादा प्यारी थीं। निर्जीव वस्तुओं से प्यार के कारण सब उसे ‘ऐड़ी’ और ‘हिली हुई’ समझते

थे। वो थोड़ा अलग थी भी। ज़रूरत से ज़्यादा सीधा होना गुण नहीं, दुर्गुण समझा जाता है।

कभी उससे पूछा जाता—"चक्की, सब्जी है क्या?"

वो कहती—"हाँ, आलू की सब्जी थी। मनो, खतम हो गई।" घर में इस क़िस्से का महीनों नाट्य रूपान्तरण चलता रहता। हर आदमी इसमें संवाद जोड़ता-घटाता और अभिनय करता। दर्शक बनी वो ख़ूब हँसती और कहती—"कैसे पगले हो तुम औरें। छोटी सी बात-ई नहीं समझ पाए। बताओ, हमने गलत का कही थी।"

अब जो कुछ भी उसके साथ हो रहा है। वो बहुत ग़लत हो रहा है। वो धीरे-धीरे ठीक हो रही है लेकिन बीच-बीच में उसे घबराहट होती है। यह 'बीच' सबसे ज़्यादा भयानक होता है। अस्पताल में कभी वो दूसरों को अकबकाकर देखती है तो कभी दूसरे उसे अकबकाकर देखते हैं कि ये हो क्या रहा है? इस 'बीच' का न आज तक कुछ बिगड़ा है और न कभी बिगड़ेगा। 'बीच' तो बीच में ही रहता है। वो कभी दाएँ-बाएँ नहीं होता।

इस बीच-बीच की घबराहट में वो कहती है—"नींबू कितना अच्छा होता है। आम भी मन को कितना भाता है। अरे, उसको इतने बुरे ढंग से निचोड़ो मत। कोई-कोई आम को कित्ते गन्दे ढंग से चूसता है। वो तुम्हारे मन को खुश करते हैं और तुम उनके साथ ऐसा सलूक करते हो। अगर कोई से ऐसा कह दो कि ऐसा मत करो तो उसको बुरा लग जाता है। बुराई हो जाती है। और अगर अपन ज्यादा कह दो, तो सबको लगेगा कि ये तो पागल है। मेरी तो कुछ समझ नहीं आता।"

समझ में तो मुझे भी कुछ नहीं आ रहा है कि आख़िर ये हो क्या रहा है? मैं पूरे वार्ड में सरसरी निगाह डालती हूँ कि कहीं से कोई तो सुराग मिले। चक्की फिर बोली—"अपन से अच्छे तो मदारी हैं। जो बन्दर पर रौब दिखाते हैं, लेकिन उनका मान भी रखते हैं।"

पानी से बेइंतहा प्यार करने वाली चक्की की अपनी लय थी। वो किसी और की लय को तोड़ती नहीं थी और अपनी लय को किसी और की लय से जोड़ती भी

नहीं थी। उसकी लय टूट गई है। कहते हैं कि अब वो घंटों पुलिया पर बैठ पानी को निहारती है। क्या टूटी हुई लय को पानी में खोजती है या फिर जो लय टूट गई है, उसको पाने के लिए ख़ुद टूटकर पानी में मिल जाना चाहती है।

अस्पताल में पानी के सपने देखती है। पानी को याद करते हुए मुझसे कहती है—"बताओ, घड़ा फूट गया था तो सारा पानी कैसे भलभलाकर गिर गया था। अरे, पानी को कोई नहीं सँभाल पाता। तुमको याद है, एक बार अपने यहाँ नल नहीं आए थे, तो वो सामने वाली रागिनी भाभी ने एक गुंड पानी देवे से मना कर दई थी। बताओ, जबकि उनके पास कित्ता पानी था। दो-दो टंकी भरी थीं। वे बाहर रखी भरी टंकी तो दिख रही थी। भीतर भी भौत सारा पानी रखी थीं भाभी। उनका वश चलता, तो वे चम्मच में भी पानी भर के रखतीं। इत्ता पानी होने के बाद भी का मजाल है कि कोई को एक बूँद पानी दे दें। वे तो कोई को पानी की तरफ देखन भी न दें।"

कभी एकदम ठीक हो जाती है तो कभी डॉक्टर कहते हैं—"अभी ठीक होने में और समय लगेगा।" सब कुछ धीरे-धीरे ही होता है। कुछ बनता भी धीरे-धीरे ही है और टूटता भी धीरे-धीरे ही है। तो फिर जल्दी-जल्दी क्या होता है? जल्दी-जल्दी तो अस्पताल में होता है। जल्दी-जल्दी आदमी ऑक्सीजन पर जाता है। जल्दी-जल्दी ग्लूकोज़ की बोतल चढ़ती है, जो धीरे-धीरे बूँद-बूँद शरीर में जाती है। जल्दी-जल्दी इंजेक्शन लगता है। जल्दी-जल्दी झोला भर-भरकर दवाइयाँ आती हैं, जल्दी-जल्दी बिल बनते हैं।

चक्की को घबराहट होती है। बाल झड़ते हैं, तो घबराहट और बढ़ जाती है। फिर चक्कर पे चक्कर आते हैं। अस्पताल वाले पूछते हैं—"चिन्ता होती है किसी बात की?" इस पर वो उनको घूरकर कहती है—"चिन्ता करवे से का हो जाएगो? हमें कछु चिन्ता नहीं है।"

ऐसा कैसे हो सकता है कि उसे कोई चिन्ता न हो, क्योंकि चिन्ता तो सारे दिन सबको चक्कर कटाती है। नए-नए बुलावे देती है। एक काम ख़त्म हुआ नहीं कि दूसरे की दस्तक देती है। चिन्ता से भला कौन बचा है, जो वो बच जाएगी।

चिड़ियों को चिन्ता कि सुबह हो, तो जाग जाएँ सब। चौकीदार सारी रात चिन्ता में रहता है कि कहीं सबके साथ उसकी भी नींद न लग जाए। कुआँ अपने खारेपन को लेकर कितना चिन्तित रहता है। चूल्हे को चिन्ता कि जलने के बाद वह ज़्यादा से ज़्यादा लोगों के काम आए। शाम चाहती है कि वो अपना

सुरीलापन सबको दे सके। सुबह अपनी चिन्ता में कि चिड़िया, धूप, सूरज, हवा सब बाद में, पहले झाड़ू-बुहार ताकि रात का कचरा सुबह की चमक को धुँधला न करे। घास को चिन्ता कि वह उगेगी, बढ़ भी न पाएगी कि काट ली जाएगी। दीये को चिन्ता कि बाती और तेल ख़त्म न हो जाएँ। बाती और तेल को चिन्ता कि फूटा न हो दीया। चिन्ताओं के इस घनचक्कर से भला चक्की कैसे बचेगी? ये और बात है कि वो कुछ कह नहीं रही है। चिन्ताओं के जाले तो उसके भीतर भी होंगे। सोचना यह है कि कैसे हटेंगे, ये जाले।

कम बोलना या न बोलना कितना घातक हो जाता है। अभी इस समय वो एक ऐसी किताब की तरह हो गई है, जिसे चाहते हुए भी कोई पढ़ नहीं सकता। पीले जर्जर पन्ने छूते ही टूटने लगते हैं। दीमक उसमें भीतर तक घुस गई हैं। उसको फिर से जिल्द में नहीं बाँधा जा सकता। फ़ोटोकॉपी भी नहीं कराई जा सकती। वो अनमोल किताब है। लेकिन कोई भी उसे अब पढ़ नहीं सकता। जो पढ़ चुके, सो पढ़ चुके। अब उस किताब के बारे में सिर्फ़ सुना जा सकता है। उस पढ़े हुए को दूसरों की आँख से पढ़ नहीं, सिर्फ़ सुन सकते हैं।

जीवन ये किस मोड़ पर ले आया। वो सो रही है। उसे देखते हुए मैंने भी आँखें मूँद ली हैं। दूर कहीं से पिता के खाँसने की आवाज़ आ रही है।

कोई पूरी तरह जाता नहीं है और कोई भी पूरी तरह बचता नहीं है।

बहुत तेज़ बारिश हो रही है। बारिश की आवाज़ ने सोए हुए मरीज़ों को जगा दिया है। अधखुली आँखों से वे अपने बग़ल में बैठे या बेंच पर बैठे अपनों को निहारते हैं। बरसते पानी से वे एक उम्मीद से भर गए हैं कि उनके अपने अभी कुछ देर और रुकेंगे। बारिश बन्द होने के बाद ही जाएँगे। इस अहसास ने उनके मन को भिगो दिया है।

चक्की भी जाग गई। उसने मुझसे कहा—"पानी गिर रहा है। भौत तेज है। अभी मत जइयो। भीग जाओगी। बाई तो है नहीं जहाँ कि तौलिए से सिर पौंछ दें। जुकाम हो जाएगा तुझे।" उसकी इन सारी बातों पर मैं मुस्कुराते हुए उसे देखती रही। झमाझम बारिश ने वार्ड के माहौल को ख़ुशनुमा कर दिया। बग़ल

के पलंग पर लेटी दादी माँ उठकर गुनगुनाने लगी हैं। शरारती राहुल जो कि रात-दिन अपनी दादी को ख़ुश रखने की कोशिश करता है, वो दादी के गीत से चहक उठा और—"अब के सजन सावन में आग लगेगी बदन में" गाते हुए उनके गले लग गया। उसकी इस हरकत पर सब लोग हँस पड़े।

राहुल बहुत ही मनमौजी स्वभाव का है। वह अपनी दादी के साथ-साथ सबको हँसाता रहता है। एक दिन यूँ ही बात निकल पड़ी—"आजकल नौकरी है कहाँ? कितना ही पढ़-लिख लो, घूमना तो खाली हाथ ही है। अच्छे-अच्छे बीए, एमए, एमबीए और इंजीनियरिंग करे हुए सड़कों पर मारे-मारे फिर रहे हैं।"

इस बात पर राहुल बोला—"पढ़ाई नौकरी करने वालों को नहीं, नौकरी देने वालों को करना चाहिए। अरे, आप ही बताइए कि जब कुत्ते को लेकर बैठ जाएँगे और नौकरी देंगे, तो कैसे चलेगा?" इस पर सबने उसकी ओर देखा कि ये क्या माजरा है? राहुल बाबा बात को आगे बढ़ाते बोले—

"चार लोग कुत्ते को लेकर बैठ गए इंटरव्यू लेने। जिसको नौकरी देना है, उससे पूछा—बताओ, ये क्या है? कौन है?"

"जी सर, ये कुत्ता है।"

"कितने कान हैं, इसके?"

"जी सर, दो कान हैं।"

"कौन से रंग का है?"

"जी सर, काला और सफ़ेद मिलाकर चितकबरा है, सर।"

साहब ने ओके कहकर बाहर भेज दिया।

और जिसको नौकरी नहीं देनी है, उससे पूछा, "बताओ, इस कुत्ते के कितने बाल हैं?"

"अब गिनो बेटा कुत्ते के बाल। सारी उमर गुजर जाएगी, लेकिन गिनती पूरी नहीं हो पाएगी। इस जनम को तो छोड़ो। अगले जनम में करना नौकरी।"

कहते हुए राहुल पूरे वार्ड में नज़र घुमाते हुए हँसता। उसे हँसते देख सबको हँसी छूट जाती। वह ऐसे जाने कितने क़िस्से सुनाता है। उसके आते ही माहौल में ख़ुशी छा जाती है। दुख और उदासी कुछ देर के लिए हवा हो जाते हैं। सब यह सोचकर ठंडी साँस लेते हैं कि "घर को अस्पताल बनाने से अच्छा है कि अस्पताल को ही कुछ समय के लिए घर बना लिया जाए।"

चक्की को जाने क्यों इन दिनों पुराने दिन कुछ ज़्यादा ही याद आ रहे हैं। उसे ख़ुद की सहेलियाँ तो याद आ ही रही हैं, हम सब की सहेलियों की भी ख़ूब याद है। एक-एक को नाम लेकर याद कर रही है। कहती है—"अब तो मिल लो सब लोग। बचपन चला गया। अब बूढ़े हो गए, यार। अब तो सब मिल लें। है कि नहीं, सही कह रहे हैं न हम। कछु गलत तो नहीं कह रहे न।"

हम लोग पुल पारकर हाट जाते थे। चक्की पुल के पास भैंसें चराया करती थी। पुल के बीच में श्मशान घाट था, जिसकी रोशनी अँधेरे से भी ज़्यादा भयावह थी। जलती चिता की चटकती चिंगारियाँ जीवित हड्डियों को चकनाचूर कर देती थीं। घाट कभी भरा रहता, तो कभी एकदम ख़ाली। दिन क्या, महीनों तक वह सूना पड़ा रहता। सूने घाट की उम्मीद सिहरन पैदा करती थी। कभी ऐसा भी होता कि वो लगातार ख़ाली न रहता। दिन में तीन-तीन बार चिंगारियाँ चटकतीं। एक अजीब सी दहशत से हम सब भर जाते। आकाश की ओर देखते मन ही मन प्रार्थना करते—"हे प्रभु, अब बस करो।"

चक्की दुख और डर का क़िस्सा सबको हँस-हँसकर सुनाती थी। जाने कितनी बार वो यह क़िस्सा सुनाती और हर बार माँ उसे प्यार से झिड़कते हुए 'आग लगी, पगलिया' कहते उसे रोकती। लेकिन वो है कि क़िस्से को पूरा कर के ही दम लेती थी।

क़िस्सा यूँ है कि बहुत छोटे में वो किसी भी अर्थी को देखकर बहुत परेशान हो जाती कि आख़िर ये आती कहाँ से है? कैसे इस पर इसको लिटाया होगा। मरने वाला तो मर गया होगा। वो तो सोता ही रह गया होगा। लेकिन जिस पर अभी यह लेटकर जा रहा है, उस पर तो पहले लेटा नहीं होगा। तो फिर इस पर ये आया कैसे होगा? वो दिमाग़ को दौड़ाती कि ये पलंग है। निमाड़ के पलंग को ध्यान से देखती, तो उसे लगता कि ये तो बहुत चौड़ा है और जिसको उसने देखा था, वो तो बहुत सँकरा था। फिर उसे लगता कि खटिया होगी। वो खटिया के आसपास घूमती। अकेले होने पर उसे चारों ओर से घूम-घूमकर देखती, उसे कुछ पल्ले न पड़ता। हर बार अर्थी को देखकर वो परेशान होती कि आख़िर ये क्या चीज़ है और ये आती कहाँ से है ?

सालों बाद इस रहस्य से परदा तब उठा, जब दादाजी नहीं रहे। जब सब 'बब्बा-बब्बा' कहकर रो रहे थे। वो भी रो रही थी। बब्बा को पलंग पर शान्त चित्त देखते हुए निमाड़ के पलंग के कटने-छँटने का इंतज़ार कर रही थी कि उसने बाहर पिता और दूसरे लोगों को अर्थी बनाते देखा, तब उसे समझ आया कि जब कोई अन्तिम यात्रा पर जाता है, तो सवारी तैयार की जाती है।

चक्की के इस क़िस्से ने जाने-अनजाने हम सबको मृत्यु के भय से मुक्त किया। वो जब-तब इस बात को लेकर बैठ जाती थी और 'शी...मरने की बातें मत करो। कुछ अच्छी बातें करो...' से हम सब ऊपर उठ गए।

चक्की की याददाश्त बहुत तेज़ थी। स्मृति में जो बात अँट जाती, वो मिटाए न मिटती। किताबें पढ़कर उनका नाम भूल जाती थी, लेकिन जीवन का कोई भी बिम्ब, कोई भी घटना चाहे वो कितने ही बरस पहले की हो, उसे पूरी की पूरी अपने टटकेपन में याद रहती। यहाँ तक कि जिसको पहली बार देखा था, तब वो कौन-से रंग के कपड़े पहने था और उसकी कही बातें वह जस की तस सुना देती। ऐसी ही एक घटना वह सबको बार-बार सुनाती थी।

एक बार वो जीजाजी के साथ एक ढाबे में खाना खाने गई थी। ढाबे में बहुत भीड़ थी। उस दिन पहली बार उसे लगा कि 'अरे बाप रे, इतने सारे लोग बाहर खाना खाते हैं।' इससे पहले उसे लगता था कि जो घर से बाहर होते हैं, वे ही ढाबों पर खाना खाते हैं। उस दिन उसके मन को बहुत अच्छा लगा कि अकेली वही आलसी नहीं है, उसके सिवाय और भी हैं, जो खाना बनाने में आलस करती हैं। उस दिन होली की दूज थी।

ढाबे में इतनी भीड़ थी कि अलग-अलग लोगों को एक ही टेबिल बाँटनी पड़ी थी। नाम था, 'बापू की कुटिया' लेकिन वो कुटिया कहीं से भी नहीं थी। वो जीजाजी के साथ जिस टेबिल पर बैठी, उसी पर दो दूसरे लोग भी बैठे थे।

कहती—"मारे शरम के न हम अच्छे से खा पाए और न बिचारे वे दोई खा पाए। खाने पे इत्ती भीड़ भी बुरी लगती है। अपन खा रहे हैं, दूसरे इंतजार में अपन को मुँह बाए देख रहे हैं कि अपन उठें तो वे बैठें। एक रोटी आ गई फिर दूसरी के इंतजार में भट्टी की तरफ तक रहे हैं। वो रोटी ले के आया, तो अपन को लगेगा कि अपन को मिलेगी और वो दूसरे को दे के चला गया। अपनी तरफ हाथ से इशारा करते कि 'ला रहे हैं, ला रहे हैं।' कोई-कोई तो जब तक सब्जी-रोटी नहीं आ जाती है, तब तक पूरो अचार और प्याज ही चट कर जाता

है। पइसा भी दो और मन भी न भरे, ऐसे में मजा नहीं आता है। लेकिन खाना बहुत बढ़िया था। कोई भी एक बार खा ले, तो बार-बार उसी के यहाँ जाए।"

बीच में ही रुकती और फिर बोल पड़ती—"अरे हाँ, उस दिन हमने हमरी बगल की टेबिल पर जो देखा, वो भैया आज भी हमरी आँख के आगे झिलमिल करता है। उसके आँसू मेरे से भुलाए नहीं भूलते हैं। वे बहुत सारे थे। कम से कम आठ-दस जन थे। एक ही परिवार के थे। उन्होंने बहुत सारी चीजें मँगाई थीं। सब जन खा रहे थे, मनो एक औरत नहीं खा रही थी। किसी बात पे अपने आदमी से या कोई से भुकड़ गई थी। घर से लड़कर नहीं आई होएगी। रास्ते में कोई बात पे कहा-सुनी हो गई होएगी। जैसे ही खाने की प्लेटें टेबिल पर लगीं, तो उसने गुस्से में अपनी प्लेट खिसका दी कि हमें नहीं खाना है।

उसके आदमी ने वाकी तरफ प्लेट खिसकाते धीरे से कहा—'नाटक मत करो, चुपचाप खा लो', लेकिन वो नहीं मानी। उसकी इस हरकत से सब जन अनमने से हो गए कि उसके आदमी ने कड़ककर सबसे कहा—'सब जन खाओ, अपना-अपना खाना, उसका पेट ठीक नहीं है, इसलिए नहीं खा रही है।'

सब चुपचाप खाते रहे और वो बिचारी से न रोते बने, न कुछ कहते बने। उसके आँसू आएँ, लेकिन वो जाने कैसे करेंपन से उन्हें रोक के रखे रही। बीच-बीच में अपने आदमी की तरफ देखे और उसका आदमी भी बीच-बीच में उसकी तरफ देख के दूसरी तरफ देखने लगे। उन सबने खाना खाने के बाद खीर भी खाई। सबको लगा कि ये खीर तो खा ही लेगी। आदमी ने उसको खीर की कटोरी दी, लेकिन उसने वो कटोरी भी खिसका दी कि मन नहीं है।" कहकर वो चुप लगा जाती। हम उतावले हो उठते—

"आगे?"

"आगे का? मैं तो उन्हें आखिर तक देखती, लेकिन तुमरे जीजाजी तो जल्दी-जल्दी, चपर-चपर खाते हैं न, सो उठना पड़ा। इनके चक्कर में हमरी भी जल्दी-जल्दी खाबे की आदत हो गई है। अब साथ रहते-रहते एक-दूसरे की अच्छी-बुरी दोई आदतें लग ई जाती हैं।"

"अरे यार, तुम भी खीर मँगा लेतीं।"

"ऐसे कैसे मँगा लेते। हमने अपने घर में ही बनाई थी। कटोरा भर के दिन में खाई थी हमने।" आँखें मटकाकर कहती—"कित्ती खीर खाओगे, भैया। पचे भी तो सही और फिर मन भी तो ऊब जाता है।"

पूरा क़िस्सा सुनने के बाद माँ कहती—"तू खाना खा रही थी कि उन्हें ताड़ रही थी। दूसरों की बातें सुनवे की कित्ती बुरी आदत लग गई है तोए। जाने कहाँ से लग गई, जे बुरी लत तोए।"

इस पर वो कहती—"अरे, आँखों के सामने हो रहा था सब कुछ। का? आँख मूँद लेंगे का? फिर हम खाना कैसे खाते? मुँह की जगह कहीं नाक में कौर चला जाता तो...।" उसकी इस बात पर सब ज़ोर से हँस पड़ते। उसके पास सबको हँसाने का हुनर जो था।

वो सारे त्योहार बड़े शौक़ से मनाती थी। होली, दीवाली, राखी और संक्रांति। संक्रांति के लड्डू बड़े चाव से बनाती और खिलाती थी। ठंडे पानी में नदी में स्नान करती और फिर उसे याद कर कई दिन तक दाँत किटकिटाती।

राखी पर पूरे मोहल्ले में भुजरिएँ लिये घूमती फिरती। उसे भुजरियों से बहुत प्रेम था। उसका मन उनमें बसता था। वह सारे दिन मिट्टी से भरे दोनों में उगती भुजरियों को देखा करती। एक-एक कर उगती, अनगिनत भुजरियों को देख ख़ुशी से झूम उठती। उनकी पल-पल की ख़बर रखते हुए उन्हें सहेजती थी।

मिट्टी के दोनों में भुजरिएँ एक-दूसरे पर झूमतीं और चक्की उन पर झूमती, झुकती और माँ की आँख बचाकर उन्हें चूम लेती। भुजरियों पर बूँद-बूँद मोती की शक्ल में चमकते पानी को सबको दिखाती और किलकती।

नौ दिन बाद भुजरियों को पानी में सिराते हुए रो पड़ती। भुजरिएँ उससे विदा न होतीं। सिर पर टोकरी लिये नदी के घाट पर खड़ी रहती। दूसरों को सिराते हुए देखती और कँपकँपाती। हम उसे टोकते तो कहती कि हवा से काँप रही है।

नदी पर भुजरिएँ सिराने वालों का मेला भरा होता। हम कहते—"चलो, अपन भी सिराते हैं।" हमें बहलाती—"देख, देख पूरी नदी कित्ती हरी हो गई है। अभी नहीं, अपन सबसे बाद में सिराएँगे।" वो भुजरियों को न छोड़ती, भुजरिएँ उसे न छोड़तीं। वे टोकरी से निकल उसके कंधों पर झूलने लगतीं। भुजरिएँ भी जैसे उसके मन को जानतीं-समझतीं। वे सिराए न सिरतीं। चक्की और भुजरिएँ एक-दूसरे से लूम-लूम जातीं। ऐसा लगता कि सचमुच की विदाई हो रही है।

सबसे पहले भुजरियों की ही विदाई हुई होगी? तभी तो उगते ही वे एक-दूसरे से गले मिलने लगती हैं कि कुछ दिन बाद मिट्टी उन्हें अपने से अलग कर देगी

और पानी में कुछ दूर बहते ही फिर अलग हो जाएँगी। क्या, बहना ख़ुद से और दूसरों से अलग हो जाना है।

आज भी नदी में बहती दूर तक जाती भुजरिएँ किसकी याद दिलाती हैं। माँ भुजरियों में हम सबको देखती होगी और हम सब सारा जीवन दोने और मिट्टी में माँ को खोजते रहेंगे। पिता नदी के घाट की याद दिलाते रहेंगे। घाट पर खड़े हो वे ही तो हमें नदी के बीच में छोड़ते थे। हम डरकर उनका कसकर हाथ पकड़ते थे। हमारे साथ वे हँसते हुए घाट से नीचे नदी में उतरते, उन्हें हँसते देख हममें हिम्मत आ जाती और ऐन इसी समय वे हमारा हाथ छोड़ देते।

हम सबका भुजरियों से बहुत जुड़ाव रहा, लेकिन चक्की का कुछ ज़्यादा ही। इतना ज़्यादा कि लगता कि कोई किसी से इतना प्यार कर सकता है क्या? उसके प्यार और लगाव को माँ समझती थी और चिन्ता भी करती थी।

भुजरियों की टोकरी को उसके सिर पर रखते माँ कहती, "सारी भुजरिएँ सिरा देना, सिर्फ एक दोने भर बचाकर लाना" और वो हर बार डाँट खाती। थोड़ी-सी भुजरिएँ सिराती, फिर दोनों और मिट्टी से अलग हो चुकी बहुत सारी भुजरियों को आँसू पोंछते हुए टोकरी में लिये हुए घर ले आती। उसके रोने को लेकर सब उसे चिढ़ाते, तो वो दुख से भरकर कहती—"कित्ती बुरी बात है। किसी को नदी में बहा देना या तो उन्हें उगाओ ही मत। वो क्या हमसे कहती हैं कि तुम हमें उगाओ। कोई अपन को ऐसे अलग करके नदी में बहाए तो?"

माँ कहती—"अरे, विन्ना तेरे हाथ जोड़े। कोई न बहा रहो तोए नदी में।"

दीवाली में दीयों में उसके प्राण बसते। हर दीवाली में दीये बचाकर रख लेती और साल भर उनकी हिफ़ाज़त करती। इस तरह उसके पास बहुत सारे दीये हो जाते। बढ़-चढ़कर सारे काम करती। रँगाई-पुताई-लिपाई और ढिगें लगाती। कुछ ढिगें उसकी आड़ी-टेढ़ी हो जातीं, तो कुछ एकदम सीधी। बहुत मनोयोग से ढिगें लगाती थी। लेकिन यह कुछ बरस ही हो पाया, क्योंकि फिर हर दीवाली वो मलेरिया की चपेट में आ जाती थी।

दीवाली चली जाती और उसी के साथ मलेरिया भी चला जाता। वो कहती—"अरे यार, इस बार तो हम कुछ कर ही नहीं पाए। पूरे दिए ज्यों के त्यों धरे रह गए। अब अगली बार जलाएँगे। पूरे घर को उजियारे से भर देंगे।"

ये सब तो पुरानी बातें हैं। उन चिंदियों की तरह जिन्हें वह सारा दिन बटोरती रहती थी। वो सारी चिंदियाँ अब कहाँ होंगी? शायद चूहे ले गए होंगे और उन्हें वह कभी पा भी नहीं सकेगी, क्योंकि वो चूहों से बहुत डरती है।

एक ठंडी सुरसुरी मेरे भीतर दौड़ने लगती है। मैं चक्की के बग़ल में उसी के कंबल में घुस जाती हूँ। उसने मुझे अपने से सटा लिया। हम वैसे ही गहरी नींद में चले गए, जैसे बचपन में एक बिछौने और एक कंबल में बिना तकिए के सोया करते थे।

'चित्त शान्त है, चित्त अशान्त है' से परे चक्की अस्पताल में ऊबी हुई आई थी। लेकिन धीरे-धीरे ऊब उससे दूर जा रही है। वो ठीक हो रही है। डॉक्टर कहते हैं कि—"अपने दिमाग़ को व्यस्त रखो। फ़ालतू की चीज़ें मत सोचो। ख़ूब बातें करो, लोगों से मिलो-जुलो, हँसो-बतियाओ, भजन-कीर्तन में मन लगाओ।"

हम सब उससे ख़ूब बातें करते हैं। वो भी ख़ूब बतियाती है। हँसते-हँसाते भी हैं। कभी वो अच्छे-से दवाई खा लेती है, तो कभी हम जबरन खिलाते हैं। उसकी फुग्गे वाली चोटी करते हैं, जिसे देखकर वो ख़ूब हँसती है। उसकी बातों में नर्सों को भी ख़ूब मज़ा आता है।

आज अस्पताल से छुट्टी हो रही है। मैंने उसके घुटने पर हाथ रखते हुए कहा—"तुम अपनी ज़मीन को भूल जाओ। अब तो वो मिलने से रही। ख़ुद ही सोचो।" इस बात पर वो सच में सोचने लगी।

उसे झिंझोड़ते कहा—"अरे, ज़मीन के बारे में मत सोचो। नहीं तो फिर से बीमार हो जाओगी। यहाँ अस्पताल में तुमको मज़ा आ रहा है, क्या?"

'नहीं' में सिर हिलाते वो अपने हाथ में ड्रिप की पट्टी को देखते बोली—"अब ये इसको निकालेंगे तो भौत दुखेगा न?"

उसके हाथ को सहलाते मैंने कहा—"हाँ, ज़्यादा नहीं, थोड़ा सा।" उसे

विश्वास नहीं हुआ। वो समझ गई कि मैं उसे बहला रही हूँ। उसने कहा कुछ नहीं। बस, मुझे देख मुस्करा दी।

"तुम ऐसा करो कि बाग़-बग़ीचे में अपना मन लगाओ। घर में गमले रख लो। पौधे तुम्हारे मन को ख़ुश रखेंगे। वैसे ही जैसे गिलहरी, चिड़ियाँ, चिंदियाँ, भुजरिएँ और दीये। बोलो, कुछ तो कहो।"

"हओ, अब गमलों में फसल उगाएँगे हम।" अस्पताल को छोड़ते कहा उसने।

माँ सही कहती है। चक्की बहुत ज़िद्दी है। किसी की नहीं सुनती। जो मन में घर कर गया, सो कर गया। उसे छुड़ाए नहीं छोड़ती। इसीलिए इतनी दुखी रहती है। उसके दुख से माँ दुखी होती है। कलपते धीमे स्वर में कहती है—"देखियो, मैं कह रही हूँ, जा जमीन जाके प्राण ले के छोड़ेगी।"

बड़ी जीजी ने उसके बेटे नरेन्द्र को फ़ोन किया। नरेन्द्र देवी माँ का भक्त है। जीजी ने उसे बहुत प्यार से समझाया—"देख, भैया तेरी शादी हो गई है। तेरी जिम्मेदारियाँ भी बढ़ गई हैं। लेकिन इसका मतलब यह थोड़ी ना होता है कि अपनी माँ से ही मुँह फेर लो।"

नरेन्द्र कुछ नहीं बोला। बस 'हूँ-हूँ' करता रहा। जीजी समझाती रही—"ठीक है तेरी मम्मी ने तेरे लिए कुछ नहीं किया। मनो, यह क्यों भूल जाते हो कि और कछु चाहे न करो होए मनो, तोए नौ महीना पेट में तो रखो न? तोए दूध भी पिलाओ और जब तक तूने होश नहीं सँभालो, तब तक तोए नहलाओ-धुलाओ भी।" इस बात पर उसने मोबाइल पर ही ज़ोर से 'हूँ...' भरी।

बड़ी जीजी की आवाज़ भर्रा गई—"तुम हर आठ दिन में कविता के यहाँ भेजकर फुर्सत पा जाते हो। यह अच्छी बात नहीं है। मौड़ी का घर टूट जाएगा तो तुम उसे अपने यहाँ रख लोगे का? ऐं...।" अब नरेन्द्र के मुँह से 'हूँ' की जगह बड़ी ज़ोर से 'नहीं' निकली। जीजी भी रुकने का नाम न ले रही।

"अकेली लड़की की जिम्मेदारी है का? बताओ। तुमसे और तुमरे पापा से इतना भी नहीं बनता कि उसे समय पर दवाई दे दो। उसके मन को बहलाने के लिए चार बातें कर लो। कविता ने पूरा इलाज करवाया। छह महीने अपने घर पर

रखकर उसे जीवे लायक बनाया और अभी भी इलाज वो ही करवा रही है। दो महीने की दवाई डॉक्टर ने दी है, तो दो महीना तो तुम बाप-बेटा मिलकर किसी तरह निकालो। यह कौन सी बात हुई कि हर आठ दिन में तुम उसे मौड़ी के घर में टिका जाते हो। अभी डॉक्टर को दिखा के गई और चार दिन में तुम रोने लगे कि मम्मी का पेट साफ़ नहीं हो रहा। इलाज से आराम नहीं हो रहा। सोचते हो कि चलो, भोपाल कविता के यहाँ छोड़ दो। वहाँ सब ठीक हो जाएगा।" इस बीच नरेन्द्र ने जाने कितनी 'हूँ' की होंगी।

जीजी ने यह कहते हुए फ़ोन रखा कि—"भैया, सब मिल-जुलकर इस समस्या से निपटो। कोई एक पर ही सब कुछ मत छोड़ो। ततैया की तरह मौड़ी से मत झूमो। उसकी भलमनसाहत का फायदा मत उठाओ, भैया। अपने घर में सबकी भौत-ई बुरी आदत है। एक कोई आगे बढ़ जाए, तो बाकी सब तान के सो जाते हैं।"

इस पूरी बातचीत का अन्त नरेन्द्र ने यूँ किया कि—"ठीक है, मौसी। मैं मम्मी को ले आता हूँ और अब फिर कभी कविता के यहाँ जल्दी-जल्दी नहीं भेजेंगे।" उसकी इस बात पर जीजी ने उसी की तरह ज़ोर से 'हूँ' भरी।

कविता ने ज़ोर से हँसते हुए कहा—"मौसी, आपने आज भैया के कान लाल कर दिए। इतनी तो उन्हें कभी मम्मी ने भी नहीं सुनाईं। कसम से मौसी उनके कान से खून निकलने लगा होगा।"

चक्की कराहते हुए बोली—"बिचारे की जबरन में टाँग-खिंचाई कर रहे हो। वो भौत सीधा है।"

जीजी ने आँखें तरेरकर कहा—"हाँ, कछु तू सीधरी है।"

इस पूरी पंचायत से माँ का सिर दुखने लगा, तो उसने लोटा भर पानी पिया और चक्की से कहा—"खबरदार, जो तूने अब अपनी जमीन को सपने में भी देखा, तो मुझसे बुरा कोई नहीं होगा। बड़ी आई जमीन वाली। दिमाग फिर जाएगो, तो जे सब औरें तोए पागलखाने में भरती कर देंगे। चैन से रह और हमें चैन से मर जाने दे।"

अब चक्की को सच में नींद आ गई और थोड़ी देर बाद वो नींद में मुस्कुराने लगी। हममें से किसी एक ने कहा—"देखो-देखो, फसल कट रही है।" इस पर उसकी मुस्कुराहट कुछ और गहरी हो गई।

हमें लगता है कि वो बहुत गहरी नींद में है। हम धीरे से किवाड़ खोलने

का सोचते हैं कि वो आहट से ही करवट बदलने लगती है। हम सन्नाटे में दम साधकर खड़े रहते हैं और वो है कि उठकर बैठ जाती है। वो अपनी ज़मीन के लिए संघर्ष कर रही है या अपनी साँस के लिए संघर्ष कर रही है।

ज़मीन कभी लौटकर नहीं आएगी। वो लौटना भी चाहे, तो पटेल उसे लौटने नहीं देगा। ज़मीन क्या गई। उसके लौटने की चाह में जीवन ही गिरवी रखा गया।

भुजरियों और दूसरी चीज़ों के प्रति उसका अगाध प्रेम आज समझ आ रहा है। बेजान चीज़ों को जान से ज़्यादा प्यार करना और उनमें जान डालने की कोशिश करना कितना घातक होता है।

शहर में इतने सारे पागल हैं और रात-दिन सड़कों पर विचरते रहते हैं। लेकिन कभी किसी पागल को साइकिल चलाते नहीं देखा। आख़िर ये साइकिल क्यों नहीं चलाते? काश, ऐसा होता तो वो इस तरह हाशिए से न उतरती। वे उसे बचा लेते और वो शहर में बेखटके दौड़ रही होती। वे विलुप्त होती हुई चीज़ों को बचा ले जाते हैं। यह आसान नहीं है। इसमें जोखिम है और वे जोखिम लेना जानते हैं।

ये स्कूटी, कायनेटिक होंडा, एक्टिवा और मोटरसाइकिल का ज़माना है। मोटर के आते ही साइकिल जैसे निर्जीव हो गई। वो कमज़ोर की निशानी बनकर रह गई। सड़क पर भी उसके लिए जगह नहीं बची। निरीह साइकिल वाले बीच सड़क पर चलने की सोच भी नहीं सकते। वे हमेशा कच्चे रास्तों पर चलते हैं। साइकिल पंचर हो जाए या उसमें हवा भरवाना हो तो हज़ार दुकानों के बाद नैया पार हो पाती है।

अगर चेन उतर जाए, तो फिर क्या कहने। बार-बार चेन का उतरना, फिर-फिर उसे चढ़ाना। लोगों का पल भर के लिए ठिठककर देखना और फिर आगे बढ़ जाना। सड़क किनारे ऊकड़ूँ बैठे हुए चेन से जूझते, माथे पर छलक आए पसीने को पोंछना, उँगलियों को बालों में फिराकर साफ़ करने की कोशिश। हमें मालूम ही नहीं पड़ता और चेन हमारा भरपूर सिंगार कर चुकी होती है। काफ़ी मशक़्क़त के बाद चेन का चढ़ना और मारे ख़ुशी के ज़ोर से पैडल मारते हुए उचककर सीट पर सवार हो जाना कि समूची धरती को नाप लेंगे। आसमान झुकने को होगा कि वो फिर से उतर जाएगी। कभी सटाक से ऊपर चढ़ाती है, तो कभी धड़ाम से नीचे गिराती है। जो न कराए सो कम है, चेन पूरा चैन छीन लेती है।

साइकिल ख़ुद साफ़ करनी होती है। ख़ुद चमकानी होती है। उसे धोने और साफ़ करने के लिए किसी से कह नहीं सकते। जैसे कार धोने के लिए किसी से कहा जाता है। कार साफ़ करने वाले का भी अपना स्टेटस होता है। वो भला क्यों साइकिल धोएगा? साइकिल वाले भी किसी को उसे धोने और चमकाने के लिए क्योंकर कहने लगे? अगर कोई ऐसा करेगा, तो हँसी का पात्र बनेगा।

सर्विस सेंटर में भी साइकिल की धुलाई नहीं होती। वो पानी के प्रेशर को झेल नहीं सकती। वो लहराकर गिरेगी और सब उस पर पानी की बौछार मारते हुए हँसेंगे, खिलखिलाएँगे। दुख हमारे भीतर पानी बनकर बहने लगेगा और हम रोनी सूरत लिये चुपके से उसे लेकर निकल पड़ेंगे। यहाँ साइकिल के आगे मोटर नहीं है और वहाँ उधर उस तरफ़ मोटर के पीछे साइकिल है। सब तरफ़ पहिए हैं, लेकिन हर पहिए को एक जैसी तरजीह कहाँ मिलती है।

हम विरोधाभासों से भरे देश में रहते हैं। देश में इतनी असमानताएँ हैं कि वे भी घबराती हैं कि आख़िर एक ही जगह कब तक रहें। उन्हें अपने होने का अर्थ ख़ुद समझ नहीं आता। वे ख़त्म होने को होती हैं कि जाने कौन उनके मुँह में अमृत की बूँद डाल देता है।

किसी से किसी का स्वभाव कैसे छीना जा सकता है? शेर दहाड़ना नहीं छोड़ सकता और बकरी मिमियाना। लोमड़ी से भलमनसाहत की उम्मीद कैसे कर सकते हैं? कुत्ते को कैसे कह सकते हैं कि बिना वजह मत भौंको। ये बात समझ से परे है कि जिस तरह हमेशा भौंकने की ज़रूरत नहीं होती है, उसी तरह हमेशा दुम हिलाने की भी ज़रूरत नहीं होती है। बिल्ली को कैसे समझाएँगे कि दूध पीते हुए जब तुम आँख बन्द करती हो, तो यह मत समझो कि बाक़ी सब की आँखें भी बन्द हैं। चिंदी पाने पर चूहे की ख़ुशी कैसे रोकी जा सकती है? चाहे कुछ हो जाए, साँप डसना नहीं छोड़ सकता। हिरन कुलाँचें भरना और पंछी को उड़ान भरने से रोकोगे, तो वो दम तोड़ देगा। उसी तरह प्रेम करने वालों को प्रेम करने से और साइकिल चलाने वालों को साइकिल चलाने से कैसे रोक सकते हो?

क्या गढ़ना और ढहना रोका जा सकता है?

# बेघर का घर

घर बनने की शुरुआत कैसे होती है। जिनके पास घर नहीं होते, उनके पास घर न होने के कौन से कहन होते हैं। कहानी को कहने के हज़ार कहन हैं और सच को कहने के कितने कहन? यूँ भी सच को कहन की दरकार कहाँ होती है। उसे सीधे 'कट-टू-कट' में कहना ही बेहतर है। सच को कहने में क्या इफ़ेक्ट डालना। ज़मीन से ऊपर भी नहीं उठता कि उसे 'टेक ऑफ़' और 'लैंड' किया जाए। हाँ, अगर ड्रोन कैमरे का साथ लिया जाए, तो सच को देखकर अँतड़ियाँ बाहर निकल सकती हैं।

पेंटा प्रिज़्म कॉलोनी शहर के सेंट्रल पाइंट पॉश एरिया में है, जिसमें कोई पाँच-साढ़े पाँच सौ डुप्लेक्स बँगले होंगे। नए भोपाल में न्यू मार्केट से सटी कॉलोनी की छटा ही निराली है। वन विहार और सैर-सपाटा पैदल आ-जा सकते हैं। तालाब का किनारा है। जब चाहें तब ख़ुद को और कॉलोनी को पानी में झिलमिलाते देख सकते हैं। मध्य प्रदेश की राजधानी भोपाल को झीलों की नगरी के नाम से भी जाना जाता है।

पहाड़ों पर बसे शहर की सबसे बड़ी ख़ूबसूरती यही है कि वो हर एक कोण से, हर एक जगह से सुन्दर है। शहर की सुन्दरता देखने के लिए किसी एक जगह, एक पॉइंट पर नहीं जाना पड़ता, बल्कि जहाँ, जिस जगह आप खड़े हैं, वही जगह सुन्दर है। कहीं और नहीं, तो सड़कों पर ही निकल जाइए। वे आपका मन मोह लेंगी। भोपाल शहर सच में बहुत सुन्दर है। यह सुनते ही सुन्दरता इठलाने लगती है कि उसके जैसा कोई नहीं। उसमें कोई तो निराली बात है कि मन का देखे और मन का मिलने पर सब कह उठते हैं—'वाह, बहुत सुन्दर।'

पहाड़ पर शहर कैसे बसते हैं? इसका नज़ारा देखने के लिए सीएम हाउस के पीछे 'बड़े तालाब' की ओर चले जाइए। पहाड़ पर बसा शहर माचिस की डिबिया या चिमनी की ढिबरी सा दिखाई देता है। पहाड़ अपने होने का सबूत

देता है और शहर ताल में झिलमिलाता है। क्या तो मनोरम दृश्य होता है! समुद्र को पीछे छोड़ता, ठाठें मारता बड़ा तालाब और पहाड़ों में अपना बसेरा डाले हुए शहर। उगते सूर्य में शहर के हौसले रोशन होते हैं और डूबते सूर्य की लालिमा के साथ शहर पहाड़ के आगे नतमस्तक हो सुरमई शाम में ढल जाता है। गुलाबी रंग की ताज-उल-मस्जिद की सफ़ेद मीनारें उड़ान के बाद पंछियों को आसरा देती हैं। वे आकाश को छूने का जिगरा भी देती हैं। तालाब में झिलमिलाती मस्जिद शहर को देश और दुनिया के नक़्शे में बैठने की जगह देती है और सीढ़ियाँ...वे इंसान को सिखाती हैं कि अगर ऊपर चढ़ गए हो, तो नीचे भी उतरोगे ही उतरोगे और अगर नीचे हो, तो किसी एक दिन ऊपर भी चढ़ोगे ही चढ़ोगे। मस्जिद की सीढ़ियाँ कहती हैं कि मानवता का तक़ाज़ा है कि इंसान को किसी भी हाल में इंसानियत नहीं छोड़नी चाहिए।

ऐसे और इतने सुन्दर शहर की पॉश कॉलोनी में पवन बिना घर के रहता है। सामान्य क़द का दुबला-पतला पवन विदिशा ज़िले की नटेरन तहसील के गुरोद गाँव का रहने वाला है। उसे कभी जूते पहने नहीं देखा। वो हमेशा चप्पल ही पहनता है। उसकी चाल बहुत तेज़ है। बड़ी-बड़ी काली आँखों की तरह ही उसके बाल काले और घुँघराले हैं। पाँच भाइयों में सबसे बड़ा पैंतीस बसंत पार कर चुका वो बोलता कम, लेकिन सुनता सबकी है। दो बड़ी बहनों का ब्याह हो चुका है। एक छोटी बहन है, जो अभी पढ़ रही है। पाँच भाई, तीन बहन, माता-पिता, पत्नी, दो बच्चे, पाँच एकड़ खेत और क़र्ज़।

क़र्ज़ ख़त्म होने का नाम नहीं लेता। उम्मीदें भी कहाँ पीछे हटने वाली होती हैं। वे कभी किसी के आगे घुटने नहीं टेकतीं। परिवार और पेट को पालने के लिए कुछ तो करना होगा। पवन ने बैंक से लोन पर बुलेरो ली और ताल-तलैयों के शहर भोपाल आ गया। खेती माता-पिता और भाई सँभालते हैं। वो भी फ़सल की बोअनी और कटाई के समय गाँव चला जाता है।

वो रात-दिन गाड़ी चलाता है। सुबह आठ से रात आठ बजे पर्यटन विभाग के माथुर साहब के यहाँ और रात आठ के बाद जहाँ की सवारी मिल जाए। किसी तरह किस्तें पूरी हों, तो कुछ आगे का सोचे। वो अपने ऊपर रत्ती भर पैसा भी ख़र्च नहीं करता। पाई-पाई जोड़ता है। बिना किसी छप्पर के इतने बड़े आकाश के नीचे रहे, तो कैसे रहे? जब वो सिकुड़कर सारी रात जागता है, तो दूर-दूर तक फैली धरती उसे देख सिकुड़-सिकुड़ जाती है।

उसने धीरे-धीरे कॉलोनी के गाड्र्स से दोस्ती कर ली है। कुछ दिन उनके साथ मुख्य द्वार पर सारी रात बतियाता रहा। कभी-कभार उनके साथ कॉलोनी का चक्कर काटता, तो कभी यूँ ही उनसे सीटी ले लेता और उसे ज़ोर से बजाते, डंडा फटकारते हुए टॉर्च को चारों ओर घुमा-घुमाकर देखता।

इस सबसे आगे बढ़कर एक दिन उसने चारों गार्ड से कहा—"तुम लोग कम्युनिटी हॉल में जाकर अपने पाँव सीधे कर लो। मैं देखता हूँ। मुझे अभी नींद नहीं आ रही है। आज साहब नहीं गए, तो सारा दिन गाड़ी में सोया हूँ। वैसे भी मैं जब कभी दिन में सो लेता हूँ, तो रात में नींद नहीं आती है।" कहकर वह ज़ोर से अँगड़ाई लेता, जैसे कि कर्रे हो गए हाथ-पाँव को सीधा कर रहा हो। कभी वह ककड़ी और नींबू ले आता, तो कभी 'आज एक अच्छी सवारी मिल गई' कहते सबको चाय पिला देता। इस तरह दिन क्या, महीने निकल गए। उसे रात गुज़ारने के लिए ठिया मिल गया। गाड्र्स को उस पर और उसे गाड्र्स पर भरोसा हो गया। उनके बीच दुनिया-जहान की, सुख-दुख की, घर-परिवार की, उम्मीदी-नाउम्मीदी की, क़र्ज़ और सूद की बातें होने लगीं। सब एक साथ हँसते, तो कभी सब एक साथ उदास होते! कॉलोनी के कम्युनिटी हॉल की छत पवन का घर बन गई, जिसमें वो सबके सो जाने के बाद सोता है। इतना दबकर कि सपने भी नहीं आते और अगर कभी आते भी हैं, तो बहुत दुबककर। सोते हुए वो ख़ुद को स्ट्रीट लाइट से बचाता है और कॉलोनी की बाउंड्री वॉल के बाहर के कुत्तों पर अपनी परछाईं भी नहीं पड़ने देता। कम्युनिटी हॉल के बाहर लगे नल पर स्नान करता है। टहनियों पर चड्डी-बनियान सुखाता है। पेड़ के सहारे कभी-कभार अपनी पीठ सीधी कर लेता है। मौक़ा देखकर गाड़ी भी धो लेता है। साहब जब लंच पर आते हैं, तो तपती दुपहरी में बुलेरो समेत पेड़ों के नीचे टिक जाता है।

लेकिन, बकरे की अम्मा कब तक ख़ैर मनाएगी!

वो धीरे-धीरे लोगों की आँख में आ गया। एक नहीं, कई आँखों को खटक गया। सुबह टहलते हुए लोगों ने देखा कि ये कौन है, जो कम्युनिटी हॉल में ब्रश कर

रहा है। पल भर बाद उन्हें लगा कि किसी के घर मेहमान आए होंगे और कोई बाहर का ड्राइवर होगा। बात आई-गई हो गई। फिर कुछ महिलाओं ने एकाध बार पवन को सुबह नल पर नहाते देख लिया। कुछ देर के लिए आँख की किरकिरी बना। लेकिन किसी के ध्यान पर फिर भी नहीं चढ़ा। कुछ दिन बाद रात के खाने के बाद कॉलोनी की सुरक्षा में टहलते हुए सोसाइटी वालों ने पवन को छत पर सोते देख लिया। इस बार बात बढ़ गई। उन्होंने एक नहीं, कई चक्कर लगाए। कभी ज़ोर से खाँसे, तो कभी बहुत ज़ोर से हँसे, तो कभी बहुत देर तक पेड़ के नीचे खड़े होकर बातें कीं। कम्युनिटी हॉल के आसपास के घर वालों से पूछा गया। सबने अनभिज्ञता जाहिर की। गार्ड्स को बुलाया गया और सोसाइटी वाले छत पर चढ़ गए।

पवन की तबियत हरी की गई और गार्ड्स को चेतावनी दी गई। माथुर साहब आए। उसकी और गाड़ी की शिनाख़्त की। लाख माफ़ी माँगने और फिर कभी ऐसा न करने पर मामला सुलझा। गार्ड्स ने इस वादे के साथ माफी माँगी कि भविष्य में ऐसा फिर नहीं होगा। किसी बाहर वाले से दोस्ती नहीं करेंगे। किसी के साथ कुछ खाएँगे-पिएँगे नहीं। किसी बेघर को कम्युनिटी हॉल की छत को कभी घर न बनाने देंगे। और पवन? उसने अगर ऐसा करना तो दूर, सोचने की भी सोची तो गाड़ी सहित उसे बाहर का रास्ता दिखा दिया जाएगा।

एक शाम माचिस की तीली से कान खुजलाते हुए उदास पवन बुलेरो से टिका जाने क्या सोच रहा था। शायद घर की याद आ रही हो। खेत आँखों के आगे घूम रहे हों। हो सकता है कि ज़मीन को कोस रहा हो। बुलेरो की बची किस्तों को याद कर रहा हो। यादों के इस फेर में किसी ने उसे भी याद किया। ज़ोर की हिचकी आई और माचिस की तीली ने झटका खाया। आधे गाँव, आधे शहर के साथ आधी तीली कान में छूट गई। आधी तीली कान के भीतर और आधी तीली बाहर अँगूठे और उँगली के बीच।

तड़कते कान को लिये दर-दर भटकता फिरता है। दर्द से चेहरा काला पड़ जाता है। फिर भी गाड़ी चलाना नहीं छोड़ता। अटक गई चीज़ें बहुत तकलीफ़

पहुँचाती हैं। कान में हवा घुसती है, तो भीतर चीत्कार होती है। ऐसा लगता है जैसे हज़ार कीड़े कान के भीतर रेंग रहे हैं। कभी लगता है, कान एक गरम तवा है। जिस पर रह-रहकर छन्न, छन्न, छन्न...पानी के छींटे पड़ रहे हैं। करे तो क्या करे? कई बार तो मारे दर्द के पसीना छूट जाता है। सच में कान बहुत कच्ची चीज़ होते हैं।

एक दिन अम्माजी ने पवन के कान में लहसुन का चुनचुनाता गरम तेल डाला और आधे घंटे तक उसी कान के बल पर पार्क में लिटाए रखा। घास पर पवन टूटी हुई सींक ढूँढ़ न पाया। पूरे ग्यारह दिन बाद सींक निकल तो गई, लेकिन भीतर कई घाव छोड़ गई।

अम्माजी कहती हैं—"कोई भी घाव हो भरने में समय लगता है।" पवन का दिन तो जैसे-तैसे निकल जाता है, लेकिन रात में बहुत तकलीफ़ होती है। गार्ड सारी रात उसे अपने बग़ल में बिठाए रखते हैं। दर्द उसे सोने नहीं देता। तड़कते कान को लिये सारी रात जागता है। सारा दिन गाड़ी भी चलानी है। दिन में पाँच बार आँखों में पानी मारता है कि कहीं गाड़ी चलाते आँखें झपक न जाएँ। अभी भी कान में सरसराहट होती है, तो कभी तिलमिलाहट। जाने किस घड़ी माचिस की तीली कान में छूटी। वो उस घड़ी को कोसता है। उसे यह भी याद नहीं कि वो उस समय क्या सोच रहा था। वो यह भी नहीं सोचना चाहता कि किसकी याद से उसे हिचकी आई, जो तीली ने झटका खाया।

उसने तो सुना था कि दाँत का दर्द बहुत ख़तरनाक होता है। लेकिन इस कान ने तो दाँत के भी दाँत खट्टे कर दिए। कान में इतनी खरोंच, इतने घाव हैं कि उसकी आँखें हर समय चढ़ी रहती हैं। दर्द उसके भीतर के पानी को सुखा रहा है। जब-तब कान चटकता है, तो लगता है कि जैसे अंगारों पर पाँव रख दिया हो। रात-दिन सायं-सायं होती है। जैसे सात समुंदर और सात पहाड़ कान के भीतर बस गए हों। कान जोगी सा-रा-रा हो गया है। दर्द कभी एक अजीब सी लहर देता है, तो कभी एक अजीब सा ठहराव। कभी झींगुर, तो कभी टिटहरी तो कभी उसे लगता है कि कान के भीतर शक्कर का पहाड़ है, जिस पर चींटियाँ चढ़ रही हैं। एक बार तो भरी दुपहरी में तड़कते कान को लेकर वो एकदम से भैरा गया। उसे लगा कि कान के भीतर नागराज फन उठाए फुफकार रहे हैं। क्या करे? जाए तो कहाँ जाए? दुखते कान को लिये दर-दर भटकता है।

जीवन में इतने भी दुख नहीं होने चाहिए कि सुख का स्वाद चला जाए।

अम्माजी पवन के कान पर ठंडे पान के पत्ते रखती हैं। घर जाने से पहले उसके हालचाल लेती हैं। सुबह आते ही सबसे पहले उसी की ख़बर लेती हैं। वो कॉलोनी में लोगों के घर खाना बनाती हैं। लेकिन किसी के घर खाना नहीं खातीं। कहती हैं—"बड़े लोगन से दूरी बना के रक्खो।" सवेरे सात बजे आती हैं और शाम को सात बजे रात का खाना बनाकर फ़ुर्सत पाती हैं।

वो बहुत मज़ेदार किस्सागो हैं। दोपहर एक से चार बजे तक पार्क नम्बर दो में कॉलोनी की बाइयों के साथ पंचायत लगाती हैं। सबके सुख-दुख उसी समय अदला-बदली होते हैं। सबके अनुभव और ज्ञान ख़ूब विस्तार पाते हैं। सबके बैठने-बोलने की जगह पक्की है। किसी की क्या मजाल, जो रोक-टोक कर दे। अम्माजी के आगे सब पानी भरते हैं। वो बहुत मूडी हैं। पार्क का सारा माहौल उनकी तबियत पर निर्भर करता है। वो गजरों की शौक़ीन हैं। कभी मन में आता है तो सबको एक-एक फूल देती हैं, तो कभी पूरा का पूरा गजरा। वो बाइयों के घरों के झगड़े भी सुलटाती हैं। उनके पतियों को हड़का देती हैं—

"देख, भैया सुदर्शन सिंह। तू सुधर जा। अपनी लुगाई पर हाथ उठाना बन्द कर दे। नहीं तो, उसकी मैडमें तुझे छोड़ेंगी नहीं। उसकी मैडमों को तो तू जानता ही है। उनके एक फोन से तेरी जिन्दगी तितर-बितर हो जाएगी। फिर मैं भी हाथ नहीं लगा पाऊँगी।"

कॉलोनी के सारे कामगारों की चार छुट्टियाँ भी उन्होंने ही तय करवाईं। एकदम कड़क स्वर में मीटिंग में हाथ उठाकर कहा—"जैसे तुम सबको लगती हैं, वैसे ही बाइयों को भी चार छुट्टियाँ लगेंगी, मेम साब। हमको इनाम-इकराम नहीं चाहिए। चार छुट्टी से ज्यादा हों, तो आप पइसा काट लो। और अगर कोई बाई चार से कम छुट्टी लेती है, तो उसके एवज में पइसा दो।" उस दिन सारे साब और मेम साब अम्माजी को मुँह फाड़े ताकते रह गए। वो यहीं नहीं रुकीं—"सुबह से शाम तक बाइयाँ कॉलोनी में काम करती हैं। कभी सोचा कि हम कहाँ किस जगह फारिग होंगे। हम का इंसान नहीं हैं? ऐं, बताओ, आज तक कौन-सी मेम साब ने अपनी बाई से कहा कि तुम मेरे घर में हल्की हो जाया करो। कितनी बाइयों के घर जाते तक पेट फूल जाते हैं।" इस बात पर सब दाएँ-बाएँ देखने लगे।

वो उस दिन ताव में थीं। कामचोरों और साहूकारों—सबकी ख़बर ली। कोई भी नहीं छूटा। कह सकते हैं कि कोई भी नहीं बचा। सफ़ाई कामगारों के भी बहुत कान उमेठे। सारा दिन श्याम भागता फिरा। आख़िर पकड़ाई में आ ही गया। बचता भी कैसे? रोज़ सवेरे-सवेरे अद्धा जो चढ़ा लेता है।

सब आश्चर्यचकित थे कि आज अम्माजी को इतनी मिर्ची क्यों टूट रही हैं। अंजू ने तोड़ पाया—"अरे, देखो। सब देखो, अम्माजी ने चख ली हैं। यह देखो, चिड़िया मिर्ची लाई।"

जिस पार्क में पंचायत लगती है, वहाँ उस जगह छोटा-सा मिर्ची का पौधा उग आया था, जिसे वो कई दिनों से सहेज रही थीं। चिड़िया बीज लेकर आई थी। पेड़ ख़ुद-ब-ख़ुद उगा था। वो उसे माली को खर-पतवार के नाम पर उखाड़ने नहीं दे रही थीं। उसके बाद से जब कभी उनकी भौंहें तनतीं, तो कोई न कोई टेर लगाता—'चिड़िया मिर्ची लाई' सुनते ही अम्माजी मैरून गुलाब की तरह खिल उठतीं।

पवन भी कभी-कभी खिल जाता था। जब कभी वे सब पार्क में दोपहर का खाना खाते। सब अपने-अपने टिफिन खोलते हुए गोल घेरा बना लेते। ऐसे समय पवन चौराहे से जलेबी लेकर आ जाता। कभी समोसे, तो कभी भजिए ले आता। सब मिल-बाँटकर खाते। सब एक-दूसरे के टिफिन से अपनी पसन्द का ले लेते। अच्छी-ख़ासी गोट हो जाती थी। पवन को घर का खाना मिल जाता और उन सबको जलेबियाँ।

पवन कार में रहने लगा है। कान भी धीरे-धीरे ठीक होता जा रहा है। अब उसने कूकना बन्द कर दिया है और जिन जीव-जन्तुओं ने उसमें अपना बसेरा डाल रखा था, वे किसी और ठिये की तलाश में धीरे-धीरे जगह को खाली करते जा रहे हैं।

वो दिन में एक बार नित्य कर्म के लिए और हफ़्ते में एक बार स्नान के लिए सार्वजनिक सुलभ शौचालय जाता है। कहता है—"अगर रोज जाएगा, तो बुलेरो की किस्तें कैसे पटेंगी? बाजार में हर चीज का पैसा देना पड़ता है। मैं यहाँ शहर में खर्च करने नहीं, कमाने आया हूँ।"

घर नहीं है, तो ताले लगाने के लिए दरवाज़े नहीं हैं। ताले नहीं हैं, सो सँभालने के लिए चाबियाँ नहीं हैं। घर के न होने से आँगन भी नहीं है। आँगन के न होने से चहलक़दमी की आदत नहीं है। बिना दीवारों के घर में रहता है, इसलिए खिड़कियाँ भी नहीं हैं। खिड़कियों के न होने से उसे झाँकने की आदत नहीं है। किसी के आने की आस भी नहीं है और कोई इतना ज़्यादा भी नहीं आता कि वह यह सोचे कि काश, इस समय कोई न आए। घर के न होने से जीवन में किसी तरह की खटखटाहट नहीं है।

शहर में बिना घर के पवन को क्या घर की याद आती है?

"हाँ, थोड़ी-बहुत नहीं। बहुत ज्यादा आती है। उसकी आँखों में आँसू भर आते हैं। भगवान ऐसे दिन किसी को न दिखाए।" कहते अंजू की भी आँखें भर आती हैं।

"दीदी, उस बिचारे की गाड़ी फ्री हो जाए, तो घर चला जाए। फिर खेती-बाड़ी के संग वहीं कहीं गाड़ी लगा लेगा। ख़ुद चलाएगा या फिर उसका छोटा भाई। ये समझते ही नहीं हैं। अब देखो न, कैसी दर-दर की ठोकर खा रहा है। जब देखो, तब अपने गाँव के गुण गाता फिरता है। देखना, किसी दिन अम्माजी से इसे राइट करवाऊँगी।"

वो पवन का पूरा बखान बड़ी ख़ूबसूरती से करती हैं।

"गाँव के घर में खाट है, जिस पर मैं पाँव फैलाकर बैठता और पसरकर सोता था। शहर के बुलेरो वाले घर में नरम गद्देदार सीट है, जिस पर मैं करीने से बैठता हूँ और रात में चादर बिछाकर घुटने मोड़कर सोता हूँ।"

"क्यों, कार में पाँव फैला के क्यों नहीं सो सकते?" अंजू कैसे रुकती।

"अरे, अगर गलती से भी नींद में हॉर्न पर पाँव पड़ गया, तो कॉलोनी वाले जाग नहीं जाएँगे? दस-बीस तमाचों के साथ बुलेरो सहित बाहर का रास्ता दिखा देंगे। सड़क पर पुलिस चार डंडे मारकर खदेड़ देगी। पाँव पसारने के चक्कर में जेल की हवा खिलाएगी क्या? मैं जैसे-तैसे तेर कर रहा हूँ। एक-एक दिन काट रहा हूँ और तुमको मसखरी सूझ रही है।" पवन का स्वर तल्ख हो उठता और अंजू मिर्ची के पेड़ की ओर देखते हुए हँस पड़ती। उसकी हँसी बहुत सुन्दर है। उसके हँसते ही सब एक साथ कह उठतीं—"चिड़िया...।"

अम्माजी पवन के सिर पर हाथ फेरते हुए कहती हैं—"घबराओ नहीं। धीरज रखो। ऊपर वाला कष्ट देता है, तो उसको सहने की शक्ति भी देता है। तुम्हारा

जे कड़वा समय भी चिड़िया की तरह फुर्र से उड़ जाएगा। हँसा-बतियाया भी करो। जी हल्का हो जाता है।"

पवन को समय ने बेघर बंजारा बना दिया है। बंजारों जैसा जीवन होने के बाद भी उसके पास बंजारों-सी मस्ती नहीं है। उसका चक्र गड़बड़ा गया है। कभी कई दिन तक ठीक से खाना नहीं खा पाता है, तो कभी कई दिनों तक ठीक से सो नहीं पाता है। ऐसे में वो कुछ तो भी हो जाता है। कैसा तो भी दिखने लगता है! वो पागल नहीं है। लेकिन कभी-कभी कुत्ते उसे पागल समझ लेते हैं। वो उस पर बिना वजह भौंकने लगते हैं। ऐसे समय उसे बहुत चिढ़ मचती है। उसके मन में आता है कि कुत्तों को गर्दन के बल उठा ले और हवा में लहराते कहे कि "बेबस ही क्यों, बेबस पर बिना वजह भौंकते हैं।"

कुत्ते तो 'प्राचीनकाल संजीवनी वनस्पति-आयुर्वेदिक उपचार गाड़ी' जिसके बड़े से बैनर में हनुमानजी संजीवनी बूटी का पर्वत हाथ में उठाए उड़ रहे हैं, जो 'पवन सुत हनुमान की जै' के साथ आयुर्वेदिक शर्तिया इलाज करती है, जो श्मशान घाट और काली माँ वाले रास्ते के बीच में खड़ी रहती है, उस पर भी बहुत भौंकते हैं।

तीन तरफ़ बैनर लगी गाड़ी में किताबों के साथ संजीवनी बूटी वाला बरहमेश आलथी-पालथी मारकर बैठा रहता है। एक कोने में जड़ी-बूटियों से सुसज्जित कई डिब्बे और छोटे-बड़े खल्लड़-मूसल रखे हुए हैं। वो सिलबट्टा और लुढ़िया अपने पास ही रखता है। इलाज के सामान से बची हुई जगह में उसका रोज़मर्रा का सामान है। जिसमें एक चादर, एक तकिया, एक कंबल, तुअर दाल, छिलके वाली मूँग दाल, चावल, दलिया, आलू, प्याज़, अदरक, लहसुन, हरी मिर्च और टमाटर। इन्हीं सबके बीच वो रात में अपने लिए सोने की जगह बनाता है। गाड़ी ही उसका घर है और घर ही गाड़ी है। जाने कितने शहरों में, कितने बरसों से वो बिना घर के रहता है।

और पीपल के पेड़ के नीचे बैठा भूरा जो कि इतना ज़्यादा गोरा है कि सब उसके सुनहरे बालों के कारण उसे भूरा अंग्रेज़ कहते हैं। उसके दाँत बहुत

उजले और चमकदार हैं। वह हमेशा एक ही नीली जींस और टी शर्ट पहने रहता है। जींस जगह-जगह से फट चुकी है। उसमें इतने सारे छेद हो चुके हैं कि कुछ दिन बाद वो एक छलनी में बदल जाएगी। वो हमेशा पायँचे चढ़ाए रहता है। लेकिन जब कभी नल पर पाँव धोता है तो उन्हें खोल देता है। उसकी टी शर्ट को देखकर लगता है कि वो कभी सफ़ेद रही होगी। ऐसा मटमैलेपन के बीच कहीं-कहीं झाँकती सफ़ेदी को देख लगता है। वह दिखने में कुछ ज़्यादा ही सुन्दर है। आते-जाते लोग उसे निहारते हैं। उसके मैले, फटे कपड़े, बिखरे बाल, अधबनी दाढ़ी और उसका बेढबपन, सबको अपनी ओर खींचता है। उसके पास भी घर नहीं है। इसके उलट जिनके पास घर हैं, उन पर वो दिल खोलकर हँसता है।

पवन को जब भी समय मिलता है या जब कभी उसका मन बहुत ज़्यादा उदास हो जाता है, तो वह दूर से घंटों भूरे अंग्रेज़, संजीवनी बूटी वाले और उसकी गाड़ी को देखता रहता है। अपने स्वभाव के चलते वो बहुत जल्दी हर किसी से घुल-मिल नहीं पाता है। अपनी तरफ़ से बात करने की तो सोच ही नहीं सकता। उन्हें देखकर उसके मन को चैन मिलता है। वो भी उनके जैसा है या कि ये भी उसके जैसे हैं। फिर भी यह हँस-बोल रहे हैं। पवन को जीवन जीने के गुर भूरे से मिलते हैं।

भूरा रात-दिन गाड़ी में गृहस्थी को बनते और बिगड़ते देखता है। न संजीवनी वनस्पति वाला उससे कुछ कहता-सुनता है, न वो उससे कुछ कहता-सुनता है। अलग-अलग रहते हुए भी दोनों एक साथ रहते हैं। क्या कभी भूरे अंग्रेज़ के मन में आता होगा कि "आज मैं भी गाड़ी में सोऊँ और क्या कभी गाड़ी वाले के मन में आता होगा कि आज मौसम गड़बड़ है। भूरे को अपने साथ गाड़ी में सुला लूँ या कि इसका भी आयुर्वेदिक शर्तिया इलाज कर दूँ।"

संजीवनी वाला स्टोव पर खाना बनाता है और भूरा ईंट के चूल्हे पर। दोनों के बीच कभी साग-सब्ज़ी और चावल की अदला-बदली नहीं होती। स्टोव पर कभी दाल-रोटी बनती है, तो कभी आलू की सब्ज़ी और रोटी। कभी दलिया, चावल या खिचड़ी। वो चाय ठेले पर ही पीता है। चाहे कितनी ही तलब हो, फिर भी स्टोव पर चाय नहीं बनाता है।

भूरा बहुत दूर जाकर पहले टहनियाँ इकट्ठी करता है। उसका खाना कई घंटों तक बनता रहता है। बहुत देर तक चूल्हा फूँकता है। वो कभी भी रोटी-

दाल या सब्ज़ी नहीं बनाता। एल्यूमिनियम के तसलेनुमा बर्तन में खिचड़ी सा कुछ बनाता रहता है। उसमें जाने क्या-क्या डालता है। कभी-कभी तो पत्ते और कच्ची टहनियाँ भी डाल देता है। एक पेड़ के नीचे खाना बनाता है और चार पेड़ छोड़कर पाँचवें पेड़ के नीचे बैठकर खाता है। चाय बनाने का तो सवाल ही नहीं उठता। उसे कभी चाय पीते नहीं देखा। हाँ, ठेले पर चाय पीते लोगों को देखते और उनकी बातें सुनते ज़रूर देखा है।

क्या कभी ऐसा हुआ होगा कि कोई मरीज़ आया हो और संजीवनी वाला न हो तब भूरे ने उसे रोककर कहा हो—"ठहरो, यहीं तक गए हैं। अभी आने ही वाले हैं।"

भूरा ऐसा करेगा तो इलाज कराने वाला पक्के में भाग जाएगा। बल्कि ऐसे में भूरा जानबूझकर आँख बन्द कर सोने का स्वाँग करता है ताकि उसे देख मरीज लौट न जाए। उसके जब मन में आता है, तब श्मशान घाट चला जाता है। लेकिन दवाई वाला ऐसा कभी नहीं करता। वो गाड़ी में ही रहता है। भूरा कभी सारा दिन घाट पर रहता है, तो कभी एक चक्कर काटकर पेड़ के पास लौट आता है, तो कभी दिन क्या कई हफ़्ते वहीं गुज़ार देता है। वो संजीवनी बूटी के पहाड़ को देखकर कभी ज़ोर से, कभी धीरे-से हनुमानजी से कहता है—"ठीक है, एक बूटी लक्ष्मण को दो। अरे, दो-चार और दे दो। लेकिन बाकी बूटियाँ औरों को भी दो। जन के प्रति भी कोई जवाबदारी निभाओगे कि नहीं।" वह कभी चुपचाप घंटों फ़ोटो को देखते गुज़ारता है, तो कभी ख़ुद से बातें करते हुए, तो कभी घाट पर चला जाता है।

श्मशान घाट भी अब सूने नहीं रहे। वे चौराहे के ऐन क़रीब यातायात को अवरुद्ध करते हैं। अन्तिम यात्रा को देख 'आत्मा को शान्ति प्रदान करना प्रभु' तीन बार प्रणाम करना, तो दूर कोई दो पल भी नहीं ठहरता। ट्रैफ़िक में फँसी अन्तिम यात्रा को देख समझना मुश्किल होता है कि कौन इसमें शामिल है और कौन मजबूरी में काम पर जाते हुए इसमें शामिल न होते हुए भी शामिल हो गया है। पवन तो जब-तब अनचाहे ही ऐसी यात्रा में शामिल हो जाता है। 'वन-वे' ने ऐसी बहुतेरी

मुश्किलें खड़ी की हैं। फूलों की वर्षा और 'राम नाम सत्य है' उच्चारते गाड़ी में सवार लोग दूसरी गाड़ियों के लिए एक व्यवधान ही बनते हैं। दौड़ती-भागती गाड़ियों के तेज़ हॉर्न मृतक की आत्मा को कितना कलपाते होंगे। ऐसे समय भूरे की हँसी देखते ही बनती है।

दिन-ब-दिन घाट के पेड़ कम होते जा रहे हैं। पहले श्मशान के पास से गुज़रते में डर लगता था। एक अजीब सी सुरसुरी होती थी। उसकी ठंडी राख ऐंठन और कंपन से भरती थी। अजीब से बुरे ख़याल आते थे। धड़कते दिल से आँख बन्द कर बमुश्किल रास्ता पार करते थे। जो भी घाट में विलीन हो चुके हैं, वे हमें रास्ता पार कराने की कोशिश करते थे और हम उनसे उतने ही भयभीत हो दूर भागते थे। 'अपने प्रियजनों को कभी इस ओर न आने देंगे' के ख़याल से घाट के रास्ते न जाते थे। दूसरा रास्ता कितना ही लम्बा क्यों न हो, हम रास्ता बदल देते थे।

लेकिन अब घाट के रास्ते ऐसा कहाँ होता है कि कोई कहे कि—"अरे, राजेन्दर माचिस देना जरा। कल फिर इधर को आओ, तो लोटा भर पानी लेते आना, भैया। प्यास से गला सूख रहा है।" जैसी आवाज़ें रास्ता पार करते पीछा नहीं करती। अब तो मज़े से लोग घाट के रास्ते गाड़ियाँ लहराते जाते हैं। भूरा मज़े में विचरता है और प्राचीन काल संजीवनी वनस्पति वाला बेखटके आयुर्वेदिक शर्तिया इलाज करता है। जो इलाज कराने आते हैं, वे सबसे पहले हनुमानजी की फ़ोटो को दूर से ही प्रणाम करते हैं और फ़ोटो के नीचे एक किनारे बैठकर अपने दुख-दर्द का बखान करते हैं। वनस्पति दवा के मिलते ही उसे माथे से लगाते हैं और हनुमानजी और उनके पर्वत की ओर क़ातर निगाहों से देखते हुए कुछ दूर तक उलटे पाँव जाते हैं। वे पीठ नहीं दिखाते और बार-बार संजीवनी बूटी की ओर उम्मीद से ताकते हैं।

बहुत ज़्यादा उम्मीद दृष्टि को धुँधला कर देती है।

किसानों को समझने के लिए किसान मन चाहिए। बंजर ज़मीन को समझने के लिए बंजर मन चाहिए। बेघर-बार को समझने के लिए बेघर मन चाहिए।

आवारगी को समझने के लिए आवारा मन चाहिए। बंजारों को समझने के लिए बंजारा मन चाहिए। कंजड़ों को समझने के लिए कंजड़ मन और पागलों को समझने के लिए पागल मन चाहिए।

साइकिल की घूमती तानों, गोल घुमावदार रास्तों और उतार-चढ़ाव के बीच हर दिन भूरा अंग्रेज़ मिलता है। हर सुबह ईंट के चूल्हे पर खाना बनाते हुए आग को अपनी आँखों में भरता है। वह एक अजीब सी उधेड़बुन में रहता है। हर दिन अपनी जगह बदलता कभी सड़क बुहारने लगता है, तो कभी यातायात को नियंत्रित करता है। वह बाग़ को देखते हुए देर तक हँसता रहता है। उस बोर्ड को घंटों देखता है, जिसमें चेतावनी लिखी है कि 'फूल तोड़ना मना है। फूल तोड़ने पर हो सकता है जुर्माना।' वह कभी तेज़, बहुत तेज़ धुन बजाता है। वह जानता है कि अँधेरे की रोशनी की आड़ में चारों ओर पसरने की बहुत पुरानी आदत है। वह चाहता है कि धुन पर थिरकते हुए अँधेरा पूरी तरह बाहर आ जाए।

भूरे अंग्रेज़ का हर दिन भारतीय रेल की जनरल बोगी-सा तंगहाल है। सिगड़ी में बुरादे की तरह अन्तहीन इच्छाएँ ठुँसी हुई हैं। ये सिगड़ी जलती नहीं है। इसका बुरादा रात होते-होते सीड़ जाता है। गीले बुरादे से ठुँसी हुई सिगड़ी से जीवन में आग भरना चाहता है। जाने क्यों ऐसा लगता है कि उसका कई बरसों से चाँद से अबोला है। जाने किस बात पर चाँद से उसकी बनती नहीं है। वह तारों को टूटते देखता रहता है। इतना ज़्यादा देखता है कि वह ख़ुद किसी दिन टूटते तारे में बदल जाएगा। ज़िद का मारा है वो, तभी तो लोगों के ठिठुरते जीवन में थोड़ी सी आँच पैदा करना चाहता है।

एक दिन मनचलों के हुजूम से बेपरवाह अफ़रा-तफ़री से भरे चौराहे पर झूम रहा था। उसके अनगढ़ नृत्य से समूचे माहौल में ख़ुशी छा रही थी। मैं उसे देखती हूँ और वह मुझे देखकर हँसता है। क्या वो जान गया है कि मैं उसे साइकिल चलाते देखना चाहती हूँ।

हर दिन जगह बदलता जाने क्या-क्या करता है। क्वार की चटक भरी दुपहरी जिसमें हिरण भी काले पड़ जाते हैं। ऐसी ही चटकती धूप में दीया जलाता है।

वो कभी भी शाम को दीया नहीं जलाता। खुले आसमान के नीचे रहता है। पवन उसे, आसमान को और दीये को जी भरकर ताड़ता रहता है।

चटकती गरमी में खुले पार्क में अम्माजी ने सबको धौंस पिलाई—"किचिन में पंखा लगवाओ, मैडम जी। हमको तुमरे एसी से कोई जलन-वलन नहीं है। मनो, बाइयाँ भी इंसान हैं। करौरी लेकर घर थोड़ी न जाएँगी। अरे, पूरी पीठ भर जाती है घमौरियों से। ना, अगली गर्मी नहीं। अभी तुरत व्यवस्था करवाओ। हमको कोई पावडर-वावडर नहीं चाहिए।"

तीज-त्योहारों, खासकर दीवाली पर बाइयाँ सारे घरों में दूसरों के दिए उपहार दिखाती हैं। वे यह बताना भी नहीं भूलतीं कि फलाँ नम्बर वाली ने अपनी बाई को पुरानी साड़ी में नई फॉल लगाकर दी, तो उसने ख़ूब खरी-खरी सुनाई और साड़ी नहीं ली। कह दिया उसने साफ़-साफ़—"मैडमजी आप ही रखो ये साड़ी। कहीं और लेने-देने में काम आ जाएगी।" आँखें चौड़ी कर हाथ नचाते, फुसफुसाते सब अपने-अपने काम-घरों में यह क़िस्सा सुनातीं—"दीदी, फलाँ नम्बर वाली की भौत थू-थू हो रही है सब दूर। ऐसे करेगी, तो कोई बाई उसके यहाँ काम नहीं करेगी।" सुनने वाली अपनी घबराहट को छिपाते हुए मन ही मन 'वो क्या दे' या कि "जो सोचा था, उसे बदलकर कुछ और देना होगा। कहीं उसकी भी 'थू-थू' हो गई तो...।"

अम्माजी के नियम-क़ानून ने बड़ी मुश्किल खड़ी कर दी है। हर घर के कैलेंडर में बाई का खाता खुल गया। उसके चार दिन की छुट्टी का हिसाब रखना बहुत ज़रूरी हो गया है। अगर कम है, तो पैसा देना है और अगर ज़्यादा हैं तो काट लेना है। पूरे महीने बिल्ली-चूहे सी जंग छिड़ी रहती है। अगर किसी के घर में दो बाई हैं और अगर एक ने छुट्टी ली, तो उसका काम दूसरी बाई ने किया या आपने कराया, तो उसके पैसे का हिसाब भी रखना पड़ता है। छुट्टी के गोले अलग और अतिरिक्त काम के गोले अलग से बनाए जाते हैं।

इन गोलों की डिजाइन और हिसाब में किसी तरह की चूक न हो। ये मुद्दा हर किटी पार्टी में छाया रहता है। नई-नई तकनीक ईजाद की जाती हैं। कुछ को इस हिसाब से बहुत चिढ़ मचती है, तो कुछ को परम आनन्द की प्राप्ति मिलती है। भजन मंडली में बूढ़ी सयानी औरतें बाइयों की इस हेकड़ी और नए तौर-तरीक़ों पर ठंडी साँसें भरते हुए कहती हैं—"हमारे जमाने में तो ऐसा नहीं

था।" नए ज़माने के नए चलन, उनकी ठंडी साँसों पर कोई सुर नहीं सध पाता। उनकी संगत सिर्फ़ मजीरे के संग बैठ पाती है।

कॉलोनी वालों को तो बाइयों का पार्क में बैठना भी बड़ा नागवार गुज़रता है। उनके हिसाब से सारी पंचायत की जड़ ये पार्क ही हैं। ये बाइयाँ अगर एक साथ न उठे-बैठें, तो इतने फसाद ही न हों। लेकिन मजबूरी है। ये मजबूरी कहीं बाहर से नहीं, बल्कि घर के भीतर से ही आती है।

"कहीं बाइयाँ चली गईं तो? काम करने से मना कर दिया तो...?"

अम्माजी की ठसक बरकरार रहती है, बल्कि दिनोंदिन बढ़ती ही जाती है। वो कहती हैं—"जब ज्यादा काम के कम पैसे दोगी मैडम जी, तो हमरे नखरे तो झेलने ही पड़ेंगे। किस बात की गरमी दिखाते हैं, साहब जी। पारक में नहीं बैठेंगे, तो कहाँ बैठेंगे? बाइयाँ अपना खाना-पीना का तुमरे घर में करेंगी? वे हँसें-बोलें, रोएँ-गाएँ, उनकी मरजी। तुमने कभी सोचा कि सारा दिन बाइयाँ तुम्हारी कॉलोनी में काम करती हैं, तो वे शौच के लिए कहाँ जाएँगी? कभी किसी ने कहा कि चलो, मेरे घर में हल्की हो जाया करो।" उनकी इस बात पर बाइयाँ हँस पड़ती हैं।

उनतालीस नम्बर में किराए से रहने वाली कामिनी को बाइयों का हँसना ही तो बर्दाश्त नहीं होता है। उसके और बाइयों के बीच साँप-छछूँदर का खेल चलता रहता है। कोई किसी से कम नहीं पड़ता। कामिनी आए दिन सोसाइटी में उनकी शिकायत करती है। सक्सेना आंटी उसे बहुत समझाती हैं। हर महीने-दो महीने में समझौता कराती हैं। कोई भी बाई उसके यहाँ पन्द्रह दिन से ज़्यादा टिकती नहीं है। लीला से उसका छत्तीस का आँकड़ा है।

सावन के महीने में एक दिन लीला लाल रंग की नई साड़ी पहने कामिनी के घर के सामने से गुज़री, तो उसने तपाक से कहा—"क्या दिन आ गए। अब तो बाइयाँ भी मैचिंग करके साड़ी पहनने लगी हैं।" लीला ने आव देखा न ताव। फट से कहा—"तुमरा कलेजा काए को फुक रहा है। तुम हरी पहन लो। अपनी मेहनत की कमाई से पहने हैं। किसी से भीख नहीं माँगे हैं। बाइयों-सा कलेजा बड़ा करो। तुम पर भी मैचिंग फब जाएगी।" बस, फिर क्या था। सारे दिन इसी बात पर हंगामा होता रहा। सारी बाइयाँ बिना किसी काम के एक-एक कर कामिनी के घर के सामने से हँसती हुई गुज़रतीं रहीं। कभी दो-चार बातें करते हुए—"आज तू जँच रही है। अरे, तेरी तो चुड़ियें मैच कर रही हैं।" बड़ी मुश्किल से सक्सेना आंटी ने इस पर रोक लगाई। वो कामिनी को लाख समझातीं—"तुम इनके मुँह

मत लगा करो।" लेकिन उसकी दुम हर बार टेढ़ी ही निकलती।

कभी कहती—"लीला और प्रमिला तो जैसे कॉलोनी की कुक हैं। इनके पाँव तो ज़मीन पर ही नहीं पड़ते हैं। जाने क्या समझती हैं भाभी, ये अपने आपको। जैसे यह खाना नहीं बनाएँगी, तो कॉलोनी वाले भूखे मर जाएँगे।"

लीला और प्रमिला भी उसके घर पर लगी एक पेंटिंग पर जी भरकर हँसती हैं और 'हाय दैया', 'हाय दैया' करते सबको हँसाती हैं। बाकायदा उस पेंटिंग की पूरी नकल करती हैं। कामिनी के ड्राइंग रूम में 'फल बेचने वाली' की पेंटिंग लगी हुई है। पेंटिंग में एक स्त्री मुस्कुराती-सी कजरारी आँखों के संग भौंह को टेढ़ा किए, माथे पर लाल टीका, उसके नीचे और ऊपर चार छोटी-छोटी बिंदी, होंठों पर लाली, ठोड़ी पर सात टिकुली, काली धोती के संग चटक हरे रंग का पोलका, हाथ में गिलट के कड़े और बाजूबंद, गले में हँसली, बजट्टी, माथे पर गिलट की बेड़ी लगाए, कमर में करधनी और पाँव में आयलें संग में आँवड़ा कड़ा भी पहने हुए है। स्त्री के सिर पर टोकरी है और टोकरी में चमकदार और रंगीन फल हैं।

इस पेंटिंग पर लीला कहती है—"सचमुच की फल बेचने वाली अगर इसे देख ले, तो कितना हँसेगी। 'हाय दैया', 'हाय दैया' करते लोट-पोट हो जाएगी। सोचेगी कि अगर फलों की टोकरी लिए खड़ी हो जाए कोने में, तो क्या लगेगी वह भी इतनी लुभावनी और इतनी ही सुन्दर। धत्।"

सब एक साथ 'धत्' कहते हुए हँसती हैं। फिर लीला फल वाली बनकर कहती है—"चौराहे पर मुझ जैसी कई हर दिन सिर पर टोकरी लिये फल बेचती हैं। जो होते इतने गहने और सिंगार, तो काहे को भरी दुपहरी में हम अपना तन जलाते। आग लगे ससुरों की हँसी-ठिठोली को, मूँछोंबरों की मूँछें बर जाएँ, हमीं को सजा लिए अपने घर में। 'हाय दैया...।' कहती है कि इसको बनाने वाले की ही नहीं, इसको घर में लगाने वाले की भी मति फिर गई है। कुछ दिन तक सबने कामिनी को 'हाय दैया' कहा।

'हाय दैया' के दौरान पुनीता बाई, कामिनी के यहाँ लम्बी टिक गई। वो पार्क

की सारी बातें उसे सुनाती। दोनों की अच्छी निभ रही थी कि एक बार कसकर झगड़ा हो गया। उसने कहा—"मेरा हिसाब कर दो। कामिनी बोली—"काहे का हिसाब, कैसा हिसाब? अभी महीना पूरा नहीं हुआ। अधबीच में कोई हिसाब नहीं होता यहाँ।" कुछ दिन दोनों में तनातनी चलती रही। इसी बीच कामिनी ने एक दिन दो घंटे के लिए पवन की गाड़ी किराए पर ली। सबने उसे समझाया—"भैया पवन, कहाँ उलझ रहे हो। नागिन है वो नागिन। काम लग जाएँगे तुमरे। कॉलोनी से ही छुट्टी करा देएगी तुमरी। तुम उससे नहीं निपट पाओगे। वो हम लोगन को हर आए दिन डसती फिरती है। देख नहीं रहे का, पुनीता उसके काटे से कैसी नीली पड़ रही है।"

कुछ दिन बाद फिर कामिनी ने पवन से गाड़ी माँगी, तो वह बहाना बनाकर कट गया। कामिनी को समझते देर नहीं लगी कि किसके कमाल से पवन खिसक गया है। वो ग़ुस्से में थी और उसी समय पुनीता धमक गई—"हमरा हिसाब कर दो।" भयानक 'तू-तू-मैं-मैं' के बाद झूमा-झटकी हो गई, जिसमें पुनीता के कान का फ़िरोजी बुंदा टूट गया। आसपास के सब लोग कामिनी के घर के बाहर इकट्ठे हो गए। कुछ तो तुरत खिसक लिए कि कौन पचड़े में पड़े और कुछ धीरे-धीरे दाएँ-बाएँ हो गए। बेचारे अड़तीस और चालीस नम्बर वाले कहाँ और कैसे जाते। वो कहाँ भागते और कैसे भागते। मन मसोसकर खड़े रहे।

सक्सेना आंटी को ख़बर लग गई। घंटे भर के दंगल को उन्होंने बमुश्किल रोका। सारी बाइयों को किनारे किया, जो मारे डर के एक किनारे खड़ी काँप रही थीं, उन्हीं में से किसी ने आंटी और पुनीता के घर ख़बर की थी। पुनीता के घर के लोग मोटरसाइकिल पर चार बड़े से डंडे लेकर आ गए। अब कामिनी की हालत ख़राब। घर पर उसके और बच्चों के सिवाय कोई नहीं था। आंटी ने हिसाब कराया और पुनीता को पुचकारकर शान्त किया। उस दिन उन्होंने सबके सामने कामिनी को बहुत डाँटा-फटकारा। उन्होंने ही मामला पुलिस में नहीं जाने दिया।

कुछ दिन शान्ति रही। एक रात कामिनी होटल से डिनर के बाद घर लौट रही थी कि उसने दूर से देखा कि उसकी बालकनी पर कोई है। उसके पति ने ज़ोर से चिल्लाया—"कौन, कौन, कौन है?" ये 'कौन' इतना ख़तरनाक था कि वो 'कौन' पल भर में चीते की-सी फुर्ती में गायब हो गया। फिर सारी रात तमाशा, सारे

गाइर्स की परेड। उस रात के बाद पवन कई रातों तक बुलेरो में ही दुबका रहा। किसी भी समय उस पर गाज गिर सकती थी, क्योंकि यहाँ मामला सुरक्षा का था।

कामिनी ने फिर नया दाँव चला कि "उसने अपने घर के बाहर चारों ओर बिजली के तार बिछा दिए हैं। जो किसी को दिखेंगे नहीं, लेकिन करंट लगा देंगे।" इस पर सारी बाइयों ने उसका ख़ूब मज़ाक़ बनाया। लोग जितना हँसते, वो उतना ही उलझती। वो सब्ज़ी वाले से भी उलझ जाती। सब्ज़ी वाला बड़ी ज़ोर से 'सब्ज़ी...सब्ज़ी...सब्ज़ी...' की फेरी लगाता हुआ जैसे ही उसके घर के सामने से निकलता। वो एकदम से फट पड़ती—"इत्ता गला फाड़ के काए को चिल्ला रहा है। यहाँ सब बहरे हैं क्या? बड़ा आया सब्जी बेचने वाला। ऐसी कौन-सी नई सब्जी ले के आता है तू कि इतना शोर मचाता है। धीरे बोला कर। और अपने ये ठेले को बीच सड़क पर खड़ा क्यों करता है। साइड में लगाया कर, समझे।"

अब सब्ज़ी वाला घुटी हुई आवाज़ में उसके घर के सामने से 'स ब् जी...' कहता हुआ निकलता। कभी-कभार वो उससे सब्ज़ी लेती, तो कभी कहती—"हाँ, इतनी ही आवाज में बुलाया करो। जोर से बोलते हो, तो बच्चा नींद में चमक जाता है। फिर हमारे सारे काम धरे रह जाते हैं। अरे, जिसको सब्जी लेनी होगी, वो ख़ुद ही घर के बाहर आ जाएगा। तुम्हारे चिल्लाने से कौन जबरन सब्जी ले लेगा और आदमी कित्ती सब्जी लेगा तुमसे। अकेली सब्जी नहीं खाता कोई, समझे।"

कुछ दिन बाद कामिनी का ख़ुद का घर बन गया, तो वह चली गई। अब जब वो चली गई, तो सब पार्क में उसके बारे में घंटों बातें करती हैं। उसे याद करती हैं—"मन की अच्छी थी, लेकिन मुँह की बुरी थी। उसका गुस्सा तेज था। अपन ने भी तो कोई कसर नहीं छोड़ी।" फिर सबने मिलकर तय किया कि अब आगे से कभी ऐसा नहीं करेंगे। फालतू की 'तू-तू-मैं-मैं' में दिमाग़ ख़राब होता है, जी।

दिमाग़ सबका ख़राब होता है। किटी पार्टी और भजन से भी जब दिमाग़ सही नहीं हुआ, तो कम्युनिटी हॉल में सुबह-सुबह योगा की क्लास शुरू हो गई। आठ-दस से शुरू हुई क्लास में संख्या दिनोंदिन बढ़ती ही जा रही है। सब मंत्रोच्चार के बाद योग के आसन करती हैं। ताई कहती हैं—"महसूस करो कि तुम सब गोपियाँ हो।" कोई एक को मसखरी सूझती है, वो पूछती है—"अरे, फिर कृष्ण कहाँ है?"

ताई कहती हैं—"सोचो। मन में सोचो कि तुम हरे-भरे जंगल से गुजरते हुए, समुद्र और पहाड़ों को लाँघते हुए आकाश में उड़ रही हो। आकाश से धीरे-धीरे उतर रही हो। नदी किनारे आकर ठहर गई हो। नदी के ठंडे शीतल जल में स्नान कर रही हो।"

'हरि ओम', 'हरि ओम', 'हरि ओम' कहते योगा क्लास का समापन होता है।

चोरी-चुपके पवन मुँह अँधेरे नल पर आकर मुँह-हाथ धो लेता था। कभी-कभार हाथ-पाँव भी सीधे कर लेता था। अब वो योगा क्लास को गाड़ी में बैठे-बैठे देखता रहता है। कौन जाने वो भी हरे-भरे जंगल से गुज़रते हुए, समुद्र और पहाड़ों को लाँघते हुए आकाश में उड़ता हो। धीरे-धीरे आकाश से उतरते हुए नदी के ठंडे जल में स्नान करता हो या 'हरि ओम, हरि ओम, हरि ओम' करते क्लास के ख़त्म होने की प्रतीक्षा करता हो।

पवन रात-दिन उनींदे सपनों में खोया रहता है। जब वो शहर में साबुत घरों को टूटते देखता है, तो अवाक् रह जाता है। एक हूक उसके भीतर उठती है—"आख़िर लोग कैसे बने-बनाए घर को तोड़ सकते हैं। थोड़ी-बहुत मरम्मत तो समझ में आती है। लेकिन बने-बनाए साबुत घर को फिर से बनाने के लिए कोई कैसे तोड़ सकता है? आख़िर इनके पास इतना पैसा आता कहाँ से है? किस मिट्टी के बने हैं कि ढहती हुई मिट्टी को देख इनके बाहर और भीतर कुछ भी ढहता नहीं है।"

घर के ढहते ही पवन के भीतर मलबा जगह बनाने लगता है। उसके भीतर टूटते घर का हर एक कोना बजता है। टूटते घर के ढहते ईंट-गारे से वो अपना घर बनाने लगता है। कहते हैं कि कोनों से उसे बहुत प्यार है। अपने घर में वो चार नहीं, कई कोने बनाएगा।

"एक कोना चूल्हे पर खदगती देगची के लिए। एक कोना घिनौची के लिए। एक कोना आँगन से आकाश ताड़ने के लिए। एक कोना पेड़ों से झर गए पत्तों और चिड़ियों के घोंसलों के लिए। एक कोना चिमनी के लिए। एक कोना आले के लिए, जिस पर रखेगा वो अपना ताबीज। एक कोना जिसमें सब अँट जाएँ। एक जीने के लिए और एक ठंडी साँस लेकर मरने के लिए।" बुलेरो से टिका सन्नाटे से भरा सोचता है, "काश, गाड़ियों के भीतर भी कोने होते।" वो अपने भीतर बन रहे कोनों को भी मुड़-मुड़कर देखता है।

जब पवन को घर की बहुत ज़्यादा याद आने लगती है या जब कभी उसे

घर की बहुत ज़्यादा ज़रूरत महसूस होती है, तो रेलवे प्लेटफार्म पर चला जाता है। रेलगाड़ियों को आते-जाते देखता है। झोले को तकिया बनाकर प्लेटफार्म की बेंच पर पाँव सीधे करता है। कभी-कभी तो एक गहरी नींद निकाल लेता है। प्यास लगने पर नल से ओक बनाकर पानी पीता है। पटरियों पर स्नान करता है। लोटे की परछाईं पानी में तैरती है, जिसे देख उसे घर की याद बहुत सताती है।

रेलवे प्लेटफार्म पर वह एक दिन में कई दिन का जीवन जी लेता है। अगर रोज़-रोज़ आएगा, तो लोग उसे पहचानने लगेंगे। टीसी टिकिट माँगेगा। पुलिस वाला बिना वजह गरियाएगा। दिन बैठे-ठाले की मुसीबत बन जाएगा। इसलिए वह महीने में एक या दो बार ही आता है। एक बार में ही वो कई बार का आना-जाना कर लेता है।

वह ट्रेन पर ऐसे चढ़ता है, जैसे घर की सीढ़ियाँ चढ़ रहा हो। मुसाफिरों से ऐसे बतियाता है, जैसे पड़ोसियों से बात कर रहा हो। दिन ढलने के बाद रेलगाड़ियों को ऐसे विदा करता है, जैसे उसे उसके अपनों और खेत-खलिहानों ने विदा किया। रात ऐसे गुज़ारता है, जैसे उसके शहर आने से पहले पूरे घर ने जागते हुए गुज़ारी थी। घर...? एक तेज़ कूका मारती ट्रेन धड़धड़ाती पवन के भीतर से गुज़रती है। उसके तन और मन पर जाने कितनी खरोंचे हैं, लेकिन बुलेरो पर एक भी खरोंच नहीं आने देता। बुलेरो उसके मन की खिड़की है, जिस पर कोई परदा नहीं है।

शहर में कार को अपना घर बनाए पवन को कार के नहीं, घर के सपने आते हैं। एक ट्रक के पीछे लिखी पंक्तियों को जब-तब दोहराता है—

*क्यों बनाया गाड़ी बनाने वाले को*
*बेघर कर दिया गाड़ी चलाने वाले को।*

और वो भूरा अंग्रेज़? जो भरी दुपहरी में बीच सड़क एक अजीब खेल खेल रहा था।

उस दिन भूरे ने अपनी पोटली के कपड़ों को बिखेर दिया था। आसपास की टहनियों और लकड़ियों के साथ कुछ पत्थरों को इकट्ठा कर उन्हें एक

क्लासरूम की शक्ल दी और पोटली के कपड़ों को पुतले का आकार देते हुए उसने एक व्यवस्थित क्लास रूम बनाया और एक पत्थर पर किताब लेकर बैठ गया। कुछ इस तरह जैसे कि वो कुर्सी पर बैठकर पढ़ रहा है। कभी पढ़ाने भी लगता है। पुतले उसके विद्यार्थी हैं। वो उनकी तरफ़ से ख़ुद ही प्रश्न करता है और प्रोफ़ेसर बनकर ख़ुद ही जवाब देता है।

सुबह से शाम तक वो ये खेल खेलता रहा कि अचानक उसको जाने क्या सूझा कि उसने सारी क्लास को भयानक रूप से तितर-बितर कर दिया और अचानक से धायँ-धायँ-धायँ...। बहुत देर तक सारे पुतलों पर ताबड़तोड़ गोलियाँ बरसाता रहा। सारे पुतले लाश में तब्दील हो गए। इसके बाद भी वो लगातार गोलियाँ चलाता रहा। बन्दूक की आख़िरी गोली चलाने से पहले कमर पर हाथ रखकर चारों ओर देखता है, फिर क्लास में बिखरी लाशों के बीचोंबीच ख़ाली जगह पर 'फायर' चिल्लाते हुए ज़ोर-से पूरी ताक़त से फायर करता है। ख़ाली बन्दूक लिए बिखरी क्लास पर निगाह दौड़ाता है और सारे पुतले, जिन्हें वो जीवित विद्यार्थी से लाश में तब्दील कर चुका है, उन्हें एक-एक कर जमाता है। कुर्सियों पर सलीके से बिठाता है।

बिखर चुकी क्लास को व्यवस्थित करता है। अपने दोनों हाथ बाँधकर थोड़ी देर खड़ा रहता है। बहुत ही बारीकी से मुआयना करता है कि करीने और सलीके में कोई कमी तो नहीं है। आश्वस्त होता है और फिर पत्थर पर बैठकर किताब पढ़ने लगता है।

भूरे का यह खेल सब दम साधकर देखते हैं। जब-तब वो यह खेल दोहराता है। उसकी रचित ये क्लास ऐसा भ्रम रचती है कि जिस पेड़ की टहनी को वो बन्दूक बनाता है, उस पेड़ पर भी चुप्पी छा जाती है। कुछ देर के लिए चिड़ियाँ उड़ना और चहकना छोड़ देती हैं। लोग उस पेड़ से दूरी बरतते हैं। यदि कोई बच्चा उस पेड़ की टहनी पर लूमता है या उसे छूने और तोड़ने की कोशिश करता है, तो सब उसे ऐसा करने से मना करते हैं, रोकते हैं।

इधर प्रमिला कई दिनों से बहुत परेशान है। उसके घर की दीवार घड़ी बन्द हो

जाती है। नया सेल लगाती है, फिर भी नहीं चलती है। पुराना सेल लगाकर उसे थोड़ा सा ठोकती है कि घड़ी चल पड़ती है। इस चला-चली में एक्र रंग के सेल में नए और पुराने का भेद ख़त्म हो जाता है। पुराने सेल से ही घड़ी कुछ दिन चलती है और फिर अचानक रुक जाती है। वो फिर ठोकती है तो फिर चल पड़ती है। नई घड़ी तो वो चाहकर भी ख़रीद नहीं सकती। एक तो पैसे नहीं हैं और दूजे तिकोने घर के आकार की यह घड़ी उसके मन के बहुत क़रीब है। उसकी आँखों में रच-बस गई है।

ऐसे तिकोने आकार के घर उसे बहुत अच्छे लगते हैं। उसे हमेशा से ऐसा लगता रहा है कि घर हो तो ऐसा! दीवार पर टँगी घड़ी उसे अहसास दिलाती है कि उसे जैसा घर चाहिए, वैसा घर उसके घर में है। उसके सपनों का घर। उसके मन का घर। बोलता-बतियाता दीवार पर टँगा हुआ उसे एक आश्वस्ति से भरता है कि एक दिन वो इसी के भीतर रहेगी। घड़ी की टिक-टिक को वो घड़ी का बोलना-बतियाना कहती है।

जब कभी वो कोटरा के बाज़ार जाती है, तो उस घड़ी की दुकान को देखना नहीं भूलती। छोटी सी दुकान जो कि बीच बाज़ार में है। उसे बहुत अच्छी लगती है। एक दिन भरी दोपहर में जब वो कोटरा में घड़ी की दुकान पर गई, तो जैसा कि होना था, दुकान खुली हुई थी, जिसमें से बहुत सारी घड़ियाँ उसे अपनी ओर देखती दिखाई दीं। घड़ीसाज़ नहीं था। एक आदमी जो कि दुकान पर रखे छोटे से स्टूल पर बैठा हुआ था, उससे प्रमिला ने पूछा—"भैया, ये भैया कहाँ गए?"

"सिटी गए हैं।" बीड़ी का लम्बा कश लेकर धुआँ छोड़ते उसने जवाब दिया।

"कब तक आएँगे?"

"हमें क्या पता। फोन कर लो।"

"मेरे पास नम्बर नहीं है और मोबाइल भी नहीं है।" प्रमिला ने घड़ियों की ओर देखते कहा। उस आदमी ने पहले बीड़ी को ख़त्म किया, फिर अपनी जेब से नोकिया का छोटा वाला मोबाइल (बिल्कुल वैसा ही जैसा कि प्रमिला के पास है) निकाला। बहुत देर तक घंटी बजती रही लेकिन...? फिर उसने मोबाइल को जेब में रखते हुए कहा कि—"उठा नहीं रहे हैं। घड़ी ठीक कराने आई हो? छोड़ जाओ, बाद में आकर ले जाना।" इस बीच उसने दूसरी बीड़ी सुलगा ली।

"तुम बैठे रहोगे न, भैया? उनके आने तक।" प्रमिला ने उससे पूछा।

"हम काए को बैठे रहेंगे? हम तो ऐसे ही सुस्ता रहे हैं। अभी बीड़ी पीकर जा रहे हैं, बस्स।"

प्रमिला अकबका गई—"भैया, ये ऐसे दुकान छोड़कर चले जाते हैं। डर नहीं लगता। कोई घड़ी उठाकर चला जाएगा तो?"

"कौन उठाएगा? घड़ी जैसी चीज सबके पास तो होती है। क्या करेगा कोई घड़ियों का अंबार लगा के।" कहते वो बीड़ी के कश लगाता हुआ उठकर चला गया। खुली ख़ाली दुकान को देख वो घबरा गई और जल्दी से वो भी चलती बनी।

इस वाक़ये को सबको बार-बार सुनाती है।

"नासपीटा, ऐसा कह रहा था कि घड़ी जैसी चीज़ को कौन उठाएगा? अब बताओ। ऐसे कोई बोलता है, क्या?" इस बात पर पवन उसे देखते हुए बहुत धीरे से मुस्कुराता है। वो सोचता है और मन ही मन बहुत ख़ुश होता है कि आख़िर घड़ी से भी कोई इतना प्यार कर सकता है क्या?

प्रमिला बहुत शऊर वाली है। बहुत सलीके से रहती है और उसका व्यवहार भी बहुत अच्छा है। वह बहुत संभ्रांत क़िस्म की है। जब कभी वो ठेले से सब्ज़ी लेती है, तो लोग उसे चौबीस नम्बर बँगले वाली समझते हैं। सब्ज़ी वाला जो कि सालों से कॉलोनी में ठेला लेकर घूम रहा है, वो भी कई महीनों तक उसे देख गच्चे खाता रहा। सारे कामगारों से अलग है, प्रमिला।

वो कभी किसी के घर से खाना लेकर अपने घर नहीं जाती। कभी किसी से कपड़े-लत्ते नहीं लेती। होली-दीवाली पर इनाम-इकराम नहीं माँगती। बहुत धीरे बोलती है। सलीके से कपड़े-लत्ते पहनती है और सलीके से श्रृंगार करती है। चार घरों में खाना बनाती है और एक घर में खाना, कपड़ा, बर्तन के साथ सारे फुटकर काम भी। उसका काम इतना अच्छा और शानदार है कि हर दूसरा उसे अपने यहाँ काम पर रखना चाहता है। वो कितने घर में काम करेगी? सबके यहाँ खाना बनाने और काम का समय एक ही है। आख़िरकार वो फट के छह तो नहीं हो सकती न?

प्रमिला तिकोने वाली घड़ी के बन्द होने से तो परेशान है ही, लेकिन कुछ और भी है जिसने उसका जीना दूभर कर रखा है। वह दिन-ब-दिन झटकती जा रही है। उदास और गुमसुम रहने लगी है। उसकी चमक भी फीकी पड़ती जा रही है। उसे देखकर ऐसा लगता है जैसे किसी ने कोरे सफ़ेद काग़ज़ पर सुन्दर लिखावट होने के बाद भी स्याही की दवात पलट दी हो। आख़िर

सुन्दर, सलीके से लिखे हुए काग़ज़ को फिर से गूद देने के पीछे कौन से कारण हो सकते हैं?

बात ये है कि प्रमिला के पति को एक साल पहले हार्ट अटैक आया था। उसे आधी रात में पास के एक निजी अस्पताल में भरती कराया। वो पन्द्रह दिन अस्पताल में रहा। प्रमिला ने पैसे का मुँह न देखा और सत्तर हज़ार रुपए का बिल चुकाया।

इस पर सबने कहा—"अरे, बाप रे! तुम्हारे इतने सारे पैसे लग गए। कैसे चुकाओगी अब?" इस बात का उसे बहुत बुरा लगा। बोली—"दीदी, सब पैसों की बात कर रहे हैं कि तुम्हारे इतने पैसे लग गए। कोई यह नहीं कह रहा कि तुमने अपने पति की जान बचा ली। सारी मैडम यही कह रही हैं, कितना महँगा इलाज कराया। सरकारी अस्पताल में जाना था। अब सरकारी में इन्हें कुछ हो जाता तो?"

दो साल बाद पति को फिर से अटैक आया। लेकिन 'जान बची तो लाखों पाए' सोचकर मन को शान्त किया। वो धीरे-धीरे ठीक होने लगे। कुछ दिन बाद मालूम हुआ कि अटैक के बाद कमज़ोर हो गए हैं। सारी रात करवट बदलकर सोते हैं। रात का सुख गायब हो गया। अँधरे के सुख को किसी की नज़र लग गई।

प्रमिला ने यह भी बर्दाश्त कर लिया, लेकिन पतिदेव न कर पाए। कैसे करते? फिर उन्होंने जो किया, उसे वो बर्दाश्त न कर सकी। इतने बड़े पहाड़ से दुख को प्रमिला ने कैसे हँसकर सह लिया? शक की बुनियाद यहीं से पड़ गई। वो पगला गया और रात-दिन निगरानी में लग गया। और इस निष्कर्ष पर पहुँचा कि जिस सुख से वो वंचित है, प्रमिला उसको कहीं और से प्राप्त कर रही है।

सारी कॉलोनी में यह बात फैल गई या कहें कि उसने निगरानी करके यह तोड़ निकाला कि प्रमिला और शर्मा मैडम के ड्राइवर पप्पू के बीच सम्बन्ध हैं। एक बार वो पप्पू को मारने भी दौड़ा। उसने ज़िद पकड़ ली कि प्रमिला, शर्मा मैडम के यहाँ काम करना बन्द करे। इधर प्रमिला ने भी ज़िद पकड़ ली—"जब मैं सच्ची हूँ तो काहे को डरूँ। मैं तो काम नहीं छोड़ूँगी।"

उसने यह भी कहा—"अगर तुम्हारे मन में यह बात थी, तो तुम पहले मुझसे पूछते। प्यार से कहते, तो मैं काम छोड़ भी देती। लेकिन तुमने मुझे कहीं भी मुँह

दिखाने लायक नहीं छोड़ा। अब तो मैं उनका क्या, पूरी कॉलोनी में ही किसी का काम नहीं छोड़ूँगी। तुमसे ज़ो बने सो कर लो।"

शर्मा मैडम ने और दूसरी मैडम और अम्माजी ने उसके पति को समझाया, तो वो समझ भी गया। लेकिन सुख का काँटा जव-तब उसे चुभता। उस काँटे को निकालने के लिए प्रमिला हर करम कर रही है। बाबाओं के चक्कर काटने के साथ डॉक्टर से इलाज भी करवा रही है। इसमें उसके मंगलसूत्र की बलि चढ़ चुकी है और पतिदेव का ऑटो गिरवी रखा हुआ है। रोग जितना गुप्त है, इलाज उतना ही खुला हुआ है।

सबको ख़बर है कि सुख की ख़ातिर पानी की तरह पैसा बह रहा है। दुख का यह काँटा प्रमिला के भीतर तक गड़ा हुआ है, जो निकाले नहीं निकलता। तिस पर तिकोने घर के आकार वाली घड़ी बन्द हो जाती है। वो न नए सेल से चलती है, न पुराने सेल से चलती है। घड़ी की टिक-टिक क्या बन्द हुई, जीवन से धिक-धिक चली गई।

अब प्रमिला का चित्त ठिकाने नहीं रहता। बहुत बेचैन रहती है। किसी काम में मन नहीं लगता। उसके हाथ का स्वाद चला गया। बर्तन भी अब पहले की तरह नहीं चमकते। कपड़ों का क्या कहना? सूखने के बाद ही रहस्य से परदा उठता है कि कॉलर में मैल चिपका रह गया है। सब उसके दुख से दुखी हैं, लेकिन उससे कैसे पार पाया जाए। वो कहती है—"दीदी, अब इस उमर में कहाँ जाऊँगी मैं? और इनको छोड़ूँगी कैसे? बच्चे बड़े हो गए हैं। नाती-पोते वाले हैं, हम लोग। अरे, आदमी को अपने मन को कहीं और लगा लेना चाहिए। लेकिन ये हैं कि एक ही चीज़ के पीछे पड़े हैं। जैसे उसके बिना इनके प्राण ही नहीं निकलेंगे।" रात-दिन यही सब सोचती रहती है कि एक दिन ऐसा हुआ कि उसे ख़ुद पर शर्म आने लगी है।

हुआ यह कि शर्मा मैडम के यहाँ गाँव से घी आया। साहब ने प्रमिला को घी की डोलची ख़ाली करने के लिए दी। सुख की धुन से परेशान अशान्त चित्त लिये प्रमिला ने डोलची ली और किचिन में जाकर घी के बड़े डिब्बे में खाली कर दी और तुरत साहब के बग़ल में बैठे घी वाले को पकड़ाने वाली थी ही कि साहब ने डोलची को ओक लिया। प्रमिला की ओर एकटक देखते शर्मा जी दबे स्वर में बोले—"इसमें अभी बहुत घी है। ठीक से खाली कर के लाओ।"

उसने डोलची अपने हाथ में ली और देखा, तो वो पानी-पानी हो गई। क्योंकि डोलची में सच में थोड़ा-सा घी बचा रह गया था। उस दिन उसे ख़ुद पर बहुत शर्म आई। ख़ुद को कोसते हुए उसने फिर सही मायने में घी ख़ाली किया। एक बूँद भी घी न छूटने पाया। उसने डोलची को पूरी तरह ख़ाली करने के बाद गुँथे हुए आटे से कई बार पोंछा। इतना ज़्यादा कि डोलची कि तह तक सूख गई। आँखें नीची किए उसने मैडम को डोलची पकड़ाई। मारे शर्म के ख़ुद शर्मा जी के पास न जा पाई। कई दिन तक वो शर्मा जी से आँख न मिला सकी।

क्या करे? कॉलोनी में काम छोड़ दे या ख़ुद को छोड़ दे। सुख को तो वो कब का छोड़ चुकी है। लेकिन पतिदेव जो कि सुख की चाह में सूखकर काँटा हुए जा रहे हैं, उनकी चाहत का क्या करे? अब वो टिक-टिक करती या बन्द होती घड़ी से भी मुँह फेर लेती है। तिकोने वाले घर के सपने भी अब उसे नहीं आते। उसकी सहेलियाँ कहती हैं—"चमेली वाले बाबा के यहाँ से धूप ले लो। सब ठीक हो जाएगा। लेकिन वो ऐसा कुछ नहीं करती। उसे यह सब बताने में बहुत शर्म आती है। वो किसी थार या किसी बाबा के यहाँ नहीं जाती। पतिदेव कहते हैं—"तू जा। पूछकर आ कि अपने सुख के दिन कब आएँगे। किसी ने कुछ कर दिया है। तू जाकर बन्द खुलवाकर आ।"

घर में आए दिन झगड़े होते हैं। इसी से तंग आकर उसने एक दिन मैडम के यहाँ सल्फास की गोली खा ली। उसकी बिगड़ती हालत को देखकर शर्मा मैडम के होश उड़ गए। उन्होंने तुरत उसे पानी पिलाया। पंखे की हवा में लिटाया और उसके बेटे और पति को फोन कर बुलाया। ख़ुद डॉक्टर को फोन किया और बग़ल के एक अस्पताल में भरती करवाया। इस घटना के बाद कुछ दिन तक पतिदेव डरे-डरे रहे। दो-तीन महीने शान्ति से निकले। लेकिन सुख? वो भी अँधेरे का सुख! जब-तब कुलाँचें भरता है और कॉलोनी में बैठे-ठाले लोगों के मनोरंजन का साधन बन जाता है।

पवन कभी भी इस मनोरंजन में शामिल नहीं होता है। इस घटना के बाद से ज़्यादा ही घबराया रहता है। मेल-जोल भी कम कर दिया है। प्रमिला जिस रास्ते होती है, वहाँ अपनी परछाईं भी नहीं पड़ने देता। ऊपर वाले का शुक्रिया अदा करता है कि शक की सुई ड्राइवर पप्पू की जगह ड्राइवर पवन पर नहीं अटकी। अगर ऐसा हो जाता तो? ऐसा सोचते ही उसे बहुत तेज़ घबराहट होती है और वो बिना वजह गाड़ी के वायपर चला देता है।

प्रमिला कहती है—"मेरी किस्मत ही खराब है। नहीं तो, यह मुसीबत आती ही क्यों। ये इतने बदल जाएँगे। मैंने तो कभी सोचा ही नहीं था। इनने तो लोक-लाज सब त्याग दी। न यह किसी के समझाने से समझते हैं। सब मैडमों ने कहा कि इनका इलाज कराओ। वो भी करा रही हूँ। लेकिन इनमें धीरज ही नहीं है। थोड़ा सबर तो करें। दवाइयाँ कोई जादू होती हैं क्या कि फक से उजाला कर देंगी। मुझे तो कोई चाह ही नहीं है अब। बच्चों का मुँह देख-देखकर जिन्दा हूँ मैं। चाहे कुछ हो जाए। मैं कॉलोनी के काम नहीं छोड़ूँगी। मुझे सबरी मैडमों का भौत आसरा है। वे ही बचाएँगी मुझे। इनकी तरह बीच मझधार में तो नहीं छोड़ेंगी न?" सूखा कंठ लिये सूखकर काँटा हो रही, सूखी नदी को पार कर रही है, जिसमें उसकी घड़ी की टिक-टिक की आवाज़ भी खो गई है।

कभी न ख़त्म होने वाली कहानियाँ गले में फाँस की तरह चुभती हैं?

कौन से घर के सपने आते होंगे?

पवन ने भी तो बचपन में घर-घर खेला होगा। गुड्डे-गुड़िया के ब्याह में कभी बाराती, तो कभी दूल्हा बना होगा। अपनी गुड़िया को घर लाया होगा, कभी घराती बनकर बाजे-गाजे के संग अपनी गुड़िया को विदा किया होगा। हो सकता है कि वो ही घर आँखों में तैरता हो। जब तेज़ बारिश में तड़कती बूँदें तड़-तड़ तड़कती हैं, तब पानी और नींद के बीच कौन से घर में छप्पर डालता होगा?

आधी रात की बारिश कई बार उसे डरा भी देती है। भयावह अंदेशों से घिरा सारी रात सो नहीं पाता। जब साँस लेना भी दूभर हो जाता है, तो घुप्प अँधेरे में गाड़ी के भीतर से धुंध में छाए शीशे के ऊपर अपनी ठोड़ी टिकाए बारिश से कहता है—"थोड़ा रुक भी जाओ। तनक मुड़ भी जाओ। हम जैसों पर काए इतना कहर ढहाती हो।"

बारिश भी तो कई बार अति कर देती है। सब कुछ अपनी मरज़ी से करती है। दूसरों के हिसाब से रुकना और पलटना जानती ही नहीं। पवन की तरफ़ से सोचो, तो बारिश में कहीं कुछ कमी है। समुद्र, पहाड़, हवाई जहाज़, ट्रेन,

महल, झोंपड़े, किस्तों की बुलेरो सब पर एक जैसी धार पर बरसती है। जब खेतों को ज़रूरत होती है, तब बिल्कुल नहीं बरसती है। उसे बारिश में ऐब ही ऐब नज़र आते हैं।

इसी बीच एक ख़ुशख़बरी आई, जिसमें हेमा का रंग स्याह हो जाता है। जो भी सुनता या सुनती है, वो दाँतों तले उँगली दबा लेती है। ख़ुशी का यह रूप सब पहली बार देख रहे थे। वो किसी को बता नहीं रही थी। उसने सिर्फ़ एक को बताया था और बात एक से होते-होते सब तक पहुँच गई थी। सब उसकी मदद करना चाहते थे। लेकिन डॉक्टर ने किसी भी तरह की मदद से इनकार कर दिया। इतना ही नहीं, उसे किसी भी तरह की मदद न लेने से आगाह भी किया। अम्माजी और उनकी टोली सब इस समय निशब्द थे। वो सब ख़ुशी को दाँतों तले दबा रहे थे।

हेमा को चार बेटियाँ हैं। सबसे बड़ी कॉलेज में और सबसे छोटी आठवीं क्लास में है। हेमा की उम्र कोई पैंतीस-चालीस के आसपास होगी। कई सालों से उसकी माहवारी अनियमित है। कभी होती है, तो कभी महीनों नहीं होती है। यहीं वह गच्चा खा गई। उसे कई दिनों से लग रहा था कि पेट में कुछ हिल-डुल रहा है। वह समझी नहीं, लेकिन जब वो कुछ ज़्यादा ही हिलने-डुलने लगा, तो डॉक्टर के पास गई। मालूम हुआ कि वह माँ बनने वाली है। पाँच-छह महीने का गर्भ और उसे रत्ती भर भी ख़बर नहीं। कहीं कोई गुंजाइश नहीं। जन्म देना ही होगा। कुछ महीने पहले ही उसे टाइफाइड हुआ था और पूरा आराम न मिलने के कारण वह लौटकर भी आ गया था। उसकी हालत बहुत कमज़ोर हो गई है। सब पूरे समय यही बातें करती रहती हैं कि वो यह जापा सँभाल भी पाएगी कि नहीं। उसमें ख़ून की बहुत कमी है। इसलिए डॉक्टर ने दो महीने पहले से ही उसे पूरी तरह आराम करने की सलाह दी है।

तीन महीने बाद वो फिर काम पर लौट आई है। वो पाँच घरों में काम करती थी, जिनमें से दो छूट गए और तीन वापस मिल गए। हेमा के घर एक नन्ही परी आई है! उसने उसका नाम सोना रखा है।

पवन झमाझम बारिश में आकाश को ताड़ता है। जीवन को समझने का कोई सुराग उसके हाथ नहीं लगता है।

अंजू की बातें सबका मन मोहती हैं। उसके जैसा अच्छा और खुला मन किसी और के पास नहीं है। अच्छा तो सबको अच्छा-अच्छा लगता है। लेकिन अच्छे के साथ खुलापन बहुत कम को अच्छा लगता है। जो मुँह में आया वो एकदम सटाक से कह देना। सुनने वाले के कान में साँप लहराने लगते हैं। वे सिर्फ़ लहराते ही नहीं, डसते भी हैं। सच कड़वा होता है, लेकिन डसता बहुत है।

वो बहुत हँसमुख स्वभाव की है। सबसे बात करती है। बड़े-छोटे, आदमी-औरत किसी तरह का भेद नहीं रखती है। वो हर भेदभाव के परे खुलकर बात करने वाली है। ये सोचे बगैर कि सामने वाले को कैसा लगेगा? उसे जो ठीक लगता है, वही कहती है। सबके लिए लड़ने वाली और अपनी लड़ाई ख़ुद लड़ने वाली अंजू कभी-कभी उदास हो जाती है। बहुत गहरी उदासी में घिरी एकदम चुप। सारी झंकार और फटकार घर लेकर चली जाती है। सारा क़िस्सा पतिदेव तन्मय होकर सुनते हैं और आख़िर में ऐब उसमें ही निकालते हैं। बल्कि कई बार तो अधबीच में ही फरमान जारी हो जाता है—"नहीं-नहीं, सारी गलती तेरी है। तेरे जैसी मुँहफट के साथ यही होना चाहिए।" कभी किसी को कुछ कह देने से उसका मन भी ख़राब हो जाता है। कई बार तो उसकी ग़लती नहीं भी होती है, तब भी सारा दोष उसी पर मढ़ा जाता है। कई बार उसे ख़ुद लगता है कि उलझने की ज़रूरत नहीं थी और वह बिना वजह ही उलझ गई। अपने इसी दुख और उलझन को घर जाकर बाँटती है। दुख और संताप सौ गुना से बढ़कर हज़ार गुना हो जाता है। पतिदेव हर समय ऐब निकालने के लिए मुस्तैद रहते हैं। उसकी संटी हर समय प्रतीक्षा में टन रहती है।

रोज़-रोज़ की यह चिकचिक देखकर एक दिन अम्माजी ने उसे बहुत बुरी तरह तान दिया—"तू पूरी पंचायत काए को अपने आदमी को सुनाती है। जब तोए उसका स्वभाव मालूम है तो।"

इस बार उसने मिर्ची के पेड़ की क़सम खाई है कि वह सुरेश को कॉलोनी

की कोई बात नहीं बताएगी। कुछ दिन के लिए ऐब निकालने वाली मशीन को आराम दिया जाएगा।

"जीवन कोई कच्ची मिट्टी तो है नहीं कि उसे अपने मन का आकार दे दिया जाए।" अम्माजी हर समय सबको यही समझाती हैं। सच ही तो कहती हैं। आपका अपना जीवन आपका अकेले का कहाँ होता है। उसके बनने और गढ़ने में हज़ार हाथ होते हैं। मन के मीत का आकार भी बदलता जाता है। सबको संग-साथ लेकर चलने में ही भलाई है। बस, यहीं इसी बात पर अंजू की भौहें तन जाती हैं।

"यह कोई बात हुई। जरा सी किसी के मन की न करो, तो मन के घड़े में हज़ार छेद हो जाते हैं। 'टप-टप' पानी टपकता है। इत्ता ज़्यादा कि पूरा तसला भर जाता है। अम्माजी, तुम ही बताओ हम लोग रात-दिन हाड़-तोड़ मेहनत करें और फिर घर जाके इनके नखरे झेलें।" उसकी इस बात पर सब उसकी हाँ में हाँ मिलाती हैं।

अम्माजी इसका भी तोड़ निकाल लेती हैं—"अरे, तेरा आदमी थोड़ा मन का कच्चा है, तो काहे उसे बार-बार आग पे बिठाती है। मत पकाए उसे, कच्चा ही रहने दे। वो तेरे को दुनिया-जहान की बातें सुनाता है का? जो तू घर जाके पूरी रामायण सुनाती है।"

बेघर पवन के कान में घर की ये महाभारत छन-छनकर पहुँचती है। ऐसे समय घर उसके भीतर मरोड़ की तरह उठता है। वो हँसता है, तो घर भी हँसने लगता है। अबकी घर जाएगा, तो सबके साथ हँसी-ख़ुशी रहेगा। किसी बात पर मुँह नहीं बनाएगा और बिना वजह किसी पर चिल्लाएगा भी नहीं। किसी का ग़ुस्सा किसी पर निकाल देने की उसकी भी बहुत बुरी आदत है। उसकी ऐसी बातें सुनकर श्याम एंड कम्पनी उसके बहुत मज़े लेती है। ऐसे समय पवन एक साथ दो चाय पी लेता है।

चाय के खोखे पर पवन पूरी चाय पी भी न पाया था कि गरम चाय उसके गले में फँसी रह गई। भीड़ को चीरता वो कंजड़ियों के एकदम पास पहुँच गया।

वो तीन कंजड़ी जिन्हें सब पारदी कह रहे थे, धारदार चेहरे वाली वो तीनों लोहा चोरी करते पकड़ ली गई थीं। सौ-डेढ़ सौ लोगों से घिरी हुई वे लोहे के साथ बैठी थीं। कोई ललकार रहा था, तो कोई पुलिस को फोन कर रहा था। वे कॉलोनी के फेंसिंग तारों को काटते हुए कई दिनों से लोहा पार कर रही थीं। लेकिन आज सवेरे मुँह अँधेरे पकड़ी गईं। जिस ऑटो में वे लोहा लेकर जाती थीं, वो उन्हें लोहे के साथ छोड़कर भाग निकला।

एक कंजड़ी रो रही है। दूसरी कह रही है—"हम अकेले थोड़ी न चोर हैं, और भी तो चोर हैं। तुम अपना लोहा ले लो और हमें जाने दो।"

"वाह, सयानी! हम तुझे जाने दें। ताकि तू कल फिर हमको चूना लगाए। अरे, दुनिया चोर है, तो क्या तुझे चोरी का लाइसेंस मिल गया है।" जिसका लोहा था, वो एकदम से तनक गया। उसके हाथ में डंडा था। सड़क के पार के लोग इस तरफ़ दौड़ते हुए आ रहे हैं। पहली कंजड़ी उन्हें आते देख और ज़ोर से रोने लगी है। तीसरी जो अभी तक चुप थी। वो बोली—"मन्दिर में चलकर क़सम खिलवा लो, भगवान जी के सामने। हम यहाँ फिर कभी नहीं आएँगे।" उसकी लोहे जैसी सख़्त आवाज़ में भी धार थी।

भीड़ कभी भी उग्र हो सकती है।

'जय काली माँ' के मन्दिर में आरती का समय हो गया है, लेकिन इतनी भीड़ के बाद भी कोई आरती में शामिल होने नहीं गया। सब कंजड़ियों की आरती जो उतार रहे हैं। उनकी आरती उतरते देख पवन को बहुत तेज़ धुकधुकी होने लगी। ऐसे समय वो अजीब से अंदेशों से घिर जाता है। श्याम बमुश्किल उसे कॉलोनी के भीतर लेकर आ पाया।

अम्माजी ने पवन और सबको जीवन का मतलब समझाया। पंचायत जमी हुई थी। सब फ़ुर्सत में थे। वो बोलीं—"देखो, ध्यान से सुनो। बीच में कोई चूँ-चपड़ नहीं करेगा। टोका-टाकी से हमरा भौत दिमाग खराब हो जाता है।"

तीन गोले बनाए और बोलीं—"तो ये सूखा आटा है। ये नमक और ये पानी है। जे तीनों अलग-अलग हैं। तीनों के मायने अभी भी हैं। मनो, हमरे-तुमरे

कोई काम के नहीं हैं। जब ये मिल जाएँगे। एक हो जाएँगे। अपन इन्हें कस के एक-दूसरे में मिला देंगे, तो यह आटा बन जाएँगे। अभी भी एक चीज की कमी है और वो है आग। इन सबके मिलने से ही रोटी बनेगी, जो हमारे पेट की आग को ठंडक देएगी। तो हमरा-तुमरा जीवन भी ऐसा ही है। आटा + नमक + पानी + आग। भूख लगने पर इन्हें अलग-अलग तो नहीं लील सकते न? जब रोटी बनेगी, तब ही तो पेट की आग बुझेगी न?"

सबने हाँ में हाँ मिलाई। लेकिन रेवा ने न सिर हिलाया, न ही हँसी।

रेवा शब्दों की जगह हँसी से काम चला लेती है। मन लगाकर काम करती है और हमेशा हँसती रहती है। वो अम्माजी के आटा + नमक + पानी + आग की कहानी बड़े ध्यान से सुन रही थी। लेकिन उसे कुछ कूत नहीं पड़ रहा था। हँसते हुए बहुत भोलेपन से पवन की ओर देखते हुए उसने पूछा—"अम्माजी, हमको बात तो अच्छी लगी, लेकिन कुछ समझ नहीं आया।"

अम्माजी ने कसकर उसे घूरकर देखा और तमकते हुए बोलीं—"तनिक अपने दिमाग की झाड़ू लगाया कर तू। दिन भर दाँत दिखाती फिरती है। हँसने से फुरसत मिलेगी, तब तो कुछ समझ आएगा तुझे।" सब एक साथ ज़ोर से हँस पड़ीं, जिसमें कि लीला भीम की हँसी रोके न रुकी। वो ख़ूब लम्बी-चौड़ी और बलशाली है। सब उसे लीला भीम कहकर बुलाते हैं। वो बोली—"पगलिया, तू इस आटा, नमक, पानी और आग के फेर में पड़ेगी, तो हँसना भूल जाएगी। उजले दाँत उजले न रह पाएँगे। तनक अपने हाथ-पाँव कर्रे कर ले। फिर दिमाग ए कर्रो करिए।"

पवन आश्वस्त हुआ, तो अंजू को चुहल सूझी—"और अम्माजी, जे पवन भैया।" सब हँस पड़े।

अंजू फिर बोली--"तो पवन भैया, जब तक जीवन में आग न होए, तब तक ज़ीवन भी कछु जीवन है। हमरी न मानो, तो श्याम से पूछ लो। देखो, कैसे लहकत आ रहे हैं वे।"

उस दिन पवन भी खुलकर मुस्कुराया था। श्याम को देखते ही अम्माजी भड़क गईं—"नासपीटा, सबेरे से ही शुरू हो जाता है।" श्याम ने उन सबको पहले ही देख लिया था। सुरापान के बाद उसकी आँखें कुछ ज़्यादा ही पनीली और पैनी हो जाती हैं। वे सब उसके पास आने की प्रतीक्षा कर रहे थे कि उसने रास्ता बदल लिया। वो पार्क नम्बर दो में आने की बजाय पार्क नम्बर चार की

गली में मुड़ गया। उसके मुड़ते ही हेमा मास्टरनी बोल पड़ी—"देख रही हो, अम्माजी। जे अब चार नम्बर पारक में जाके पहले बीड़ी धौंकेगा। उसके बाद झाड़ू उठाएगा।"

काम का समय था। सब एक-एक कर खिसक गए। लेकिन रानी बच्चे को लिये पार्क में ही बैठी रही। रानी बच्चा सँभालने वाली लड़की है। वो अपने घर-परिवार से दूर यहीं कॉलोनी में मालकिन के घर में ही रहती है। रात में सोने से पहले ब्रश करती है और सुबह सबसे पहले उठकर सारे कामों से निपटती है। ताकि जब सब सोकर उठें, तो वो किसी की आँख की किरकिरी न बने। भरी दुपहर, शाम, आधी रात उसकी दिनचर्या बच्चे से है। बच्चे के सो जाने पर ख़ुद को गायब कर लेती है। घर में ऐसे रहती है कि मालिक-मालकिन को यह अहसास बना रहे कि घर में उनके सिवाय और कोई नहीं है। ऐसे समय रानी को सपने भी दुबककर आते हैं।

घर की गंध और सहेलियों की बातें उसे बहुत याद आती हैं, जिन्हें अपने संग लिये वह करवटें बदलती है। वो जब कभी घर जाती है, उसे देखकर बस्ती के लोग बहुत ख़ुश होते हैं। उसके कपड़ों और सैंडिलों को निहारते हैं। यह सुनकर आश्चर्य में पड़ जाते हैं कि वो कार में बैठकर बाज़ार और फ़िल्म देखने जाती है। लेकिन इतना सब कुछ के बाद भी रानी खिली-खिली और ख़ुश-ख़ुश नहीं रहती। उदास और अनमनी रहती है। उसे देखकर हमेशा ऐसा लगता है कि कहीं ऐसा तो नहीं कि जब-जब वो स्वप्न में जाती हो, तब-तब बच्चे के रोने की आवाज़ उसके सपनों को तोड़ती हो।

आदमी क्या सोचता है और क्या होकर रह जाता है। एक सीधा-सच्चा जीवन जीना भी कितना टेढ़ा काम है। अबकी पवन गया है, तो बहुत दिनों से लौटा नहीं है। पहले कुछ दिनों में लौट आता था लेकिन इस बार इतना लम्बा जाने कहाँ चला गया है। सब उसकी बाट जोह रहे हैं। उसकी प्रतीक्षा में मिर्ची का पेड़ कुछ ज़्यादा ही बड़ा हो गया है।

भूरा तो अब भी हँसता-फिरता है। उसकी चाँद को तकने की आस कभी

पूरी नहीं होती। तारों को गिनता हुआ घाट से दूर चौराहे तक चला जाता है। जितने ज़्यादा तारे, उसकी जेब में उतने ही ज़्यादा पत्ते। चाँद-तारों को एक साथ देखकर वो बहुत प्रफुल्लित होता है। जब कभी तारे न हों और आकाश में अकेला चाँद होता है, तब भूरा तारा बनकर उसके साथ-साथ चलता है। जब तेज़, बहुत तेज़ बारिश होती है तो झूम जाता है। झमाझम पानी में पेड़ को अपने साथ झकझोर डालता है। कुछ देर बाद बेचैन हो जाता है। तेज़ अंधड़ में घाट की लकड़ियों को बचाने के लिए सरपट दौड़ लगाता है। फिर जैसे बारिश और उसमें होड़ मच जाती है।

संजीवनी बूटी वाला धीरे-धीरे सुस्त होता जा रहा है। उसको अब राशन-पानी नहीं पूरता। भूरे में जितनी ज़्यादा फुर्ती और उमंग है, उसमें उतनी ही ज़्यादा उदासीनता। चलता-फिरता जीवन जीता शायद वो कहीं और चला जाएगा। उसके साथ-साथ उसकी गाड़ी की रौनक भी दिनोंदिन कम होती जा रही है। मन्दिर में ज़रूर दिन-ब-दिन रौनक बढ़ती जा रही है। मन्दिरों की ये रौनक लोगों के जीवन में क्यों नहीं उतर आती है। काश, मन्दिरों की ये रौनक लोगों के जीवन में आ जाए।

पवन के जाने के बाद कोई किसी को मुड़-मुड़ कर नहीं देखता है। साबुत घर जो फिर से बनने के लिए टूट गए थे, वे बन गए हैं। मलबा यहाँ-वहाँ बिखरा पड़ा है। पवन जिस जगह गाड़ी खड़ी करता था, वहाँ कोई और गाड़ी खड़ी होने लगी है। जगहें बचती नहीं हैं। थोड़ा-सा ख़ाली हुईं नहीं कि तुरत लपक ली जाती हैं।

अम्माजी को अब पहले की तरह आग नहीं लगती। अंजू और उसकी सहेलियाँ अपने-अपने मोबाइल लिये दूर कहीं कोने की तलाश में बतियाती रहती हैं। वे पार्क नम्बर दो में अभी भी बैठती हैं, लेकिन घंटी के बजते ही भाग खड़ी होती हैं और कहीं दूर जाकर बात करती हैं। नीले रंग के उनके मोबाइल रहस्य पैदा करते हैं। धीरे-धीरे ये एक खेल बनता जा रहा है। ऐसा खेल जिसमें सिवाय मोबाइल पर बात करने वाले के सब शामिल होते हैं। उसकी आवाज़

और बातें किसी को सुनाई नहीं देतीं, लेकिन बात करते हुए उसके हाव-भाव सबका मनोरंजन करते हैं।

श्याम अब अद्धा नहीं, पूरी बोतल गटक जाता है। सारे सफ़ाई कामगार छीज रहे हैं। गल रहे हैं। पवन के चार गार्ड दोस्तों में से एक अभी भी कॉलोनी में है। तीन कहीं और चले गए हैं। सबके बीच एक घर जो बना था, वो ढहने-ढहने को है। कुत्ते भी भौंक-भौंक कर जाने कहाँ बिला गए हैं। बेघर का घर ढह रहा है। यह दुनिया भी अजीब तमाशा है, जहाँ ख़त्म होती है, वहीं से फिर शुरू हो जाती है।

इतनी बड़ी दुनिया में पवन कहाँ होगा? वो प्लेटफार्म पर खड़ी गाड़ी में जब-तब सो जाया करता था। कहीं ऐसा तो नहीं कि स्टेशन पर खड़ी मालगाड़ी चल दी हो और गहरी नींद में सोया पवन दूर कहीं जंगल में जाकर जागा हो? ऐसा भी हो सकता है कि कोई और काम करने लगा हो। गाड़ी की किस्तें पूरी हो गई होगीं, क्या? कहीं बैंक ने गाड़ी खींच तो नहीं ली होगी?

यह भी हो सकता है कि गाँव में खाट पर पाँव पसारकर सो रहा हो? सब कुछ अच्छा हो गया हो। ज़मीन ने भरकर फ़सल दी हो! गाड़ी भी बैंक से मुक्त हो गई हो! कुछ भी हो सकता है? जब बुरा हो सकता है, तो अच्छा भी तो हो सकता है!

कॉलोनी में सब पवन को याद करते हैं और उसकी बातें करते सिहरते हैं कि कैसे उसने बिना घर के इतने बरस गुज़ारे। उन सबमें वो ही सबसे ज़्यादा ग़रीब था। उसके पास रहने तक के लिए जगह नहीं थी। वो यह अच्छी तरह जानता था। इसलिए उसकी उदासी कभी-कभी बहुत गहरी हो जाया करती थी। ग़रीबों में भी सबसे ग़रीब होने का अहसास...। इस अहसास के चलते वो कई दिनों तक सबसे दूर हो जाया करता था। ऐसे में फिर अम्माजी ही उसे बड़ी मुश्किल से सँभाल पाती थीं।

साइकिल पर नए साल को अपनी पीठ पर लादे हुए पहली सुबह में पार्क की ठंडी चिलचिलाती हवा के संग बहते हुए मैंने सबसे यूँ ही पूछ लिया—"जीवन का सपना क्या है?"

'पेट भर जाए बस्स और क्या' कहते सब एक साथ खिलखिलाते हुए ज़ोर से हँस पड़े। ऐसी हँसी, जिसे हँसने और सुनने के लिए कलेजा चाहिए। कहीं ऐसा तो नहीं कि ये हमारी सपनों की समझ पर हँसते हों?

फिर एक-दूसरे को देखते सबने कहा, "खुट जाएँ।"
"नए साल में हम खुट जाएँ।"
आश्चर्यचकित हो पूछा—"खुट जाएँ, मतलब...?"
"खुट जाएँ मतलब खुट जाएँ, यानी हम मर जाएँ।"
"ही ही ही हा ही हा...।"
"अरे, अरे! ऐ, ऐसा नहीं कहते।"
हँसी ठसक से अम्माजी और मुश्किल से जबरिया हँसी को रोकती बोलीं—
"क्यों खुटने से डरते हो? हम तो रोज खुटते हैं...।"

ऐसा नहीं है कि हवा और पंचर की दुकानें ख़त्म हो गई हैं। वे हैं, लेकिन मोटरसाइकिल और कार के लिए हैं। साइकिल में हवा कहाँ भरेगी? कौन, कहाँ और कैसे भरेगा? जो भी हर कहीं साइकिल में हवा भरवाने की उम्मीद से जाएगा, वो ख़ाली हाथ लौटते यूँ ही बिना वजह मखौल, हँसी-ठिठोली की पोटरी लोगों को पकड़ा देगा।

'न्यू फाइव स्टार गैराज' वाले लड़के साइकिल को देखकर फुस्स-सी हँसी हँसते हुए एक-दूसरे को धकेलते—"तू भर दे, तू भर दे" कहते दाएँ-बाएँ हो रहे थे। मुँह बिचका रहे थे। दुकान के भीतर-बाहर हो रहे थे। बहुत देर तक भीतर ही रहे। उनके फुसफुसाने और 'तू जा, तू जा' जैसी धीमी आवाज़ें आ रही थीं। ऐसा आभास हो रहा था कि भीतर वे पेट पकड़कर हँस रहे हैं। हँसी को रोकने की कोशिश में जो हँसी बाहर आती है, वे सब वैसे ही हँसी हँस रहे थे। कुछ देर बाद सबने मिलकर एक को बाहर की ओर धकेल दिया।

बमुश्किल अपनी अन्दरूनी और बाहरी हँसी को रोकते उसने कहा—"मैडम, यहाँ साइकिल में हवा नहीं भरी जाती। आप कहीं और देख लें।"

"क्यों? क्यों, नहीं भरी जाती?" मैंने चिढ़कर हवा भरने की नलियों को देखकर कहा।

"अरे, यह कम्प्रेसर है। इससे भरेंगे तो आपका पहिया 'फट्ट' से फट जाएगा। किसी पम्प वाले के पास जाइए।"

"कहाँ? कहाँ मिलेगा? पम्प वाला।"

"अब हमें क्या पता? आप जानो।"

उसके इतना कहते ही बाकी सब भी भीतर से हँसी को दबाते हुए बाहर आ गए।

दुकान के बोर्ड के ऊपर टायर पर नींबू और हरी मिर्च लटकाने वालों के इतने नखरे कि सीधे मुँह बात तक नहीं करते। उनके हाव-भाव ऐसे हो गए हैं, जैसे कि मोटरसाइकिल और कार में हवा भरते हुए ये भी 'न्यू फाइव स्टार' हो गए हों।

# लाइट वाला

रविवार की शाम सारा शहर बड़े तालाब की ओर दौड़ता है। ढलान से उतरते ऐसा लगता है, जैसे हम ढलते सूरज के साथ तालाब में उतर जाएँगे। साइकिल में हवा कम हो, तो ज़ोर कुछ ज़्यादा ही लगाना पड़ता है। लेकिन ढलान पर हवा कम या ज़्यादा का अहसास नहीं होता। परिन्दों से पर हल्के हो जाते हैं और ढुलकते हुए द्रुत गति से घूमते पहिए ढलान से उतरते हुए उड़ने का सा अहसास देते हैं।

मन कितना ख़ुश और उम्मीदों से भरा था। मौसम भी बहुत सुहाना था। बोट क्लब पर जाते हुए तालाब किनारे की हर एक चीज़ मन को लुभा रही थी। सारे खोमचे वाले और चना ज़ोर गरम वाला भी अपने पास बुला रहा था। बड़ा तालाब सच में बहुत बड़ा है। इतना बड़ा कि सबके छोटेपन को अपने में समो लेता है। सूरज ढल रहा था और शाम गहरा रही थी।

पर्यटन दिवस के उपलक्ष्य में मध्य प्रदेश गान के बाद शास्त्रीय नृत्य का आयोजन था। सारे शहर में मशहूर कथक नृत्यांगना के होर्डिंग्स लगे थे। बड़े तालाब के हर ओर नृत्य की विभिन्न मुद्राओं के साथ फ़ोटो में नृत्यांगना बहुत आकर्षक और लुभावनी लग रही थी। जिस ओर देखो, उस ओर वही नज़र आ रही थी। पानी में तैरती होर्डिंग्स की परछाईं में उसके पाँव का महावर छलक रहा था। मोहक तस्वीरों और उसकी ख्याति के चलते लगभग सारा शहर बोट क्लब पर मौजूद था। पानी के किनारे पर पानी की चित्र प्रदर्शनी लगी हुई थी। 'नर्मदा की परिक्रमा' में नर्मदा की समूची कथा चित्रों के माध्यम से उकेरी गई थी।

चित्रों में नर्मदा की परिक्रमा करने के बाद सब नृत्य की ओर मुड़ गए। गणेश वंदना से शुरू हुआ नृत्य अपनी छटा बिखेर ही रहा था कि लाइट्स और मंच पर लगे स्क्रीन भी अपनी छटा बिखेरने लगे। कुछ देर में ऐसा आभास होने लगा जैसे कि नृत्यांगनाएँ अपनी आँखों में आँसू भरे हुए नृत्य कर रही हैं। क्या

वो नृत्य करते हुए रो रही हैं? नहीं, ऐसा नहीं है। ये फॉलो लाइट का कमाल है। लाइटवाला जिस तेजी से, जिस तरह से कलाकारों पर लाइट फेंक रहा है, वो असहनीय और अकल्पनीय है। ऐसा लग रहा है कि मंच पर नृत्यांगनाएँ लाइट से बचती फिर रही हैं। जबकि ऐसा है नहीं, जो फॉलो लाइट को ऑपरेट कर रहा है, उसके लिए लाइटिंग का मतलब यही है कि जहाँ और जैसे ही नृत्यांगना जाएँ, उसे उन्हें लाइट के साथ फॉलो करना है। उनके ऊपर भरकर लाइट फेंकना है। अब ऐसे समय दर्शक क्या करे? नृत्य को देखे? लाइटिंग को देखे? कि मंच पर लगे स्क्रीन पर चलते नृत्य को देखे?

इसी बीच चाँद पूरा निकल आया और पानी में झाँकने लगा। जो बहुत ही बेमन और अकुशलता से लाइट्स ऑपरेट कर रहा है, वो भी पानी में पड़ती चाँद की परछाईं को देख रहा है। जी भरकर आसपास के नज़ारे को निहार रहा है और अचानक एक चौंक के साथ मंच पर लाइट फेंकने लगता है। सुरमई शाम और उजियारे से भरी रात में जी भरकर लाइटिंग से कहर बरपा रहा है। रोशनी के शोर ने बाकी सारी चीज़ों को नेपथ्य में धकेल दिया है।

लाइट करते हुए पानी में तैरती चाँद की परछाईं को देखता हुआ वो तकनीशियन नहीं है। डिप्लोमा तो दूर ग्यारहवीं पास भी नहीं है। उसने कभी प्रकाश की किरणों में रंग नहीं भरे। उसकी ऐसी कोई इच्छा भी नहीं है। उसका काम उपकरणों को उठाने-धरने का है। तारों को बिछाना और फिर उन्हें समेट लेना। नियत मज़दूरी के अलावा क्या उसे इसका अतिरिक्त मेहनताना मिलता होगा? लाइट करते हुए वो क्या सोचता होगा? वो मंच को कम और मंच के परे ज़्यादा देखता है। उसने मंच से एक अजीब सी दूरी बना रखी है। नृत्य की कोई छाप उस पर नहीं पड़ रही है। एक अजीब सी उदासीनता उस पर हावी है।

कार्यक्रम के समापन के बाद नृत्यांगना सबसे बधाई बटोर रही है। फ़ोटो खिंचा रही है। पोज़ पर पोज़ देती मीडिया को इंटरव्यू देते हुए वो ख़ुश, बहुत ख़ुश है। वहीं दूसरी ओर लाइट वाला अपनी बिखरी केबल तार समेटने में तल्लीन है।

दुनिया की हर चीज़ कितनी अलग है। लेकिन जाने क्यों सब लोग एक ही तरह से, एक जैसे फ़ोटो खिंचाते हैं। एक-सी अदाओं पर फूले नहीं समाते हैं। क्या, देखने वाले भी फ़ोटो को एक-सी निगाह से ही देखते हैं। यह एकसापन समूची दुनिया पर छा रहा है। एक-से मकान, एक-सी सड़कें, एक-से बाज़ार,

एक-से मॉल, एक-से पार्क, एक़-से मंच, एक-सी साज-सज्जा, एक-सी लाइटिंग। सब कुछ एक जैसा।

इन सबसे अलग आकाश को देखना कितना अच्छा लगता है। वो कभी भी एक जैसा नहीं होता। हम भी कभी एक जैसे, एक ही मनोभाव से आकाश को नहीं देखते। कार्यक्रम के समापन के बाद सब कुछ समाप्त हो गया। जाने क्यों, कोई ख़ाली कोना ऐसे समय और ख़ाली हो जाता है।

जिस ताल और नृत्य को देखने सब ढलान से उतरे थे, उसे देखने के बाद अब सब चढ़ाई चढ़ रहे थे। भोपाल शहर की यही तो ख़ूबसूरती है कि वो न तो पूरी तरह थकने देता है, न पूरी तरह सुस्ताने देता है।

कितनी शामें, कितनी रातें ऐसे ही आयोजनों पर क़ुर्बान हो जाती हैं। इससे तो अच्छा था कि छत पर ही टहल लेते। तालाब किनारे बैठकर शाम को आते और जाते देख लेते। नाव से पूरे तालाब की सैर कर लेते। कहीं दूर किसी कोने में ऊँचे पत्थर पर बैठकर शहर को निहारते और देखते कि पहाड़ों पर शहर ऐसे बसते हैं! शाम को गहराते देख लेते, तो मन को कुछ तो सुकून मिलता। डूबते-उतराते-गहराते पानी में तालाब किनारे बने मन्दिर की सुरीली घंटियों को सुनते और फिर कुछ देर बाद अज़ान की पुकार सुनते हुए इस अहसास से भर जाते कि यही तो भोपाल की ख़ासियत है। पानी भेदभाव नहीं करता। उसके किनारे बसे लोग सबके साथ चलना सीख जाते हैं।

कबीट, इमली और बेर खट्टे होते हुए भी मन को कितना मीठा कर देते हैं। अगर ऐसा कहा जाए कि मज़ा नहीं आया, तो कोई झट से कह उठेगा कि "नाच हो रहा था कि जो मज़ा नहीं आया।" तुनक से भरा जवाब होगा—"अरे, नाच ही तो हो रहा था।" कैसा समय आ गया कि नाच में भी मज़ा नहीं आता। कितना अजीब कि रासलीला से रास ग़ायब होता जा रहा है। नाच भी इतना बहुतायत में होने लगा है कि आदमी बरबस कह उठता है—"अरे नाच देखें कि काम करें।"

क्या वो लाइट वाला कुछ समय बाद अनुभव से लाइटिंग करना सीख जाएगा? एक हेल्पर जब इंजीनियर का काम करता है, तो क्या होता है? काम कैसा दिखता

है? काम को देखने वाले कौन लोग होते हैं? क्या वो सच में चीज़ों को सही से देखते हैं या देखते हुए बहुत कुछ को अनदेखा करते हैं। यह भी तो हो सकता है कि उन्हें भी देखना न आता हो, लेकिन उन्हें देखने का काम मिल गया हो।

यह भी कितना अजीब है कि जाने-अनजाने हम तकनीक में कला तलाशते हैं और कला में तकनीक। यहीं इसी जगह से सुखद और दुखद संयोग जन्म लेते हैं। तकनीक वाले यंत्रों को कितना सहेजकर रखते हैं। मशीन को कितनी सुरक्षा चाहिए। उपकरण वातानुकूलित कक्ष में रहते हैं लेकिन वो मनुष्य जो इनकी देखरेख करता है, वह लू का शिकार हो जाता है। मनुष्य तकनीक के लिए या तकनीक मनुष्य के लिए। तकनीक कहने को और चीज़ों को अतिक्रमित करती है। वो श्रम के सौन्दर्य का भी अतिक्रमण करती है। फ़सल काटते स्त्री-पुरुष और हार्वेस्टर से कटती फ़सल दोनों में अन्तर है। ये अन्तर हमारे देखने को बदलता है। पहले में हम ज़्यादा मनुष्य होते हैं और दूसरे में मनुष्यता पर तकनीक हावी होती है। हार्वेस्टर चला रहे मनुष्य दृश्य में होते हुए भी दृश्य से बाहर होते हैं।

'ख़ाली स्थान की पूर्ति करो' जैसा कोई फंडा तकनीक के पास नहीं है। वह इसको अपनी पहुँच में आने ही नहीं देती है। एक तो वह ख़ाली जगह छोड़ती नहीं है। दूजे वह भरी जगहों को और भरती जाती है। जीवन की रफ़्तार बढ़ गई और फ़ुरसत के क्षण किनारे हो गए। वे लगभग ख़त्म हो गए या कहें कि ख़त्म होने लगे। उन्मुक्तता को जैसे साँप सूँघने लगा है। धीरे-धीरे वे सारे अड्डे समाप्त होने लगे हैं। जहाँ यूँ ही चलते-फिरते दुनिया-जहान की बातें होती थीं। चुन-चुनकर ऐसी जगहों को निशाना बनाया जा रहा है और गप्पबाज़ी को सबसे निकृष्ट कार्य समझते हुए उसे जीवन से खरोंच-खरोंचकर पूरी तरह मिटाने की कोशि़श जारी है। सारे ठिए समाप्त किए जा रहे हैं। यह सब कुछ तकनीक के नाम पर किया जा रहा है।

जबकि तकनीक को बारिश में छतरी की तरह होना चाहिए। इस तरह कि आप भीग भी जाएँ और बचे भी रहें। जब बहुत तेज़ हवा के साथ बारिश हो, तो छतरी उड़ जाए, उलट-पलट जाए। उसकी तानें उलझकर एक दूसरे पर चढ़ जाएँ। पानी में तर-ब-तर छतरी को सीधा करने की कोशिश? बादलों की गड़गड़ाहट और कौंधती-चमकती बिजली। तेज़ बारिश में अँधेरे में जब बिजली चमकती है, तो लगता है कि कोई फ़ोटो खींच रहा है। आकाश में फ़्लैश मार रहा है। ये कौन फ़ोटोग्राफ़र है, जो चमकती बिजली में आकाश से बारिश की फ़ोटो

खींच रहा है? इस रहस्य को उजागर करने के लिए तकनीक नहीं है, बल्कि इस रहस्य को सुन्दर और कलात्मक बनाने के लिए तकनीक है।

साइकिल में हवा बहुत कम होती जा रही है। ज़ोर कुछ ज़्यादा ही लगाना पड़ रहा है। ऐन बग़ल से फर्राटे से वो लाइट वाला निकल गया। पैडल पर तेज़ी से घूमते उसके पाँव और हवा में फरफराती उसकी क़मीज़ बता रही है कि उसे घर जाने की बहुत जल्दी है। उसकी साइकिल में भी हवा थोड़ी कम है।

अगर कुछ दिन और उससे ऐसे ही बिना वजह मुफ़्त में लाइटिंग कराते रहे, तो हो सकता है कि वो यह काम करना बन्द कर दे। कुछ और करने लगे। जैसे चाय की दुकान खोल ले या तालाब किनारे चने बेचने लगे—'चना ज़ोर गरम' गाते हुए लम्बी टेर लगाते दूर कहीं आकाश में ताके। जब वो आकाश को ताकेगा, तो कोई रोकने-टोकने वाला न होगा। लाइटिंग करते हज़ार बार टोका-टोकी होती है। कभी भी, कोई भी डपट देता है या धीरे से ठूँसा मारते, दाँत किटकिटाते कह उठता है—"कहाँ ध्यान है तेरा?" "दिमाग नाम की चीज़ नहीं है, तेरे पास।" जाने कितनी बार उसने आकाश को अधूरा देखा है। देखते में अधूरा छोड़ा है।

रोज़गार के लिए आदमी कुछ भी कर सकता है। झाँकी में राम बन सकता है, तो रावण बनकर जल भी सकता है। जुलूस में नारे लगा सकता है। रैली में 'हाय-हाय' कर सकता है। दंगों में आग लगा सकता है। गोली चला सकता है। छाती कूट सकता है, तो लाइटमैन का काम क्यों नहीं कर सकता?

यह दुनिया रहस्यों से भरी है, जिसमें लाइटिंग करना और करवाना भी एक रहस्य है। आकाश ख़ुद एक रहस्य है। आकाश को ताकता मनुष्य ख़ुद कब रहस्य बन जाता है, इसको खोलना और जानना भी एक रहस्य है।

दुनिया दो ध्रुव पर टिकी हुई है। सम्पन्नता और निर्धनता के बीच तनी हुई रस्सी पर चलती कितनी नटखट लगती है। ज़रा-से फ़ासले पर बदल जाती है। इतना ज़्यादा कि हम भौचक से उसके सामने मुँह बाए खड़े रह जाते हैं।

'आरती साइकिल सर्विस' वाले बाबा निराले हैं। बल्कि ऐसा कहना चाहिए कि निराले से भी निराले हैं। ऐसे ठाट-बाट कि साइकिल पंचर भी उनके मूड से होती है। दोनों हाथ कमर पर रखकर एकटक साइकिल को देखते हुए ऐसे मुआयना करते हैं, जैसे पहला पहिया इन्होंने ही ईजाद किया हो। हवा भरने के बाद तिरछे खड़े होकर अँगूठे पर पहली उँगली को टिकाते हुए उसे किसी तीर की तरह पहिए पर छोड़ते हैं और 'टन्न' की ध्वनि के साथ सिर हिलाकर 'हाँ' करते हैं। ऐसा वे दोनों पहियों के अलावा चेन के साथ भी करते हैं। दरअसल वे साइकिल के इंजीनियर हैं।

सुबह आठ-साढ़े आठ के बीच दुकान खोलते हैं और बहुत तेज़ आवाज़ में भजन सुनते हुए गुनगुनाते भी चलते हैं। कभी आलथी-पालथी मारकर, तो कभी पाँव फैलाकर अख़बार पढ़ते हैं। इस बीच अगर कोई ग्राहक आ जाए, तो बिना कुछ कहे वे कम्प्रेसर की ओर देखने लगते हैं। समझदार को इशारा काफ़ी होता है। कुछ न कहकर एकटक कम्प्रेसर को देखने का मतलब कि अभी हवा भरने में समय लगेगा। अगर ग्राहक कुछ न समझते फिर भी कहेगा कि 'पंचर जोड़ दो' तो वे ख़ाली तसले और ख़ाली बाल्टी की ओर देखने लगते हैं, मतलब अभी पंचर भी नहीं जुड़ेगा। ना, मौन व्रत नहीं। सुबह-सुबह बात करना या बोलना उन्हें अच्छा नहीं

लगता है। पैंतालीस की उम्र में 'बाबा' नाम उन्हें भोले की भक्ति के कारण मिला है, वैसे उनका नाम ओमप्रकाश है। दुकान के बोर्ड में 'प्रोप्राइटर ओपी' बहुत छोटे अक्षरों में लिखा हुआ है।

सींकिया पहलवान, सींकड़े ओमप्रकाश जी भोले के भक्त हैं। हमेशा सफ़ेद पायजामा और आधी आस्तीन वाली सफ़ेद बनियान पहने रहते हैं। उनकी पूरी मंडली 'बम-बम भोले' है। सबके सब नम्बर एक के गँजेड़ी हैं। दुकान के सामने पेड़ों के झुरमुटों के नीचे जब तब 'बम-बम भोले' करते सुट्टे लगाते रहते हैं। सुबह, दुपहर, शाम की शुरुआत चिलम के साथ 'जय भोले' से होती है। रात गहराने के बाद 'सब भोलेनाथ की कृपा है' कहते चिलम को सुस्ताने के लिए छोड़ देते हैं।

बाबा एक ही बार रात में खाना खाते हैं। सारा दिन चाय और चिलम के साथ गुज़ारते हैं। उनके दो बच्चे हैं, आकाश और आराध्य। आकाश दसवीं में पढ़ता है और आराध्य आठवीं में। स्कूल के बाद बाबा की कड़ी निगरानी में दोनों दुकान पर बैठते हैं।

साइकिल बार-बार पंचर होती है सो, बार-बार पंचर जुड़वाने जाती हूँ। जब कभी हवा भरवानी हो और मंडली भोले बाबा में मगन होती है, तो सब बतियाने का स्वाँग करते हैं और चिलम को छिपाते हैं। मैं भी देखकर अनदेखा करती हूँ।

एक दिन देखा कि तेज़ आवाज़ में भोलेनाथ के भजन बज रहे हैं। मोगरे की अगरबत्ती आसपास को महका रही है। तसले में पानी भरा हुआ है। पेचकश और पाने की पेटी खुली हुई थी। पेटी में करीने से सजे छोटे-बड़े औज़ार रखे थे। मोटर भी चालू थी। दुकान पर एक नहीं, कई ग्राहक थे। दो छोटी साइकिलें, चार बड़ी साइकिलें, दो मोटरसाइकिल और एक ऑटो खड़ा हुआ था। इसी गहमागहमी में बाबा काम में तल्लीन थे और उनकी मंडली प्रतीक्षा में यहाँ से वहाँ टहल रही थी।

दुकान पर एक छोटा-सा बोर्ड स्टैंड पर टिका हुआ था। इतना ही नहीं, दीवार में बड़े और मोटे अक्षरों में काले और पीले रंग के बीच में लाल धारियों के साथ रेटलिस्ट लिखी हुई थी। एकदम

साफ़-सुथरे ढंग से सुन्दर लिखावट में चमकती हुई रेटलिस्ट सबका ध्यान अपनी ओर खींच रही थी।

| रेट | साइकिल | बाइक | हाथ ठेला |
|---|---|---|---|
| हवा | 4 रुपए | 5 रुपए | 10 रुपए |
| पंचर | 10 रुपए | 30 रुपए | 20 रुपए |

लौटते में रेट लिस्ट की ओर इशारा करते मैंने पूछा—"बाबा, ये क्या है?"

संगत हो चुकी थी। वे पूरी तरंग में थे। बोले—"ये आपके लिए नहीं है। पढ़े-लिखे लोगों के लिए है।"

"मतलब...?"

"अरे, साले सुबह-शाम दिमाग खराब करते हैं। फोकट में बाबूजी बनते हैं। कितना हुआ? कितना हुआ? मूड ऑफ करके रख देते हैं। बड़े साहब बने फिरते हैं। गाड़ी पर सवार हो गए, तो जाने क्या समझते हैं अपने आपको। ऐसी कैसी पढ़ाई-लिखाई कि आटे-दाल का भाव नहीं मालूम। कितने हुए? सौ का नोट निकालकर पूछेंगे, 'कितना हुआ? खुले पर्स को हाथ में लिये' ऊँ...?" झल्लाते हुए एक साथ जाने कितनों की नकल करते वे मेरी साइकिल की ओर मुड़े। हवा भरने के बाद मैंने उन्हें पाँच का सिक्का पकड़ाया। उन्होंने ये कहते हुए लौटा दिया कि "अब हिसाब बराबर हुआ।" पिछली बार साइकिल की घंटी लगवाते हुए खुल्ले न होने के कारण पाँच रुपए उन पर बकाया थे, जिसे वे भूले नहीं थे।

दुनिया की आबोहवा, तंगदिली और गाँजे के सुट्टों के संग वक़्त-बेवक़्त पंचर जोड़ते हुए वे ख़ुद भी पंचर हो गए हैं। भोले की तरंग के चलते ज़्यादातर शान्त रहते हैं, लेकिन कभी-कभी भयानक रूप से तुनक भी जाते हैं। फिर वो आगा-पीछा कुछ भी नहीं देखते हुए चलते ग्राहक को लौटा देते हैं—"बाबूजी, सटक जाइए आप यहाँ से।"

जीवन से उनको बहुत कम चाहिए। जब-तब आँखों को नचाते कहते भी हैं--"अरे, आज तक कौन अपने साथ कुछ लेकर जा

पाया है, जो हम-तुम ले जाएँगे। ये नट-बोल्ट, पाने-पेचकश, ये पम्प-कम्प्रेसर, ये ट्यूब-टायर और ये साइकिलें सब यहीं छूट जाएँगी।"

"हाँ, तुम्हारा ये गाँजा-चिलम भी यहीं छूट जाएगा।" यह उनसे कहती नहीं हूँ। कहूँगी, तो फिर वो साइकिल में हवा नहीं भरेंगे।

हर बार लगता है कि दुकान की फ़ोटो खींच लूँ, लेकिन ऐसा हो नहीं सकता। वे ऐसा करने नहीं देंगे। जब वे साइकिल की रिपेयरिंग करते हैं, तो किसी की क्या मजाल कि मोबाइल पर चूँ-चपड़ करे। मोबाइल और उसमें उलझे व्यक्ति से उन्हें सख़्त नफ़रत है। वे इसे बिना वजह की दस्तक समझते हैं। मोबाइल वालों से वे आँखें तरेरकर—"ऐ, छिज्ज...। दिख नहीं रहा। काम चल रहा है।" कहने के बाद हाथ में औज़ार लिये सामने वाले को ऐसे देर तक घूरते हैं, जैसे कि उसे कच्चा चबा जाएँगे।

जिस ढंग से उन्होंने साइकिल के कल-पुरजों के संग दुकान को सजाया है, वह देखते ही बनती है। हाथ ठेले पर खोखा और उसमें रखा सामान स्थायी और अस्थायी के भेद को मिटाता है। खोखे को आगे बढ़ाते हुए उसी से सटाकर एक फर्शी को गोल पत्थरों के सहारे टिका रखा है, जिस पर सिर्फ़ वही बैठ सकते हैं। कोई और नहीं। किसी की क्या मजाल कि जो उस पर बैठना तो दूर, उस पर बैठने की सोच भी ले। एक तरफ़ एक छोटी-सी बेंच और दूसरी तरफ़ दो कुर्सियाँ रखी हुई हैं। रोज़ सुबह और शाम दुकान में झाड़ू लगाकर पानी सींचते हैं। दुकान अतिक्रमण में है। कभी भी अतिक्रमण विरोधी अमला आएगा और दुकान चलती हो जाएगी। ईंट के पाए पर टिकी पत्थर की बेंच और फर्शी तोड़ दी जाएँगी। बाकी सारा सामान मय दुकान के अतिक्रमण विरोधी अमले की गाड़ी पर विराजमान हो जाएगा।

शहर की चकाचौंध से दूर वीरान चौराहे पर पीले बल्ब की रोशनी में वे एक अजीब सी उम्मीद जगाते हैं। मन के किसी अँधेरे कोने में जुगनू की तरह टिमटिमाते हैं। साइकिल के घूमते चक्के की तरह चौराहे को अपनी फक्कड़ी और ठसक से जगमग करते

हुए हर दौड़, हर प्रतियोगिता से कोसों दूर हैं। हो सकता है कि ऐसा साइकिल की वजह से हो या उन पेड़ों की वजह से जिनके नीचे वे अपने दोस्तों के संग सुट्टा लगाते हैं।

पेड़ भी पतझर में अपने सारे रंग त्याग देते हैं। सारे पत्ते झर जाने देते हैं। अपने भीतर का सारा पानी सोख लेते हैं और यह सब कुछ वे ख़ुशी-ख़ुशी करते हैं। वे रोते नहीं हैं। 'हाय-हाय' नहीं करते कि सारे पत्ते झर जाएँगे। सब कुछ नष्ट हो जाएगा। इतने जतन से पत्तों को सँवारा था और वो इस तरह छूट रहे हैं। बल्कि वे तो इसी से उमंग और सौन्दर्य उत्पन्न कर देते हैं। झरते पत्ते कहते हैं कि झरना नष्ट होना नहीं है। वे यह सीख देते हैं कि चीज़ों को कुछ समय के लिए झर जाने देना चाहिए। यह और बात है कि हमने अपने भीतर इतना अतिरिक्त ठूँस लिया है कि कोंपल के फूटने-भर भी जगह नहीं बची।

पंचर जोड़ते हुए बाबा साइकिल के गुणों का बखान करते कहते हैं—"पाँच का सिक्का जेब में डालकर आप पूरे शहर का चक्कर लगा सकते हैं। शहर से बाहर भी जा सकते हैं और लौटकर भी आ सकते हैं। बस, सही समय पर पहियों में हवा भरवाते रहिए, वरना वो बीच रास्ते पंचर हो जाएगी।" एक ज़ोर की हिचकी लेकर 'जय भोले' करते हुए फिर कहते हैं—"साइकिल तेल नहीं पीती। पेट्रोल-डीजल के चढ़ते दामों से उसे कद्दू फ़र्क़ नहीं पड़ता। पेट्रोल पम्प पर लम्बी लाइन में लगे हुए, हाथ में नोट लिये घंटों खड़े रहने की झंझट भी नहीं। जब बहुत ज़्यादा पाँव भर जाएँ, तो पेड़ की छाँव में सुस्ता लो और फिर आगे बढ़ जाओ।"

दुपहिया वाहन या चार पहिया वाहन से शहर को आँका नहीं जा सकता, नापा जा सकता है। तेज़ गति जीवन से जाने क्या-क्या छीन लेती है। देखने में हड़बड़ी पैदा करती है और दौड़ को जगह देती है।

जीवन में आई पहली चीज़ की कभी भी उपेक्षा नहीं करनी चाहिए। चाहे वो पहला पहिया हो, पहला प्यार हो या हो रोशनी की पहली किरण।

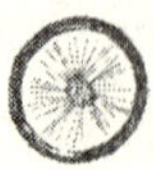

# थाली से एक चीज़ कम होती जाती है

कुछ लोग महीने के आख़िरी दिनों में तलवार की नोक पर चलते हैं। कुछ तो महीने के बीच से ही खड़ी तलवार पर आड़े चलने लगते हैं। वे हर सम्भव कोशिश करते हैं कि गाड़ी पटरी से न उतरे। लेकिन वो जितना ज़ोर लगाते हैं, उतना ही दम निकलता जाता है।

नोकदार पेंसिल की तरह उनकी आस टूटती जाती है। बड़े जतन से पेंसिल को छीलते हैं। उसकी नोक को देखकर उनके भीतर धार पैदा होती है। पहला शब्द लिखते हैं कि पेंसिल की नोक टूट जाती है। कई बार तो छीलते-छीलते नोक शार्पनर में घुस जाती है। पेंसिल एक उम्मीद और नाउम्मीद दोनों है। पूरी तरह घिसी भी नहीं है और उसमें नोक भी नहीं है। वह पूरी तरह ख़त्म भी नहीं हुई है। छिलते हुए उम्मीद जगाती है और टूटती हुई नोक तीर की तरह कलेजे में धँस जाती है।

ये ग़रीब, बहुत ग़रीब नहीं हैं। इनके पास मोबाइल, टीवी, कम्प्यूटर, लैपटॉप और एक घर भी है। घर? वो शहर में है भी और नहीं भी है। शहर के बीचोंबीच रहते हुए भी यह शहर से दस किलोमीटर दूर की तरह रहते हैं। ये सामान्यत: तीन सौ या चार सौ वर्गफीट के मकान में रहते हुए घर को इतने हुनर से सुसज्जित करते हैं कि वो 'बीपीएल' (बिलो पावर्टी लाइन) यानी 'ग़रीबी रेखा से नीचे' का घर कहीं से भी न लगे। साड़ियों को परदा बनाने में अपनी पूरी कलाकारी झोंक देते हैं। घर के आगे की सरकारी ज़मीन को बग़ीचे में बदल देते हैं। इस तरह अतिक्रमण को पर्यावरण में रूपान्तरित कर देते हैं। कभी अगर नगर निगम का अमला आ भी जाता है, तो साहब के नाम से काम चल जाता है। अगर कभी कोई अड़ियल फँस गया, तो ये साहब के यहाँ से उसे फोन करा देते हैं।

ये हर हाल में शहर के बीच में ही रहना चाहते हैं। इस तरह कई बार बीच से अधबीच में बदल जाते हैं। लैपटॉप को पीठ पर टाँगे जब कभी ये शहर से दूर निकलते हैं, तो सारे रास्ते ऐसी जद्दोजहद में रहते हैं कि आसपास का

जीवन इन्हें छू भी नहीं पाता। कभी किसी की बिगड़ी चीज़ को सुधारने जा रहे होते हैं, तो वहीं किसी की बिगड़ी चीज़ को मोबाइल से ही सुधरवा रहे होते हैं। मोटरसाइकिल पर टेढ़ी गर्दन और कंधे के बीच फँसा मोबाइल कुछ और देखने-सुनने ही नहीं देता है।

नोकदार पेंसिल और बिना नोक की पेंसिल के बीच सुनील अपने होने को सिद्ध करता है। जीवन से निकलकर ही मुसीबतें क़िस्से-कहानियों में आकार पाती हैं। कई बार जीवन इतना कठिन हो जाता है कि सुनने वाले को विश्वास ही नहीं होता—"अरे, हट। ऐसा भी कहीं होता है क्या? ज़रूर मन से गढ़ा होगा, इसने।" या कोई तपाक से कह उठता है—"अरे, हटो। नम्बर एक का बतोलेबाज है वो। दे रहा है जबरन की। ऐसा होता, तो ये बचता क्या अब तक।" इनकी बातें सुनकर मुसीबतें भी हँसती हैं।

"लहरें आती हैं और छूकर चली जाती हैं। कभी थपेड़ा मारकर चली जाती हैं तो कभी गहरे धँसाकर चली जाती हैं। कभी ऐसा भी हो कि लहरें अपने साथ दूर तक लेकर चली जाएँ और फिर साबुत वापस किनारे पर छोड़ दें।"

"और कुछ नहीं। बस, एक छोटी सी इच्छा है कि कुछ दिन समुद्र के भीतर लहरों के साथ दिन गुज़ारूँ। कम्प्यूटर की स्क्रीन पर नीले अथाह समुद्र को देखते-देखते थक गया हूँ। अब समुद्र में डुबकी लगाने को जी चाहता है।"

सुनील अक्सर अपने मोटे चश्मे को रूमाल से पोंछते हुए भरत से देर शाम जब अँधेरा घिरने लगता है, तब लम्बी साँस भरकर लगभग हर दिन यही कहता है। लेकिन समुद्र में गोता लगाना तो दूर, उसे जी भर के देखना भी उसके लिए दूर का स्वप्न है। इन दोनों की संधि-बेला चाय के ठेले पर गुज़रती है। सुबह नौ और शाम सात के बाद उनके बैग पीठ पर टँग जाते हैं और फिर दोनों के रास्ते अलग हो जाते हैं। सुबह फिर रास्ता एक हो जाता है। दोनों रात आठ से ग्यारह तक एक से दूसरी जगह जाते हुए, चलते-फिरते, थके-हारे कम्प्यूटरों में जान फूँकते हैं।

चौड़े कंधे वाला सुनील कम्प्यूटर का कबाड़ी है, लेकिन वो अपना कबाड़ हाथ ठेले पर लिये नहीं घूमता है। वो कम्प्यूटर के जंगल में कभी रास्ता नहीं

भूलता। जंगल कितना ही घना हो, वो रास्ता ढूँढ़ ही लेता है। चप्पे-चप्पे से परिचित वो तूफान, आँधी, बारिश, कड़कती ठंड और चिलचिलाती धूप में भी रास्ता पार कर लेता है। छोटी-छोटी पगडंडियों पर उछलते-कूदते बीच रास्ते पर आकर जंगल के चौराहे को तलाश लेता है। कम्प्यूटर से उसकी साँसें चलती हैं। अगर कम्प्यूटर उससे मुँह फेर ले, तो घर भर की साँसें थम जाएँ। इसीलिए उसने कम्प्यूटर के काम के साथ-साथ प्रोडक्शन हाउस भी ज्वाइन कर लिया है।

श्यामला हिल्स पर स्थित प्रोडक्शन हाउस में सुनील की एन्ट्री, ग्राफ़िक्स डिजाइनर के रूप में हुई थी। उसे एक महीने के पाँच हज़ार रुपए मिलते थे। वह सारा दिन ग्राफ़िक्स से समाचार की सुर्खियाँ बनाता रहता। कभी इसके इतर भी बहुतेरे काम करने पड़ते। कभी गुमशुदा की तलाश के फ़ोटो तैयार करने होते और सूचना को टाइप करना होता। कभी ग्राफ़िक्स के साथ-साथ ऑफ़िस के दूसरे काम भी, एकाउंट और ट्रांसपोर्ट के ज़्यादातर काम वही निपटाता। धीरे-धीरे ऐसा होता गया कि जिस दिन जिस किसी ने भी छुट्टी ली, तो उसका सारा काम सुनील को देखना पड़ता। सब कुछ ठीक चल रहा था कि अचानक ग्राफ़िक्स आर्टिस्ट की ज़रूरत ख़त्म हो गई। पूरे तीन महीने तक सुनील लगभग हर दिन इस आस में ऑफ़िस आता रहा कि किसी तरह तो ज़रूरत का जन्म हो। उसने लगातार दूसरी जगह भी बहुत हाथ-पाँव मारे। ज़रूरतें जैसे एक साथ जन्म लेती हैं, वैसे ही एक साथ अचानक बिला भी जाती हैं।

कुछ दिन बाद वीडियो एडीटिंग में रोशनी हुई। सुनील के पास कोई डिप्लोमा तो है नहीं। ये और बात है कि डिप्लोमा के बगैर ही एडीटिंग, कैमरा और एनीमेशन तीनों ही कामों में उसका हाथ बड़ा दक्ष है। डिप्लोमा करने के लिए उसके पास न समय था और न पैसा। उसे ख़ुद नहीं मालूम कि वह कैसे कम्प्यूटर का कबाड़ी बन गया।

ख़ैर, वो आठ की पैनल में आ गया, लेकिन मुसीबत यह हुई कि सबको तो एक साथ बुकिंग मिल नहीं सकती। सबके हिस्से में महीने में एक ही बुकिंग आती। फरवरी, मार्च, अप्रैल में उसे बजट की 'हाय-हाय' के चलते लेखा अनुभाग में अनुबंध मिल गया। अप्रैल के जाते ही मई की चिलचिलाती धूप ने उसे बुरी तरह झुलसा दिया। मरता क्या न करता। वो एडीटिंग विभाग की ओर उम्मीद से निहारने लगा। लेकिन उसी के साथी कहने लगे—"भाई, तू तो है ही कबाड़ी। कहीं और जुगाड़-तुगाड़ कर ले। दोस्ती की ख़ातिर नहीं, तो बेरोज़गारी की

ख़ातिर ही सही, हमारे पेट पर तो लात मत मार।" अब्र सुनील करे, तो क्या करे।

ऐसा नहीं है कि वो कहीं और कोशिश नहीं करता। लेकिन मुश्किल यह है कि फ्री-लांसिंग में सब जगह एक ही साथ काम आता है। काम है तो ख़ूब है, नहीं तो धूप सेंको। बाहर के काम भी उसे मिलते रहते हैं, लेकिन वे इतने नहीं मिलते कि उन्हीं के सहारे महीने का गुज़र हो जाए। बस, किसी तरह राम के भरोसे नहीं, कम्प्यूटर के भरोसे जोड़-तोड़ कर गृहस्थी चल रही है।

सुनील क्रिकेट का कुछ ज़्यादा ही शौक़ीन है। वह मैच तो सारे देखता ही देखता है, खिलाड़ियों की हर बात और हर चीज़ पर भी उसकी निगाह रहती है, जिसमें आईपीएल के जलवे से भला कौन अछूता रह सकता है। क्रिकेटर्स की करोड़ों की नीलामी के तो फिर कहने ही क्या। आईपीएल के पूरे सीजन जब भी सुनील कम्प्यूटर खोलता है और जैसे ही स्क्रीन पर गणेशजी आते हैं, वो हाथ जोड़कर प्रार्थना करने लगता है—"हे प्रभु! तू जहाँ कहीं भी है, मेरे बच्चे को इतना हुनर दे कि वो खूब अच्छी क्रिकेट खेल सके। खूब सारे रन बना सके।" सारे रिसोर्स पर्सन उसकी इस प्रार्थना का बहुत मज़ाक़ उड़ाते हैं। इसके बाद भी उसकी तन्मयता में कोई कमी नहीं आती। भरत इस बात को लेकर उसे सारे दिन छेड़ता रहता है। सुनील को भी इस सबमें बहुत मज़ा आता है। उसका बेटा अभी छोटा है। सपने कोई उम्र देखकर थोड़ी न देखे जाते हैं। जब कभी भी वो कम्प्यूटर ऑन करता है और स्क्रीन पर गणेशजी आएँ और सुनील की प्रार्थना शुरू होकर पूरी हो कि भरत उसे झाड़ू की सींक पकड़ा देता है और हँसते-हँसते बड़ी मुश्किल से बोल पाता है—"जाओ वत्स। तुम्हारी मनोकामना अवश्य पूरी होगी। लो, अपने पुत्र के हाथों में यह बल्ला थमा दो। इस बल्ले से एक भी सिंगल या डबल नहीं, बल्कि चौके और छक्के ही लगेंगे। जाओ वत्स, जाओ। आज तुम्हारी मनोकामना अवश्य पूरी होगी।" सब हँस-हँस कर लोट-पोट हो जाते हैं।

लम्बे क़द का छरहरा भरत थोड़ा-बहुत नहीं, बहुत बड़ा मसखरा है। उसमें एक तरह का बाँकपन है। जो उसे आकर्षक बनाता है। वह हमेशा चुस्त-दुरुस्त रहता है। उसके मेल-जोल का दायरा भी बहुत बड़ा है। वो कुछ भी आगा-पीछा

नहीं सोचता। जो मन में आया, सो करता है। वो किसी की मदद करने में भी पीछे नहीं हटता। सब उसे समझाते भी हैं कि—"क्या रे, पगले! हर किसी के कटोरे को लेकर आगे बढ़ जाता है। कुछ करने से पहले सोचा भी तो कर। सुपात्र और कुपात्र का भेद तो समझा कर।" इस पर भरत कॉलर खड़ी कर कहता है—"अबे, देखभाल कर मदद की, तो फिर वो मदद कहाँ हुई? जिन्दगी में हर जगह और हमेशा हिसाब-किताब नहीं चलता, भाइयो।" लेकिन एक बार वो उलझ गया। उसकी पतंग कटती ही चली गई।

वो थिएटर का शौक़ीन है। नाटक का शो देखने से ज़्यादा उसे नाटक की रिहर्सल देखने में मज़ा आता है। वो जब-तब रवीन्द्र भवन में फेरी लगाता रहता है और वहाँ चल रही रिहर्सल को घंटों देखता रहता है। उसे रंगकर्मियों का उठना-बैठना, चाय पीना, लड़ना-झगड़ना, संवाद का भूल जाना और फिर उसे याद करना, किसी सीन की रिहर्सल करते समय अचानक ज़ोर-ज़ोर से हँस पड़ना। यह सब उसे बहुत चकित करता है। वो रिहर्सल को देख रोमांचित हो उठता है और कई बार तो सारा दिन रवीन्द्र भवन में गुज़ार देता है।

रिहर्सल की देखा-देखी में उसकी दोस्ती सोनम से हो गई। सोनम कानपुर से अपनी मौसी के पास भोपाल आई हुई थी। उसकी मौसी थिएटर करती थीं। सोनम भी सारा दिन रवीन्द्र भवन में ही रहती। पानी पीते और चना खाते हुए भरत और सोनम थिएटर और भोपाल शहर की ख़ूबसूरती का बखान करते न अघाते।

एक बार किसी बात पर सोनम का मौसी से झगड़ा हो गया। बोलचाल भी बन्द हो गई। सोनम को कानपुर की याद सताने लगी। लेकिन वो अकेली कानपुर जाए तो जाए कैसे? टिकिट कहाँ से आएगा और उसके पास जो भी पैसे थे, वो उसने आते ही मौसी के पास रख दिए थे। जब उसका ग्यारहवीं का रिजल्ट आया था, तब मौसी ने ख़ुशी में उसे अप्सरा में खाना भी खिलाया था। भरत भी यूँ ही टहल रहा था, तो सबके साथ उसने भी आइसक्रीम खाई थी। और फिर बड़े तालाब की सैर करते हुए उसने सबको अपनी तरफ़ से कुल्फी खिलाई थी। लेकिन अभी सोनम को मौसी बहुत बुरी लग रही थी और मम्मी की बहुत याद आ रही थी। एक-एक पल उससे काटे नहीं कट रहा था। उसने खाना-पीना भी छोड़ दिया था। वो अपनी मौसी की ही तरह बहुत ज़िद्दी थी।

भरत से उसकी ऐसी स्थिति देखी नहीं गई और उसने सोनम को सकुशल कानपुर छोड़ने की ठान ली। रात आठ बजे की ट्रेन से वो सोनम को लेकर

कानपुर की ओर चल पड़ा और इधर सोनम को घर पर न पाकर मौसी के पाँव तले की ज़मीन खिसक गई। इतनी ज़्यादा खिसक गई कि उन्होंने ज़मीन-आसमान एक कर दिया। किसी तरह सिरा उनके हाथ लग गया और वे भरत को खोजने निकल पड़ीं। जब वो भी न मिला, तो मुहर लग गई।

रात दस बजे से सुबह के चार बजे तक हर वो जगह जहाँ भरत के होने की सम्भावना हो सकती थी, वे वहाँ-वहाँ गईं। एक घर से दूसरे, दूसरे से तीसरे, तीसरे से चौथे। इस सबसे घबराकर भरत की माँ रोने लगी और पूरे रिश्तेदारों में यह हो गया कि भरत किसी लड़की को लेकर भाग गया है। भरत के पापा नहीं हैं। उसके मामा सारी रात उसे यहाँ से वहाँ ढूँढ़ते रहे। भरत का चचेरा भाई अनिल जो कि भरत की स्मार्टनेस, उसकी प्रोडक्शन हाउस की नौकरी और उसके कम्प्यूटर से बहुत जलता था। उसने बढ़-चढ़कर भरत और सोनम को ढूँढ़ने में न केवल हिस्सा लिया, बल्कि बार-बार मामा के कान में यह कहे कि—"देख रहे हो मामा? यह सब कम्प्यूटर और नाटकों की वजह से हो रहा है।" मामा बुरी तरह तनतना रहे थे और वो आग में घी डाल रहा था। जितनी बदनामी हो सकती थी, उससे कहीं ज़्यादा भरत बदनाम हो गया।

दूसरे दिन वो सोनम को छोड़कर वापस आ गया और अपने दोस्तों से बोला—"भाई, वो तो मेरी दोस्त थी और मैं उसकी मदद कर रहा था। तुम लोगों ने क्या सोचकर मेरी बारात में नाचने की रिहर्सल शुरू कर दी थी। ऐसा कुछ नहीं है, जैसा तुम लोग सोच रहे हो।"

इस सबके बाद भी भरत का रवीन्द्र भवन जाना, रिहर्सल देखना और एक अच्छी-सी नौकरी ढूँढ़ना जारी रहा, ताकि ज़िन्दगी की रेल पटरी से उतर न जाए और बड़े ताल का पानी सूख न जाए।

सुनील के लिए ही जैसे 'ऑनलाइन बिलिंग' आई। 'बैट्स बिलिंग सॉफ्टवेयर'। कमर्शियल के लिए 'ब्रॉडकास्टिंग एयर टाइम शेड्यूल' क्योंकि दफ़्तर में ये किसी और को नहीं आता था। उसे 'ऑनलाइन बिलिंग' के लिए रख लिया गया। सात बुकिंग के एवज में पूरे महीने काम करना है। एक बुकिंग के सोलह सौ पचास

रुपए। इस तरह सात बुकिंग के साढ़े ग्यारह हज़ार रुपए। सुनील के चेहरे पर 'ऑनलाइन ख़ुशी' झिलमिलाने लगी।

धीरे-धीरे प्रोडक्शन हाउस में सुनील, भरत और साथ में बारह-चौदह लोग एक साथ खप गए। किसी की शादी हो चुकी थी, किसी की होने वाली थी, कोई पापा बन चुका था, तो कोई बनने वाला था। इसी तरह कोई मम्मी बन चुकी थी, तो कोई बनने वाली थी, किसी की पढ़ाई चल रही थी, तो कोई ये नौकरी करते हुए दूसरी बड़ी नौकरी की तैयारी में तल्लीन था या थी। अठारह जीवन अठारह ग्रह के जान पड़ते थे। सबको बराबर से सात बुकिंग मिलतीं। लेकिन एक डर हमेशा साथ रहता कि छुट्टी मार दी, तो बुकिंग में कटौती हो सकती है।

देखते-देखते सबमें होशियारी आई, समझदारी भले न आ पाई।

सुनील अपने बेटे के जन्मदिन पर सबके लिए संतरे की गोलियाँ लाया। जब सब एक साथ गोलियाँ चूस रहे थे, तब वो बड़े मज़े से जन्मदिन का क़िस्सा सुना रहा था।

"लेकिन, बेटा जन्मदिन पर बहुत ख़ुश था। अब वो छोटा नहीं रहा। पूरे छह साल का हो गया है। वो सबके जन्मदिन पर जाता है, तो सबको बुलाना तो पड़ेगा न? आसपास का ध्यान रखना पड़ता है। एकदम से मचल जाता है। मेरे दोस्त क्या कहेंगे? सब मुझे चटोरा समझेंगे। आप लोग मेरा जन्मदिन नहीं मना रहे हो, तो मैं स्कूल कैसे जाऊँगा? प्रतीक ने तो कल अपने जन्मदिन पर पूरी क्लास को चॉकलेट खिलाई थी। उसके मम्मी-पापा कितने अच्छे हैं और आप लोग कितने ख़राब हो।"

संतरे की गोली मुँह में डालते बोला—"बच्चा चार दिन से रोज़ रोते-रोते सो रहा था। बच्चों को समझाना बहुत मुश्किल है।" बताता है कि—"उसका बेटा इस बार जन्मदिन पर बहुत बुरी तरह मचल गया था। मैंने और मिसेज ने जैसे-तैसे सँभाला।"

"फिर? क्या किया?"

"केक तुम सबके मुँह में है और पूछ रहे हो कि क्या हुआ? मनाया, जन्मदिन और क्या?"

"कैसे?

"कैसे क्या? सिर्फ़ चार सौ पचास रुपए में। बस, हमारी शादी के समय की प्लेटें और काग़ज़ की रंगीन झालरें काम आ गईं। मैं तो अपनी मिसेज को मान गया, यार। हर सामान को सालों से कितना सँभालकर रखा है, भाई। जहाँ मेरे हाथ-पाँव फूलने लगते हैं, वहाँ वो बिना घबराए बहुत अच्छे से मैनेज कर लेती है। कल सबको सँभल-सँभल कर नाश्ता दिया। कैसे? पूछो मत। किसी बच्चे ने कह दिया कि 'हमें दाल-चूड़ा और दो' तो घर में 'हाय-हाय' मच गई। फिर मैंने जल्दी से बच्चों को बहलाने के लिए अंताक्षरी का खेल शुरू करवाया। बच्चे थे, तो बहल गए। बड़े होते, तो दाल-चूड़े के लिए पूरा घर छान मारते, लेकिन बेटे की ख़ुशी देखते ही बन रही थी। उसके दोस्त ख़ुश थे। वो भी बहुत ख़ुश था। अरे, मेरे गले से झूम गया और चहकते हुए बोला—'पापा, अब तो अपन भी जन्मदिन मनाने वाले बन गए। है न मम्मी?' घर में सब एकदम से ख़ुश।" उसके यह कहते ही संतरे-सी ख़ुशी सब ओर छा गई।

और...अब सुनील को क्रिकेट की किट चाहिए? क्यों चाहिए? ख़ुद के लिए नहीं, बेटे के लिए चाहिए क्रिकेट किट। गर्मियों की छुट्टियाँ हैं और समर कैम्प का दौर चरम पर है। मोहल्ले के बच्चे दोपहर साढ़े तीन से शाम साढ़े छह बजे तक स्टेडियम जाते हैं। होने को तो हज़ार खेल हैं। लेकिन ज़्यादातर बच्चे क्रिकेट के मैदान की ओर ही दौड़ लगाते हैं। दूसरे बच्चों को देख बेटा बहुत मचलता है। उसका मचलना सारी हदें पार कर चुका है। सुनील की मुश्किलें दिन-पर-दिन बढ़ती ही जा रही हैं। क्या करे और कैसे करे? कहाँ से लाए किट? यह बात एकदम सही है कि बाज़ार में मिलती है, लेकिन थोड़े-बहुत नहीं, पूरे चार हज़ार के आसपास ठहरती है।

बहुत खोजबीन के बाद मालूम हुआ कि नायर मैडम का बेटा क्रिकेट खेलता है। सुनील ज़रूरत से ज़्यादा शिष्ट हो उनके पास पहुँचा। बहुत विनम्रता के साथ

जो कि गिड़गिड़ाहट में बदल गई—"मैडम, आप अपने बेटे का पुराना सामान दे दीजिएगा। ज़्यादा नहीं बस हैलमेट, बैटिंग पैड्स और ग्लब्स और मेम कोई पुराना बैट, जो आपका बेटा यूज़ न करता हो।"

मैडम एकदम से अचकचा गईं। यह कौन-सी नई मुसीबत आ गई। वो वैसे ही क्रिकेट की कलह से बहुत दूर रहती हैं। उन्हें क्रिकेट फूटी आँख न सुहाता है। वो सुनील से कैसे कहें कि—"इस मुसीबत में न तुम उलझो और न अपने बेटे को इस जाल में उलझने दो।" लेकिन कैसे कहतीं और किस मुँह से कहतीं। उनका तो ख़ुद का बेटा क्रिकेट खेलता है। जब ख़ुद के बेटे को नहीं रोक सकीं, तो दूसरे को रोकने का हक़ उन्हें कैसे मिल सकता है?

उनकी चुप्पी देख सुनील एकदम से बच्चों की तरह मचल गया—"मैम, प्लीज़। मेरी मदद कीजिए न। कहाँ से लाऊँगा, मैं इतनी महँगी किट। बच्चा मान ही नहीं रहा है। बहुत समझाने की कोशिश की, लेकिन हर कोशिश नाकामयाब हो गई है। मैं कल आऊँगा। यहीं से ले लूँगा। आप कहें, तो आपके घर भी आ सकता हूँ। प्लीज़ ढूँढ़िए न। कहीं तो होगा पुराना सामान। आपका बेटा तो बहुत सालों से स्टेडियम जा रहा है। प्लीज़ मैम।"

नायर मैडम हाथ जोड़ते हुए बोली—"प्लीज़, ऐसे मत करो। तुम्हारा बेटा बहुत छोटा है और मेरा बेटा बड़ा हो गया है। वो बारहवीं में पढ़ता है। तुमने पहले क्यों नहीं कहा। अभी कुछ दिन पहले ही मैंने बहुत सा सामान यहाँ-वहाँ दिया है। चलो, इस तरह रोनी सूरत मत बनाओ। मैं देखती हूँ।"

उन्होंने जैसे-तैसे कुछ सामान घर के पुराने संदूक से निकाला, तो कुछ बेटे के दोस्तों से लिया। वो सारा सामान एक किट में लेकर आई थीं और जब किट सुनील ने अपने हाथ में ली, तो उसके हाथ फरफरा रहे थे।

कुछ दिन बाद मैम ने सुनील से पूछा—"ग्लब्स और पैड्स उसने ठीक तो करा लिए हैं न?" तो सुनील ने कहा—"नहीं, मैम। इस महीने बाबूजी की दवाई लेनी थी। इसलिए मैं ठीक नहीं करा पाया। अगले महीने करवाऊँगा। कोई बात नहीं, मैम। बेटा समझदार है। उसने ख़ुद ही कुछ-कुछ ठीक कर लिए हैं। वो बहुत ख़ुश है। सारा सामान ब्रांडेड है। उसने नेट पर सबकी कीमत देख ली है। वो कर लेगा। वो मैनेज करना जानता है।"

ये सारी बातें भरत भी सुन रहा था। उसने सुनील से कहा—"भाई, मैं आज रात तेरे घर आ रहा हूँ। किट मुझे दे देइयो। मैं हेमराज से ठीक करवा दूँगा। मैंने

उसे क्रिकेट के पैड्स और ग्लब्स पर काम करते हुए देखा है। बहुत अच्छा हाथ है उसका। बड़ी ख़ूबसूरती से करेगा। देखकर तेरा बेटा तो बेटा, उसकी मम्मी भी ख़ुश हो जाएगी। चल, चल। इसी बात पर चाय पिला दे।"

हेमराज का गाँव शहर से दस नहीं, सौ किलोमीटर दूर है। शहर में उसने सड़क का ऐसा कोना छाँटा है, जहाँ नीम का पेड़ है। ऐसा कोना जो एक बड़ी रिहाइशी कॉलोनी का अन्तिम कोना है और जिसके भीतर जाने के लिए उस कोने से गुज़रना पड़ता है। दुकान एक छोटा-सा खोखा है, जिसमें सुई, धागा, हथौड़ा, कील, चमड़े के टुकड़े, जूते, चप्पलें और दो छोटे स्टूल हैं।

एक बार एक आदमी महँगी चप्पलें पहने हुए हेमराज के सामने आ खड़ा हुआ और चप्पल को ऐन उसके मुँह के सामने करता हुआ बोला—"इसको ऐसे सुधारना कि लगे नहीं कि ये सुधरी हुई है। कितना होगा?"

हेम ने चप्पल को उलट-पलट कर देखा और कहा—"पच्चीस रुपए।"

सुनते ही वो एकदम से बिफर गया—"ओए, सुधार रहा है कि नई दे रहा है। दिमाग तो ठिकाने है तेरा कि नहीं। तेरे से सुधरवाने से तो अच्छा है कि आदमी नई चप्पल खरीद ले।"

हेम भी पीछे नहीं हटा—"तो ख़रीद लो न नई चप्पल। हज़ार रुपए की चप्पल को दो रुपए में ठीक कराने की क्यों सोचते हो? हमरा काम नहीं दिखता तुम्हें। कित्ती कलाकारी करनी पड़ेगी कि सिलाई और थेगड़े दिखें नहीं। कम्पनी वालों से कभी मोलभाव करते हो, जो यहाँ कर रहे हो। हमारी कलाकारी की तो कोई बखत ही नहीं है, ऐं...।"

उसने 'ऐं...' को कुछ ज़्यादा ही खींच दिया। बात बहुत बिगड़ गई। उस दिन उसे समझ आया कि उस जैसों के लिए क्या शहर और क्या गाँव। एक साँपनाथ है, तो दूसरा नागनाथ। उस दिन उसका मन बहुत खट्टा हो गया और कई दिन तक उसने अपनी दुकान नहीं खोली। छोटी-सी दुकान में बहुत दिनों तक बड़ा-सा ताला लटकता रहा। हेमराज, हेमराज ही रहना चाहता था। वो मोचीराम बनना नहीं चाहता था।

एक दिन भरत को वो बजरंग किराना स्टोर में दिखा। बहुत ख़ुश दिखने पर पूछा, तो मालूम हुआ कि उसने अब मोची का काम छोड़ दिया है और यहाँ नौकरी करने लगा है। लेकिन दो-तीन महीने बाद उसने नौकरी छोड़ दी और वापस अपनी दुकान पर आ गया।

कहता है कि—"हर समय सेठ की गुर्राहट अच्छी नहीं लगती। उसको तो कामगारों का आराम से पानी पीना भी अखरता है। चौबीस घंटे की चापलूसी कौन करेगा। इससे तो अच्छा है कि मैं अपना ही काम करूँ।" वो जूते-चप्पल के साथ-साथ छाते भी सुधारता है। जब समय मिलता है, तब भरत उससे ख़ूब बतियाता है।

हेमराज ख़ुद को किसी राजा से कम नहीं समझता। उसके यहाँ दोनों तरह के भाव आसमान छूते हैं। नखरे इतने हैं कि दुनिया यहाँ से वहाँ हो जाए, वो टस से मस नहीं होता। अपनी छोटी-सी दुकान की छोटी-सी गद्दी पर डटा रहता है। न कभी उठकर कोई सामान लेता है और न ही कभी किसी को उठकर कोई सामान हाथ में पकड़ाता है। वो एकदम अलग मिज़ाज का आदमी है।

कार वाला हो या मोटरसाइकिल, स्कूटर वाला या साइकिल या फिर पैदल आया व्यक्ति। उसका सबके साथ एक अजीब सा तनातनी वाला रिश्ता है। क्या मजाल कि आप कार में बैठे-बैठे हार्न बजाएँ और वो आकर आपसे सुधारने के लिए जूता, चप्पल या कोई और चीज़ ले ले। वो अपनी दुकान पर बैठा हुआ एकटक आपको देखता रहेगा। लेकिन उठेगा नहीं और फिर देखकर अनदेखा करते हुए चप्पल या जूता कसने लगेगा या छाते की उलझी तानें ठीक करने लगेगा। उसमें अपने काम को लेकर एक ठसक है और इसको बरकरार रखने के लिए आपको उस तक जाना होगा। वो आपके पास नहीं आएगा। हाथ में ग़ज़ब की सफ़ाई है। मुँह से किसी तरह की लच्छेदार बातें नहीं निकलतीं और भुगतान आपको कुछ हटकर देना होगा। दुकान में 'आज नगद कल उधार' जैसी कोई तख़्ती नहीं है। और न ही किसी तरह का भाव-ताव चलता है। वो चप्पल या जूते पर हाथ तभी रखेगा, जब उसको सुधारने की कीमत उसकी बताई हुई होगी। आपके न कहने पर बड़ी रुखाई से कह देगा—"इतने में नहीं होगा। आगे और भी दुकानें हैं। वहाँ जाकर ठीक करा लो।" कहकर आपकी तरफ़ देखेगा भी नहीं और अपने काम में लग जाएगा।

भरत का दोस्त है और भरत के सारे काम बड़े महीन ढंग से करता है।

अगर कभी भरत एकाध दिन उसकी दुकान पर न पहुँचे या उसे देर हो जाए, तो हेमराज दुकान छोड़कर भरत को ढूँढ़ने निकल पड़ता है। जाने किस बात पर दोनों की इतनी छनती है।

सुनील कभी-कभी भरत को 'ओ, मोची दोस्त' कहकर पुकारता है। इस टेर पर भरत का कंधे उचकाकर देर तक हँसना देखते ही बनता है।

भरत के पास एक नहीं, हज़ार क़िस्से हैं। किसी नाटक की रिहर्सल को देखते हुए वो बार-बार फ्योदर दोस्तोयेव्स्की का यह कथन जब-तब दोहराता रहता है—"लेकिन यह कैसे मुमकिन है कि तुमने एक ज़िन्दगी जी और तुम्हारे पास सुनाने के लिए कोई कहानी नहीं?"

इस बात पर सुनील आँख बन्द कर मुस्कुराता है। वो उसको जब-तब कुरेदता है और सुनील हर बार यही कहता है—"भाई, मेरे पास तेरी तरह सुनाने को कोई कहानी नहीं है। न मैंने पहाड़ देखे हैं, न बर्फ़ और न समुद्र। और न ही तेरी तरह मैंने नाटकों की रिहर्सल देखी हैं। तेरी तरह मैं मोचियों के पास भी नहीं बैठता। नाटक देख-देखकर तू ख़ुद एक नाटक हो गया है, जो हम हर दिन बिना टिकिट देखते हैं।"

सुनील और भरत को काम करते हुए देखना और काम के बाद चाय पीने के लिए जाते हुए, मौज मारते देखना अच्छा लगता है। उनकी बातें सुनना और उनसे बातें करना भी अच्छा लगता है। बहुत कम में रहते हुए यह अहसास न होने देना कि कितना कम है। थोड़े में बहुत-ज़्यादा का अहसास और ज़रूरत भर पा लेने की कोशिश करते रहना। संघर्ष का सौन्दर्य! संघर्ष से सौन्दर्य का जन्म ऐसे ही समय होता है।

सुनील कम्प्यूटर पर काम करते-करते अचानक से चहलक़दमी करने लगता है। जैसे कि लम्बी यात्रा पर जा रहा हो या फिर ऐसे कि जैसे अभी-अभी यात्रा से लौटा हो। एक अजीब सी बेचैनी उस पर हमेशा छाई रहती है। उसे देखकर हमेशा ऐसा लगता है कि अगर वो बहुत देर बैठा रहा, तो जाने क्या छूट जाएगा और जो भी पाना है या कि उसके हिस्से में जो भी आना है, वो बैठने से छूट

जाएगा। अपने भीतर और बाहर वो एक अनजानी दौड़ से घिरा रहता है। इस तरह कम्प्यूटर पर बैठे-बैठे भी दौड़ता रहता है। एक अजीब सा भय कि जो भी जितना है, कहीं वो भी चला न जाए।

इस कमतरी का उसे मलाल तो है, लेकिन इतना और ऐसा भी नहीं कि हर समय उसी का अफ़सोस मनाता रहे या किसी को इसके लिए कोसता रहे। वो अपने माता-पिता के प्रति हमेशा प्रेम और सम्मान से भरा रहता है—"जितना कर सकते थे, उससे ज़्यादा ही किया। अगर हम उन्हें कोसेंगे, तो कल हमारे बच्चे हमें कोसेंगे। बस, इतना करना है कि किसी तरह बच्चे हमारे जैसे जीवन से आगे निकल जाएँ।"

कम्प्यूटर को बहुत उमंग और उम्मीद से देखता है। उसकी उठा-धराई बिल्कुल उस बिल्ली की तरह करता है, जो अपने नवजात को दाँतों के बीच दबाए रास्ता पार करती है। लेकिन चूहे या उसके नवजात के प्रति बिल्ली का यही व्यवहार एकदम से बदल जाता है। इसी तरह सुनील भी अच्छी नौकरी की ताक में रहता है। एकदम बिल्ली की तरह सबसे पहले झपट्टा मारने को तैयार। अभी तो कम्प्यूटर में ख़रगोश की तरह दुबका रहता है, तो कभी गिलहरी बनकर चढ़ता-उतरता है। 'अस्थायी नौकरी' या कहें कि 'दिहाड़ी नौकरी' जिसे बहुत ख़ूबसूरती और चमक के साथ 'रिसोर्स पर्सन' का नाम दिया गया है, इसके चलते सुनील और दूसरे रिसोर्स पर्सन जाने-अनजाने चूहे बने रहते हैं। ऐसा शायद कम्प्यूटर के 'माउस' के कमाल के चलते हो।

सुनील को चाँद-तारे देखने की आदत बिल्कुल भी नहीं है। ऐसा नहीं कि तारे उसे बुरे लगते हैं। बहुत दिनों से बच्चे के लिए एक कमरा बनाकर उसमें तारों वाली छत बनाना चाहता है। इसके लिए कई महीनों से अपने ख़र्च में कटौती कर रहा है। उसने चाय पीना बन्द कर दी है या लगभग कम कर दिया है। बारिश भी उसे अच्छी नहीं लगती है, क्योंकि ख़ुद से ज़्यादा बारिश में मोटरसाइकिल पर लैपटॉप और मोबाइल को बचाना पड़ता है। जब कभी वो बहुत तेज़ बारिश में रेनकोट पहने होने के बाद भी पूरी तरह से तर हो जाता है, तो ख़ुद को सुखाने के बजाय मोबाइल और लैपटॉप को पहले सुखाता है।

वो बहुत सख़्त, कर्री मिट्टी का बना है, लेकिन समय या कहें कि हालात उसे धीरे-धीरे पोला कर रहे हैं। दरअसल उसके जीवन से धीरे-धीरे नींद ग़ायब होती जा रही है। वो बमुश्किल तीन-चार घंटे ही सो पाता है। उसे पता

ही नहीं चला और सपने उससे दूर होते चले गए। सालों से उसे कोई सपना नहीं आया। कई बार उसे देखकर डर लगता है कि कहीं धीरे-धीरे उसे यह अहसास न होने लगे कि वो चाहे कितनी ही रातें जागकर गुज़ार दे, वो कुछ नहीं बन पाएगा। 'जो और जैसा है' में ही गुज़ारा करना होगा, कहीं उसकी हँसी ग़ायब न हो जाए।

अभी तो ज़रा-सा भी समय मिलने पर इंटरनेट पर 'थोड़े-से में रईसी ठाट' की पड़ताल करता रहता है। नए-नए गाने और नए-नए डांस की खोज में तल्लीन रहता है। वो 'आज मेरे यार की शादी है' से कुछ ज़्यादा, थोड़ा सा कुछ अलग अपने जिगरी दोस्त भरत की शादी में करना चाहता है। लेकिन वह यह सब कुछ इतने हुनर के साथ करेगा कि उसकी अभावग्रस्त ज़िन्दगी की सारी कमियाँ शादी की चमक-दमक में गुम हो जाएँ या महीन सी परदेदारी में रहें। इस अवसर पर वो अपनी शादी का सूट पहनेगा, जो कि अभी भी एकदम नया लगता है। जूते और टाई भी एकदम नए जैसे हैं। जब कभी ऐसे मौक़ों पर वो शादी का सूट पहनता है, तो दोनों पति-पत्नी अपने छूट चुके हनीमून को याद करते हुए 'एक बार ज़रूर कहीं चलेंगे' की बात करते हुए सतरंगी सपनों में छलाँग लगाते हैं।

मस्तमौला भरत भी बरहमेश शादी को लेकर रोमांचित रहता है। अब वो कुछ ज़्यादा ही हँसता और मस्ताता है। बिना वजह लोगों को छेड़ता रहता है ताकि कोई उसे छेड़े। वो अपने सब दोस्तों को शादी से पहले कैरवा डैम पर लेकर जा रहा है। सब उसे छेड़ रहे हैं—"एक आख़िरी रात आज़ादी की" इस पर वो कहता है—"एक आख़िरी रात अकेले सपने देखने की।"

सबने एक साथ एक सुर में गाया। फिर ज़ोर से एक सुर में बोले—"भरत भाई की एक आख़िरी रात अकेले सपने देखने की।"

भरत की शादी का कर्ता-धर्ता सत्येन्द्र राजपूत है। सत्येन्द्र राजसी ठाट-बाट वाला प्राणी है। पूरा परिवार गाँव में रहता है और वो ख़ुद अकेला भोपाल शहर में। उसे गाँव में रहना बिल्कुल भी अच्छा नहीं लगता। यहाँ तक कि तीज-त्योहार में

जाना भी उसे अखरता है। गाँव जाने के नाम पर उसकी जान पर बन आती है। उसे शहर अच्छे लगते हैं। इतने ज़्यादा कि गाँव कड़वे लगते हैं।

सुदर्शन व्यक्तित्व के धनी सत्येन्द्र की क़द-काठी देखते ही बनती है। तिस पर वो एक कान में बाली पहनता है। जितनी सुन्दर हँसी है, उतनी ही सुन्दर उसकी लिखावट है। जिम में हर दिन भरपूर पसीना बहाता है। बहुत सलीके के साथ रहता है। सबको ख़ूब गाने सुनाता है और मिमिक्री में उस्ताद है। जब भी सारे रिसोर्स पर्सन इकट्ठे होते हैं, तब सत्येन्द्र पूरे ऑफ़िस वालों की नक़ल उतार-उतारकर सबको हँसा-हँसाकर दोहरा कर देता है। दुख उसके सामने पानी भरते हैं और सुख उसकी हँसी में इठलाते हैं।

सत्येन्द्र का गाँव गोरखपुर ज़िला रायसेन की देवरी तहसील में है। चालीस बीघा ज़मीन है और तीन बहनों में वो इकलौता भाई है। रूपेश उसका ख़ास दोस्त है। सत्येन्द्र का गोरखपुर रूपेश के मामा का गाँव है और गोरखपुर से उदयपुरा बीस किलोमीटर है। रूपेश उदयपुरा का रहने वाला है। दोनों दोस्तों में ख़ूब छनती है। इतनी ज़्यादा कि सर्दियों में वो एक-दूसरे की जैकेट अदला-बदली कर पहनते हैं। सत्येन्द्र की काले रंग की लेदर की जैकेट जब-तब रूपेश पहन लेता है, तो जब कभी उसकी सात रंगों वाली स्वेटर सत्येन्द्र पहन लेता है। दोनों लगभग साथ आते हैं और साथ ही जाते हैं। एक ही मोहल्ले में रहते हैं। अशोका गार्डन में दोनों के घर आसपास ही हैं।

सत्येन्द्र के घर वाले उसके पीछे पड़े हैं कि जल्दी शादी करो। उन्होंने उसके लिए लड़की ढूँढ़ना भी शुरू कर दिया है। और इधर वो पुलिस इंस्पेक्टर बनने की तैयारी कर रहा है या कहें कि तैयारी कम सपने ज़्यादा देख रहा है। उसका बहुत मन है कि उसके पास उसकी ख़ुद की सिल्वर और ब्लैक कलर की 'रॉयल एनफील्ड' हो। उसने घर वालों के सामने शर्त रख दी है कि पहले बुलेट मोटरसाइकिल दिलाओ, फिर शादी करूँगा। इस पर उसका सोचना है कि न वो दिलाएँगे और न मैं किसी झंझट में फँसूँगा।

सत्येन्द्र कविताएँ भी लिखता है, लेकिन उसने कभी किसी को कोई कविता आज तक सुनाई नहीं है। एक बार भरत बहुत पीछे पड़ गया, तो उसने हवा में हाथ लहराते हुए माइक पर बोलने का अभिनय करते हुए कहा कि—'जिस दिन रॉयल एनफील्ड, वो भी सिल्वर और ब्लैक कलर की आ जाएगी, उस दिन मेरे भाई तुझे जी भरकर कविताएँ सुनाऊँगा।" उस पर भरत ने शर्त रखी कि—"भाई

अपनी ही सुनाना। किसी और की नहीं।" इस बात पर सत्येन्द्र ने पाठ्यक्रम में पढ़ी कुछ कविताएँ इस तरह सुनाई कि फलाँ कवि आज होते, तो अपनी यह कविता ऐसे सुनाते।

जब कभी कोई सत्येन्द्र से पूछता है कि वो अकेले खाने-पीने का क्या करता है? कैसे करता है? तो वह हँसकर कहता है—"सब हो जाता है, आसानी से। कभी बाहर खा लेता हूँ तो कभी बना लेता हूँ। कभी चाचा के यहाँ से आ जाता है, तो कभी रूपेश भाभी की मेहरबानी हो जाती है। कभी दाल-चावल बनाता हूँ तो कभी या कहें कि ज़्यादातर रात में दो उबले अंडे ठेले से लेता हूँ और शानदार अंडाकरी बनाता हूँ। छुट्टी के दिन चिकन या मटन करी बनाता हूँ।"

सत्येन्द्र ने कई जगह काम किए हैं। पहले मेडिकल स्टोर में तो कुछ बरस जिम में ट्रेनर, तो एकाध साल उसने किसी थाने में एफआईआर लिखने का काम भी किया है। अभी तीन बरस से वो इस प्रोडक्शन हाउस में रिसोर्स पर्सन है। बिना किसी अड़चन के सात बुकिंग से साढ़े ग्यारह हज़ार रुपए हर महीने कमाने से वो प्रफुल्लित रहता है। इतना ज़्यादा कि 'सब कुछ अच्छे से हो जाता है' में रात-दिन डूबा रहता है।

एक भालचंद जादव हैं जो कि घोड़े जैसे मुँह को लिये एक ही ग़लती को बार-बार दोहराते हैं। उनके बारे में कहा जाता है कि वे अपने दिमाग़ का सुई की नोक के बराबर भी इस्तेमाल नहीं करते हैं। मन के सीधे हैं। कोई भी बात इधर की उधर नहीं करते हैं। वे टाइपिस्ट हैं। अगर अपने ख़ास दोस्त का भी मेमो टाइप करेंगे, तो उसे भी इसकी भनक न लगने देंगे। सालों से टाइपिंग कर रहे हैं और सालों से एक लेटर में कई ग़लतियाँ करते हैं। ग़लती करने के बाद डाँट खाते हैं और भूल जाते हैं। सब कहते हैं कि "भाई ये बहुत सीधा बंदा है। इससे किसी को किसी तरह का कोई ख़तरा नहीं है।" लेकिन परिवर्तन प्रकृति का नियम है। भालचंद जी भी कैसे इससे अछूते रहेंगे। उनका अनोखापन इसमें है कि सीधापन धीरे-धीरे भोले सयानेपन में बदल रहा है।

भालचंद का मन अपनी किराने की दुकान में रमता था, लेकिन उसके बाबूजी उसे दुकान पर नहीं बैठने देते थे। हर सुबह जब बाबूजी दुकान खोलकर झाड़ू लगाते, तो उसका मन करता कि वह ये काम करे। वह बिस्तर में पड़े-पड़े आँख बन्द कर मन ही मन दुकान खोलता रहता। वो बचपन से बाबूजी के साथ दुकान के काम में हाथ बँटाया करता था। वह स्टूल पर चढ़कर सामान उठाता-धरता था। वह ग्राहकों से बहुत अच्छे से बात करता और दौड़-दौड़कर सारे काम करता। जब वह नौवीं में आ गया, तब शाम के समय दुकान पर बैठता और रात को उसे बन्द करके ही घर आता। उसको अपनी जनरल स्टोर जान से ज़्यादा प्यारी थी।

एक बार गर्मियों में उसका पूरा परिवार एक शादी में गाँव गया, वो तब ग्यारहवीं में पढ़ता था। उन गर्मियों में वो अकेला घर में रहा और उसने अकेले दुकान चलाई। जाते-जाते बाबूजी ने कहा—"अपना और दुकान का ध्यान रखना और सब कुछ वैसे ही करना जैसे अभी तक हम करते आए हैं। ग्राहकों का ख़याल रखना और देखना कि बँधे ग्राहक छूट न जाएँ।" उसने कई दिन तक दुकान बहुत अच्छे से चलाई। और ग्राहकों ने उसके काम की तारीफ़ भी की कि कैसे अकेला लड़का इतने अच्छे से दुकान चला रहा है। जब भी उसे समय मिलता, वो दुकान में रखे सामान को चमकाता रहता। सारी बरनियों पर छाई धूल को उसने साफ़ कर दिया।

फिर एक दिन दुकान बन्द करने से पहले उसने उस पर जब एक नजर दौड़ाई, तो उसे लगा कि इसमें कुछ अदला-बदली करनी चाहिए। दूसरे दिन उसने दुकान के सामान को यहाँ से वहाँ किया। कुछ इस तरह कि दुकान कुछ बड़ी और खुली-खुली लगने लगी। घर में रखी एक टेबिल को वो दुकान पर ले गया और उसने एक कोने में उसे इस ढंग से रखा कि दुकान पर एक छोटा सा काउंटर जैसा हो गया।

जब बाबूजी ने यह बदलाव देखा, तो वे जैसे एकदम से बदल गए। कई दिन तक चुप रहे और फिर एक दिन फरमान जारी किया कि—"उसे दुकान पर नहीं, पढ़ाई पर ध्यान देना चाहिए।" और इस तरह भालचंद को टाइपिंग सीखने को कहा। बाबूजी उसे दुकान पर पाँव भी न धरने देते। बस यहीं से उसकी ज़िन्दगी से जैसे रौनक चली गई। दुकान क्या छूटी, उसने भी सोचना-समझना छोड़ दिया। बाबूजी बहुत अड़ियल स्वभाव के थे और उनके आगे किसी की न चलती थी।

वो बेमन टाइपिस्ट बन गया और जो दुकान में कोई ग़लती न करता था, वो टाइपिंग में सिवाय ग़लतियों के कुछ और न करता। जब कोई उसे उसके द्वारा की जा रही ग़लतियों पर छेड़ता है, तो वो हँसकर कहता है—"भाई ग़लती कौन नहीं करता, बता। ये पूरी दुनिया ही ग़लतियों से भरी पड़ी है। बस, यह है कि कोई ज़्यादा करता है और कोई कम। किसी की पकड़ में आ जाती हैं, तो किसी की पकड़ में नहीं आती हैं।"

उसने टाइपिंग के साथ जीना सीख लिया है। हर दिन ऑफ़िस आने से पहले वो मन ही मन दुकान खोलता है। बाबूजी की आहट से जैसे ही उसकी आँखें खुलती हैं, वो उन्हें फिर से बन्द कर लेता है। एक करवट लेता है और ख़ुद को चादर से पूरी तरह ढक लेता है। फिर वो कल्पना करता है कि वो दुकान खोल रहा है, झाड़ू लगा रहा है, सारे सामान को बाहर करीने से सजा रहा है। दुकान के खुलते ही ग्राहकों का आना-जाना लग गया है। स्कूल जाते बच्चे चॉकलेट और बिस्किट, तो कोई ब्रेड, तो कोई दूध और कोई अंडे लेकर जा रहा है। वो आँख खोलकर एक अँगड़ाई लेते हुए उठता है और ऑफ़िस के लिए तैयार होते हुए सुबह के साढ़े नौ तक मन ही मन दुकान पर सुबह की ग्राहकी कर चुका होता है। वो अपने लिए इससे बेहतर दुनिया की उम्मीद नहीं करता था, लेकिन बाबूजी बहुत ज़िद्दी हैं और उनकी ज़िद से दुनिया नहीं बदल रही थी, बल्कि दुख पैदा हो रहे थे।

दुनिया एक खेल है और हर किसी को खेलना नहीं आता। भालचंद एक सीधा-सच्चा इंसान है। जो चीज़ों को उनके होने के बाद समझ पाता है। कई बार तो हो चुकी चीज़ों को भी पूरी तरह समझ नहीं पाता। वो अपने दिमाग़ को ज़्यादा कष्ट ही नहीं देना चाहता। कौन जाने, अगर दुकान उसे मिल गई होती, तो वो ऐसा न होता? बाबूजी के अड़ियलपन ने उसके सपनों में फफूँद लगा दी। उसके सपने चिथड़े-चिथड़े हो गए। जिन्हें दुनिया का कोई भी दरजी सिल नहीं सकता। इस संसार में अच्छी चीज़ें जन्मते ही विदा लेती हैं और ख़राब चीज़ें? वे ख़त्म नहीं होतीं। जाने कितनों को ख़त्म कर देती हैं। दुख ने इतनी ज़्यादा जगह घेर ली है कि सुख को समझ ही नहीं आता कि वो कहाँ किस जगह बैठे।

अम्मा उसके अनमनेपन और पति के अड़ियलपन के बीच बुरी तरह पिस गई हैं। अम्मा चाहती हैं कि वो ख़ुश रहे। लेकिन उन्हें कौन समझाए कि टाइपिंग की खटर-पटर ने उनके बच्चे की नींद छीन ली है। वो हर वक़्त यही सोचता है

कि इंसान जो चाहता है, उसे वो क्यों नहीं करने दिया जाता। आख़िर उसका कसूर क्या है जो उसे दुकान से दूर कर दिया गया है। रात दिन यही सोचता है—"आदमी को कम मिले, लेकिन मन का मिले।"

अब उस पर भरत की ऐसी बातों का कोई असर नहीं होता कि—"धीरज रखो। सुबह हुई है तो शाम भी होगी।" लेकिन इस एक बात पर वो बहुत खुलकर हँसता है—"जिधर बम, उधर हम।"

ऐसा नहीं है कि भालचंद दिन-भर दुकान के गम में देवदास बना फिरता हो। वह हँसता-बतियाता भी है और एक बार नहीं, कई बार चाय पीने भी जाता है। वो तम्बाकू भी खाता है। सुनील और भरत का तो ऐसा कहना है कि टाइप में किए गए सारे कारनामे भाल नहीं, उसका तम्बाकू करता है। उसके कम बोलने का कारण भी उसका स्वभाव नहीं, बल्कि तम्बाकू है। वो घंटों मुँह में तम्बाकू दबाए रहता है। वो उसकी साइड बदलता रहता है। कभी बाईं तरफ, तो कभी दाईं तरफ और कभी-कभी बीचोंबीच में, तो कभी होंठों के बीच दबाए रहता है। तम्बाकू दिन-ब-दिन उसकी शक्ल को बदलता जा रहा है।

जिनेश कुशवाहा और केपी यादव जो कि रिसोर्स में वीडियो एडीटर हैं, भाल को अक्सर अपने साथ ले जाते हैं। ये दोनों हमेशा दोपहर बारह से शाम सात बीस तक की ड्यूटी करते हैं और फिर अपनी भजन मंडली में रम जाते हैं। उनका अपना एक सुन्दरकांड ग्रुप है, जिसमें वो परफार्म करते हैं। कभी भजन गाते हैं, तो कभी सुन्दरकांड का बखान तो कभी अखंड रामायण। केपी छोटी-मोटी फ़िल्मों की एडीटिंग भी ढूँढ़ता फिरता है। भजन मंडली में हर दिन तो बुकिंग मिलती नहीं। उनका ऐसा सोचना है कि देर-सवेर भाल भी उनकी भजन मंडली में शामिल हो जाएगा और कुछ नहीं तो कम से कम, मजीरे तो बजाएगा ही बजाएगा।

अजय कँवर कभी भी शाम छह के बाद ऑफ़िस में नहीं रुकता और न ही चाय की दुकान पर दुनिया-जहान की पंचायत में हिस्सा लेता है, क्योंकि शाम छह से रात ग्यारह तक वो न्यू मार्केट में एक चाय पत्ती की दुकान पर काम करता है, जहाँ उसे साढ़े तीन हज़ार रुपए महीने मिलते हैं और एक भी दिन छुट्टी नहीं मिलती है। अगर किसी दिन उसकी तरफ़ से नागा होता है, तो उस दिन की तनख़्वाह कट जाती है।

जब भी समय मिलता है तो सुनील और भरत अजय से चाय पत्ती का ज्ञान

अर्जित करते हैं। वे आश्चर्यचकित होते हैं कि संसार में इतनी तरह की चाय पत्तियाँ हैं और लोग बदल-बदल कर उनका स्वाद लेते हैं। बिना दूध की चाय के नाम पर वे अपने सूखे गले में थूक को गटकते हैं। लोग बिना दूध की चाय कैसे पीते होंगे? यह सोचकर वे राहुल की चाय की दुकान पर पहुँच जाते हैं और कहते हैं—"अच्छी मसक के चाय पिला दे, भाई। कौन जाने...?" कह ज़ोर से हँसते हैं। अजय भले ही हज़ार तरह की चाय पत्तियों के फ्लेवर को रोज़ आते-जाते, बिकते देखता है, लेकिन चाय दूध वाली ही पीता है।

राहुल कैंटीन वाला या कहें कि चाय वाला थोड़ा-सा ऐड़ा है। जो कैंटीन कोई न चला पाया, उसे उसने अपने ऐड़ेपन से साध लिया। वो कैंटीन में खाने की कोई चीज़ नहीं रखता। उसके पास चाय और कॉफ़ी के सिवाय कुछ और नहीं मिलता। उससे पहले कई कैंटीन वाले आए और घाटे का सौदा कह उसे बन्द कर चलते बने, क्योंकि लोगों को कैंटीन के बजाय बाहर नुक्कड़ पर जाकर चाय पीने में ज़्यादा आनन्द आता था।

एक दिन ऐसा आया कि स्मार्ट सिटी बनने के चलते पूरा नुक्कड़ उजड़ गया। उजड़ क्या गया, उजाड़ दिया गया। सब ठेले और गुमटी वालों को दूसरी जगह दुकानें दे दी गईं। जो दुकानें पेड़ों के झुरमुटों के बीच खुले में थीं, वे सँकरी जगह में इकट्ठी दस-पन्द्रह अँट गईं। वहाँ बैठना तो दूर, खड़े होने की भी जगह नहीं। पल भर में आनन्द, स्मार्ट की भेंट चढ़ गया। फिर भी लोग चाय पीने जाते रहे लेकिन उन्हें वो मज़ा न आता, जिसकी उन्हें आदत पड़ चुकी थी। अब प्रोडक्शन हाउस में कैंटीन चल निकलेगी। ऐसा सोचकर उसे चालू किया गया। लेकिन एक नहीं, तीन-चार कैंटीन वाले कुछ महीने चलाकर अलविदा कहते चलते बने।

जो कभी न हो सका, उसे राहुल ने कर दिखाया। वो हर आदमी के कमरे या कहें कि सीट पर चाय लेकर पहुँचने लगा। उसके यहाँ कोई कामगार नहीं है। वो अकेले ही सारे काम करता है। दो थर्मस दोनों बग़ल में दबाए और हाथ में डिस्पोजल कप लिये वह सारा दिन यहाँ से वहाँ दौड़ता फिरता है। अगर उसकी

कैंटीन में कोई आया और उसके न होने पर उसे फोन करता, तो मोबाइल के बजते ही वो दौड़ा चला आता है। धीरे-धीरे लोगों की बाहर जाने की आदत छूटने लगी और राहुल की चलती-फिरती कैंटीन चल पड़ी।

वो किसी के भी कमरे में जाकर कहेगा—"चाय।" सामने वाला कहेगा—"अभी नहीं।" वो फिर कहेगा—"क्यों? क्यों नहीं पी रहे। बढ़िया चाय है। पी लो। अभी-अभी बनाकर लाया हूँ।" सामने वाला कहेगा—"चल, अच्छा पिला दे।" फिर जितने भी लोग आसपास दिखाई देंगे, वो सबके सामने थर्मस और डिस्पोजल कप लेकर खड़ा हो जाएगा। "चाय पी लो, पी लो, सवेरे से एक बार भी तो नहीं पी।" ऐसा वो हर किसी के साथ नहीं, बल्कि सिर्फ़ रिसोर्स पर्सन के साथ करता है। इस तरह वो दिन में दो बार नहीं, तो एक बार उन्हें ज़रूर किसी और की जेब से चाय पिला देता है। ताकि उन्हें चाय भी मिल जाए और पैसा भी न देना पड़े। इस तरह वो एक साथ चार-पाँच चाय ठिकाने लगा देता है। ऐसा वो हर एक के साथ करता है। किसी एक ने कहा—"दो चाय।" बस, फिर क्या वो ढूँढ़कर और चार को भी पिला देगा, और हँसते हुए आगे बढ़ जाएगा।

कई बार उसे फोन करो—"अरे राहुल, चार चाय लेकर आना।" वो कहेगा अभी लाया और फिर घंटों नहीं आएगा। ऐसा तब होता है, जब कोई बाहर से किसी से मिलने आया हुआ हो। फिर जब जैसे ही थर्मस लिये वो आपको दिखेगा, तो वो आपको देखते ही सिर पकड़ लेगा—"अरे, मैं तो भूल ही गया था। लो, अब पी लो। कॉफ़ी पी लो। फीकी पी लो। फीकी-मीठी मिलाकर दूँ।" ऐसे समय उसके पास तीन थर्मस होते हैं।

जब कभी कोई उसकी चाय का पहला घूँट भरते ही मुँह बनाता है, तो वो अचरज से आँखें फाड़कर कहता है—"क्यों, क्या हो गया?" सामने वाला कहेगा—"कैसी चाय पिला रहा है भाई तू।" सुनकर उसका अचरज दुगना हो जाता है—"जबरन, एकदम फस्स क्लास चाय है। सबको ही तो पिलाकर आ रहा हूँ, उन्हें तो अच्छी लगी।"

कभी कोई उसको पैसे देने के लिए पर्स को टटोलेगा, तो एकटक खड़ा देखता रहेगा फिर पूछेगा—"क्या हुआ?"

सामने वाला कहेगा—"पैसे कहाँ गए, यार।"

वो फट से कहेगा—"देखो, ध्यान से देखो। यहीं कहीं धरे होंगे। कहीं घर

तो नहीं भूल आए। चलो, ढूँढ़ लो। मैं बाद में ले जाऊँगा।" कहते वो फिर फेरी पर चल देता है।

एक बार प्रधान साहब ने उसे झिड़क दिया—"सुन रे ऐड़े। तू ऐड़ा नहीं है। बहुत बड़ा सयाना है। तेरे से दो चाय मँगाते हैं और तू पूरे मोहल्ले को चाय पिलाकर चला जाता है और हमारी जेब ढीली करता है और ख़ुद की गरम करता है। सुधर जा, ज़्यादा होशियारी मत दिखाया कर, समझे। नहीं तो, किसी दिन मैं तेरे थर्मस की पूरी चाय पी जाऊँगा और उसमें पानी भर दूँगा।"

वो 'हें हें हें' करते बोला—"ऐसा थोड़ी ना होता है।" सुबह नौ बजे कैंटीन खोलता है और शाम को एकदम छह बजे बन्द कर देता है। फिर मुँह-हाथ धोकर बालों में कंघी कर यहाँ-वहाँ पूरे कैम्पस में टहलता है। जो कोई न कर सका, वो राहुल ने कर दिखाया।

कई बार ऐड़ापन समझदारी पर भारी पड़ जाता है।

राहुल का ऐड़ापन सुप्रिया और भारती को बहुत अच्छा लगता है। उनसे भी ज़्यादा, बल्कि कहें तो भरत को सबसे ज़्यादा अच्छा लगता है। कहता है—"यह एक शानदार कैरेक्टर है। यह रात भर चाँद देखता है। चाँद का टेढ़ापन ही इसके भीतर भर गया है। इसीलिए ये 'ऐड़ा-ऐड़ा' लगता है। इतना ही नहीं, यह सबकी दुख-तकलीफ़ भी समझता है। सुनील के पिताजी जब अस्पताल में थे, तो यह चुपचाप उसे देखता रहता था और धीरे-से उसके पास बिना कुछ बोले चाय का कप रख देता था। कभी पैसे भी नहीं माँगे इसने। अभी कल ही सुनील ने इसका हिसाब किया है। पैसे ले ही नहीं रहा था। बड़ी मुश्किल से लिए।" उसकी यह बात सुनकर सु-भार की आँखें भीग जाती हैं।

सुप्रिया और भारती भी रिसोर्स पर्सन हैं। सुप्रिया विज्ञापन अनुभाग में हैं तो भारती खेती-बाड़ी अनुभाग में। भारती प्रतियोगी परीक्षाओं की तैयारी में रात-दिन लगी रहती है। वह चाहती है कि जल्दी से उसे अच्छी-सी नौकरी मिल जाए और सुप्रिया जब-तब रोती रहती है—"देखिए न सात बज गए हैं। अभी घर जाकर मुझे खाना भी बनाना है। भाई तो कुछ करता ही नहीं है। बस टीवी देखता रहता

है। सब कुछ मुझे ही करना पड़ता है। बर्तन भी माँजने होते हैं। आई, बाबा गाँव में हैं। मुझे सब काम से निपटते-निपटते रात के ग्यारह बज जाते हैं। मैं कब पढ़ाई करूँ। थक जाती हूँ। ऑफ़िस का काम, फिर घर का काम। देखिए न, मैं उनतीस साल की हो गई हूँ। क्या होगा मेरा? न ढंग की नौकरी मिली और शादी भी कौन करेगा मुझसे। हमारी तरफ़ सबको अच्छी नौकरी वाली लड़की चाहिए होती है।" भरत उसे हँसाने के लिए कुछ भी कह देता है—"हमारी तरफ़ ऐसा नहीं होता। रोओ मत, तुम तरफ़ क्यों नहीं बदल लेती हो?" सुनते ही वो आँख में आँसू भरे हुए हँस पड़ती है।

भरत की शादी के कुछ साल बाद ही सत्येन्द्र को बुलेट मोटरसाइकिल मिल गई और उसने घोड़ी पर बैठकर तीन हवाई फायर भी किए। जिस दिन गाड़ी लेकर आया, उस दिन उसने पूरे ऑफ़िस को मिठाई खिलाई। उस दिन उसकी ख़ुशी देखते ही बन रही थी। ख़ूब धूमधाम से शादी हुई थी। एक महीने बाद वो फिर भोपाल आ गया और एक अच्छे से घर को ढूँढ़ना शुरू किया कि बहुत जल्दी अपनी पत्नी को भी भोपाल ले आएगा और दोनों साथ-साथ बड़े तालाब में नौका विहार करेंगे।

गाँव, घर-परिवार, तीज-त्योहार, विदा के झंझटों में एक साल कैसे गुज़र गया, उसे समझ ही नहीं आया। इस बीच वो हर शुक्रवार को गाँव जाता और सोमवार को लौट आता। इधर भरत और सत्येन्द्र दोनों के यहाँ नन्हे मेहमान की दस्तक भी आ गई। अब तो सत्येन्द्र के लिए अपनी पत्नी को लाना बहुत टेढ़ी खीर हो गया। घर वालों ने भी साफ़-साफ़ कह दिया—"अपने खर्चे पर अपनी गृहस्थी चला सको तो शौक से ले जाओ। हम फूटी कौड़ी भी न दे सकेंगे।"

अब वो रात-दिन नौकरी की तलाश में भटकता फिरता है कि ज़्यादा नहीं तो कम से कम पन्द्रह-बीस हज़ार की ही मिल जाए। समय अपनी उड़ान भरता रहा और सत्येन्द्र पापा बन गया। कहता है कि—"मेरा बेटा एकदम मेरे पर गया है।"

अब उसका मन बेचैन रहने लगा है। उसे बेटे की याद आती है और वो

बार-बार गाँव जाता है। इधर बुकिंग में कटौती हो जाती है। करे तो क्या करे? जो गाँव उसे कड़वा लगता था, उसमें धीरे-धीरे उसे मिठास नज़र आने लगी है।

एक दिन भरत ऑफ़िस से घर पहुँचा, तो पत्नी ने कहा कि "टीनू के जूते सुधरवा लाओ। कल सुबह उसको स्कूल जाना है।" वाक्य के पूरा होते ही सबने जिज्ञासा भरी निगाहों से उसकी ओर ताका।

भरत ने कुर्सी पर पूरी तरह पसरते हुए कहा—"भाइयो, मेरा प्यारा हेमराज गाँव की शुद्ध हवा खाने गया है। चौराहे से आगे मेरी गाड़ी का पेट्रोल ख़त्म हो गया और सीधे-सच्चे मोची काका की दुकान भी बन्द थी, भाई। गाड़ी धकाता-धकाता मैं इस 'शानदार शू कार्नर' वाले साहब के पास पहुँच गया। उसने मुझे ऊपर से नीचे तक देखा और 'हूँ' किया। मैंने जूता आगे बढ़ाया और कहा कि गाड़ी का पेट्रोल ख़त्म हो गया है। खींचते-खींचते हालत ख़राब हो गई है। कितनी देर लगेगी? वो बोला—बैठो, अभी किए देता हूँ। मैंने कहा कि आप ठीक करो। मैं पेट्रोल भरवाकर आता हूँ।"

हाट का दिन था। जितनी सब्ज़ियाँ, उतने ही उन्हें ख़रीदने वाले या कहें कि सब्ज़ियों से ज़्यादा आदमी और औरतें। चौराहे पर चलना तो दूर पाँव रखने की भी जगह नहीं होती है। उस दिन उसने मुझसे जूते ठीक करने के बीस रुपए ले लिए।

एक औरत अपने बच्चे के साथ उसकी दुकान पर खड़ी थी और बच्चे का मन जूतों को देख मचल रहा था। कभी वो कुछ माँगता, तो कभी किसी और सैंडिल की तरफ़ उँगली कर देता, तो कभी चप्पल और फिर वापस जूतों की ओर देखने लगता।

घर पहुँचा कि पत्नी ने मुझे बैग पकड़ा दिया कि बैग की चैन ख़राब है। अबकी बार मैं पैदल गया। सामने बैठकर चैन ठीक कराई और पहले ही भाव-ताव कर लिया था। मैंने बस पाँच रुपए दिए। हाट का एक चक्कर लगाकर मैं फिर उसकी दुकान पर पहुँचा। एक जूते पर मेरी आँख ठहर गई थी। मेरे पाँव ख़ुद-ब-ख़ुद मुझे उसकी दुकान तक ले गए। वो औरत बच्चे के साथ अभी भी खड़ी थी और इस बार बच्चे को एक सैंडिल पसन्द आ गई। जैसे ही बच्चे ने सैंडिल

पहनकर हाँ में सिर हिलाया तो पहले तो वो ख़ुश हुई और फिर बोली—"डैडी गुस्सा तो नहीं होंगे। उन्होंने चप्पल लेने को बोला था।"

यह सुनते ही बच्चा एकदम झटके से पाँव में पहने सैंडिलों को देखने लगा और औरत ने सब्ज़ी के झोले को ऊपर की ओर खींचते हुए कहा—"तुम्हें अच्छी लग रही है तो ले लो।" उसके झोले से तीन मूली की मुरवाती बाहर निकलने को कसमसा रही थीं।

उसने दुकानदार से कहा—"भैया, ठीक-ठीक लगाओ।" वो बोला—"दो सौ अस्सी।" वो बोली—"अरे, यही की यही वहाँ डेढ़ सौ में मिल रही है। तुम तो एकदम गजब कर रहे हो।" वो भाईसाहब भी कम नहीं पड़े—"मैं पचास में दिला दूँगा। वो लोकल माल है और यह एकदम कम्पनी का। चालू सामान मैं रखता ही नहीं हूँ अपनी दुकान में।"

वो एक-एक कर जूते-चप्पल मोड़-मोड़ कर दिखाने लगा—"ये स्पोर्ट्स का माल है। सबसे महँगा होता है और क्वालिटी ऐसी कि थक जाओगे तुम इसको पहन-पहन कर लेकिन ये टूटेगा नहीं और न इसका रंग जाएगा और न चमक, समझीं। जाओ वहीं से ले आओ।" औरत बच्चे के साथ एकदम चुप खड़ी रही। तो फिर उसने कहा—"चलो अच्छा। दो सौ पचास। इससे एक रुपया कम नहीं।" इस बीच बच्चे ने सैंडिल उतार दिए और दुकान पर टँगी चप्पलों को देखने लगा। औरत ने बच्चे से पूछा—"कोई चप्पल अच्छी लग रही है, चिंकू। चप्पल ले ले, पापा ने चप्पल का ही कहा है।"

बच्चे ने 'हाँ, 'ना' जैसा कुछ नहीं कहा। बस एक बार पहनकर देख चुके सैंडिल जो कि दुकान की दीवार के कुंदे में लटक गए थे, उन्हें ही देखता रहा। अब दुकानदार ने सैंडिल कुंदे से उतारकर हाथ में लेकर बच्चे को देखते हुए कहा—"चलो, अच्छा दो सौ बीस।"

औरत इस पर भी राजी नहीं हुई। वो कभी सैंडिल तो कभी बच्चे को देखती रही। इस बीच उसने ब्लाउज से पर्स निकालकर हाथ में ले लिया। दुकानदार ने सैंडिलों को उनकी जगह पर फिर से टाँग दिया। औरत बच्चे से बोली—"बोलो, क्या करना है। क्या लेना है।" बच्चा कुछ नहीं बोला। उसने अपनी आँखें ज़मीन में गड़ा लीं। औरत ने यहाँ-वहाँ देखते हुए घूमती हुई आँखों को दुकानदार पर टिका दिया। अब महाशय बोले—"चलो, चलो। बच्चे का मन देखते हुए आख़िरी बोल रहा हूँ। दो सौ दे दो, इससे कम नहीं।"

औरत बोली—"डेढ़ सौ।" कुछ देर सन्नाटा रहा और फिर वो अपने बच्चे का हाथ पकड़े हुए बिना सैंडिल लिये चली गई।

मैंने कहा—"भाई, दो सौ अस्सी से सीधे दो सौ पर आ गए।"

"क्या करता, तीन चक्कर काट चुकी थी। देखा नहीं, बच्चा कैसा रुआँसा हो रहा था और वो ख़ुद कम रुआँसी हो रही थी क्या। ग्राहक देखकर भाव लगाता हूँ।"

उसने ही मुझे बताया कि कैसे उसके पास माल आता है। महीने के कितने कमा लेता है। उसकी कमाई सुनकर मैं हक्का-बक्का रह गया और मेरी तनख़्वाह सुनकर वो आँख दिखाकर मुझे देखने क्या घूरने लग जाए, इससे पहले ही मैंने तुरत बात पलट दी। भाइयो, अब तुम लोग उसकी आमदनी सुनकर 'शानदार शू कॉर्नर' खोलने की मत सोचने लगना। मैं बहुत देर तक उसकी दुकान पर बैठा रहा। मुझे एक रीबॉक का जूता पसन्द आया है। सात सौ से कम नहीं कर रहा है। वोई का वोई जूता शो रूम में ढाई हज़ार में मिल रहा है।

भाई, मैं हर दो दिन में उसकी दुकान पर जाता हूँ। बस, किसी तरह वो जूता बचा रहे। अगले महीने की एक तारीख़ को चाहे कुछ हो जाए, मैं उसे ख़रीदूँगा। मैंने उसे पटा लिया है कि वो यह किसी और को न बेचे। मैं तो उससे कहता हूँ कि भाई, मुझ पर भरोसा रख और सोच कि यह बिक गया है और इसको कार्नर से उतारकर डिब्बे में रखकर अलग कर दे। लेकिन वो मानता ही नहीं है।

हँसते हुए कहता है—"इसको टँगा रहने दो। हर आने-जाने वाला इसे देखता है। मेरी दुकान का इम्प्रेशन अच्छा पड़ता है इससे। तुम परेशान मत होओ। किसी को नहीं बेचूँगा इसको। तुम भी सोच लो कि तुमने इसको ख़रीद लिया है। कहीं नहीं जाएगा ये। यहीं रहेगा। जब तुम पर व्यवस्था हो जाए, तब इसको ले जाना।"

भरत हर दूसरे दिन किसी न किसी बहाने से 'शानदार शू कॉर्नर' जाता है और अपने शानदार जूतों को देखकर राहत की साँस लेता है।

सुनील और दूसरे रिसोर्स पर्सन को देख सब एक ठंडी साँस भरकर कहते हैं—"अरे यार, सोचकर अजीब सी सिहरन होती है कि यह सब कैसे करते होंगे?

कैसे रहते होंगे? क्या होगा, इनका? कौन सोचेगा, इनके बारे में? मत बात करो ज़्यादा, रोएँ खड़े हो जाते हैं।" बात जब अधूरे में छूटती है तो...।

सीता कस्तवार का मानना है—"बदहालों के लिए जिस तरह गाँव और शहर में कोई फ़र्क़ नहीं है, उसी तरह कॉन्ट्रैक्ट पर काम करने वालों के लिए सरकारी, गैर सरकारी और स्वयंसेवी में कोई फ़र्क़ नहीं है। सब के सब हाथी हैं। जिनके दिखाने के दाँत और हैं और खाने के और।" वह कहती है—"सबकी भूख भी एक जैसी है। कहने को तो दुनिया भर का परहेज करते हैं, लेकिन भूखों को देखकर इनकी भूख बढ़ जाती है। इनको रत्ती-भर भी शरम नहीं आती है हमारी चुल्लू भर तनख़्वाह का आधा माँगते और उसे हड़पते हुए।" वो दिखने में बहुत सीधी-सादी लगती है, लेकिन उसकी बातें सुनकर सबके कान लाल हो जाते हैं। वो कभी साड़ी, तो कभी सलवार-सूट पहनती है। जींस-टी शर्ट उसने आज तक नहीं पहने हैं, लेकिन कहती है कि एकाध बार ज़रूर पहनेगी।

वही सबको आगाह करती है कि—"कोई कुछ भी माँगे। किसी भी तरह से माँगे बिल्कुल मत देना। अड़ जाना। इनके ऊपर भी कोई न कोई है। कोई तो मिलेगा, जो इनके कान खड़े कर देगा। माना कि बेईमानों से दुनिया भरी पड़ी है लेकिन हिम्मत मत हारो।"

यहाँ से पहले सीता एक सरकारी विभाग में संविदा में काम करती थी। वहाँ उसके जयदीप सर सभी संविदा कर्मचारियों से आधा वेतन ले लिया करते थे। सबको पाँच हज़ार मिलते थे। जिसे कि उन्हें ढाई हज़ार मानना पड़ता था। नौकरी इस शर्त पर ही मिलती थी कि जो भी मिलेगा, उसका आधा साहब को देना ही पड़ेगा। जयदीप भी नम्बर एक का खाऊ था। कोई भी जगह नहीं छोड़ता था।

सरकारी विभाग में साल में दो-चार बार शपथ तो हो ही जाया करती थीं। शपथ को टाइप करने के बाद उसकी फ़ोटोकॉपी कर सभी अधिकारियों और कर्मचारियों को बाँटने का काम सीता के ज़िम्मे थे। एक बार शपथ पत्र टाइप करते और सबके हाथ में देते हुए सारे शब्द मय अर्थों के उसके भीतर झनझनाने लगे थे। और फिर जब सबने एक सुर में ये शपथ ली कि—

"हम भारत के लोक सेवक सत्यनिष्ठा से प्रतिज्ञा करते हैं कि हम अपने कार्यकलापों के प्रत्येक क्षेत्र में ईमानदारी और पारदर्शिता बनाए रखने के लिए निरन्तर प्रयत्नशील रहेंगे। हम यह भी प्रतिज्ञा करते हैं कि हम जीवन के प्रत्येक

क्षेत्र से भ्रष्टाचार उन्मूलन करने के लिए निर्बाध रूप से कार्य करेंगे। हम अपने संगठन के विकास और प्रतिष्ठा के प्रति सचेत रहते हुए कार्य करेंगे। हम अपने सामूहिक प्रयासों द्वारा अपने संगठनों को गौरवशाली बनाएँगे तथा अपने देशवासियों को सिद्धान्तों पर आधारित सेवा प्रदान करेंगे। हम अपने कर्तव्य का पालन पूर्ण ईमानदारी से करेंगे और भय अथवा पक्षपात के बिना कार्य करेंगे।"

जयदीप को भी यह प्रतिज्ञा लेनी पड़ी थी और उसे प्रतिज्ञा लेते हुए सारे देने वाले उसे घूर-घूरकर देख रहे थे। बस फिर क्या था। सीता ने जाकर बड़े साहब को बताया—"जयदीप सर को दो नहीं तो बहुत बुरा व्यवहार करते हैं।" बड़े साहब बहुत ही ईमानदार व्यक्ति थे। यह सब सुन-जानकर उनका ख़ून खौल गया और उन्होंने एक दिन भरी मीटिंग में कहा—"सुनने में आया है कि कुछ लोग रिसोर्स पर्सन को बिना वजह तंग करते हैं, उनसे उनकी आधी तनख़्वाह ले लेते हैं। यह सब बर्दाश्त नहीं किया जाएगा।"

इतना ही नहीं, कुछ देर बाद उन्होंने सारे रिसोर्स पर्सन को मीटिंग में बुलाया और उनके कामों के बारे में जानकारी ली। फिर सबके सामने उन्होंने कहा—"आप लोगों को किसी भी तरह की परेशानी हो तो सीधे मेरे पास आइए। बस, सीधे कह दीजिए। मैं सबूत भी नहीं माँगूगा। सीधे एक्शन लूँगा।"

उस दिन के बाद से लेन-देन बन्द हो गया और कुछ महीनों के बाद सीता को जयदीप या उसके जैसे दूसरे लोग किसी तरह नौकरी से निकाल बाहर करते कि उसे ख़ुद ही नौकरी छोड़नी पड़ी। वो प्रेग्नेंट थी और डॉक्टर ने सातवें महीने से ही उसे आराम करने की सलाह दी।

एक साल के अन्तराल के बाद वो फिर काम पर लौटी, लेकिन नई जगह पर।

सुनील को देखकर लगता है कि क्या दुख इतने गहरे और गाढ़े भी हो सकते हैं कि उनके आगे कोई और रंग ठहरे ही नहीं। एक दिन उसके पिता जब सब्ज़ी का थैला लिये दरवाज़े को पार करने वाले थे कि अचानक से लड़खड़ा गए। सब कुछ इतनी जल्दी हुआ कि जब तक कोई उन्हें सहारा देता तब तक वे बिना

किसी सहारे के दरवाज़े के बीचोंबीच लुढ़क गए। लाख हिलाया-डुलाया, मुँह पर पानी के छींटें मारे, लेकिन तन्द्रा नहीं लौटी। वे एकदम से कड़क होते गए और फिर कुछ देर बार उन्होंने ख़ुद को ढीला छोड़ दिया। जब तक सुनील घर पहुँचा तब तक घरवाले उन्हें लिये ऑटो में बैठ चुके थे। पास के एक निजी अस्पताल में उन्हें तुरन्त ले जाया गया और जब तक अस्पताल की औपचारिकताएँ पूरी होतीं, तब तक वे आईसीयू में भरती हो चुके थे। एकदम ठंडे आईसीयू की ठंडक ने पूरे परिवार को इस क़दर अपनी चपेट में ले लिया कि सब थर-थर काँपने लगे। घर में किसी को समझ नहीं आया और उन्हें ख़ुद भी समझ नहीं आया कि उन्हें हार्ट अटैक आया है। अटैक इतना ज़बरदस्त कि उनका दायाँ हिस्सा सुन्न पड़ गया।

एक-दो-तीन नहीं, पूरे दस दिन अस्पताल में भरती रहे। सब घरवाले भूखे-प्यासे दौड़-दौड़कर परचे लेते रहे और हाँफते-हाँफते आईसीयू के बाहर नर्स को दवाओं के थैले पकड़ाते रहे। थोड़े-बहुत नहीं, पूरे एक लाख अस्सी हज़ार का बिल बना। सुनील पर अपने साहब की कृपा हुई, जिनकी वजह से अस्सी हज़ार रुपए मुख्यमंत्री राहत कोष से मिल गए यानी अस्पताल का बिल कट गया। बाक़ी एक लाख का पूछो मत। कैसे-कैसे, कहाँ-कहाँ से आए और फिर कैसे-कैसे चुकाए जाएँगे। ब्याज सपनों में पानी बनकर आता है, जिसमें सारा पैसा बहता जाता है। सुनील को खरे सर जो कि रिटायर हो चुके हैं, उन्होंने पन्द्रह हज़ार रुपए उधार दिए। सुनील अभी भी उनके घर पर कम्प्यूटर के सारे काम करता है। सचिन सर, जिनके साथ वो अभी काम कर रहा है, उन्होंने आठ हज़ार दिए। यह तेईस हज़ार उसे बिना ब्याज के मिले, बाक़ी के उसने कहाँ से, किससे लिए, के बारे में बात करना मन का ब्याज बढ़ाना है।

भरत भी अपनी बेटी के जन्म के समय आठ हज़ार रुपए सचिन सर से ले चुका है। एक बार बहुत तेज़ बारिश में उसका मोबाइल पानी-पानी हो गया था। तब उसने सचिन सर से उनका पुराना मोबाइल लिया था। उसी समय सर ने नया आईफोन ख़रीदा था। दीवाली के नए ऑफ़र में भरत ने नया मोबाइल ख़रीदा और सचिन सर को उनका पुराना मोबाइल 'थैंक्यू' कहते, हँसते हुए ससम्मान वापस कर दिया।

सुनील के पिता अस्पताल से घर आ गए। लेकिन बिस्तर के होकर रह गए। एक दिन सुनील सच में रुआँसा हो गया। उसकी आवाज़ भर्रा गई और ठुड्डी

कँपकँपाने लगी। सचिन सर से बोला—"सर, प्लीज़ कुछ करिए न? देखिए, ये क्या हो गया?"

हुआ यह कि उसका चालान कट गया और पाँच सौ की रसीद उसे कटवानी ही पड़ेगी। ऐसा एक बार नहीं, बल्कि दो बार हो गया। पिताजी जब अस्पताल में थे, तब पहले ही दिन वो एक दवाई लेने मेडिकल स्टोर जा रहा था, तब सिग्नल पर उसकी मोटरसाइकिल लाइन से आगे या पीछे नहीं, बल्कि एकदम क्रासिंग पर खड़ी थी और दूसरा चालान ग्रीन सिग्नल में जब दो सेकेंड बचे थे, तभी उसने उसे हड़बड़ी में अस्पताल जाने में पार कर लिया। जिस दिन चालान की सूचना मिली, उस दिन उसके पास एक हज़ार रुपए थे। उसे पिता के लिए डाइपर लेने हैं। और अब यह चालान?

सीता कस्तवार ने उसे रास्ता सुझाया—"भैया, घबराओ मत। थोड़ा हिम्मत से काम लो। एक बार ऑफ़िस जल्दी आने के चक्कर में मेरी परची भी कटकर घर आ गई थी। भैया, जबकि मैंने सिगनल भी नहीं तोड़ा था। उस समय उसकी लाइट बन्द थी। सब आ-जा रहे थे। उसमें भी किसी की परची कटी और किसी की नहीं कटी। आप भी देखो, इसमें ये जो नम्बर लिखा हुआ है न, आप इस पर फ़ोन करो। कई बार वो मान जाते हैं। अगर उनने आगे न भेजा हो तो? करो फ़ोन।"

मरता क्या न करता? झख मारकर सुनील ने फ़ोन किया, तो मालूम हुआ कि उसके नाम का एक और चालान कटा पड़ा है। कोई कुछ न कर सका और रोते-रोते उसने हज़ार रुपए भरे।

अब डाइपर? कैसे आएँगे डाइपर? मम्मी इस हाल में नहीं हैं कि वो पिता के कपड़े बदल सकें। वो ख़ुद जैसे-तैसे चल-फिर पाती हैं। पिता के यह सारे काम सुनील ही करता है। ऑफ़िस आने से पहले और जब कम्प्यूटर के काम करने जाता है, उस समय वो डाइपर लगाता है ताकि पिता को किसी तरह की अड़चन न हो और मम्मी, पिता को गीले में देख परेशान न हों। जब से पिता की तबीयत बिगड़ी है, तब से वो सारी रात और सुबह नौ तक उनके सारे काम करता है। उसके पास अभी बिल्कुल भी पैसे नहीं हैं। उधार भी ज़रूरत से ज़्यादा हो गया है। करे तो क्या करे? वो इस समय कम्प्यूटर टेबिल पर सिर झुकाए बैठा रो रहा है। वो सच में रो रहा है।

पिता की हालत में कोई सुधार नहीं हो रहा है। दवाएँ चल रही हैं। अब तक दो लाख बीस हज़ार रुपए का हिसाब उसके पास है। रोनी हँसी लिये वह कहता है—"क्या बताऊँ? मैं तो ढोलक बन गया हूँ। हर तरफ़ से बज रहा हूँ।"

पिता की बीमारी और उनकी देखभाल के चलते सुनील को रात का अपना काम छोड़ना पड़ रहा है। अब वो मोटरसाइकिल का पेट्रोल बचाते हुए पैदल ही ऑफ़िस और घर आता-जाता है। जाते हुए दूध और सब्ज़ी खरीदता है। सब्जी कितनी महँगी है? इस पर वो कहता है—"ऐसा लगता है, जैसे सब्ज़ी के ठेले पर नहीं, सोने की दुकान पर खड़ा हूँ। ऐसे नाप-तौल के सब्ज़ी लेता हूँ, जैसे कि मम्मी के बिक चुके गहनों को ख़रीद रहा हूँ। और जब कल ठेले से मैंने एक मटर उठा ली तो उसने मुझे ऐसे घूरा जैसे कि मैंने एक अँगूठी उठा ली हो।"

"सब्ज़ी वाले ने तराजू उठाया और मैं हाथ ठेले पर रखी सब्ज़ियों को देखते हुए मन ही मन रंगों का संयोजन करने लगा—"वाह कितनी ताज़ा मटर है" कहते मैं एक नहीं, मुफ़्त की कई मटर खा गया। झोला लेते और मटर चबाते हुए मैंने पूछा—"कितने हुए भैया?"

"सर जी, एक सौ बीस।"

"अरे, बाप रे! कितनी महँगी हो गई सब्ज़ी।"

"जी, सर जी बहुत महँगी हो गई।" कहते हुए सब्ज़ी वाले ने मटर के ढेर को अपनी ओर समेट लिया।

मुझे इतने से भी चैन नहीं पड़ा तो मैंने फिर पूछा—"ग़रीब आदमी क्या करता होगा, भैया? कौन-सी सब्ज़ी खाता होगा?"

सब्ज़ी वाले ने कंधे उचकाते हुए कहा—"क्या पता," और सब्ज़ियों पर पानी छींटने लगा।

सुनील कहता है—"उस दिन हम कम ग़रीब ने बहुत ज़्यादा गरीबों के बारे में अमीरों की तरह बात की। छोटे-मोटे लोगों को वो अपने ठेले के पास फटकने भी नहीं देता है। बस, दूर से उसकी सब्ज़ियों को ताकते रहो। मन ही मन बना लो और खा लो या फिर कच्ची ही चबा लो।"

सुनील के साथ-साथ सबके मन से सब्ज़ी वाले की याद जाती नहीं है। तिस पर उसका कंधे झटककर या कि उचकाकर 'क्या पता' कहना!

इन सारे रिसोर्स पर्सन की तनख़्वाह ऐसी और इतनी है कि ये भूख से मरें नहीं। ये मज़दूर हैं, लेकिन इन्हें मजूर समझने की भूल नहीं कर सकते। बदहाल किसान से भी ज़्यादा बदहाल हैं। इनकी बदहाली, बदहाली नहीं लगती। ये ख़ुद भी ख़ुद को बदहाल नहीं समझते। शहर की बदहाली को ये अपने संग लिये फिरते हैं। इनके टायर जब कभी पंचर हो जाते हैं तो ये ख़ुद ही उन्हें बनाते हैं। ये न लाइन के नीचे हैं, न लाइन के ऊपर हैं। ये तो बीच के भी नहीं हैं, लेकिन ये हमारे बीच के ही हैं। हमारे साथ उठते-बैठते, हँसते-बतियाते हैं। हमेशा धुले प्रेस किए कपड़े पहनते हैं। सबके पास दुपहिया वाहन हैं। ये और बात है कि उसमें पेट्रोल भरवाते इनकी आँख का पानी सूखता है। मोबाइल को किसी स्कीम के तहत ही री-चार्ज करवाते हैं। कई बार सिर्फ़ 'इनकमिंग' के सहारे महीनों गुज़ार देते हैं। लैपटॉप, कम्प्यूटर सब कुछ किस्तों में हैं। इतना उधार है जीवन में कि उधार, उधार जैसा लगता ही नहीं।

रेखागणित की रेखाएँ खींचते इन्होंने कभी न सोचा होगा कि ज़िन्दगी ख़ुद एक रेखा में बदल जाएगी, जो दिन-ब-दिन नीचे जाती रहेगी। ये सुनील और सबके लिए रेखा न होकर कुएँ की रस्सी हो गई है, जो जितना नीचे जाती है, उतना ही सूखेपन की शिकार होती जाती है। वो उम्मीद में पूरा ज़ोर लगाकर रस्सी को ऊपर खींचते हैं, लेकिन हर बार ख़ाली बाल्टी ही हिस्से आती है।

तय 'ग़रीबी रेखा' के आधार पर जीवन का ग्राफ़ खींचना कितना मुश्किल है।

सुनील का बहुत सधा हुआ हाथ है। वो एकदम सीधी रेखा खींच लेता है। स्कूल, कॉलेज में वो इसमें अव्वल आता था। अभी का ग्राफ़ उसकी समझ से परे है—"ये कैसा ग्राफ़ है जो दिनोंदिन नीचे गिरता जाता है।" उसने हमेशा रेखा की परिभाषा सटीक लिखी। उसने कहाँ सोचा होगा कि रेखा और रेखा के नीचे होने या उससे बाहर जाने की परिभाषा उसके ख़ुद के जीवन की परिभाषा बन जाएगी।

रेखागणित की रेखाएँ, ग्राफ़, चार्ट, अनुपात, सूचकांक, गिरना, उठना इन सबके बारे में बात करते हुए सुनील हँसकर कहता है कि कोई मुझसे पूछे—"आज की तारीख़ में तुम सबसे बेहतर क्या कर सकते हो?" मैं तपाक से कहूँगा—"मैं एकदम नए ढंग से ग़रीबी पर निबन्ध लिख सकता हूँ। जिसकी शुरुआत इस तरह होगी कि—

"क्या बताएँ, यह समझिए हर दिन थाली से एक चीज़ कम होती जाती है।"

'आरती साइकिल सर्विस' बम-बम भोले के भक्त ओपी बाबा को 'गियर वाली साइकिल' में कुछ भी सम्पट नहीं बैठता। मुँह बिचकाते हुए कहते हैं—"अरे, ये बहुत बड़ी बीमारी है। ये गियर के झंझट में कभी नहीं पड़ना चाहिए। ना, यह ठीक नहीं है। उलझते हैं ये गियर।" वे बदलते ज़माने के साथ अपनी संगत बिठाना ही नहीं चाहते। यह भी कह सकते हैं कि बदलता हुआ ज़माना उन्हें अपनी संगत में बिठाना ही नहीं चाहता।

साइकिल नए बदले हुए रूप में फिर से चारों ओर छा गई है। इक्कीस और चौबीस गियर के साथ सरपट दौड़ती, अपने मोहक रूप के चलते सबको आकर्षित करती है। हर जगह इस नई साइकिल के विज्ञापन हैं। एक नहीं, ये कई रंग की हैं। एक रंग में ही साज़ो-सामान के साथ कई रंग हैं। अब उचककर सीट पर बैठने का झंझट ख़त्म। वो बीच का डंडा, जिसे फलाँगने में नानी याद आती थी, जो साधे ना सधता था, जिस पर एक आसानी से और दो लोग फँसकर बैठ सकते थे। एकाध कोई जब डंडे पर किसी स्त्री को बिठाकर ले जाता था तो उसे सारा शहर ऐसे देखता था, जैसे संसार का आठवाँ अजूबा देख रहा हो।

वो डंडा अब सीध में न होकर तिरछे में लग गया है। इस तरह अड़चन बनी बीच की ख़ाली जगह से इस तरफ़ और उस तरफ़ जाना आसान...। सीट नीची-ऊँची हो सकती है। पहिए भी पहले की तरह नहीं, चुस्त-दुरुस्त और रेडियम के चलते चकाचक हैं। इसके साथ हेलमेट है और इसमें पतली-सी टॉर्चनुमा लाइट भी है। ये क्या से क्या हो गई है। ज़माना बदलता है, ज़माना बदल रहा है,

लेकिन इतना बदल जाएगा कि साइकिल ही इतना ज़्यादा बदल गई। ऐसा तो सोचा ही न था।

"धीरे-धीरे साइकिल को लेकर लोगों का नज़रिया बदलने लगा है।" गियर वाली साइकिल बनाने और बेचने वाले ऐसा कहते हैं—"पहले साइकिल चलाने वालों को ग़रीब माना जाता था। इन्हें इसी नज़र से देखा जाता था। अब यह नज़रिया बदल रहा है। हर क्लास के लोग साइकिल चलाना पसन्द करने लगे हैं।" बड़े से होर्डिंग्स में पेट के दो फ़ोटो अग़ल-बग़ल में दिखाते हैं। हँडिया से निकले पेट को दूसरे फ़ोटो में एकदम पिचका हुआ दिखाते कहते हैं—"साइकिल चलाने से तीन माह में घट गया आठ किलो वज़न!" फ़िटनेस धूम मचा रही है। इसी के चलते साइकिल की बन आई है। —'रोज़ाना तीस मिनट चलाएँ और फ़िट रहें।' वे कहते हैं, ध्यान रहे—

1. शुरू में पाँच मिनट धीमी गति से साइकिल चलाएँ।
2. फिर बीस मिनट तेजी से साइकिल चलाएँ।
3. अंत में पाँच मिनट बॉडी को रिलेक्स करने के लिए फिर साइकिल धीमी करें।

एक प्रतिष्ठित पत्रिका के अनुसार साइकिलिंग के अन्य फ़ायदे—

1. नियमित साइकिल चलाने से तनाव दूर होता है और आत्मविश्वास बढ़ता है।
2. इससे शरीर की रोग प्रतिरोधक क्षमता बढ़ती है और आप ऊर्जावान महसूस करते हैं।
3. पैरों की मांसपेशियाँ बढ़ती हैं और स्टेमिना बढ़ता है।
4. शरीर में जमी वसा कम होती है, इससे दिल स्वस्थ रहता है।
5. मांसपेशियाँ मज़बूत होती हैं और शरीर की सक्रियता बढ़ती है।

शरीर कितने मानक गढ़ता है। कोई वज़न बढ़ाना चाहता है, तो कोई कम करना चाहता है। किसी को बहुत तेज़ भूख लगती है, तो किसी को बिल्कुल नहीं लगती। किसी का वज़न इसलिए कम है कि उसे पेट भर खाने को नहीं मिल रहा है तो किसी के पास इतना खाने को है कि उसे कम खाने की हिदायत दी जा रही

है। कोई खाकर मर रहा है तो कोई नहीं खाकर मर रहा है। जो साइकिल से पिंड छुड़ाकर मोटर गाड़ियों पर सवार हो गए थे, उन्हें फिर साइकिल चलाने को कहा जा रहा है।

गियर वाली साइकिल सुबह एकदम तड़के दिखती है। ट्रैक सूट और स्पोर्ट्स शूज पहने गियर बदलते हुए लोग उस पर एहसान की मुद्रा में बैठे होते हैं। बहुत ज़ोर नहीं लगाना पड़ता। पैडल अपने आप ख़ुद-ब-ख़ुद घूमते हैं। ये लोग ऐसे लगते हैं, जैसे कि ज़मीन पर तैर रहे हैं। ये हाँफते नहीं हैं और इनकी साँस भी नहीं भरती। पसीना भी कम आता है। क्या, कमाल की चीज़ बनी है। सुन्दर लुभावने मडगार्ड है, ताकि बारिश में कीचड़ न उचटे। ये अपनी साइकिल किसी को भी एक चक्कर काटने के लिए नहीं देते। यूँ भी महँगी चीज़ों की अदला-बदली नहीं होती। यह सबको पीछे छोड़ते हुए अकेले सबसे आगे निकल जाना है। सबसे अलग और ऊपर उठने का अहसास एक दम्भ पैदा करता है। अगर बग़ल से सामान्य साइकिल गुज़र जाए, तो एक देश में दो-चार देश दिखाई देने लगते हैं। शहर का चेहरा बिगड़ने लगता है। सामान्य साइकिल तो हाशिए पर, कच्ची सड़क पर चल रही है। वो अभी भी आम आदमी की पहुँच से बहुत दूर है। साधारण जन की साधारण साइकिल...।

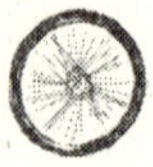

वो लाल रंग की साइकिल मेरी आँख में अटक गई है।

शहर के रिहाइशी इलाक़े दस नम्बर में एक नई दुकान खुली है। उसमें एक से एक साइकिल हैं और मेरा मन लाल रंग की साइकिल पर आ गया है। उसको देखते ही भीतर फुरफुरी होती है। मन झिलमिल-झिलमिल होने लगता है। जाने कितने दिनों से 'विंडो शॉपिंग' कर रही हूँ, लेकिन मन है कि भरता ही नहीं। उसको हर कोण से निहारती हूँ। हर दिन एक डर और आशंका के साथ जाती हूँ कि कहीं वो चली न गई हो, उसे किसी और ने न ले लिया हो। जब वो दिख जाती है, तो एक उम्मीद से भर जाती हूँ। क्या तो रंग है, क्या तो डिज़ाइन है और क्या तो साइकिल है। बहुत मारक है। मोहक इतनी ज़्यादा कि छूना तो दूर की बात, देखने भर पर 'डिठौना' लगा देने को मन करता है। उसका बखान नहीं किया जा सकता। उसको देखकर लगता है कि कोई इतना सुन्दर भी हो सकता है, क्या?

ये लाल रंग इतना ज़्यादा क्यों खींचता है? क्या, चाँद भी लाल रंग का है? क्या, सारे अहसास लाल होते हैं? सपने नीले होते हैं कि लाल? कुछ सपने देखकर चेहरे पर कैसी लालिमा छा जाती है। हर कोई ताड़ जाता है कि रात सपने में किसे देखा था?

दहकते अंगारों ने मुझे लाल रंग से प्यार करना सिखाया। भट्टी में पंखा धौंकते पिता और सुलगते अंगारे मेरे भीतर इतने ज़्यादा भर गए कि सिवाय लाल के कोई और रंग मुझ पर चढ़ता ही नहीं। जी-तोड़ मेहनत के बाद सुकून की गहरी नींद। अपनी जगह, अपने हिस्से के लिए मर मिटना और चाँद-तारों को ज़मीन पर उतार लाना। इसके कई रूप हैं। सुलगते अंगारों के बीच सब्ज़ी काटते पिता की उँगली जब कट गई थी, तो बहते ख़ून ने कैसी दहशत भर दी थी। हमें इस क़दर भयभीत देख पिता हँसे और 'कुछ नहीं, कुछ नहीं', 'अरे

पगलियों रोती क्यों हो ' कहते जब उन्होंने ख़ून से लिथड़ी अपनी उँगली पर हल्दी लगाकर देर तक उसे दबाए रखा, तो लाल और पीले का वो मिलन आँख से आज तक गया ही नहीं। ख़ून, ख़ून, ख़ून! लाल, लाल, लाल! पिता की उँगली से टपकता लाल ख़ून और जब कभी माँ कहती कि 'सो जा मेरे लाल' तो लाल की महिमा समझ न पड़ती।

रैली, जुलूस में लहराता हुआ लाल, जिसने जीवन के मायने ही बदल दिए। 'कॉमरेड, लाल सलाम' सुनकर कैसी झनझनाहट होती है। ऐसी कि शरीर का रोआँ-रोआँ लाल हो जाता है। यह एक अहसास है। इसी ने जीवन को देखने-समझने की दृष्टि दी। हो न हो चाँद भी लाल होगा, बिल्कुल इस साइकिल की तरह।

मैं धड़ाम से नीचे गिर गई, बिल्कुल वैसे ही जैसे बचपन में गिरती थी। एक बहुत बड़े पहाड़ पर चढ़ना, अन्तहीन आसमान में अकेले उड़ना, कभी न ख़त्म होने वाली वो उड़ान जो सपनों में ही घिग्घी बाँध देती थी। जो आकाश की सैर कराते हुए अचानक से ज़मीन पर लहराते हुए उतारती थी, जो आसानी से उड़ाते हुए, धड़ाम से नीचे गिराती थी।

मैं लाल रंग की साइकिल के सामने खड़ी हूँ। वो फरारी की साइकिल है, उसकी क़ीमत एक लाख पच्चीस हज़ार रुपए है। भव्य दुकान के डिसप्ले बोर्ड पर रेस्टलिस्ट चमक रही है, उसके एकदम पास अख़बार की एक कतरन चिपकी हुई है, जिसे पढ़ते हुए आँखें चौंधिया रही हैं।

1. *एस्टन मार्टिन—रुपए 25 लाख*

   एस्टन मार्टिन की वन-77 साइकिल किसी मोटर बाइक से कम नहीं है। हाइड्रोलिक डिस्क फ्रेम, इलेक्ट्रिक शिफ्टिंग और एलईडी लाइट्स के साथ ये साइकिल कार्बन फाइबर की बनी होती है।

2. *ऑडी—12.5 लाख*

   जर्मन लग्जरी कार निर्माता ने अपनी ई-बाइक जैसा कॉन्सेप्ट पेश किया

था। ऑडी अपने जर्मन साझीदार लाइटवेट के साथ मिलकर क़रीब पचास साइकिलें बना रही हैं।

3. *फरारी—6.4 लाख*

   इटली की मशहूर स्पोर्ट्स कार निर्माता ने भी कई साइकिलें बेची हैं। कोलनागो का डाई-2 रेसर की क़ीमत लगभग 11 लाख से भी ज़्यादा है। फरारी ने पिनिनफेरीना के साथ मिलकर 6.4 लाख क़ीमत की तीस साइकिलें बनाई हैं।

4. *फोर्ड—2.24 लाख*

   इस साइकिल की शुरुआती क़ीमत ही क़रीब 2.24 लाख है। महँगी साइकिलों के दीवानों के लिए यही सबसे सस्ती पड़ती है। यह इलेक्ट्रिक साइकिल 32 किलोमीटर प्रति घंटे की रफ़्तार से चल सकती है।

5. *बीएमडब्ल्यू—02 लाख*

   अगर आप बीएमडब्ल्यू के दीवाने हैं और उसकी कार नहीं ख़रीद सकते, तो बीएमडब्ल्यू की साइकिल पर ध्यान दें। इस साइकिल की क़ीमत 86 हज़ार से लेकर लगभग 2 लाख रुपए तक है। यह भी कार्बन फाइबर की साइकिल है।

6. *शेवर्ले—65 हज़ार*

   शेवर्ले ने अर्जेंटीना के अपने ग्राहकों के लिए साइकिल के तीन मॉडलों को 2014 में पेश किया था। इसमें पहाड़ की चढ़ाई करने वाली माउंटेन बाइक, फोल्ड होने वाली साइकिल शामिल है। इनकी क़ीमत 25 हज़ार से लेकर 65 हज़ार रुपए के बीच है।

7. *होंडा—6400*

   जापान की होंडा मोटर कम्पनी भी मोटर से चलने वाली साइकिल बनाती है। इसकी साइकिलें भी क़रीब-क़रीब 6400 रुपए में भी मिल सकती हैं। भारत में भी सामान्य साइकिलें अब इसी रेट पर मिलती हैं।

डिस्प्ले बोर्ड में झिलमिलाती, काँपती हुई रोशनी में साइकिल की ऊँची कीमतों को पढ़कर आँख से पानी निकल रहा है। रोशनी के धब्बे चारों ओर छा रहे हैं। कुछ भी साफ़ दिखाई नहीं दे रहा है, जैसे सब कुछ धुँधला रहा है।

आँख से रोशनी के बुलबुले फूटते जा रहे हैं। पाँवों में कंपन हो रही है। ख़ुद को सँभालते मैं बैठ गई। टेबिल पर रखी पत्रिका के चमकदार कवर पर छपी तस्वीर के साथ शीर्षक ने मुझे फिर अपनी गिरफ़्त में ले लिया। ऐसी इबारत जिसे हर कोई पढ़ भी नहीं सकता—"साइकिल अब अमीरों की।"

वाह री, पहली दुनिया। तेरी थाली कितनी भरी हुई है। तुझे हर दिन थाली से कोई एक चीज़ कम नहीं करनी पड़ती, बल्कि हर दिन तेरी थाली में एक नई चीज़ जुड़ती जाती है। उजाले से भरे अँधेरे कितने घने होते जा रहे हैं। किसी भी चीज़ को छोड़ने, बचाने और बदलने से पहले उसका मतलब समझना चाहिए। साइकिल सिर्फ़ लोह-लक्कड़ नहीं है, उसके होने के मतलब क्या हैं? सबके लिए उसके न होने के मतलब क्या होंगे?...कितनी लम्बी ठंडी साँस भर आई।

कौन हैं, जो यह तय करते हैं कि किसको नष्ट होना है? किसको बचना है और किसको बचाया जाना है? वो कौन हैं, जो जीवन से उन सारी चीज़ों को अपदस्थ कर रहे हैं, जिनकी उसके लिए सबसे ज़्यादा ज़रूरत है। क्या, एक दिन ऐसा होगा कि ये गति, गति में बिला जाएगी?

दुख से भरी कातर निगाहों से चाँद को देखती हूँ। तुम्हारे पास आने के लिए मैं फरारी की सवारी नहीं कर सकती। करना भी नहीं चाहती। चाहूँ भी तो नहीं कर सकती। चीज़ें क्या से क्या हो गई हैं। हर चीज़ पहुँच से दूर, बहुत दूर होती जा रही है। जो चीज़ें कभी स्वतंत्रता की प्रतीक थीं, वे अब परतंत्रता और विलासिता की प्रतीक बन गई हैं। सड़कें पहले से लम्बी और चौड़ी हो गई हैं। किस काम की ऐसी सड़कें, जिन पर टहलते हुए आप कोई स्वप्न न देख सकें। धिक् जीवन, धिक ये दुनिया...।

मैंने फरारी की लाल रंग की साइकिल की ओर मुड़कर नहीं देखा।

एक बहुत सुन्दर छोटी-सी नीली चिड़िया दिखाई दी। यह रोज़-रोज़ नहीं दिखती। कभी-कभी दिखती है। सुन्दरता मन को कितना मोह लेती है। ये सब जिनमें एक हरे-नीले रंग की, बाक़ी सब नीले और कत्थई रंग की हैं। एक छोटे-से

पेड़ पर मँडरा रही हैं। कभी उसकी शाख पर झूलती हैं, तो कभी नीचे बैठ जाती हैं और कुछ देर बाद ही उड़ जाती हैं, उड़कर फिर वापस आ जाती हैं। फिर चुगती हैं। कुछ देर चुप बैठती हैं। फिर चहचहाने लगती हैं। ये शायद कोई खेल खेल रही हैं।

मैं दबे-पाँव पेड़ से थोड़ी-सी दूर पुलिया पर बैठ गई। चिड़ियों को मेरे होने का अहसास न हो, इसलिए बहुत धीरे साँस लेती हूँ। वो देखते हुए मुझे देख न लें, इसलिए कभी-कभी, बीच-बीच में आँख बन्द कर लेती हूँ।

क्या किसी चीज़ को इसलिए शुरू किया जाए कि उसका अन्त करना होगा। क्या, अन्त किया जाना ज़रूरी है? दिन-ब-दिन मामूली चीज़ें और मामूली इंसान गैर मामूली होते चले जाते हैं। मन में इतनी गाँठें बनती जाती हैं कि उन्हें खोलने की न चाह बचती है और न सुध रह पाती है।

शहर से दस किलोमीटर की परिधि में जीवन कितने रंग बदलता है। नौ रस की बौछार होती रहती है। यहाँ जीवन शिखरों की ओर न ले जाकर चौपाल और चौक की ओर ले जाता है। चौपाल और चौक क्या कहते हैं? कहते बड़े अच्छे से हैं, जितने अच्छे से वह कहते हैं, ज़रूरी नहीं कि उतने ही अच्छे से वो लिखे में आ जाएँ।

जीवन बहुत बड़ा होता है, लेकिन वो बहुत छोटी-छोटी चीज़ों से बनता है। साधारण से अति साधारण होते लोगों की कहानियाँ बहुत छोटी होती हैं। वे बहुत कम जगह घेरती हैं। शुरू होने से पहले ही ख़त्म भी हो जाती हैं। हम मुँह बाए ताकते रह जाते हैं कि वे पूरी हों, लेकिन वे जाने कहाँ बिला जाती हैं। जिनके पास रहने को घर नहीं होते। वे ऐसी ही चीज़ों और कहानियों के सिरे को पकड़ते फिरते हैं, जैसे बच्चे तितली पकड़ने में सारा दिन गुज़ार देते हैं, वैसे ही ये लोग सारी रात जुगनू को टिमटिमाते देखते रहते हैं और सूनी अँधेरी रात में टिटहरी की आवाज़ इन्हें हौसला देती है। लेकिन ये ऐसा क़तई नहीं चाहते कि कोई इनके दुख से इतना द्रवित हो जाए कि जीवन से उसका मोह ही भंग हो जाए। वो अपनी व्यथा किसी से नहीं कहते। यह भी नहीं चाहते कि कोई उनकी व्यथा को कथा बनाकर बाँचे।

इतनी बड़ी दुनिया में ये छोटी-सी बात इंसान को कितना छोटा करती जा रही है।

उथल-पुथल से भरी इस दुनिया को मैं टुकुर-टुकुर ताकती रही। जितना घुमा सकती थी, उतना गर्दन को घुमा-घुमाकर चारों ओर देखती रही। इस देखा-देखी में कई बार हुमककर साइकिल से कूद भी गई। आज भी साइकिल पर वैसे ही बैठती हूँ, जैसे बचपन में पिता के साथ साइकिल के डंडे पर बैठकर मेला देखने जाती थी।

लेकिन अब फिर से इस परेशान धरती पर साइकिल चलाते हुए मेरा साहस एक डर में बदलता जा रहा है। कौतूहल से भरी सब कुछ देखती रही। यह सब आना-जाना, रुकना, फिर चल पड़ना, शोरगुल, रोशनी, अँधियारा, धक्का-मुक्की। थके-सुन्न पड़े लोगों से बतियाती रही। कभी अचम्भित होती रही, कभी उनकी हँसी से किलकती रही, दुख से सिसकती रही। वे व्यथा को कथा बनने-बनाने से परहेज़ करते रहे। विकृतियों की कुरूपता और असफलताओं की कड़वाहट को शक्कर और नमक का घोल बनाकर पीते रहे। जीवन के हाहाकार से ख़ुद विकल रहे, लेकिन किसी और पर अपनी विकलता को चढ़ने न दिया। भीतर से रोते और बाहर से हँसते रहे। भीड़ बनकर भीड़ से भरे चौराहे को पार करते रहे। पुल को पार कर इस पार से उस पार चले गए। पुल न हुआ तो तैरकर उस पार चले गए, फिर इस पार आ गए। इनके होने से ही पार, पार है।

जब कभी मैंने साइकिल में हवा भरवाई तो लगा कि—'अरे, ये कैसे हवा भर रहा है। इससे अच्छे से तो मैं भर सकती हूँ।' ऐसा ही पंचर सुधरवाते, घंटी लगवाते, ऑइल डलवाते, ब्रेक कसवाते, हैंडिल को सीधा करवाते हुए हर समय यही लगता रहा कि अब अगली बार ये ख़ुद से हो जाएगा और इनसे अच्छा हो जाएगा। लेकिन दस किलोमीटर का जीवन देखकर कभी ऐसा नहीं लगा कि इनसे अच्छा तो मैं यह काम कर सकती हूँ, कि इनसे अच्छा तो मैं इस जीवन को जी सकती हूँ। इनसे कम खा सकती हूँ। इनसे कम पहन सकती हूँ। इनसे कम आँखें लाल हो सकती हैं। इस जीवन में प्रवेश करना निर्ममता की पाठशाला में प्रवेश करना है।

यह कहानी कभी पूरी न हो सकेगी। ख़त्म होने के बारे में तो सोच ही नहीं सकते, क्योंकि जब कभी काग़ज़ पर नोट्स लेते बंजर ज़मीन वाली अम्मा देखती है, तो टेढ़े-से घूरते हुए काग़ज़ पर हाथ रखते बोलती है—"का, लिखत रहत हो पूरे समय। अरे, छोड़ो जे कागज-पेन। मैं का कह रही हूँ...।"

࿉